ミネルヴァ日本評伝選

吾ガ民族ノ永遠ヲ信ズル故ニ

保田與重郎

谷崎昭男著

ミネルヴァ書房

刊行の趣意

「学問は歴史に極まり候ことに候」とは、先哲荻生徂徠のことばである。

歴史のなかにこそ人間の智恵は宿されている。人間の愚かさもそこにはあらわだ。この歴史を探り、歴史に学んでこそ、人間はようやくみずからの正体を知り、いくらかは賢くなることができる。新しい勇気を得て未来に向かうことができる。徂徠はそう言いたかったのだろう。

「ミネルヴァ日本評伝選」は、私たちの直接の先人について、この人間知を学びなおそうという試みである。日本列島の過去に生きた人々の言行を、深く、くわしく探って、そこに現代への批判を聴きとろうとする試みである。日本人ばかりではない。列島の歴史にかかわった多くの異国の人々の声にも耳を傾けよう。

先人たちの書き残した文章をそのひだにまで立ち入って読み、彼らの旅した跡をたどりなおし、彼らのなしとげた事業を広い文脈のなかで注意深く観察しなおす——そのとき、はじめて先人たちはいまの私たちのかたわらによみがえってくる。彼らのなまの声で歴史の智恵を、また人間であることのよろこびと苦しみを、私たちに伝えてくれもするだろう。

この「評伝選」のつらなりのなかから、列島の歴史はおのずからその複雑さと奥ゆきの深さをもって浮かび上がってくるはずだ。これを読むとき、私たちのなかに新たな自信と勇気が湧いてきて、その矜持と勇気をもって「グローバリゼーション」の世紀に立ち向かってゆくことができる——そのような「ミネルヴァ日本評伝選」にしたいと、私たちは願っている。

平成十五年（二〇〇三）九月

上横手雅敬
芳賀　徹

保田與重郎（身余堂庭にて）

春の身余堂前庭
（撮影・水野克比古）

はしがき

いつの頃からか始つたしづかな保田ブームといはれるものが、涸れることなく、表層には目立つた動きはないとしても、それは底流のやうになつて今も続いてゐるやうである。歿後の二十年祭が京の八坂神社で奉斎されたのは、平成十三年九月二十二日で、遠近からの参会者は百名の余に上つた。その後また歳を経るうち、保田の生誕百年を迎へ、これを記念する映像「自然《かむながら》に生きる――保田與重郎の『日本』」の製作とともに、私もパネリストに加はつた公開シンポジウム「保田與重郎の〝暮らしの思想〟をめぐつて」を東京新橋のヤクルトホールで開催したのは平成二十二年五月だから、それからすでに七年の余を数へる。

その名の五文字を眼にするだけで異常な戦慄を味はつたといふ戦後の早い時期に比べるなら、著作が多数の関心をあつめ、ブームを呼び起すほどに、保田をめぐる状況は一変してゐる。そのことに、ひとつの意味での戦後の終焉を私が認めるのは、改めて云ふまでもなく、保田與重郎が反戦後的な姿勢を貫いたことにおいてであるが、しかしまた、戦後は終つたとして、次の時代は未だ輪郭を定かにしてゐない。さうして新時代の拠るべき指標のやうなものを保田に索めようとすれば、それに応へるものは遺業のなかに探し出せるとしても、ただ性急にさういふ方向に奔るとき、保田が文学における本然としたものは見失はれかねない。保田與重郎に対するのは、そのことのみでもすでに困難を伴ふものであつた。

保田を「反戦後的」と云ふ。あるいは「反近代的」と説くところに現れるのは、文学者といふよりは、一人の文明批評家の貌である。「反戦後的」にしろ、「反近代的」にしても、それが必ずしも文学のことばではないといふことである。つとめて文学のことばで保田與重郎についてしるしたいと、書き出しに当つて、さう私は思ふのである。二十年祭の当日、八坂神社の真弓常忠宮司が奏上した「祭詞」に「古典《いにしへのふみ》に遠代《とほつよ》を尋ね　『言霊の風雅《みやび》』に　『皇神《すめがみ》の道義《みち》』を求めて　彼の戦の前にも後も些かも変らぬ見識を示し給ひ　人皆は異国《あだしくに》の賢《さかし》ら以て近代《いまのよ》の文明に惑ひぬる中に　孤高《たかきこころざし》を貫き給ひぬれば、今にして大人の御心映を慕ひ奉る若きらも出で来にけるはめでたきことにこそあれ」とのべられてゐるのは、その所為を古来の辞で称へて要を得てゐた。少くとも文学のことばであるといふ限りで、それをありがたいと、祭りの場《には》に座を占めつつ謹聴したことであるが、私はあくまで今日のことばで、それも具体的に叙さなければならない。

保田與重郎は、私において、一言で云つて「畏き人」である。生前に謦咳に接する機縁にめぐまれ、晩年の十余年程、これも保田の語でいへば「侍側《じそく》」するなかで懐いたその思ひは、歿後に浩翰な全集の編集に携つて、文業の全容を知るに及んでさらに強くなり、その後も年毎に募つていくごとくで、容易に論をなし難いといふ心持も、従つて以前にまさるものがある。「保田與重郎は本居宣長の再来である」と、詩人で、保田の知己の一人だつた浅野晃が、全集の刊行時における「内容見本」に寄せた推薦文に書いてゐる。保田を本居宣長に並べて云ふには、私の学殖はなほ十分でないが、「本居宣長の再来」とまで云はれるほどのひとと、また作品について一体私に何を語り得よう。さう嘆じながらも、この間ときにそれを筆にしてきたのは、果して謬見がなかつたかどうかはともかく、なによりも、保田與重郎といふ存在を世に広く知らしめたいといふ念に出る。いはば私を誘掖してそのやうにさせずには措かないものが保田にあると云ふ他はなく、ここに本書の稿を起させたのも、また同様である。

檀一雄が保田に対してもつた印象を記して「むかし、保田與重郎の噂をきいて、ぼくはこいついかさまにちがひないと思ひこんでゐた。どうして、会つてみると、マルクスの言葉をかれ《ママ》ば『一時ぼく等は誰も彼も保田党であつた』と言ひたくなるくらゐ、魅力のある男である」（『日本浪曼派』昭和十年七月号「深夜妄語」）と述べてゐるのは、両者が初めて相見えてからまだ日の浅い、『日本浪曼派』発刊前後の、ともに二十代半ばの頃である。「マルクスの言葉」云々に、保田與重郎も共有した時代のひとつの雰囲気といつたものが読まれることを註しておくが、『日本浪曼派』における同人といふ関係に止まらず、終生の盟友となつた檀一雄が、どんなに保田に惹かれたか。昂つたそのときの心動きが、さながら行文から伝つてくるやうな書きぶりに、私は同じく知遇を受けた檀一雄の俤が彷彿する感を覚えるが、文中「会つてみると」とあるのが、傍点をでも打つべき、一節の灸所をなすのは、保田與重郎に臨む上で、直接そのひとを識つてゐるのと、さうでないのでは、ずい分と相違するだらうと思はれるからである。

著作を通じてだけの一読者、研究者であれば、あるいは易々と保田を語ることもできる。事実としてさうした例はなしとしないし、しかもそれらがすべて正鵠を誤つた論になるといふ訳のものでもないが、いづれにしても、私の場合は、生憎さうでない。その以前は住吉大社に奉仕してゐた時分から保田に誼を通じてゐた八坂神社の真弓宮司も、同じであり、もつと別の例を挙げるなら、周知の『日本浪曼派批判序説』における橋川文三がまたさうであつた。檀一雄が、もし保田與重郎に「会つてみる」ことがなかつたならといふ仮定を立てるのは、およそ意味をなさず、辱知を得たのを幸ひとし、そのことが、拙い筆を運ぶ扶けとなるやう意を用ひるのを、私のつとめとする。近しい立場にある者が伝記をものすると、反つて当の人があらぬふうに歪められることは往々にして見られる。保田をことさらに美化すまい。そのやうにあらうとすることは、私の平素からの心組みであるとは云へ、既述のやうに門下の末席を汚した私には、保田與重郎を中正な、曇りのない眼で語る資格は始めからないと云はれれば、そのとほりで、それは是非もないことであつた。

それにしてももしかし、「会つてみると」、まづたれにも「魅力のある男」と映つた、さういふ人物像を、その事績と併せて、私によく描き得るか。檀一雄の「深夜妄語」の文は、さきに引いたところにまた続けて云ふ。「言語の行衛あやまたず事物の錘心をとらへるさま、並々ならぬ感情の鋭敏を語り、これほど闊然たる知識人も少なからう。音声は無類であり、十分喋つてゐる間に、大抵の人間を希臘人に改宗させる。畏るべし。」文を作つて滞らずに簡勁なのは、発明を得た檀一雄の手法であるが、その態を写してゐるのに、私の記憶にある挙止のあれこれを思ひ合せて、いかにも保田與重郎はそのやうなひとだつたと了解する。しかし大方が保田を識らない、歿後も三十余年が過ぎた今日に「魅力のある男」を、どのやうにしたら造型できるのか、書く前から私は心中もどかしく、さうして心許なさが先に立つ思ひである。

作家論をしるすのに、その作家への私小説的関心といふべきものを斥けるのは、保田が批評におい て旨としたところであつた。『佐藤春夫』に、春夫が「壮年をすぎて一人の男子を得た」(「事変と文学者」)ことを云つてゐるのは、「老蕪村が愛子をもつた」(同書「言ひ訣け風な註釈」)事実に引き合せたものであるが、詩人の家庭内にまで、あるいは「源氏の写本と共に、丹鶴叢書の古版がおかれてゐる。鉄斎の書と共に柳里恭の軸もある」その書斎にまで、寸言ながらも一巻のなかで立入つてゐるのは例外に属し、例外を敢へてまたなさしめたものは、ひとつには、保田與重郎の佐藤春夫に対する信従の念であらう。「河原操子」(『改版日本の橋』所収)を執筆する際には、『蒙古土産』を一宮操子の名で著述したその女史が存命であるかどうかは関心の外で、一篇を発表後、洋装した女史の大きな写真に署名したのを贈られてびつくりしたといふのは、保田の直話である。手控へに確かめると、昭和五十三年十二月二十六日といふ日に、鳴瀧の邸、身余堂で聞いたものであるが、ことほどさやうに、作者の私事に関して無頓着たり得たのは、保田の生得の性とも思はれる。

さういふことは、保田には、どうでもいいことであつた。といふよりもまた、作者の私的なことがらを調べるのを卑俗な興味とした保田與重郎において、さうした面での詮索によつて得られた成果を誇示し、以て文学研究とすることと、文学といふものは、瞭らかに別事であつた。「私の見るところ、近来の文学史研究方法は、興信所の調査以上に出来ない。」と『日本浪曼派の時代』の「一つの文学時代」に書いてゐるのは、さうしたことを云つてゐる。信書の内容を公開することに批判的で、まして恋文を衆人の眼に曝すなど論外だつたのも、同様の観点からであり、来翰で自身の文に写して人に披露したいやうな文言があつても、たとへ一行さへ抄することに逡巡するまま、それを得しなかつたのは、私の銘記するところである。

私が旧稿において保田與重郎の書翰を引くことをしたのは、その一部ではあつたが、保田が批評において従つた右のやうな矩に、すでに違背する。だが、作品論といふ枠を越えて、少しでもその伝に及ぼうとすれば、それは致方ない成行だつたと弁じるしかなく、保田の禁としたところを冒す部分が自ら多くなるのは、本書の性格のしからしめるところである。日附に亘ることで覚えてゐる場合でも、忘れたとして某日とだけ云つてゐるのを、文を草する上での一種の修辞法とも考へることができるなら、判明した日附を書き込むことを私は躊はない。保田が殆ど筆に上せることのなかつた私事にも、伝を整へる必要から、已むを得ないこととして語を費すであらう。それもこれも、蒙つた恩恵に酬るために、といつた不遜な云ひ方を仮初にも私はしないが、ただそのひとにおいて嘉納されるやうな一書となることを庶幾《こひねが》ふのである。

保田與重郎が伝記といふものに価値を認めなかつた訳でないのは、これも『佐藤春夫』に「私は伝記の文藝をむしろ尊重する」（「言ひ訣け風な註釈」）と記してゐるとほりで、その批評の少なからぬものが、伝記のたぐひに負ひ、それを踏まへてなつてゐることは、私の言を俟つまい。しかし、鳴瀧に赴いたあるときの座談のなかで、某氏の著した某氏伝にふれて、自分の知る同時代のそのひとは、本に書かれてゐるやうでなかつた旨を洩したことがあつたのは、著者の見識の程が伝記には如実に映し出されるといふ意に私は解した。そのとき、その作は文学ではない、そのやうにも、保田與重郎はまた云ひ添へた。今は私に向けられたものとして、訓へをここで服膺するのであるが、翻つて「小生は今生今期の一文人として、たゞ一つ信じ念じてゐることがある。人がどういふ文人であつたかといふことよりも、願つてゐたことのその一つを、知つてほしい」（『冰魂記』後記）と述べた保田は、自身についての伝記が編まれるのを不要としたやうでもあつた。しかし、さういふことばは、顧みて「どういふ文士であつたかといふこと」に自負と自信を持したひとにしてこそ云へるものと案じて、一幅のその肖像画を今日の日に掲げたいといふ思ひを余計にまた私は固くする。歿してから歳月の過ぎるうちに、保田與重郎が半ば伝説中の人物と化した概も見られるのは、檀一雄が「こいついかさまにちがひないと思ひこんでゐた」のとは、事情において異つてゐるとしても、反つてその正確な伝を需めるものであらう。

保田與重郎――吾ガ民族ノ永遠ヲ信ズル故ニ　目次

図版写真一覧

第一章　桜井で

1　就学以前

市立図書館から

保田與重郎の郷里は、青丹よし奈良の、今の桜井市である。電車を近鉄桜井駅で降り、南口に出て徒歩二十分程、多武峰方面に通ふ自動車道路沿ひに、道路を挟んで恰度保田の家の氏神である等彌《とみ》神社と相対してゐる市立図書館へ、資料の調査を兼ねてこの間何度か足を運んだのは、保田の遺香といふべきものを止めて、そのひとを偲ぶのに至極また適つた場所だからである。私が行くときは、駅前のアーケードを抜けてから、バスなどが往き交ふ自動車道路ではなく、図書館の裏手、西側を走る道幅も狭い寺川沿ひの旧の多武峰街道を辿つて、途中を左に折れると、その脇に出る。前庭のやうに整へられた建物の前に佇てば、南の方は多武峰に続く高みで、周囲の見晴しが利いて一帯の明るい点、立地として申し分なく、開放感に溢れる平家の贅沢な造りは、図書館に出掛けること自体が愉しみとなるやうな、さういふ心持に誘ふものがあるが、建築に木が多用されてゐるのを、木材を扱ふ業が盛んな土地柄と云へば、最晩年の保田が「序」を寄せてゐるのに『木商愛太郎伝』（西垣林業株式会社、昭和五十六年六月）があるのを私は思ひ合せる。一巻をなさしめるほどの人物、西垣愛太郎は、一代で大をなした、桜井の代表的な材木商である。

歌碑三基

市立図書館に、保田與重郎の二男で市内に住む悠紀雄氏の案内をうけて始めて赴いたのは、平成十一年十一月に開館して間ない、その歳暮であつた。館内の郷土資料室といふなかに保田與重郎のコーナーが設けられるといふ建築計画を予て聞いて、竣工を心待ちにしてゐたものである。開館への準備として『コギト』に掲載された保田の作品の原稿を市が一括購入したとの報が、その後またもたらされると、買入れに要した費用の多額に上ることに愕きながら、どんな原稿か、実物について一度確かめたい思ひで、それもたのしみに訪ねていつてみると、まづ正面の玄関を入る、その手前に保田の書による歌碑が二基並んで建てられてゐる外構のあしらひが、しばらく私をそこに立ち止らせた。

向つて右は、

紀鹿人跡見茂岡之松樹歌
茂岡に神さひ立ちて
栄えたる千代松の木の

歳乃知らなく

そして左に、

鳥見山のこの面かのもをまたかくし
　時雨は夜の雨となりけり

とあるのは、保田與重郎の自詠で、碑の裏側に回ると「昭和四十一年十月／山本五平建之」と刻してあることから、私は直ぐ思ひ出したのであるが、二基ともに以前は近くにある山本氏の自邸の庭中に建つてゐるのを、路辺から塀越しに覗き見たものであつた。薬種商の山本五平が保田の結婚に際して月下氷人をつとめたひとであることは、予て私の聞き知るところで、今も商店街の一角に山本五平薬局として商ひが続いてゐるその店舗は、辺りのそれに比べると目立つた構へであるが、さういふ縁で揮毫を保田に請うて家の庭先に建てたのを日々ながめ暮した心を床しく思ひながらも、愉しみを山本五平が独り占めしたやうに受けとつては、妬ましさに似たものを禁じ得ない。歌碑に対して抱いたそんな心持を、それを前にして、ゆくりなくも私は喚び起したことであつたが、しかしまたかつては大方には知られてゐなかつた秘密がなくされたやうな、それが公共の場に展覧されることが、今度は口惜しいやうな気になるのは、さても厄介な感情である。

紀鹿人《きのかひと》の「跡見茂岡之松樹歌《とみのしげをかのまつのきのうた》」は『万葉集』巻六に所収である。大伴氏の跡見の庄がここにあつたのに紀鹿人の出向くことがあつたのは、集中の鹿人の別の歌にも読まれるが、「茂岡」は鳥見《とみ》山の一隅で、一首はそこに仰ぎ見られた松の大木を歌つてゐる。「この鹿人の歌は、古代の人と自然の交渉の察せられるもので、大樹をただそのままに歌つて、一箇悠久な静寂を現はしてゐる。注目すべき歌の一つである。」保田は『万葉集名歌選釈』（新学社、昭和五十六年六月）に一首を採つて述べてゐるが、保田の歌との取合せにも妙を得て、鳥見山を後ろにひかへた場所に歌碑が据ゑられてゐるのは、宛もそのために用意された感があり、遺族から市へ寄託されたものとしても、それを新築の図書館の構内に巧みに配した設計者の才覚は賞されていい。

両つの歌碑のところから少しばかり後戻りするやうになるが、正面入口に至る途中、建物の北端の外れに、もうひとつ保田の歌碑が認められるのは、これもかつて見たものであることに思ひ当るのに、さしたる時間は要しなかつた。おそらく半切に書かれたものによつた右の二基と違つて、この方は色紙大で、

小泊瀬は
時雨ふるら
し二上山
このゆふはえ

のことに美し

と、やはり保田の筆による一首を写してゐるのは、桜井市の教育委員長をつとめた米田一郎の庭内に建つてゐたものである。米田氏が所持する色紙を原に造つた由、碑を一見しがてら氏を訪ねて行つて聞いたのは、全集の刊行の準備で桜井に赴いたをりだから、もうふた昔以上も前となる。暑い日の、昼の闌けた刻で、私の眼の裡にあるそのときの米田氏は、ホースを手に半ズボンで庭の水撒きをしてをり、水は歌碑の上にも勢よく注がれた。形状を思ひ合せると、変更が加へられたふしがあるのはともかく、察するに、米田氏の物故後、居宅の処分に際して、歌碑を市が譲りうけたのであらう。このために誂へたかのやうに、それを新図書館に活かしてゐるのは、山本五平邸にあつたものについてなされたのと同様、じつに心憎いものがあるが、ただその旨を記した立札でも添へられてゐないままでは、由緒がいつか判らなくなりはしないかと、そんなことを私は考へる。

巻向川の堤の傍で、田畑に囲まれ、目路を遮るものは何もなかつた米田氏の庭からは、なるほど二上山も遠望されたのが、歌碑に「二上のこのゆふばえのことに美し」とあるのに似つかはしいと、同氏はそれに得意気であつた。歌碑がなつたのは保田の歿後であるが、生前に了承を得てゐたことは、全集第三十六巻の「月報」に載る米田氏の「想い出すこと」に記事がある。移設された図書館のところからは、歌はれてゐるやうな情景をながめることはできないが、しかしそれで歌碑が、以前よりなにか見劣りするやうになつたといふ訳でなく、これが広く衆人の目にふれるやうになつたのは、米田氏をして面目を施せしめたものと私は語つて、今は亡いそのひとの心柄がなつかしまれるのである。因みに、保田與重郎の歌碑は、他には「さゝなミのしかの山路の春にまよひひとり眺めし花さかりかな」の一基が近江神宮の境内にあるのは、これは歿後の昭和五十九年の建碑である。

外回りを見終へて館内に入り、書架の並ぶ閲覧室を中程まで進むと、右手の奥に「郷土資料室」と標示された一画があり、保田與重郎についてのパネルによる説明と併せて、保田が北村透谷賞を受賞したときの賞牌、あるいは『日本浪曼派』をはじめとする雑誌等、関係資料の展示がなされてゐる。そこを出た先のまた一室には、保田家から寄贈された著作と、そして旧蔵書の一部が配架されてゐる他、既述の『コギト』の原稿が、その複写を製本したものによつて自由に閲覧できるやうになつてゐるのは、行届いた配慮である。原稿は『コギト』の編輯兼発行人だつた肥下《ひげ》恒夫の許に置かれてゐたもので、原稿とともに、主に事務的な連絡を内容とする発行所の肥下宛九十通の余の書簡が保存されてゐたのは、大妻女子大学図書館の所蔵するところとなり、これは「肥下恒夫宛保田與重郎書簡」として『大妻女子大学紀要—文系—』第26号（平成六年三月）に紹介されてゐることを記しておくのは、これも保田の文学の愛好者のためである。『コギト』のその原稿を私も通覧して、同誌の第三十六号、昭和十年五月号に所掲のモリッツ・ハルトマン「ある夫人の思ひ出」の訳者名の記のない翻訳が保田によることを知つたのは、桜井市立図書館から蒙つた恩恵のひとつとする。それと気づくことのないまま、全集にも洩れてゐる一文は、十九世紀の初め頃、パリから遠くないフランスの地を彷徨してゐたヘルダーリンと覚しい男の姿を書きうつした報告と読まれる。

生家へ

鳥見山の山裾に拡がるやうにして桜井の街はできてゐる。自身の家の位置について「鳥見山中茂岡北畔」（『日本に祈る』自序）と保田はしるすことがあつたが、市立図書館から多武峰街道を北の方に引き返し、駅前の商店街のアーケードが途切れる東の端に出ると、山本五平薬局の前を過ぎて、保田與重郎の生家は直ぐである。保田は、奈良県磯城《しき》郡桜井町四百番屋敷のここに明治四十三年四月十五日、父槌三郎《つちさぶらう》、母保栄《やすえ》の間の第一子として生れた。四男三女の長男である。昭和三十一年九月に市政の施かれた現行の地番は、奈良県桜井市東町七八〇番地で、同市大字桜井七百八十番地とする本籍地も同一の所である。槌三郎は同県田原本の森川氏の出で、婿養子として保田家に入つてゐる。さういふ父親だつた上に、まして男子の長子であれば、自身の都合は二の次にしても、子の利便を先とする。保田與重郎は、私の知る限り、自由で、女性的とも云へるやうな優しさを持した反面、我儘な、さうして邪心のない少年のやうな純真さそのままを晩年まで生きたひとであつたが、さういふ人と為りの形成を、幼少時の家庭環境から説くのは、とほり一遍としても、観測として大きくはづれまい。

桜井保田家

保田家は、植林を業としてゐた。保田與重郎の思考、文学の感覚を養ふのに、そのことがまたなにほどか影響してゐることについては「私は植林を家業としてゐる者だから、千歳の後などとは云はないが、習慣として三代位の先々までは、後人の用にたつやうな文学を考へてきたのである。子供の日からの自然の習慣で、さういふ古風なものの考へ方に泥んできた」（『機織る少女』所収「風景と歴史」）と後年になつて弁じてゐる。自身の私事に関しても、作品のなかに洩すことの殆どなかつた保田にしてめづらしい言であることは留意されてよく、「家業」が意識の裡を領してゐた度合を私はここに量るのである。その文学の在り方を「家業」が少からず決定するといふのは、作家論において保田與重郎が眼目としたひとつであつた。

植林を業とした保田家は、相当の山林を所有したやうである。近畿一帯で五本の指に入る山持ちとも巷間いはれたのが、実際そのとほりだつたのかどうか、さうしたことが実行できるものかはともかく、保田家の資産調査を過去に遡つて行ふ用意は私にないし、その必要も認めない。少くとも何の根拠もなしにそのやうな話が流布することはないとして、中らずとも遠からぬものがあるであらうと思ひなすのは、私の、いはば心証による。例へば保田家の男子は、四人すべて東京に遊学してゐる。家の教養といふものを物語つて、長男だけが特別に扱はれたのではないことを証するといふ意味でも、それは疎かに云ひ得ない一事である。桜井地方において子弟に東京で高等教育を受けさせるのは、私の知るところ、明治四十二年生れの磯城郡纏向村（現桜井市芝）の樋口清之が、また同郡安倍村（現桜井市高家《たいへ》）の大正五年生れの栢木《かやのき》喜一が、いづれも国学院に学んでゐるから、めづらしいとは云へないが、それにしても保田の家の場合は四人であり、しかも次弟以下は私学に通はせた。そのために要した費用がどれくらゐに上つたか、それの算出も、私はまた能くしないが、富裕でなければ、もとよりできないことであり、植林業を以てそれだけの産をなすには、当然のことながら、それに見合ふ山林を保有してゐなければならなかつたはずである。

　建坪が百坪ほどで、二棟の土蔵を備へた生家の堅牢な造りも、思ふに、そのことを事実として諾はせる。生家といつても、家屋そのものは、與重郎が生れた後、大正時代になつて建て替へられてをり、正確な意味で生家といふのでない。以前の家は知られないが、新築したのは、家族が多くなつて手狭になつたといふ事情があづかつてもゐるであらうか。遺されてゐる生家は、二階建ての、虫籠窓のある、大和における民家の一様式を守つてゐると見えるのは、同型の建築を、例へば明日香村辺りでも目にするからで、表に面した部分こそ四間の普通の構へであるが、木戸口を内へ入つてからの奥が深くて、目立たぬ贅を凝らしてゐる。玄関先の敷台の造作ひとつにも、すでに家格の高さは窺はれると云へば、家の建て替へ自体が、普請を行つたといふそのことが、当時の保田家の経済の状態を映し出してゐるであらう。後年施された改修で水廻りなどを一新し、それまで末弟仁一郎が住した間は、広い土間に並ぶ大きなへつつひで煮炊きをしてゐたのが、桜井では今どき保田家ぐらゐと云はれてゐたそれも取り払はれたが、全体としてなほ旧構を保全してゐる。建物の前に「保田與重郎生誕地」の石柱があるのは、生誕百年を記念して建てられたものである。

　その前後の桜井の町の様子にふれると、旧国有鉄道の桜井線は、保田與重郎が生れたときにはすでに敷設されてゐた。高田から桜井までが大阪鉄道によつて明治二十六年に開通した後、奈良と桜井の間の奈良鉄道が通じるやうになるのは、同三十三年で、桜井駅は保田家からは西の方に開設された。貝原益軒の『和州巡覧記』に桜井についてしるすくだりがあり、それに「毎月六度市のたつ所なり。故に民家饒はし。」と云つてゐる、その六斎市が特に魚市場で聞えたことは、周知のとほりであるが、早く鉄道の敷設がなされたのは、そのやうに海石榴市《つばいち》の栄えた昔からここが交通の要衝に当つて、近代の産業としても林業に発展するものが見られたといふ消息を、おそらくは一斑において語つてゐる。魚市場に関しては、江戸幕府の命で桜井から出向いたそこの商人が日本橋の魚河岸を開いたといふ挿話を書き添へれば、六斎市におけるそれがどれほどの規模のものであつたかを推し量り得るであらう。伝承ではなく、『東京市史稿』にも載せるそれが史実であることを、後年の『日本浪曼派の時代』に説く保田は「海のない山中のものが魚河岸を開いた」（「一つの文学時代」）と、さう云つてゐる。ずいぶん前のこと、熊野灘で獲れた鯖に塩をしたのを桜井で供されたことがあるが、輸送にも便を得なかつたかつては、山を越えて遠路運ばれて来るうちに食べごろとなるそれを珍重した由に聞いたのを、なるほど肯はせる美味しさだつたのは、昔日の魚市場の名残りに浸つたやうであつた。

祖父與吉

保田の生れた日について、明治四十三年の四月十五日とするのは届出上のことで、じつは同月十三日の誕生である旨、母保栄から教へられた話として與重郎が何度も談じたといふのは、保田典子《しづこ》が「そのころ」と題して全集の「月報」に掲げた一連の回想のなかのものであるが、私もまた、保田與重郎の生前、あるとき身余堂でその件が話題とされたのを憶えてゐる。「そのころ 五」（全集「月報」第十八巻）によれば「保田の生後三ヶ月余りの写真の裏には明治四十三年四月十三日出生と判然りと記されてゐる」とのことであるが、私が鳴瀧の座談のなかで聞いたのでは、その臍の緒に、やはり同様の記があると云ふ。

四月十三日の出生なのが、どうして十五日として届出られたのか。理由を審らかにしないが、その点は措き、右に徴するなら、保田與重郎は四月十三日に生れたとするのが正しいやうである。私はしかし、四月十五日出生を誤りとして、ことさらここに訂正を加へようとするのではない。保田與重郎本人は、四月十五日を自身の誕生日とすることに何かそぐはない念をもつてゐたといふのではない。「四月十五日と云日《ママ》」の題の一文が全集の別巻一に収められてゐるのに書かれてゐることであるが、佐久間艇長の遺書で喧伝した事故、第六潜水艇が遭難し、佐久間勉艇長以下十四名の乗組員が殉死したのが、明治四十三年三月十五日であることに、むしろ保田は一種の暗合を覚えてもゐた。さうして十五日を十三日と改めることが、伝を作る上での手柄となるものではないと云へば、母保栄が與重郎にした話の眼目も、必ずしもそこに置かれてゐたのではなかつた。誕生の日として四月十三日を保栄に強く、後々まで記憶させたもの、それは「丁度その日が、桜井の町に初めて電燈のついた日だつた」（「そのころ」同前）といふことであり、たんに與重郎が誕生したのを四月十三日とする妥当性を云々することより、その出生が桜井の町の歴史のひと齣をはからずも照し出すといふところに、ほの暗い家の炉端で媼のする昔がたりに耳を傾けてでもゐるやうな感興を私は味はふのである。

表は東の方角に当つて旧の初瀬街道に面する保田家の、西と、そして北は一面水田が拡る景が見られた時分で、『桜井町史』（桜井町役場、昭和二十九年九月）を参看すると、明治四十三年における戸数六九一戸、人口は二六九五人といふ町の規模であつた。電気が通じるやうになつたとは云へ、当初は点燈の時間も限られてゐたはずだから、人家が疎らだつた一円の山河が鎮まる夜の闇の深さは、月がなければなほのこと、今日からでは想像できないまでのものがあつたに違ひない。それも別の土地でない、肇国の故地である。文字どほりの黒玉《ぬばたま》の夜に、ものごころが付いたときから覚えた畏怖ともいふべき感情は、やがてそれを基底にして、例へば『万葉集』を保田與重郎に読ませたものでなければならず、万葉びとが大和の山姿水相を歌つたその心に、遙かな歳月の隔てを越えて呼応したのは、それを他にしてなかつたと云はれていい。

父槌三郎が田原本の森川氏から婿として保田家に迎へられたことは、既述のとほりで、與重郎の生れたのは、祖父の與吉《よきち》の代であつた。女系がかつてゐたといふ自身の家のことを『日本浪曼派の時代』に「祖父のまへは三代ほども養子がつゞいた。そんなわけで祖父は待望された久しぶりの男子として、それもたゞ一人の男子として、大切にされ、かなり格式づけて育てられたやうである」（「一つの文学時代」）と書いてゐる、その祖父であるが、そこにまた養子が入つて儲けた男子だから、與重郎が祖父のやうに育てられたといふのは、たれよりも祖父の心持においてさうするのが自然の情であり、子どもたちのなかで、祖父の名の一字を採つて命名されたのが與重郎ひとりであることにも、それは酌まれる。次弟以下の名を記せば、順三郎、恒三郎、仁一郎の順で、女子は、上から、満寿、正子、敏子である。

自身の私事に亘る類を筆に上せることの稀だつた保田與重郎は、父母についてもかつて記すことがなかつた。さうした文章を需められても、生地のことを語るに止めたのは、一例を挙げるなら「父母なる国」（『都新聞』昭和十三年六月五日、六日）に見られるごとくで、理由として「何ものでもない父祖のことを、私如き太平の逸民が売文の料とし、怠惰の書生がそれを以て、戯文の一つとすることは嫌はしく悲しい」と云つてゐるのは、自恃と相俟つた一種のダンディズムの裏に、多分は家に対する私かな誇りが匿されてゐる。『日本浪曼派の時代』の右に抽いた箇所にも、親のことは、父、母ともに言及するところはないが、さういふなかで、祖父に関しては一度ならずふれてゐることに、與吉に対して懐いた特別の念を看て取り、さうして『万葉集の精神』の「序」に「私事ながら、本書の稿を郷里なる鳥見霊時山下の茅屋で誌しつゝあつた頃に、わが高齢の祖父を失つた」と書きつけてゐること を私は合せ考へるのである。一巻が與吉の霊に献じられてゐるのも、保田の著作で、もとより他に同様の例のないことであつた。

『万葉集の精神』の同じく「序」の終りに、與吉のことがもう一度云はれてゐる。「かつてわが祖父は、著者の文藝の評論を見て、それが人の文章の非を論ひ、文章とも詩とも云ふべきものでないと慨嘆したが、その言はつねにわが心底を去らないものであつた。」しばしば引かれる一節であるが、保田がものす決して易しくない批評を手にするほどの一人物をそこに認める私は、孫に寄せる祖父の期待がどれほどに大きかつたかといふことをも、これにまた了解する。「與重郎の今日あるのも祖父のおかげです。祖父は、『せがれ』に不自由をさせるなと書籍経費等の送金は少しも惜しまなかつた。又、せがれも祖父の心を知つてよく勉強しましたよ」とは、槌三郎の談を森本一三男が伝へるもので、戦時下、桜井の家に訪ねて行つた保田が不在だつたをりのこととして「保田與重郎氏を偲ぶ」（全集「月報」第二十八巻）に森本はこれを交へてゐる。頭痛持ちだつた子供のときの保田が、頭に関する病気に利益があると伝承されてゐた忍坂の舒明天皇陵に詣でるにも、與吉に連れられていくことが少なかつた。同時に、槌三郎も一廉のひとであつたことについて、高家の栢木喜一に関はる挿話を記しておくと、栢木が東京での就学を希望したとき、家の事情からであつたか、主は直ぐには許さなかつたのを保田先生の父君が説いてそれを遂げさせたと、さう栢木喜一は私に洩すことがあつた。

キリスト教と幼稚園

『日本浪曼派の時代』に、社会的なことがらについての幼時の記憶で古い第一と云つてゐるのは、青島陥落祝賀の山車が一台出て、それが太鼓を打つ音を響かせながら町内を巡つた日のことである。「山車のあとに従つてゐた子供らは、もう日暮れの家に帰つて了つた。ついてゐる大人はもと〳〵山車のかゝりよりゐなかつた。この幼年の日の記憶の光景は、私の眼からいつも離れない。その太鼓の音は耳にのこつてゐる。」（「一つの文学時代」）保田與重郎がかう述べるのは、祝賀の気分から遠い、「侘びしい、さびしくて、かなしげなもの」が揺曳する記憶としてである。「河原操子」の書き出しに自身の閲歴を「明治の晩年に生れた。欧洲大戦を記憶し」云々と叙してゐるのは、それを云つたものとも思はれる。

第一次世界大戦の開戦は大正三年だから、保田はこのとき五歳と、「年齢の数え方に関する法律」に拠ることなく、数へ年で記すのは、ひとつには、保田がそのやうにしてゐたのに倣ふのである。大戦が始まつたのは六月であるが、遅れて参戦した日本軍が中国におけるドイツの租借地青島を占領するのは十一月に入つた、その七日である。祝賀の山車が繰り出すのは、従つてそれ以降のことであるが、順序としては、やがて幼稚園に通ふやうになるのが、その次に現れる記憶のやうである。

幼稚園にまつはる記憶を保田與重郎の裡に止めさせたのは、他の何があづかつてゐるといふのでなく、幼稚園がキリスト教との初めての出会ひをなしたことにより、育成幼稚園の園名のまま今も変らない場所に在るそれは、保田の成長に、恰も合せたかのやうに開設されてゐる。『日本浪曼派の時代』に「そのころ私の町へ初めてアメリカ人の老婦人がきて、教会を建て、そこへ幼稚園を併設した。私らはその幼稚園へ通ふことになつた」（「一つの文学時代」）と云つてゐる「そのころ」といふのは、青島陥落祝賀の催しが行はれたその頃であるが、幼稚園が創められた時期のことに限るとき、保田の言は誤つてゐない。だが、述べられてゐる全体に及ぶと、必ずしも正確と云へないのは、たまたま橿原市の八木基督教会を通じて閲覧の便宜を得た日本聖公会京都地方部教務局総務部による「日本聖公会京都地方部歴史編纂資料」から、さう案じられるところで、孔版の本記録は、昭和十二年三月編纂の記を表紙に付す。

日本聖公会が桜井町に設けた教会の名称は、「桜井聖保羅教会」である。「歴史編纂資料」に「大和桜井町基督教講義所歴史」「桜井聖保羅教会沿革大要」「桜井聖保羅教会歴史」の各記録を載せてゐるのによると、明治二十三年十一月、聖公会は町内の信者宅に講義所を設置してをり、すでにこのとき、米国人のアイ・ドーマンなる宣教師が管理長老として説教をしてゐるから、『日本浪曼派の時代』に云はれてゐるやうに、桜井に来た初めてのアメリカ人が「老婦人」といふのは、事実と相違する。のみならず、教会堂、会館等の建設は、明治四十年十月二十九日に定礎式を催し、翌四十一年一月に竣工をみたもので、聖パウロ改心日に当る同月二十五日に聖別式を挙げてゐるのは、保田與重郎の生れるより前である。定礎式について「コレル長老及同夫人、ミス・ランニング、袋井、阿部、牧村、町田、守山の諸教役者諸氏参集」と出席者名を記してゐるなかの「ミス・ランニング」を「アメリカ人の老婦人」に私が擬するのは、幼稚園の園長だつたと思はれるそのひとを保田が「未婚」と書いてゐるのを根拠とするにすぎないが、おそらくは伝道師の「ミス・ランニング」の名が桜井聖保羅教会関係の記事に出るのは、その箇所の一度のみで、いづれにしても「アメリカ人の老婦人」が教会を建てたとする証はそれに見出されない。

幼稚園が教会の会館内に併設された時期を、「桜井聖保羅教会沿革大要」には大正四年一月十一日とし、「桜井聖保羅教会歴史」は前年の三年十一月三日としるしてゐるのは、後者を採る方が、記述に整合性が得られるもののやうであるが、今はしばらくそのままに措く。どちらであれ、青島陥落が祝はれたのと前後して幼稚園が開設されたことに間違ひはなく、さうして『日本浪曼派の時代』に云つてゐるのに即するなら、保田與重郎は四月の通常の入園時を待たずに、開園すると直ぐにそこへ通ふやうになつたのであらう。「此の企に賛成して桜井町より金三十円を寄附せりと云ふ」と「沿革大要」にある「此の企」は、聖保羅教会による幼稚園開設のことを指してゐる。町からの寄附は、明治の新時代を迎へて、町の遊廓を第一番に廃したといふ開明的な土地柄を現すものとは云つても、桜井地方における聖公会による布教活動が初めから障碍なく進んだ訳でなく、教会の施設を整備し、幼稚園の開園にこぎ着けるまでは、荆棘の径を、文字どほりそれは切り拓いていく苦難の歩みであつたことは、資料の具に語るところで、「大和桜井町基督教講義所歴史」より抄すと、「明治二十五年度には、八人の受洗者ありたり当時は講義所創立后最も盛なる時代なれど実は信徒の大半は一時の好奇心よりして斯教を受いれたるが為か、二十六年度に至りて大井《ママ》に不振の有様となれり」とあるのに、一斑を察知することができる。

日曜日の教会堂

幼稚園の開設時の園児数を、「桜井聖保羅教会歴史」には二十一名と記録する。『桜井町史』（前掲）に掲出する「累年別世帯数及人口」によると、大正二年には世帯数一六四七、人口総数八九三二人になつてゐた。町当局が開園を後押ししたにしては、入園者が決して多いとは云へないのは、キリスト教に対する偏見の問題でなく、町でも住居がそこから遠くない地域の、しかも比較的富裕な家の子弟に限られたからであらう。「私の家は、いはゆる『文化』的な風が少くなかつた」（「一つの文学時代」）上に、二箇の条件に適つてゐた保田家は、進んで與重郎を幼稚園へ通はせるやうにしたものと思はれる。教会堂が建てられた当時は、田畝のなかに一軒家のやうにしてあるその建物が、桜井線の汽車の窓から眺められたといふ景観は、幼稚園が開設された頃も、多分は大きな変化はなく、保田の家からは西へ直ぐのところ、水田越しにそれが望まれたはずで、家から桜井駅へ出る途中にある幼稚園までは、何分と要しない。

幼稚園の保育は、方針としてキリスト教によるといふのでもなかつたやうである。「幼稚園では、子供は畳敷の座敷へ坐つた。登園第一番にすることは、園長女史のまへに正座し、手をついて親に対すると同じ朝の挨拶をさせた。田舎の年中行事はすべて行つた。」（「一つの文学時代」）さうして「教会堂へは日曜日に入つたが平素は入らなかつた。そして日曜ごとに、キリスト伝を教へてくれた。キリストの一代を描いた掛図をかけて、日本人の保母が話をしてくれた」と、「一つの文学時代」の同じ箇所に記されてゐることからすれば、キリスト教に接するのは、幼稚園での保育とは別の、教会堂における、一般に日曜学校と呼ばれた場で、オルガンの音に合せて讃美歌を歌つたといふのも、そのときであらう。「桜井聖保羅教会沿革大要」に、幼稚園開設当初の保姆として山口菊子、また婦人伝道師柴恭子の二名を録してゐる。日曜日の教会でキリスト伝を話して聞かせたのは、婦人伝道師の方でもあつたらうかと、保田の書いてゐるところから、さう私は思ひめぐらせてみるが、ただ両人とも半歳もしないうちに桜井を去つてをり、後任者については記載がない。

その名前を「ミス・ランニング」と私が推定したアメリカ人の「園長女史」のことが、一連の資料中、幼稚園に関はる記述に現れない事情は不明である。幼稚園の開園する前後の桜井聖保羅教会牧師として名が見えるのは伊藤堅逸で、『桜井町史』(前掲)が「育成幼稚園」について「伊藤堅逸氏の児童宗教に対する理想と抱負から実現した」と、特にそのひとを宣揚して云つてゐるのを勘案するなら、教会に幼稚園を併設したのは「アメリカ人の老婦人」といふより、牧師伊藤堅逸とするのが妥当である。児童心理学者として知られたといふ伊藤のその方面での業績に関して私は不案内であるが、桜井聖保羅教会への赴任の期間を、「桜井聖保羅教会沿革大要」は大正三年六月から同五年四月までとしてゐるから、保田與重郎は伊藤牧師を見識つてゐたはずなのに、回想のなかに出てこないのは、それだけ「アメリカ人の老婦人」が保田の心を強く補捉したと私は考へるのである。

日曜日の「陰気でうすぐらい」教会堂で見せられたキリスト伝の掛図の「異常に気味わるかつた」ことが「幼年時代にうけた私の生涯の最も不幸な記憶」（「一つの文学時代」）と保田は云ふ。「その主題も、星を見て歩く博士たちの砂漠の風景とか、血のしたゝる十字架とか、最後の晩餐とか、さういふ血なまぐささは、旧約の殺戮や復讐の物語とともに、かつて知らなかつた戦慄のやうな陰惨さや、一種深刻な恐怖を我々に印象づけた。」（同前）だが、キリスト教についての幼時の理解が、果して述べられてゐるとほりのものであつたか、後年の保田に、例へば「聖書を読む——契約の血——」（『新潮』昭和二十七年七月号）があるが、そこに整理されてゐるキリスト教観が「不幸な記憶」といふなかにあるいは投影されてゐるとすれば、われわれはそれをいくらか割り引いて受け取らなければならないし、云はれてゐるやうなキリスト教の残忍さに向けられた批判を、幼稚園児のときの日曜学校に簡単に結びつけるのは性急にすぎる。

キリスト教に対して、どちらかと云へば保田與重郎は寛容だつたとするのが、中止な見方である。受け容れるにせよ、また反撥するにせよ、異文化に遭遇したといへるほどそれが身につくには、年端のまだいつてゐなかつたことが保田に幸ひしたかも知れないと、さう私は思ふのである。聞かされたキリスト伝は、云つてみれば、おとぎ噺めいたものであり、その頃はアメリカ人がものめづらしかつたといふ限りで、「園長女史」も、おとぎ噺のなかの人物のやうな感が幼心にされたのではなかつたか。「異常に気味わるかつた」といふのも、おとぎ噺から受ける感覚に止まり、他方でそれが幼い保田與重郎の好奇心を刺戟し、知識の幅を拡げた面を見ようとしないのは、また偏つた観測である。

2　中学校まで

「桜井の教育」の小学校

大正六年四月、八歳の就学年齢に達した與重郎が入学した桜井尋常小学校は、桜井市立桜井小学校として今日ある場所でなく、桜井駅の南口から直ぐの、現在は大和信用金庫の本店となつてゐるところにあつた。寺川の流れを南にする、磐余《いはれ》橋の近くで、通学に便を得てゐたのは、幼稚園のときと変らない。桜井小学校創立百年記念誌『桜井』（桜井小学校創立百年記念事業推進委員会、昭和四十八年十月）に、卒業生として保田が寄せてゐる一文があるのは全集に未収録で、これも桜井市立図書館で関係資料を閲覧してゐて気がついたものであるが、全文をここに掲げるのは、必ずしも全集の遺漏を補ふ意味でなく、四百字詰原稿紙にして三枚ほどのうちに、『日本浪曼派の時代』には見えない記述をも含んで、保田にとつて、それがどういふ小学校だつたかを云ひ果せてゐる趣があるからである。横組みに算用数字がときに用ひられてゐるのを漢数字に改めた他は、仮名遣ひ、送り仮名、誤植等、原文のままとする。本書における資料の扱ひは、すべて同様とし、誤りと思はれる箇所等にはママと傍記した。

小学校の思い出

私が小学校へ入学したのは大正六年で、当時の学校は、省線桜井駅のま南にあった。ちょうど校舎の新築された時だった。その頃は、桜井町と城島村の組合立で、粟殿から西の城島村の児童は、ここへ通学していた。

新築当初というせいもあったが、掃除ということが、訓育上の重い項目になっていたと思うのは、朝当番というのがあって、授業後に掃除して帰った教室を、翌日登校した時にもまた掃除した。その頃の校長室に「居移気」という額がかかっていたように覚えている。

初め頃は地域的な分団というものがあって、上級生が指揮して揃って登校した。それでもこぼれて何人かで山や川へ遊びに行く者があった。

五十年以上前のことゆえ、おおかたのことを忘れたが、覚えているわずかのことだけは、昨日のようにあざやかである。入学当時は北出亀次郎校長の時代で、入学前に、新入児童の面接があった。その時は父兄同伴だった。この校長は立派な方で、ある時夜中に寺川が洪水したことがあって、学校の運動機具が流出しそうになった時、自分の体に綱を巻き、その機具に結びつけて流出を防がれたという話を、誰が聞いたのか、児童の間に伝わり、子ども心に感動した。校長先生はいつも学校を自分の体の一部のように大切にされていたのである。

北出先生のあと福島楢二校長がこられた。この頃から桜井小学校は、当時として新しい自学自習という趣旨の自由な教育方針を行なって、その成果を見せるために、毎年小学校教員を集めた研究会を催していた。全国から千人も教員が集まったといっていた。この時の教育の指針は、ダルトル《ママ》プランだったということを聞いたが、十年も後にその意味を知った。教室の机の並べ方も、児童が四方から向い合って八人位を一集団とし、ほとんど自習本位だったが、区切りごとに児童が質問したし、先生が説明や要点や注意をされたようだった。すぐれた先生が集まったからできたことだった。当時は学校所在町村の方針によって、先生を優遇して秀才を集めることができたそうで、大正時代の桜井町は教育に熱心だったが、このことは明治のはじめからのこの町の伝統だった。桜井という所は、幕府時代から自由な町だったのである。

私が小学校で教わった担任先生の名前はみな記憶していて、どの先生についても一つずつは鮮明な印象をもっているが、六年生の時の住中輝之《ママ》先生は、最後の学年ゆえ特に記憶が多い。また非常に尊敬している。住中先生は後に鈴木姓になられ若くしてなくなられたが、その時、帯解小学校の校長だったか、どこかへ移られた後かは覚えていない。

保田が入学したのは「ちょうど校舎の新築された時だった」と云つてゐるのは、事実と相違する。創立百年記念誌『桜井』に従へば、桜井尋常小学校の新築落成をみるのは大正七年三月だから、新校舎で学ぶのは、二年生になつてからであるのを保田は誤つてゐるが、もとより五十年の余の遠い日に関することであれば、それは瑣細な思ひちがひであり、それよりもむしろ、右の文で新築の校舎と「掃除」を併せ語つてゐることに、私は注意を惹かれる。「掃除」について、後年の保田はこれを「小学」の教へとして「灑掃《さいさう》」といふ『論語』のなかのことばで説くこともあつたが、「日本人は、掃除ということを大事にしました。仕事をする時には、まず身のまわりをきれいにしたものです」と、昭和五十一年三月に京都でなされた新学社教友館新入社員研修会における「日本の伝統」（全集別巻四）の題の講話のなかに述べてゐる。保田與重郎は自身にもそれを課し、私の知るところ、乱雑に取り散らした書斎で「仕事をする」のを是としなかつたひとであるが、小学校の「朝当番」でさうした躾がされたと云つても附会にはなるまいと、行文から、そのやうにも私は読むのである。「掃除」に勤しむやう、自づからさういふ心持になるほど、新築の校舎は児童にとつてうれしかつたのであらう。

ダルトン・プラン

文中「ダルトルプラン」と誤植してゐるダルトン・プラン Dalton Plan は、アメリカのヘレン・パーカストが大正7年（一九一八）に提唱した教育法で、児童、生徒が自分で立てた学習計画に沿つて学ぶ、今日の語でいふなら、アクティブ・ラーニングである。沢柳政太郎が「自学自習」の理念を掲げて創立した成城小学校に導入された例が、一般的には知られてをり、同小学校でダルトン式研究授業が実施された最初は、『成城学園五十年』（成城学園、昭和四十二年十月）によると、大正十一年十一月であるが、これを採り入れた教育を桜井尋常小学校が行つたとすれば、試みとして、成城小学校と並んで全国でもおそらく最も早い一つと見なされる。保田がしるしてゐるとほり、福島楢二校長の時代のこととして、それがいつ始つたか、時期については正確を期し得ないが、『桜井』によると、北出亀次郎に替つて福島校長が着任するのは大正八年六月とし、やがて同十年からそこで催すやうになる「全国教育研究大会」の、その第二回が翌十一年二月三日、四日の両日、四百余名の参加者を集めて開かれたときの第一日が「自学的教育の実施研究」をテーマとしてゐたことを以て推せば、大正十年度中には導入されてゐたと考へ得る。ダルトン・プランが日本に紹介されるのと前後してをり、逸早くそれに着目して実施を図つた福島楢二の功業は、近代の日本の教育史上に記念されるべきものである。「桜井の教育」として桜井尋常小学校の名が喧伝するほどに、名称をその後「全国初等教育研究大会」と改めた研究集会は、第一回が二百五十名だつた出席者も増加する一方で、右の文に保田がその数を「千人」と書いてゐるのは、大正十一年十一月十日、十一日に行はれた第三回大会について、そのやうに云はれてゐたのであらうか。すでに保田の卒業後であるが、第四回のそれが翌十二年十一月九日、十日に開催されたのには「来会者毎日千五百人」と『桜井町史』（前掲）は記してゐる。

ところで「教室の机の並べ方も、児童が四方から向い合って八人位を一集団とし、ほとんど自習本位」の授業が、私見では、それでダルトン・プランの実践になるといふ訳でもない。教師が教へ込むより、「自学自習」に、なるほどその趣意はあつたとしても、一体ダルトン・プランにおいては、教科別に用意された実験室に各教科の担任教師が配置されてゐるところへ児童が自由に出入りして、研究する。さういふ実際が、例へば成城小学校編『ダルトン案の主張と適用』（文化書房、大正十三年十二月）に詳述されてゐるのに照らすとき、桜井尋常小学校の「自学的教育」は、ダルトン・プランをそのまま適用したものでもなかつたやうに思はれるのである。教科によつては、それが不適当なものもあり、さうして適用の対象とされていいのも、早くとも尋常科第四学年ぐらゐからとされる。それより低学年には計画性をもつた「自学自習」はまだできないといふのが、一般的な認識であつたが、桜井尋常小学校では、その点どのやうであつたか。

保田が顧みて概観してゐる以上のことは、創立百年記念誌『桜井』にも、また『桜井町史』にも知られない。むしろ指摘しておく必要を覚えるのは、いずれも「桜井の教育」を述べるのに、およそダルトン・プランの語を以てしてゐる箇所がないことである。少くとも同プランをそのまま実施に移さうとしたのではなかつた。桜井尋常小学校の教育法について、さういふ断案を私が下すのは、右のことを措いても、ダルトン・プランによる教育を行つた学校として、『ダルトン案の主張と適用』他、同校の名はどこにも見出されないのを一根拠とする。『ダルトン案の主張と適用』は、『教育問題研究』誌の「パーカースト女史来朝記念」の臨時号として刊行されたもので、ダルトン・プランの創案者のヘレン・パーカーストが大正十三年四月二日に来日し、翌五月の十七日に帰国するまでの行動を「附録」に書き留めてゐるが、成城小学校はじめ、遠方では富山師範附属小学校、同県星井町小学校、さらには九州壱岐の盈科小学校まで、滞在中にダルトン・プランの適用校を訪問、参観したなかに桜井尋常小学校がないのは、同校がさうした学校とは見られてゐなかつたことを思はせる。

おそらくは福島楢二に多くを負ふ、それは独自の教育であつた。「桜井の教育」と謳はれたのも、その独自性の故でなければならず、さうでなければ、優に千人を超える多数が桜井に集つてくることもなかつたであらう。福島校長が大正十四年三月末で離任すると、学校を包んでゐた熱気はいつか去つて、教育の内容も他と等し並になつていつたやうであるが、「自学的教育」がなされた数年間が、恰度保田の上級学年のをりと重なつてゐたのは、たまたまさうなつたとは云へ、それで保田與重郎の資質といふものが決定された面があるやうに、そのやうに私には看て取れる。「小学校の思い出」の文のをはりに、六年生のときの担任として「住中輝之先生」とある「輝之」は、「輝三」を誤つてゐるが、小学校の各学年の担任のなかで、特に住中輝三についてのみ名を記してゐるのは、保田の享けたものの大きさが商量されるところであつた。

『桜井』の記録では、住中輝三は大正十一年三月三十一日に着任してゐる。すなはち保田與重郎が最終学年の六年生に進級する、そのときに赴任してきて担任となつたのは、また宜き廻り合せと云ふべきものである。住中輝三に関しては、別に「忘れ得ぬ人 原田恭助先生と住中輝三先生」といふ昭和四十四年の二月に『京都新聞』に載せた文に「先生は、人の態度を教へられた。それはことばでなく、ご自身の実践によつてであつた」と、蒙つたものをいくらか具体的にのべてゐることを付言する。「原田恭助先生」は、後述するやうに、住中輝三とともに少年期の保田に感化を及ぼした中学校時代の師である。

桜井尋常小学校が独自の教育プランで全国に知られたのは、桜井の町が「教育に熱心だった」のに由るとして「このことは明治のはじめからのこの町の伝統だった」と書いてゐるのは、高等女学校の誘致を町がすすめ、明治三十七年四月に奈良県立桜井高等女学校が開校したのを証として、さう云つてゐる。『日本浪曼派の時代』のなかの記事からも、そのやうに解していい。ただ、町が「教育に熱心だった」のは、云はれてゐるとほりであるとしても、さういふ「伝統」を保田が「桜井という所は、幕府時代から自由な町だった」ことに帰してゐるふうであるのは、保田の受けた小学校の教育に限つて云ふなら、事の半面を見過してゐる気味なしとしない。といふのも、暗記を主とした従来の教育に対して、児童の個別の自主性を重んじた新しい学習法、桜井尋常小学校の「自学自習」は、ダルトン・プランが迎へられるやうな当時の自由教育思想の反映であるといふ意味で、大正時代といふものの表現に他ならないからである。昭和のイデーとしたものが「変革」なら、大正がイデーとしたのは「状態」であるとした後年の保田與重郎の見方において、大正といふ時代は批判的に捉へられたが、少くともしかし、小学校の教育の上では保田が時代の恩恵に浴したことは、一箇の事実としてここに云つておく必要がある。自由な教育方法を受け容れるのに、もともと「自由な町」であつたといふ点に、大正における桜井の町の時代相を私は垣間見るのである。

畝傍中学校入学

大正十二年三月に桜井尋常小学校を卒業した保田は、県立畝傍中学校に入学する。百七十五名の入学者中の首席で、四月八日に行はれた入学式で代表して述べた「答辞」は、全集の「雑篇」（別巻二）に所収である。当時の奈良県下の中学校は、郡山中学校、五条中学校を合せた三校であるが、中学校への進学が難関だつたことを、『日本浪曼派の時代』には「そのころの中学入試は、五人に一人位だが、人口数千の町でも、中学へ進むものは例年三、四人しかなかつた」（「一つの文学時代」）と云ふ。「人口数千の町」とは、桜井町がさういふ例である。保田は町で中学校へ進んだ数少い三、四人のうちの一人だつたといふことであり、しかもその入学試験に首席で合格する。小学校における「自学自習」は、むろんそれに備へたものでなかつたとすれば、相応の受験勉強を強ひられたことは、同じく「一つの文学時代」に「尋常ならぬ入試の苦難をうけてゐた」と云つてゐるのにもうかがはれる。それだけにまた首席入学は、祖父與吉ら、家族の期待にも応へ得、一箇の自信となつたにせよ、入学後はさうした行き方をそのまま通さず、意識的にそれを矯めようとしたふしがあるのは、云ひ得べくんば、保田與重郎の中学生としての成長である。

中学時代の保田が綴つた文を全集に録してゐるのは「雑纂」（第四十巻）に見える。第二学年のときの「勤勉」、第三学年の「初夏のよろこび」そして「第四学年修学旅行記」の三篇で、すべて畝傍中学校文武会発行の『文武会誌』に掲載されたものである。活字にされた保田與重郎の文章では最も早いといふ興味から、それらを以てその文才を占はうとするのは、論として尤もらしい。しかし、それは所詮こじつけを出ることなく、それよりも、例へば、「初夏のよろこび」には、川路柳虹の詩句を文中に引いては、また「幸福が山の彼方に住むと信ずる者は幸福です」と書いてゐることに、十六歳の保田の読書傾向の一端を私は察するのである。さうして「私はめつたに人と共に歩きません。私の感傷的な孤独な性質がさうさせるのでせう」とあるのは、夜の川岸でひとり蛍を見つめる自分を語つたくだりで、自己について匿さずに陳べて、保田がこれくらゐ羞ひを現すのを躊ふことのないのは、他には容易に思ひ浮ばないほどであるが、それも保田の裡の少年の一種の純真さのなさしめたところと読むと、なにか微笑しいものさへ禁じ得ない。

自身を説いて「感傷的な孤独な性質」と云つてゐるのを、私は肯ふ。多分はそのとほりであらう。保田與重郎の生涯を通じて、概ねそれは変らなかつたなかで、特に小学校から中学校の時にかけては著《しる》く、「感傷的」な面は、その後つとめてこれを去らうとしたもののやうであるが、「孤独」は、中学生の保田を、他のなによりも専心読書に向はせたものに相違なく、長じてまた保田をしきりに旅に誘つたもの、それも、ひとつには「孤独」だつたと云つても、それで保田與重郎を誤つて描くことにはなるまい。

保田が畝傍中学校に入学した年の九月の関東大震災について、「第二学期の始業式が終つて畝傍駅の藤棚の下で汽車を待つてゐると、一寸した地震があつた」と回想してゐるのは「大正晩年の中学生」（『回顧 創立六拾周年記念誌』奈良県立畝傍高等学校、昭和三十一年十一月）である。今はＪＲとなつた桜井線の畝傍駅が最寄りの駅で、桜井からの二駅間を汽車で通つた学校は、沢渡鏡太郎校長の下に自由な気風をなほ存してゐた旨を右の文は述べてをり、既記森本三男が同級に、二年上に樋口清之、一年下に後の美術評論家の植村鷹千代がゐた。森本は、考古学者として知られた六爾の弟である。やがて大正天皇が崩御し、大葬の搖拝式が学校の校庭でとり行はれたのに列したときには、すでに保田は第四学年に進級してゐたが、改造社の『現代日本文学全集』の刊行開始は、十二月に昭和と改元したのと時を同じくし、翌昭和二年には、新潮社から『世界文学全集』が出版される。いはゆる「円本」、一円本のはじまりで、飢ゑるやうな読書欲と旺んな知識欲を、保田はそれによつて充たした。「円本」時代の到来が読書界にどれほど歓迎されたか、それが近代日本の出版文化史上に一画期をなしたことは、贅言を要しないが、その流行が、東京、大阪といつた大都市のみならず、周辺の地方にまで及んだ具体的な場合を保田與重郎は提供する。

「円本」の出現を「私はそのころまだ中学生だつたことが、さらに幸ひだつた。中学生の年配は、人生で最も読書に情熱をもつ時代である」（「一つの文学時代」）と顧みてゐるのは、いづれ保田のその方面での早熟を察しむるものである。書籍代を特に慳《を》しまなくともよかつた保田において、「円本」が恩恵だつたのは、それが廉価といふよりも、それまでは繙く機会をもたなかつた本の入手が容易となつたことにおいてであらう。森本一三男の「保田與重郎氏を偲ぶ」（前掲）に、芥川龍之介の「侏儒の言葉」が載る『文藝春秋』誌を勝川書店といふ学校前の本屋で一緒に立読みした思ひ出が記されてゐるのにも、早熟な中学生の貌は泛び上るが、保田の読書は文学書を中心としたやうで、それも当代の作品に限ることなく、日本の古典一般に亘つたなかで、記紀、万葉、そして芭蕉を身近かにまた感じさせたものと云えば、それは保田を育んだ、その生地の他のものでない。芥川龍之介の死は、保田が最終学年の昭和二年の七月であるが、太宰治のやうに、それによつて保田が動かされるには、そこに古典がまさに息づいてゐる土地で生々たるものに包まれてゐた。

好学の中学生

中学校時代の保田與重郎がした読書は、「円本」以外ではどのやうなものであつたか、その書目の大体を一覧にできるなら、それが直截に保田を語ることにおいて、他のどんな描き方にも勝つてゐるかも知れない。そのなかから、私が和辻哲郎の『古寺巡礼』と、それから濱田青陵の『橋と塔』の両著を挙げておくのは、後年の保田與重郎の批評が、そのモティーフなり、また主題とするのに絡むものがともにあつたからであり、さうしてそれは、保田の読書が文学のみに偏つたものでもなかつたことを教へる。まだ小学生のときの大正八年五月に岩波書店から刊行されてゐる前者を、中学生になつて手にした保田は「考へ方や見方の疑問をもつまへに、気質的に反撥するものを感じた」（「一つの文学時代」）と云ふが、「反撥」しながらも、しかしそれを通じて自身の美術史観を明確なものにしていつたといふ意味で、影響をうけることの、あるいは最も大きかつた一冊である。後者が、同じく岩波書店から出るのは大正十五年八月で、保田がこれによつて熱田の裁断橋のことを知つた、その点で記念すべき書物であるが、出版されてからほど経ないうち、保田が中学時代に一巻を読んだとするのは、数年後に「裁断橋擬宝珠銘のこと」の短い文が書かれるまでには、一定の時間の経過があつたと見るのが、観測として中つてゐるやうに私には感じられるからである。

一円本について、鹿持雅澄の『万葉集古義』をそれで読んだ由を「一つの文学時代」に述べてゐるのは、もう少し後のことである。といふのも、名著刊行会版の『万葉集古義』が十巻本で行はれるのは昭和三年一月、畝傍中学校の卒業も迫つた時期だから、これを中学生の保田の読書の書目に入れるのは適当でないが、それにしても『万葉集古義』の訓釈をよみとるには、予め『万葉集』について学び知つてゐなければならない。それだけの勉強を、保田は中学時代にしたといふことである。集中の歌枕を近在に訪ねる日もあれば、古寺社を巡り、さうして古美術を鑑賞することを覚える。たんなる読書家でない、好学の中学生の姿がそこに写し出されるが、保田與重郎をさうした中学生としたのは、畝傍中学校で教へを受けたことによる部分が大きいと云つても、保田が自身で努めた面を私は見ようとしないといふのではない。

「私が中学校で一番印象に残つてゐるのは、そこで親しく教へをうけた何人かの先生のえらさについてだつた」（前出「大正晩年の中学生」）と云つてゐるのは、そのことばどほりに受けとる必要がある。そのやうにいはれるのは、自体がまた、保田がどういふ生徒だつたかを物語つてもゐるが、「何人かの先生」といふのは、回想のなかに名の出てくる範囲内に限るなら、国語の原田恭助、美術の岡本六二、それに国漢の榊原亮の三人で、例へば岡本六二が「富岡鉄斎が晩年、セザンヌの絵の本を初めて見て、この男はなか〳〵よくやつてゐると、ぽつりと感心の言葉をもらした」（「岡本六二先生のこと」全集第三十六巻）と、授業のときにそんな話をしたのを、何十年の後まで保田に記憶させたのは、その識見、人物等、要するに、教育者としての全人格といふべきものに他ならず、鉄斎を敬重した保田與重郎の日本の絵画についての見方は、遠い中学生の日の岡本六二の語に負つてゐると私がのべるは、けつして強弁でない。さうした教育を顧みて「人の形成といふ上では、小学校中学校の期間が大切だといふことを、私は今も身に沁みて痛感してゐる」（同前）と云つてゐるのは、保田の裡にあるあくまで直いものを現して、そのやうに説くときの保田與重郎は、ある意味で最もそのひとらしいと、私の印象する俤と結び合せて思ふのである。

良師に遇ふ

右の三人のうちでも、薫陶を受けたと云ひ得るほど、保田が一番近しい感情を通はせたのは、原田恭助である。その間の消息は、全集に洩れてゐるのが近頃管見に入つたものであるが、保田の「原田恭助先生のおんこと」に読まれるところで、十七枚ほどの一文は、原田恭助追悼録『しのび草』（原田てい編、私家版、昭和九年八月）に収める。原田は四十余歳で急逝した。その若さに、惜別の念をたれもがそれだけ深くしたのは当然のことながら、『しのび草』に追悼の文を寄せるのが、京都帝国大学における師の藤井乙男を別にして、保田を首に、以下前任の会津中学校時代の同僚、教へ子まで、二十名の多きを数へることに、原田がどういふ教師だつたかは瞭然である。

畝傍中学校で、保田は、教師のまづたれからも信頼を置かれた。ありきたりのことばで云へば、目を掛けられた生徒だつたことは、保田が右手の小指を曲げてペン字を書く、その癖を入学試験のときに気付いた岡本六二がいつまでも忘れずにそれを覚えてゐたといふ「岡本六二先生のこと」（前掲）に挿む記事を思ひ合せるまでもない。だが、保田の性格的なものは、それに甘えず、馴れ親しむのを是とさせなかつた。師との間に距離をとり、それ以上には深く接しようとしなかつたのが、ただ原田恭助に対しては違つてゐたのは、原田が持して一途だつた、特に仏教美術の研究への情熱と、さうしてその教育愛とでも云はれるものに保田が強く牽かれたことによるであらう。原田恭助を語つて「私の学んで来た学にはすべて師をもち、その師たちの恩顧を深くうけた事を感謝してゐる。しかし私の究学の態度や性格に於て、側面から深い影響をあたへてくれた師といへば、それは先生以外にない」（「原田恭助先生のおんこと」）と記してゐるのに、保田の親近の度は一とほりのものでなかつたと私は忖度する。

『しのび草』に付す「年譜」を参看すると、原田恭助が福島県立会津中学校から転じて畝傍中学校に赴任してくるのは大正十二年四月だから、保田が入学するのと同時で、原田は三十二歳であつた。着任してから旧跡を巡るうちに、中宮寺の如意輪観音を信仰するに至つて、像の前に拝跪することも度々だつたといふ原田は、翌十三年には「中宮寺観音の宝冠その他」の稿をなしてゐる。『古代文化研究』に発表されたといふそれを『しのび草』に遺稿として録するが、既往の諸説に目を配りつつ、行届いて細緻な論考は、保田の評言に従へば、「学究的態度」より「藝術家的気質」の勝つてゐるところが、なによりも保田が原田恭助に学んだものであり、『古寺巡礼』における和辻哲郎に保田が同じ得なかつた理由のひとつは、その点になくてはならない。「先生に於ける美術史がむしろ藝術家の営為に近かつたこと」を保田がそこに云つてゐるのは、やがて当のそのひと自身の方法について弁じることばとなる。原田恭助が保田に及ぼした影響に決定的なものがあつたと述べることができるのは、来るべきその日においてである。

「私共は先生に対してさへ先生としての尊敬と共に、むしろ友人的な親しさを感じてゐた」と同じ文に云ふ。「私共」と複数で云はれてゐるのは、原田恭助の周囲に多数の生徒が集まるまま、それが親密な一箇のグループを形成してゐた、さういふ状況が背景にある。首の長いことから「キリン」と綽名された原田の、殆ど教科書を教へることなく、文藝評論、仏教美術等を話題にして早口だつた授業の模様を「保田與重郎氏を偲ぶ」(前掲)に交へる森本一三男には、原田恭助が「大変変り種の先生」と映つたが、樋口清之が『しのび草』に「恩師原田先生を憶ふ」を寄稿してゐるなかで「中学校の先生としては恐ろしく型破りな自由な気持で大きいスケールと、高い理想を持つて居られた」と書くとき、原田を視る眼には保田のそれに近いものがあつた。

「学問を大成するのには是非石に噛りついても語学をやれ」と、さう原田恭助から幾度か論され、ヲックスフホード版の『ツータンカーメン王墳発掘報告』を与へられた樋口は、原田を中心とした生徒たちのグループの一員だつたと見られる。そのなかで原田の遇するにも最も厚かつた保田は、グループについて「それがすべて秀才を揃へて集められたといひ得るなら、勿論それは成績掲示の時の一、二位の順を争ふていの勉強家たちであつたのではないか、私はその秀才たちの末席をけがし得た」云々と、前の文中にしるしてゐるが、保田與重郎をただの秀才型の勉強家とはしなかつたもの、成績の順位の一、二位を競ふ列に保田が加はらうとしなかつた、そのやうに原田が保田を仕向けたふしがあるのも、保田が恩顧を蒙つたと云へるひとつである。「均一教育制度の無視を暗々の中に教へられた先生に、このことのために無駄なる青春を浪費しなかつたことを如何ほど感謝していゝかわからないのである。」かういふ保田の言の重さを考量するなら、保田の人生の上での最大の恩人の一人を原田恭助としても、それで保田與重郎の伝を誤ることにはなるまい。

学校の教科の好き嫌ひが露だつた保田に、原田恭助は寛大だつたやうである。それでも「中学校の三年生になつた時は、英語を学ぶことを発心し、子供用にかかれた英文のドン・キホーテの本を一心に学んだ。さうすると英語の試験成績が忽ち向上した」と「一つの文学時代」に述べられてゐるのを、樋口清之の例から推せば、原田が保田に英語の学習を促したものと案じていい。生徒の勉学する気持をそのやうに振起させることにおいて、まことに原田恭助は教育者の名に価した。尋常でなかつた読書の量と、さうして原田に従つて仏教美術を論ずる術の大体をいつか身に付けてゐたことを併せて、藝術するための用意、その基礎的なものの涵養が中学校時代になされてゐるといふ事は、ひたむきに保田與重郎が生きたところを跡づけるに当つて見落されない。「私の古典の趣味傾向は中学校の後期に大方定つた」（「一つの文学時代」）と云はれてゐることには、存外に深い意味がある。

第二章　『炫火』から『コギト』へ

1　大高のブリリアント・クラス

大阪高等学校入学

保田與重郎が国立大阪高等学校文科乙類に入学するのは、昭和三年四月である。

京都帝国大学から辞職を促された河上肇が、それに従つて依願免官となるのは同月で、前月には日本共産党員の検挙が全国的な規模で行はれた三・一五事件が起つてをり、思想統制が目に見えて強化されつつある、さういふ時世を迎へてゐた。他方では、すでに畝傍中学校の第三学年に保田が進んだ大正十四年四月、「中学校令施行規則」の改正があり、体操の毎週教授時数がそれまで三時間だつたのを五時間に増加するのに合せて、「陸軍現役将校学校配属令」が勅令を以て行はれたことにより、配属将校の指導による軍事教練が始まつてゐる。健康にすぐれず、身体の強健でなかつた保田は、医師の診断書を提出して体操と軍事教練を休むことが多く、特に品部大尉といふさばけた将校が配属となつた第四、第五学年の二年間は、一度も教練に出なかつたとは「大正晩年の中学生」（前掲）に記すところで、その時間を保田は教室での読書に充ててゐた。体制への反抗心めいたものがそこに働いてゐたかはともかく、保田のとつた行動を、中学生としては大人びてゐた証とすれば、さういふ面が次第に多彩に、そして確かなものとして現れ出るのが大阪高等学校の時代である。

　保田が、どこか他のところ、例へば三高ではなく、開設されて比較的まだ新しい大阪高等学校を志願したのは、どういふ理由からか。それについて、自身では何も云つてゐない。ただ、大正十一年四月の開校以来、大阪高等学校が大学への進学に実績を上げてきたことは別として、その年の同校の文科の入学試験は、昭和二年八月に第二代校長に就いた隈本繁吉による措置だつたやうであるが、数学を除外して、代りに歴史が試験科目とされた。保田が数学を不得意としたとする根拠はどこにあるか、私はそれを知らないが、少くとも歴史は得手だつたはずの保田に、大高《だいかう》の略称で云はれた大阪高等学校を受験するのは、恰好なものだつたとは考へ得る。「全国の数学ぎらいの連中が北は岩手県から、南は愛媛県から集まって、一三人に一人という難かしい入学試験」になつたことを、同じく文乙、文科乙類に入学した田中克己は「『コギト』解説」（復刻版『コギト』別冊、臨川書店、昭和五十九年九月）にしるしてゐるが、数学を試験に課さないことが、反つて優秀な多数の志願者を集めた難関に合格したのは、中学時代の保田が、学校での課業以外のものに関心の眼を向けながら、それでも「秀才たちの末席をけがし得た」所以には違ひない。

　入学定員を二〇〇名とする大阪高等学校のその年、第七回となる入学生は、『大高　それ青春の三春秋』（大阪高等学校同窓会、昭和四十二年十一月）に附す「出身中学校別表」で見ると、総数一八二名、そのうち畝傍中学校出身者は、保田と、もう一人あつたにすぎない。文科の甲、乙類は、定員各四〇名のところ、文乙は、やはり文乙の入学者の中島栄次郎の「年譜」（『中島栄次郎著作選』同書刊行会編、一九九三年十一月）の記載に従へば、三七名で、保田は「一〇番かで入学した」と述べてゐるのは、右に引いた田中克己の「解説」である。

中学校での英語の成績が良好になつたにも拘らず、保田は、英語を主に履修する甲類でなく、ドイツ語を主とする乙類を志望した。そのことに関しては「英語を学ぶことを好まなかつたからだつた。英国といふ国も国人も好まなかつたことは、英語を学ぶ感動がないといふことである」（「一つの文学時代」）といふ理由を云つてゐるとほりとしてよく、一貫して英文学に興味を示すことなく、坪内逍遙の『小説神髄』にまた一顧だにもしなかつたのは、多分に保田のさういふ気質的なものだつたと思はれ、さうして甲類を択ぶか、乙類へ行くかといふ個人的なことがらが、いつしか一個人の問題を越えた展開をとげる。およそ保田も思ひ設けなかつたその先で、それは宛ら見所のある劇として演じられるが、舞台での主役はつねに保田だつたといふことでは、保田與重郎が強烈な個性だつたといふのは確かなことである。

同期の俊才たち

さて保田の文乙の同期入学生は、すでに名を記した田中克己、中島栄次郎の他に、松下武雄と服部正己を挙げるなら、それだけで俊才が期せずしてここに集ふ観を呈してゐるのには、瞠目するに近いものがある。これに前年に入学して、病気で一年休学してゐたために同級となつた肥下恒夫と、それから、文科の、これは甲類の杉浦正一郎を加へると、後の『コギト』の創刊時における主要な同人はほぼ揃ふのは、同誌の性格といふものを考へる上で一つの視点を提供する。

同期では、伊藤佐喜雄が理科に入つてゐるのと並べて、書き忘れてはいけないのは、文甲の入学生に竹内好があつたことである。信州の佐久の生れで、東京府立第一中学校出身の竹内好に大阪高等学校を志願させたもの、果してそれもまた、ひとつには試験科目から数学が除かれたことであつたとすれば、一種のいたづらがひとの出会ひを織りなしたその絵模様に、しばし私は見入つて、さうして第七回のこの期の文科甲、乙類を合せて、大高の「ブリリアント・クラス」と一部で称されたといふことに、どれほどに彼らが各にめざましいまでのものを持したか、私は思ひを傾けるのである。文乙で、実業界に入つた西川英夫の「ブリリアント・クラスの明星」（全集「月報」第五巻）に読まれるもので、級友たちの名前を数へあげていくとき、「ブリリアント・クラス」の命名は云ひ得て、いかにも彼らに似合はしい。しかも保田を、そのクラスのなかの「明星」と讃へる。後年の文とは云へ、比較的保田に近しかつた西川には、おそらくそれが偽りない実感だつたといふところに、大阪高等学校における保田與重郎の姿は仄見えてくる。

大高で保田は乗馬部に所属したと云ひ、文乙の同級生の長野敏一が「学校から帰りにしばしば彼は乗馬クラブへ行くといっていた」（「保田與重郎君の思い出」全集「月報」第三巻）と語つてゐるのは、それを裏づけるとしても、その方面での記録の類は知られない。「保田は音痴であると同時に体操が出来なかった」との田中克己の「保田與重郎君」(『近代風土』第十四号、昭和五十七年三月)における言に引き合せると、保田と乗馬の取合せは、何かちぐはぐな気味なしとせず、長野敏一も、さうした意味の所感を同じ文中で洩らしてゐる。しかし、保田が体操が苦手だつたのは、軍事教練では「『前へ進め』の時左足と左手を同時に出して倒れた」(田中克己、同前)ほどのものであるが、それとは運動としていくらか別種ともいへる乗馬を、健康のために思ひついたといふのは、あり得ることであり、のみならず、ダンデイズムのやうな匂ひを私はそこに嗅ぐ。保田は身じまひを含めてダンデイだつたし、富裕な家がそれを許したが、さういふお洒落は、思ふに、その頃から身についたものである。

入学後まだ一年しないうち、保田の文章で最も早く学内の眼にふれたのは、学藝部が発行する『校友会雑誌』の第七号(昭和四年二月)に発表した「世阿弥の藝術思想」である。全集にも収める一篇は、『花伝書』における「幽玄」を扱つたもので、俊成、定家の歌学の影響がそれに見られることから、現代のリアリズムを批判的にとらへつつ、世阿弥の思想に同じる自己の立場を述べてゐる。受験勉強以外の本はまづ読んでこなかつた大方の級友たちを、それは少からず驚かすものであつたが、ただ旧来の諸説を咀嚼することにつとめながら、全体として十分にこなれてゐない感があるのは否めない。保田與重郎の、これを最初の評論とするには、十九歳の日の稿である。いかにも若書きにすぎるが、それでも一箇の藝術観を、もう自分のものとしようとしてゐる才気はそこに疑ひやうなく、「暗示の藝術」であることにおいて、日本の藝術が西洋のそれに勝ることを説いてゐるのは、自身の拠つて立つところを早くも見出してゐるやうに、さう私には読みとれる。

その後も『校友会雑誌』には、第八号（昭和五年二月）に「上代藝術理念の完成」、第九号（同年六月）に「室生寺の弥勒菩薩像」、第十号（同年十一月）に「芭蕉襍俎」等、保田の論文の掲載が毎号、卒業まで続いてゐる。前二篇は、仏教美術の具体的な作例に即して、白鳳から天平を経て弘仁、藤原に至る各期の様態を考究したもので、「上代藝術理念の完成」が湯原冬美の記名であるのは、その筆名が用ひられた最初である。湯原王の「吉野なる夏実の川の川淀に鴨ぞ鳴くなる山蔭にして」の一首に因んだ筆名は、『万葉集』の読みの疎かでなかつたことと、機智をまたよろこぶ保田の一面を見るに足る。大高に入学するのと前後して鹿持雅澄の『万葉集古義』が円本で出たのを保田が繙いてゐたことは、前章に云つたとほりである。

「上代藝術理念の完成」は、いはれてゐる仏教美術の完成期を天平とする点は、一般的な論としても、生命力の不足をそれについて指摘するのは、他方で白鳳仏に強く惹かれるものが保田にあつたことから導かれる、その限りで当を得た見方である。過渡期としての弘仁を述べる「室生寺の弥勒菩薩像」とともに、明晰で細部にまで亘る観察眼において原田恭助の「中宮寺観音の宝冠その他」（前掲）に相通じてゐると云へば、大阪高等学校入学後も、保田は折にふれて田原本にあつた原田の家を訪ねて行つてをり、二篇がなるのに旧師の示唆を求めること少くなかつたのは、察するに難くない。

ただ、原田恭助の論攷が作品を見ることを専らにしてゐるのに対し、保田のそれは、同時に社会、経済等、その時代背景に及ぶところが相異する。当時の保田の関心の所在を知らしめるものとして注意されるべきことはそれとして、二篇を「世阿弥の藝術思想」と並べみると、論の運び方と、そして文章の暢達の度において、特に「室生寺の弥勒菩薩像」には駭くほどのものが認められる。対象に馴染んで久しかつたことは、なるほど理由のひとつたり得る。私はしかし、それよりも前に、保田が積んだ研鑽をそこに語るのが順序であらうと考へるのである。同じ二十歳で、例へば佐藤春夫が「愚者の死」を作つてゐるのに比するなら、詩と散文の違ひはあるにせよ、「世阿弥の藝術思想」の保田與重郎は明らかに未熟であるが、その後の保田が骰を破るやうにして短時日の裡に才能を開花させていくのは、何にもまして自身のした努力がさうさせたと云ふのが、事実を伝へるに近い。「天才を大人物となし凡人を大成するも皆勤勉の力だ。」畝傍中学校時代の「勤勉」（前掲）の文にそんな一節があるのによつていへば、保田は終始「勤勉の人」であつた。

哲学研究会、史学研究会

大高では、保田が入学してから「哲学研究会」と「史学研究会」のふたつの研究会が作られてゐる。設立には、いづれも保田が関はつたやうで、『日本浪曼派の時代』に、どちらも「熱心な会員だつた」（「『コギト』の周辺」）と云つてゐるのは、断片的に知られるその活動の状況から諾はれる。「哲学研究会」は、『校友会雑誌』第九号（前掲）に「部報」を載せるなかの「哲学研究会報」によれば、保田の一年上級で文甲の野田又夫が創設の中心となり、昭和四年一月に発足して以来、例会として催される読書会では会員が交互に報告を行つた他、ときに教官による講演を聴いた。十名にもならない集りにすぎなかつたが、会員に中島栄次郎と、そして松下武雄があつたことを記しておくのは、少人数だつたことが、反つて会員間の絆を固くもしたであらうし、これが「炫火短歌会」の核ともなつたと見ていいのは、保田とともに、中島も、松下も、短歌会に参加するからである。

「私はめつたに人と共に歩きません」（前出「初夏のよろこび」）と書いた十六歳の保田の俤は、大方薄れたふうである。大阪府東成郡天王寺村、南海上町線の北畠にあつた大高は、これも隈本校長の方針で、新入生については一年間、全寮制がとられてゐた。保田は後に下宿に移つてをり、また最終学年は桜井から毎日通学したが、少くとも入学後の一年は、図南寮と名付けられた学内の寄宿舎に過したはずだから、「感傷的な孤独な性質」のまま、それに甘えてゐることは許されなかつたのみならず、むしろ寮生活を送るなかで、進んで級友たちの間に入つて立ち交る積極性をいつか身につけた、さうした保田の変貌といふべきものが、「哲学研究会」における動静を通じても感じられるのである。博学であることにおいて、松下武雄にも、また中島栄次郎にも、保田與重郎はまづ退けをとらなかつたが、思弁を研く上で、おそらく些少でないものを保田は彼らに負つてゐた。「哲学研究会」の昭和四年の読書例会でした保田の報告は、五月二十七日に「藝術的世界観の二型（芭蕉と来山の俳境）」、それと十月十五日の「ギイヨー、最も複雑なる美的情操の根源としての社会連帯性」の二度なのは、松下武雄、中島栄次郎も同様で、五月は三回開かれた例会で、七日の松下武雄の「シユライエルマツヘルの宗教論」に続いて、十七日が中島栄次郎による「アントロポロギーの危機」であつた。『後鳥羽院』に所収の「近世の唯美主義」にしるしてゐる小西来山のことを、つとに高等学校の「哲学研究会」で保田與重郎は語つてゐる。保田の批評の、いはば懐の深いのは、またしかるべきことである。

「哲学研究会」は昭和五年になると、一月から「カント、プロレゴーメナ読書会」を始めてゐる。

在外研究を終へて帰国したばかりの教授の岡野留次郎の指導による、三年生を主とした週二回の講読会であるが、二年の保田も加はつたと思はれ、翌二月の十七日には、同教授の「ハイデガーの存在論」の講演が行はれたのは、卒業する野田又夫送別の茶話会を兼ねたもので、これも保田は席に列つたであらう。ハイデガーのことは、松下武雄なりを通じて、フッサールと並べて保田は多分もう知つてゐた。知見を拡げて思索を深めるのに、大阪高等学校の教授陣は必ずしも保田を失望させた訳ではなかつたのは、人文地理担当の藤田元春の『日本民家史』を、柳宗悦の『工藝の道』とともに寄宿舎で昂奮を覚えながら読んだ旨を『日本浪曼派の時代』に叙してゐることからも、さう云はれるべきであるが、しかし畝傍中学校で原田恭助や岡本六二に接したやうに大高の教官に対するには、分別ある大人になつてゐた上に、時代を覆ふ閉塞感が勢ひまた生徒をして学校当局への批判に向はせたのは、何も大高に限つたことではない。軍事教練も、学外の軍の施設で、野外教練として学期毎に、学年別に実施されるやうになつてをり、保田が第三学年に進級した昭和五年度の一学期は、五月十六日に信太山《しのだやま》陸軍演習場でそれがあつた。

青葉村《せいえふそん》と号して『日本の彫刻』『南都と西京』等の著述がある教授の佐々木恒清の指導を受けた「史学研究会」は、史蹟や古美術を見学することを中心としたもので、『校友会雑誌』第九号（前掲）の「部報」には「史学研究会報告」として、右の野外教練と前後する五月の十一日に佐々木教授による「醍醐、宇治方面臨地講演」が行はれた記録を掲げてゐる。さうした催しのあるとき、現地の下見をするのは多く保田の任であつたが、当日は、約三十名の参加者があり、まづ醍醐寺の三宝院の庭園や山楽筆の襖絵を見た後、日野を指し、鴨長明の庵の跡を尋ねて法界寺へ、有志はそれからさらに宇治に向ひ、宇治橋の断碑を経て平等院鳳凰堂に至る。さういふ行程なら、それまでにも保田は歩いてゐさうであるが、各所であつた佐々木恒清の講話は保田の参考になる点があつただらうと私が案じるのは、研究会の行事とは別に、あるときは普通では容易に入れなかつた東大寺の戒壇院へ、もう一人の級友と一緒に伴はれるなど、大高の教官のなかでは、保田はそれでも佐々木とは比較的近しい関係をもつたからである。『和泉式部私抄』の口絵に法界寺の飛天人壁画を挿んでゐることに、右の新緑の五月の一日の記憶を呼び覚ますものがあつたといふのは、あり得ないことでなく、さうして「日本の橋」に「宇治橋断碑は我国最古の碑文である」と記されてゐるのは、周知のとほりである。

初期の学の傾向

同じく昭和五年、岩波書店の雑誌『思想』が一般からの論文を公募してゐたのに、保田が湯原冬美の名で「『好去好来の歌』に於ける言霊についての考察——上代国家成立のアウトライン——」を以て応募したのが選に入つて同誌に掲載されたのは八月号で、恰度夏休み中のことであつた。九月になつて学校に出ると、それで「クラスは騒然としていた。」そのときのことを、西川英夫の「ブリリアント・クラスの明星」（前掲）はさう伝へるが、高等学校の生徒の原稿が『思想』に採られる。たしかにそれは一事件たり得たとして、ただ一篇が『万葉集』巻五の山上憶良の「好去好来の歌」に「神代より言伝《いひつ》て来らく 虚みつ 倭の国は 皇神《すめがみ》の 厳《いつく》しき国 言霊の幸はふ国と」云々と憶良に歌はせたものを、エンゲルスの『家族、私有財産及び国家の起源』他を援用しつつ、時代の生産関係の状態に求めてゐるところに、その時分の保田與重郎のありやうは匿すべくもなく、保田がそこで日本の古代に「奴隷制」の在つたことを当然としてゐるのも、怪しむに中らない。

一篇に比べると、ほぼ同時期の執筆になる『校友会雑誌』第九号に発表の「室生寺の弥勒菩薩像」の方が秀れてゐるのは、そこでなされてゐる微細な観察が、だれかの眼を借りてきてゐるのでなく、保田のものであることにおいてである。それでも、文中に「天平と推古の止揚であつた弘仁」あるいは「鎌倉藝術の推古的傾向の弁証法的把握」といふときの「止揚」そして「弁証法的把握」といつた術語の使用に、その日の保田の志向は明瞭であり、保田が見せるそのやうな表情は、大高時代を通じて大きく変らない。「昭和初期のマルクス主義が、青年学徒に魅力だつたのは、それが『良心的』といふ形で、『人間的』だつたからである」といふのは、戦後の「民藝運動について」（原題「民藝運動の発想」『淡交』増刊第十七号 民藝、昭和四十年十一月）における保田の回想である。

『史学研究会論集』第一輯とする、孔版、五十頁の冊子がある。最近になつて見出されたもので、標題のとほり、「史学研究会」の会員の論考を集めたものである。刊行は、会の設立当初からの懸案だつたのを、おそらくその労を保田がとつて実現させたもので、奥付に昭和五年十二月一日発行とある一冊に四篇を収め、初めに湯原冬美の「天津罪・国津罪に現はされた原始時代に於ける法律思想」を載せてゐる。文末に付す記によれば、同年九月の稿であるが、原稿用紙にして三十枚に近いそれが、保田の高校生活にまたひとつ生彩を加へるのはともかく、これによつて、『思想』に掲載された「『好去好来の歌』に於ける言霊についての考察」における試みが、それひとつのみで終つてゐないことが知られる意味は小さくない。といふのも、一文は記紀に見える「天津罪」「国津罪」を構成するもの、その規定の成立をめぐつて「経済関係や生産関係と密接に関係のある歴史的理解」（傍点保田）を天孫、出雲両族間の争闘に施してゐるが、久米邦武を挙げては、モルガン、またロオザ・ルクセンブルグに云ひ及びつつ、「原始時代に於ける法律思想は明らかに背後に共産社会が存在して、派生したものであること」を結論としてゐる点、「『好去好来の歌』に於ける言霊についての考察」の趣意、そして方法と異らないからである。

「天津罪・国津罪に現はされた原始時代に於ける法律思想」における保田が、巧みに語を択んで、露はで直截なもの云ひを避けてゐるふうなのは、状況からそれを強ひられたと云へば、その後の保田はさうすることを日常とした。その術に長けてゐたのが、これを高等学校で養つたといふのは、学業を傍に追ひ遣つたやうな保田の高校生活を暗示するが、大高内での刊行物の検閲は予て厳しく、『校友会雑誌』にしても、第九号の原稿は、小説、六号欄等、相当量が削除されてゐる。『史学研究会論集』第一輯の、無署名ながら、保田の筆と覚しい「編輯後記」を左に抄すが、一端はこれにも窺ふことができる。

もう少しわれわれは潑溂たる原稿の集りを予想した。この集を見て、内容的にも決して耻なく充実せるものとは云ひ得ない。しかし学そのもの、独立さへも最小限度に、擁護されない学園の現状に於て、甲虫の甲を厚くし、保護と擬態の中に、消極的な真理を主張すること止むを得ぬ。たゞ視

る者の眼は、如何に厚い皮をもつき破り、真理の意企を拾ひ上げるであらう。（傍点原文）

謹慎処分をうける

保田がつとにマルクスの『資本論』をよみ了へてゐたことは、田中克己の「奇才保田與重郎」（『浪曼派』保田與重郎追悼号、昭和五十七年四月）に記事があり、さうして保田と竹内好がナップの機関誌『戦旗』を購読してゐたことが学校に知られ、二人が謹慎処分に付されたのを、三年生になつてからのこととして同じく田中がのべてゐるのは「『コギト』解説」（前掲）のなかである。保田が『戦旗』を購読してゐたことは、文乙の同級生長野敏一の「保田與重郎君の思い出」（前掲）に、同誌や『文芸戦線』、それから小林多喜二、徳永直、葉山嘉樹らの作品を奨められて、保田からそれらを借覧したことが書かれてゐるのも、その証左となるが、もし『史学研究会論集』の刊行が謹慎処分後のことであれば、その「編輯後記」に保田が右のやうな語を列ねてゐるのには、いかにも切実なものが伴つてゐる。

「社研」と略称された「社会科学研究会」は学校においてすでに全国的に禁じられてゐたことから、有志で読書会をもつて、マルクス主義関係の文献を私かに読むことが、格別めづらしくないこととして行はれてゐたのは、読書会をR・Sと、さう呼んでゐたそのメンバーとされた福岡高等学校の檀一雄が、一年生のときの昭和三年に一週間の停学処分を受けてゐる例を持ち出すまでもない。大高では、保田と同期で、マルクス主義を研究するために理甲から文甲に移つたといふ冨山忠雄が読書会を作つたのは、昭和四年の秋で、同級生の下宿で開いてゐたそれに「その後日本浪漫派《ママ》で文名を高くした、

Y君も参加した」と、富山の「汚辱と求道の三年間」(前出『大高 それ青春の三春秋』所収)に記されてゐる。富山はその件で謹慎処分となるが、「Y君」といはれてゐるのは、むろん保田與重郎の他ではない。

さうした事実は、保田も隠してゐない。『日本浪曼派の時代』に徴すれば、学外にあつたその種の研究会に保田は出向いていつて、そこで他の高等専門学校の生徒とも交流してゐた。富山忠雄が大高の級友と催した読書会は、それとはまた別のものだつたやうであるが、富山の文は、むしろそれだけ、保田のさういふ活動の活潑だつたことを伝へる。

ここで保田のマルクス主義志向、左翼思想への傾斜を説くのは、容易なことである。だが、それがことごとしい論となることに私が興を醒ますのは、檀一雄もさうだつたやうに、さういふふうは時代のなかで一般的と云へるもので、保田の精神の健全を、反つてそれは物語るはずのものだからである。のみならずまた、学外の研究会について保田の追想してゐるところによつて云へば、「当時の大阪の学生の雰囲気では、さういふ研究会も、必ずしもマルクス主義一辺倒のものでなかつた」(「『コギト』の周辺」)ことにおいて、大高時代の保田を「左翼」の語で括つて足れりとするのは、保田與重郎論を書く方便としては、それが都合いいとしても、ことを単純に見すぎてゐる。これも『日本浪曼派の時代』に「中学生の終りから高等学校の頃にかけて、私はマルクスとバルトとハイデッガーを、この順序位に興味をもつた」(「近代終焉の思想」)と云はれてゐる、さういふなかの、マルクスはあくまでその一人とするのが、保田のその後を語る上でも整合性をもつであらう。保田が「マルクス主義一辺倒」に陥ることなく、その感覚を平衡に保たせたのは、ひとつには「ブリリアント・クラス」の、なかでも「哲学研究会」の仲間との交りだつたと私は了解する。

2 『コギト』創刊

大高短歌会

保田の一学年上の文甲の野田又夫、小高根太郎、奥野義兼らによつて『璞人《ぼくじん》』といふ謄写刷の詩の雑誌が出されたのは、私は未だそれを実見する機会を得てゐないが、保田の入学と前後する頃のやうである。野田が『璞人』を保田のクラスに売りに行つて、保田とその級友たちを識つたのは、「哲学研究会」の設立より以前のこととする。「高校時代の保田は色白の長身の美少年であつて、はにかみやで口下手であり、寄合いでは口を出すことが少なかったが、明かに連中の『親分』であった。」野田の「保田與重郎を偲んで」（全集「月報」第八巻）の一節を、保田の外貌をとらへ得たスケツチとしてここに引いておくのであるが、保田が後に昭和七年十一月に作成したと思はれる「作品発表目録」が遺されてゐるのが新たに知られたのによると、二年生の秋になつてから、『璞人』への保田の寄稿が始つてゐる。すなはち、第八号に「幻想美学序詩」を載せ、以降「青き病犬の神経」を第九号、「臓腑について」と「氷雨にとけるかなしみの歌」を第十号に、いづれも詩で、第十一号は「頽唐者咏嘆」の詩、それと評論「藝術の『新らしさ』」である。どのやうな作品かは不明ながら、『校友会雑誌』に論文を発表した他に、保田が詩作する日をもつたといふ事実は、大阪高等学校入学後のその活動にまた多面性を加へるが、さらに保田は作歌をも始めてゐる。「大高短歌会」が組織され、その第一回の例会の催されたのが、保田が入学した年の秋、昭和三年十月十九日と判明するのは、規約と会員名簿を載せる謄写刷一枚の当日の配付物による。

大高短歌会規約

一、本会は大高短歌会と称す
一、本会の目的は短歌の研究を中心として純国民的趣味の向上を計り、兼ねて会員各自の生活の覚醒を期す
一、本会は佐々木恒清教授の御指導を仰ぐ
一、本会は本校生徒にして本会の主意に讃同する者を以て会員と為す
一、本会は毎月一回中旬に於て歌会を開催す

右のやうな規約で、全員文科の生徒からなる会員は、野田又夫、奥野義兼ら、文甲の二年生八名と、一年生では文甲の杉浦正一郎、そして文乙からは田中克己、丸三郎、杉野祐三郎の四名が名簿に見える。保田與重郎の名はそこになく、保田は遅れて、田中克己の誘引をうけて短歌を始めるやうになつたと推断するのが中つてゐるかはともかく、すでに「大高短歌会」が設けられてゐたことに鑑みれば、保田らが「短歌会」を作つたやうに『日本浪曼派の時代』に云はれてゐるのは不正確である。保田は

後から「大高短歌会」に加はるが、それがいつかは分明でない。保田が作品を『アラフギ』に、これは本名で投じて、合せて七首が選に入つてゐるのが、同誌の昭和四年の第五号から第九号までに認められるから、おほよその時分からとは考へ得るが、もし「大高短歌会」の会員となつた時期を特定することができたとしても、そのことにさしたる意味はない。それよりも重要なのは、「大高短歌会」との右のやうな関はり方からすれば、保田與重郎の文学が歌から始つてゐるとも云へないものがあるといふことであり、さうしてまた保田が歌稿を、短期間ながら『アララギ』に送つてゐたことである。後年の保田が終始『アララギ』を批判する立場に身を置いたのは、知られてゐるとほりで、大高時代の保田が歌の道についてなほ模索途上にあつたことは、『アララギ』に掲出の作を抽くまでもないが、

大君のみゆきますなりこの道に並木は今朝ぞ植ゑられにけり

八月一日発行の同誌第八号に中村憲吉選で三首が採られてゐるうちの、右には「大阪行幸」とある。昭和四年六月五日から七日に亘つた昭和天皇の阪神地方への行幸は、六日には大阪高等学校に視察があつたもので、『大高　それ青春の三春秋』（前掲）は、その次第を叙するのに特に頁を割いてゐる。一首はそのをりに詠まれたものと思はれるが、ここで「大君のみゆきますなり」と歌ふ保田が、他方では冨山忠雄の読書会に顔を出すといふところに、保田の裡の平衡感覚といふものが存することについて、私は改めて注意を求めたいのである。

さて『校友会雑誌』第十号の保田の筆になる「炫火短歌会志《かぎろひ》」は、「大高短歌会」の後継として「炫火短歌会」が生れたことを云つて、昭和四年十二月六日の保田も出席した短歌会例会において野田又夫らの発案で会から雑誌を発行することが定つた旨を述べてゐる。上級生の卒業を前に、そのやうな運びとなつたのは云はれてゐるとほりとして、ただ雑誌のことは、田中克己の「『コギト』解説」(前掲)に「野田又夫、奥野義兼両先輩から、刊行している『璞人』を引き継ぐようにいわれ、私は承知して」云々と記されてゐるのにも聴くべきである。これが、より事実に即してゐるやうであるのは、同趣旨のことを、当の野田が「保田與重郎を偲んで」に述べてゐるのを一根拠とするが、いづれにしても「大高短歌会」のあとを受けて、新たに「炫火短歌会」を発足させたといふのみでは、経緯の説明として不十分で、十二月六日の例会より前に、『璞人』を引き継ぐ話が田中克己になされてゐたはずである。

『炫火』の刊行

「大高短歌会」の名称が「炫火短歌会」に変つたのは、右の田中の「解説」に副つて云ふなら、『璞人』を引き継いで、新誌名を「炫火」としたことに伴ふものであつた。「炫火」と命名したのは松下武雄であるが、「発刊の辞」は保田が書いて、昭和五年一月に創刊号を出してゐる。これが種子となつて、やがて『コギト』として花開くことになるとき、『炫火』の刊行は『コギト』のいはば前史をなすが、そのこととは別に、『炫火』の創刊をめぐつて不審とされる点があるのは、ひとつは、一月三十一日に短歌会例会を開く予告を創刊号誌上にするのに、呼称を従来どほり「大高短歌会」としてゐることであり、もうひとつは、『璞人』を引き継いだといはれるにも拘らず、『炫火』の創刊後も

『璞人』は続けられたふしのあることで、既記「藝術の『新らしさ』」といふ保田の評論を掲載する同誌第十一号の発行は、昭和五年の、多分は三月である。

一体『璞人』と『炫火』では、その性格を異にした。前者が詩の雑誌だつたのに対し、後者は「炫火短歌会」の機関誌として、短歌を主に、詩、評論等を内容としたから、両誌の並んで行はれることがあつたとすれば、それは『炫火』が『璞人』に代つたとは必ずしも云ひ切れない面があつたことを物語るものであらうか。『炫火』の創刊に際して、野田又夫をはじめとする三年生にも作品を需めたのが、「一首も得られませんでした」(「編輯後記」)と保田が云つてゐるのは、さうした事情がそこに伏在してゐたやうにも観測されるし、短歌会の名称に関しても、野田らの卒業までの間は旧のままだつたと見ることを妥当なものとする。「『璞人』は表面上休刊中だ」と、昭和六年一月発行の『炫火』第十号の「編輯後記」に保田はさう書いてゐるが、翻つて田中克己と、そして野田又夫の双方が同じ思ひ違ひを冒してゐるとも考へにくい。さうであれば、『璞人』を引き継ぐやうにと云はれたのを田中が了承したのは誤りないとして、それが実際にはそのとほりには進まなかつたと解したらいいのか、正確なところは今となつては知りやうがないが、そのことはしかし『炫火』について、あるいは『炫火』における保田與重郎を語る上で支障となるものではない。

田中克己と、保田は湯原冬美名の二人が編輯同人となつた『炫火』は、創刊号は二十八頁、謄写刷で、奥付に記す印刷所は天王寺のプリント社である。保田と田中に、松下武雄、中島栄次郎、杉浦正一郎、本宮(中野)清見、西川英夫、松浦悦郎、丸三郎、原田運治他、同人は、号を重ねるうちに数を増していつたが、肥下恒夫が参加してゐないことに、深い仔細はなかつたと思はれる。さうして竹内好が不参加なのも、何か思惑が働いたといふ訳でなく、「大高短歌会」の会員でもなかつた竹内としてさうするのを是としたのであらう。それは竹内に幸ひしたといふのは、いくらかの距離をとつて保田に論評を加へ得る恰好の席を戦後の竹内好に用意する結果を生んだことにおいてであるが、大高時代、そしてその後も保田が竹内と交誼を結んだことは後述するとほりで、目立つた活動歴をのこしてゐない肥下と違つて、学藝部の委員をつとめて『校友会雑誌』の編集に当つた竹内が、学内で一箇の影響力を行使したことでは保田に譲らないものがあつた。

『炫火』における保田

『炫火』に保田の作歌を掲載してゐるのは、殆どが短歌であるが、創刊号の「方尊寺など」から第十号の「怕」まで毎号欠けることなく、合せると二百首の余に上る。他に散文と俳句があるのを加へるとき、作品は二十篇に上り、しかもその間には『思想』に論文を投じ、『校友会雑誌』と『史学研究会論集』に稿を寄せてゐるから、詩文をなすといふことへの保田の意欲は、昭和五年において、堰を切つたやうにといふ月並な云ひ回しがそぐふまでに一気に外へ溢れ出た感がある。

ひそやかに母嘆ずらく国禁の書によみ悖《ほ》くる長男をもつ
冷やかに父と争ふ卓の上の鳳仙花の花いくたびちぎりし
たそがれは労働者と行き交ふ町かへる革命の日も近きか思ひつゝ

『炫火』の昭和五年十月発行の第七号に所載の「似無愁集鈔」に見える三首のうち、前二首は磯田光一の『比較転向論序説』（勁草書房、昭和四十三年十二月）にも引くものであるが、かうした作に保田の「左傾」の徴を見て得たりとする。たれにでもできるさういふ読み方で保田與重郎論を作るには、保田の感覚が平衡をよく保つに堪へたものだつたことは、すでに弁じたところである。野田又夫は『璞人』を受けついだとする『炫火』を概括して「プロレタリア文学化」したと「大高時代」（前出『大高　それ青春の三春秋』所収）に記してゐる。保田の短歌に限つて云つても、なるほどさういふ臭を嗅ぐことができないでもない。『炫火』の創刊される前年の四年七月には「プロレタリア歌人同盟」が結成されてをり、五島美代子、前川佐美雄らもそれに加はるといふ歌壇の動向が、『戦旗』を購読してゐた保田を刺戟しなかつたはずはない。

だが、『炫火』の保田の作品全体をトするとき、同誌が「プロレタリア文学化」したといふのは、一面だけを見ての評である。「よい作品でなくしてどうして『煽動』があらうか。文学の『煽動』は『素材』の『煽動』でない。そこに感情の組織者としての文学技巧の優位がある！」保田による『炫火』第十号の「編輯後記」にこんな一節があるのは、プロ短歌、プロレタリア短歌に正面から向けられた批判に他ならない。旧歌壇を撃つたことをプロ短歌の功績としつつも、プロ短歌の類とは一線を画して自身の地歩を保田は定めようとしてゐたと云へば、それが『炫火』の進まうとしてきた道でもあつた。さうして保田はなほ過渡期にあつたといふのは、前に三首を抄した「似無愁集鈔」の「似無愁」の語は、これを芥川龍之介の『羅生門』の扉にある「君看雙眼色、不語似無愁」に借りてゐるといふところにも覗き見られる。ここで私が畝傍中学校時代の原田恭助のことを思ひ返すのは、別の理由でなく、原田が芥川龍之介を愛読して已まなかつたひとだつたからであるが、保田の芥川観には、さういふ原田に影響されたものがあつたと覚しく、それを去るにはまだいくらかの時日を要した。

『炫火』は、その後第十三号までを出して昭和七年二月で終つたと見られるが、保田は第十号を以て編集から退いてゐる。その任に一年あつた間、手腕を験されたのは、『校友会雑誌』のやうには学校当局の干渉を受けなかつたことでも自信を得たに相違なければ、各同人の示した力量、なかでも松下武雄と中島栄次郎、そして田中克己らのそれに、高等学校の生徒の水準を抜いたものを認めたことが、保田與重郎をして新たな構想を描かせた。すなはち『コギト』の発刊であるが、それは『炫火』を創めた当初から予定されてゐたものでなく、『炫火』十冊の刊行を遂げた成果として、その延長線上に企図されたと私は考へるのである。

大高のストライキ事件

昭和六年三月に保田は大阪高等学校を卒業すると、四月に東京帝国大学文学部美学美術史学科に肥下恒夫と、『炫火』同人ではもう一人、松浦悦郎とともに入学する。教室の最後列の左隅から成績順に座るやうに定められてゐた大高の席次から知られる卒業時の成績は、下から四番だつたといふのは、他事にかまけた態で学業放擲といふのに近かつた保田の大高における日々を伝へるかの趣があるが、大高時代のことでここに追記しておく必要を覚えるのは、昭和五年十一月二十五日に起つたストライキ事件についてである。当時は生徒の思想事件に絡んだストライキが、全国の高等学校で相次いだ。大高にはさういふ懼れがまづなかつたことから、昭和天皇の行幸先ともされたものであらうが、それでも思想取締りと軍事教育に反撥して、信太山陸軍演習場での、また学内における学校教練のサボタージュを、文甲の本宮（中野）清見、冨山忠雄、竹内好、沢井孝子郎らが行つてをり、そのために教練不合格のまま卒業するに至つたことは、中野清見の「ある日本人」（『現代教養全集』第六巻、筑摩書房、昭和三十四年二月）、沢井の「竹内好と大阪高等学校」（『近代風土』創刊号、昭和五十二年十二月）に、それぞれ記述がある。そのやうな底流があつて、これに重なつた学校当局への不満、不信がストライキとして現れた。経過を辿つて得られる、それが五年十一月の事件の簡単な構図である。

『大高 それ青春の三春秋』（前掲）が「ストライキ事件」の項に叙してゐるところは「十一月二十四日の午後二時ごろ、所轄阿部野署の刑事が、図南寮の機関雑誌『帝陵』の編集者である図書部委員文科二年上武圭一、中道一雄、壇辻浩、文科三年室清、理科一年山田の五生徒を授業中突如同行し去った。これは、『帝陵』掲載の文藝作品『村のピオニール』『延線』『生くる』など三篇が左傾であるとして、執筆者のペンネームの本名を追求《ママ》するためであった。」これが発端であるが、特別高等警察では予て大高の左翼運動を監視してゐたのが生徒の引致となつたもので、警察に協力したと思はれこそすれ、五生徒を庇護しようとしない学校側の冷淡なそのときの対応が、大方の生徒たちの憤激を買つた。

翌二十五日は、午前十時から東京帝大教授河合栄治郎による思想善導の講演会が講堂で催され、午後は合同教練が予定されてゐたところ、河合の講演が終つた直後である。文乙三年で校友会理事の俣野博夫が慌しく壇上に上つて、前日の検挙事件を全生徒に訴へた。その後の推移については、田中克己に標題を『夜光雲』とする詩作日記のあるのが公刊（中嶋康博編、山の手紙社、平成七年七月）されてゐるのに詳細であるが、俣野の報告を受け、その場で生徒大会の形をとつて対処方を論議した結果、六カ条からなる決議を採択して、その日の集会が解散となつたときは、午後六時半にもなつてゐた。二十六日の午前に決議書が隈本校長に提出されるより前、学校当局は同日から三日間の臨時休校を布告するが、この事件に保田與重郎が竹内好とともに主導的に関はつたと云へるのは、生徒大会における決議の内容は保田の提案によることを、田中克己の日記に知るからである。田中が書き留めてゐる決議案を写せば、

一、吾々は今回の生徒課の言辞及態度にあきたらず欺瞞せしものと認む。
一、吾々は生徒主事佐々木喜一、伊藤朝生の両氏の辞職を要求す。
一、学校側の陳謝を要求す。
一、警察に厳重なる抗議を申込むことを要求す。
一、今回の不当なる拘束に対し、警察の説明をなさしむることを要求す。

これに「吾々は此の要求が通るまでは授業を受けず」の条項が生徒大会で追加された決議書に対し、閉鎖された講堂に代へて寮の食堂に生徒の待機するうちにもたらされた回答は、一方的な拒絶ではな

く、一部要求を呑むものだつたことに、それから七十年有余が過ぎた今日、その記録を私は読んで、学校当局の周章ぶりと、そして生徒たちの高揚した心中をしづかに思ひ量るのである。委細は省くが、竹内、俣野らと内談しつつ、保田が回答を容れて沈着に事態を収束させる方向に動いたのは、同盟休校で犠牲者を出すのを避けることを理由とした。他方でストライキの続行を主張する強硬意見も、決して少数でない。新聞の報道で知つて、心配のあまり学校に集まる父兄の数も増えてくるなかで、午後八時から生徒大会が再開されたが、ストライキを解く提案が大会の冒頭になされたのをめぐつて、交された激論は容易に結着しないまま深更午前一時に及んだところで、賛否を無記名投票で問ふこととし、クラス別に投票を行つて同盟休校の中止に決した。

事件の概略は右のとほりで、十一月二十七日の午前十時から寮食堂で解団式を挙げ、それでストライキは終るのであるが、これが自然発生的な事件だつたのか、それともいくらか仕組まれたものだつたか、両つの見方があるその当否は措く。さうして、事件のあらましを綴つて、私は保田の活躍を際立たせて語らうとしたのでない。生徒大会の決議書の草案を作つた保田にとつて、明かにそれは敗北を余儀なくされた事件と云ふべきだからであり、だれも犠牲者となることなくストライキが終結したことを保田與重郎の功として述べるのも、もとより保田の心持を酌むことから遠い。さういふことでなく、もし犠牲者が出るといふなら、一度戒飭処分を被つてもゐる保田本人がそれを免れず、首謀者として退学か、もしくは軽くて停学の処分を覚悟しなければならなかつた。保田の卒業後の翌六年四月、再び大高で同盟休校が行はれるが、『大高　それ青春の三春秋』（前掲）によると、退学九名、無期停学十四名の計二十三名といふ厳しい処分がそのときなされてゐることを考勘すれば、十分にそれはあり得べく、さうした退つ引きならぬ状況に置かれてストライキを解除に導いた保田の苦衷、それをこそよろしく察すべきである。

処分をも恐れずにストライキを続けるか、それとも身の安寧を保つか、これほどに重大な岐路に保田が立たされたことはかつてなかつた。大阪高等学校が官立学校としてあつたといふことでは、間接的ではあるが、国家権力がどういふものであるかを膚で知つた初めての経験である。それがしかし、不本意な結末に終つた。それから一年近くもして、田中克己がストライキの日をおもひ起して詩作日記にしるすのは、「後世に残すべき」との念からであるが、昭和六年十月二十一日のその項に「このちわれは湯原、ツネヲと仲好くなりしばしば無念を語りあつた」といふ、かういふ条がある。「湯原」は保田で、「ツネヲ」は、肥下恒夫のことをさう記してゐる。ストライキの以前から、むろん田中克己が保田と近しかつたことは、昭和四年二月から始まつてゐる詩作日記にも通覧されるところで、ときに田中が示すその日記『夜光雲』に、感想などの書き込みを保田はしてゐるほどである。事件後「仲好くなり」といふのは、さらに親交を深めた意にとるとして、それよりも右の一行が、事件を保田が「無念」と受けとめてゐたことを云つてゐる点に、その帰結が保田與重郎の裡にのこした傷痕の小さくなかつたことを私は思ふのである。

ストライキ自体に、思想性は稀薄だつたにしても、学内の刊行物に官憲が「左傾」を認めたことから惹き起された事件である。保田は自身の「左傾」をいかほどか正すと同時に、以後はストライキにおけるやうに行動することの断念を強ひられた。延いてそのことは保田を改めて文学に向はせたと考へてよければ、「仲好くなり」と田中が日記に書きつけたやうに、級友たちの結束を固くしたことも含めて、昭和五年十一月のストライキ事件は『コギト』創刊の一契機をなしたと見るのも、穿ち過ぎでない。二十六日夜の生徒大会での同盟休校を解く提案に対し、「卑怯者」あるいは「裏切り」の声が講堂に充ちた光景を田中の日記は伝へるが、保田にはそれがどう響いたか。「無念」といふのを、偽りない胸中と私は聞く。大高時代の保田を「左翼」として語るのが尤もらしく行はれてゐるのが頼りないのは、取りも直さずそこのところであつた。

『コギト』派の結成

東京帝国大学の文学部美学美術史学科に入学した保田は、美学を専攻した。しかし、畝傍中学校の原田恭助や岡本六二以上の教師に出会ふこともなかつた。「私は不幸にも大学と教授には失望した」（「文藝批評のアカデミズム」）と、はつきり書いてゐるそこでの講義に興をそそられることもなく、同じ文学部の社会学科に入つた長野敏一と一緒に受講した倫理学の授業では、出席を毎回とられるのを、どちらかが欠席の場合は申し合せて互に代返した由、長野が「保田與重郎君の思い出」（前掲）にのべてゐるのから推して、大学で徒らな時間を過すより、保田を駆り立てるものが他にあつたと云へば、差し当つて『炫火』の復刊である。『炫火』の同人で東京帝大に入学した数は少くなかつた。そのやうに彼らを結び合せたもの、たれのそれは計らひでもなかつたといふ意味で、そこに動いた保田の意思ばかりを過大に見積ると誤るが、京都帝大の文学部哲学科を選んだ松下武雄と中島栄次郎を除き、東京に集まつた『炫火』の旧同人たちが親しく往き来し

『コギト』

てゐる様子の一端は、東洋史学科に入つた田中克己の同じ日記に写されてゐる。「保田と肥下と服部とで銀座を歩く。」入学してほどない四月二十八日の記事で、服部は、言語学科に進んだ服部正己であるが、大高時代と渝らないかうした交友のなかで、保田と、そして肥下恒夫が中心となつて雑誌のことが企図される。

新雑誌の計画が進行した日程は分明でない。原稿を各自が用意した上で旧同人が肥下の家に参集した場で「コギト」といふ新誌名の提案が保田よりされたのに皆が賛成したのを、田中の「『コギト』解説」（前掲）は、昭和七年一月のこととする。だが、『コギト』の創刊は、掲載原稿の都合で、当初の予定が遅れて三月になつた模様だから、誌名と併せて装丁等についても同人の了解を得ておくには、前年中のもつと早い時期に、さういふ手筈が整へられてゐなければならない。前年六年の十一月二十四日、旧師の佐々木恒清が電車事故で不慮の死をとげる。保田はじめ大高出身者は、詳報を求めて大学に集まつてくるが、その頃には『コギト』の大体は決定してゐたであらうと私が案ずるのは、翌十二月の一日には、創刊号のための小説「やぽん・まるち」の稿を保田は畢へてゐるからである。一体『コギト』の誌名も、保田が『炫火』第十号に掲げた「短歌はどこへゆく?」に「『怖ろしき理知』及び『Cogito（コギト）』について」と副題してゐるのに引き合せれば、にはかに思ひ付いたものでない。六年の夏の八月から九月にかけて、保田は佐渡、越後地方を旅してをり、あるいは構想をその間に固めたのかも知れないといふのは、これは私の愉しむ想像であるが、旅から戻つて旬日ほどを送るうちに満州事変が始つてゐる。

『コギト』は昭和七年三月に創刊された。それを『日本浪曼派の時代』に「大阪高等学校からの継続だつたにすぎない」（「近代終焉の思想」）と云つてゐるいきさつは、既述したとほりである。ただ戦後の竹内好が「中国文学研究会結成のころ」として一九三四年（昭和九年）当時の日記を公開した際に一文を付してゐるなかに「大阪高校グループの間で『コギト』派が結成され、それに洩れた左翼色のやや濃い連中の間で演劇熱が一時たかまった。私は後者に属していた」（『竹内好全集』第十五巻、筑摩書房、昭和五十六年十月）とあるのによるなら、『炫火』の旧同人のたれをも『コギト』の同人に加へることに保田は慎重だつたやうで、「左翼色」を抑へて、プロレタリア文学とは一線を画すことを方針としたところに、保田が新雑誌に期したものは掬するに足る。それでも、創刊号の巻首を飾った肥下恒夫の「手紙」が、高見順が「昭和文学盛衰史」（第二部（三）、『文学界』昭和三十一年三月号）に述べてゐるやうに、一種のプロレタリア小説と読めるのは、やはり時代の相と云ふ他なく、その迫間に、懸崖の危ふきに保田は文藝を描かうとした。それが一にかかつて文章の造型にあるとき、保田の業は、云ふまでもなく容易くない。

付言すれば、竹内好が「左翼色のやや濃い連中」に自身を擬して、「『コギト』派」には属さなかつたやうに云つてゐるのは、創刊当初は仮にさういふ面がいくらかあつたとしても、事実に違ふ。一度も寄稿することなしに終始したが、竹内は途中から『コギト』同人に名を連ねてゐる。『炫火』にも参加してゐない竹内をそのやうに遇したのは、察するに保田の配慮であつた。百頁余の創刊号は、肥下の小説に、保田が「印象批評」の題の批評を別に書いてゐる他、小説では杉浦正一郎の作品があり、服部正己によるゲオルク・ジンメルの遺稿 Fragmente und Aufsätze の翻訳「ジンメルの言葉」、そして田中克己の「反帝国主義の詩」（前出「『コギト』解説」）と自ら云ふ「呪咀」と、中島栄次郎のこれも詩「時間」等を載せて、『炫火』とは面目をまた革めた内容である。保田が湯原冬美の筆名でなく、小説ともに本名にこのときからよつてゐるのは、これを新たな出立とする決意の程を現してゐたと、さう私は忖度する。

「やぽん・まるち」

創刊号の「やぽん・まるち」において初めて小説をこころみてゐることにも、保田の新生ともいふべきものは説かれ得る。一篇は、周知のやうに、幕末の江戸の下級武士が、幕府への外国使節に随行してきたフランス人の助力のもとに鼓による行進曲「やぽん・まるち」の作曲に狂気にも似た熱情を注ぐ話をめぐつて「私」の織りなす物語である。「私」が博識ぶりを披瀝するのに保田のこの間の学究を重ねるのは、たれもがする読み方であるが、旧幕の時代に作られた古曲の演奏会が催されたのに招待された「私」がそれに聴き入る、作曲の苦心を偲ばせるその調べの妙所を語り、さうして彰義隊が戦ひ敗れた上野の山を、件の下級武士がひとり喪心して鼓で曲を高らかに奏しながら行く姿を叙してゐる箇所など、よく彫琢された文は、『炫火』第十号を最後に、作品を発表することのなかつた一年の空白を埋めるに十分なものがあつた。

田中克己が「保田は音痴である」（前出「保田與重郎君」）と云つてゐるのは、そのとほりだつたやうで、それに因るところか、その後の保田は、まづ音楽についてしるさなかつたといふ点でも「やぽん・まるち」はめづらしい作品に属する。ストライキ事件後の自己の処生、それを保田は藝術に懸命の敗残の幕吏に仮託してゐると思ひなすとき、この作に保田がどれほど意を致したかは、ことさら言を費すに及ぶまいが、「やぽん・まるち」のその幕吏に象られてゐるのは、当時の保田といふばかりでなく、『日本浪曼派』を創刊するときの保田も、心持においては変らない。やがて一世を風靡するやうになる保田與重郎は、なるほど恰も勝者のやうであるが、さう見るのは、しかしそのひとの信実を衝いてゐない。勝者ではなく、つねに敗者としてあつた、さういふ在りやうに眼を凝らすことが、保田の文学を読み解く上で必要である。

「やぽん・まるち」を保田はどんなところから着想したか。軍楽の作曲に憑かれた幕吏を助けたフランス人を、藤村の『夜明け前』にも写されているメルメット・カシヨンと新保祐司が『国のさゝやき』（構想社、平成十四年九月）のなかで比定したやうに、一篇のなかに渉猟して得られた史実にもとづく部分があるとするなら、その素材に自身の心術を盛るのに小説といふ形式が一ばん適つてゐたことが、保田をしてこれを作らせた最も大きな理由と云はれるべきであつた。

『コギト』の同人は、田中克己の「『コギト』解説」（前掲）によると、十円の同人費を納めたが、雑誌を発行する費用は、肥下恒夫が負担してゐる。それを賄ふことができるだけの資産を肥下は相続してゐたと云つて、それを蕩尽するのでなければ、何か他の事業に投じることもあり得たのを、『コギト』のために費消して惜しみ思はなかつた肥下は、たまさかに作品を載せるのみで、自宅を発行所として刊行に関はる事務に従ふのを専らとした。もし肥下恒夫がゐなかつたら、少くとも月刊で、世の注視を浴びるまでになるやうな形での発行はならなかつたに相違ない。保田が「肥下のお父さんが河口慧海の西蔵潜入に金を出しとられた」と語つてゐるのは、清水文雄との対談「日本浪曼派とその周辺」(『バルカノン』第8輯、昭和三十三年八月)においてであるが、慧海の『チベット旅行記』(『世界ノンフィクション全集』6、筑摩書房、昭和三十五年八月)に日本を出発する前のことを述べてゐるなかに、探険に要する資金を餞別として贈つた一人として「堺の肥下」と記してゐるのがそれであらう。肥下はそのときの一度のみでなく、チベットに入国する前、ブータンに滞留中の慧海にまた送金してゐる。河口慧海も堺のひとで、肥下とは朋友といはれるべき間であつた。友人のため、といふより、世を益するために金を使ふ。資産とともに、いはばさういふ家の風をも肥下恒夫は受け継いだが、肥下が『コギト』の編輯兼発行人たり得たのは、むろん同人の俊秀たちを御していくことのできる、それだけの器だつたといふことである。大妻女子大学図書館所蔵の肥下恒夫宛保田の書簡が、『コギト』についての事務的な連絡が大方であるのは、雑誌の発行に保田の関与することの大きかつた事情をうかがはせるが、事務的な通信の底を流れてゐるのは、肥下に寄せる全幅の信頼の情である。

第三章　『日本浪曼派』に集ふ

1　『コギト』第三十号まで

比類ない複雑な心情

『コギト』が、同人の全員が東京と京都の帝国大学生といふ点でも、文壇を少からず刺戟したといふのは、容易に想像できることである。純白の紙に小さく、誌名を黒で、そして発行の月を示すアラビア数字一つを、その月々に似合はしい色で刷つただけの表紙は、これも保田の発案で、『日本浪曼派の時代』に、当時現出した風俗として「銀座の喫茶店などで、女子学生が好んでコギトをか丶へて歩いた」(「日本浪曼派の気質」)と云はれてゐるのは、雑誌のそのやうな造りがまた一部の間で迎へられたものであらう。

だが『コギト』が発刊して早々、日本プロレタリア文化連盟、コップに対して始まつた大弾圧で、翌四月の四日に中野重治が捕へられる、さういふ日であつた。まだ『中野重治詩集』が出版される以前であるが、マルクス主義を唱へる正義に疑心の生れることのない限りで、中野重治の「良心」は、闇《くら》い時代の灯として消されてはならない。大高時代から尾を引いて、それはなほ蟠るやうにしてあつた保田の心情のはずだつたとき、中野の検挙は保田に何を逼つたか。翌八年二月二十日には、保田も読者だつたことのある小林多喜二が虐殺されるに至るが、さういふ事件に保田はどのやうに追ひつめられたか、平安に狎れきつた今日の私などの、これはもう想像に余るほどのものである。『旧制大阪高等学校史』（大阪高等学校同窓会、平成三年十月）によると、同八年三月、同校のフランス語の主任教授本田喜代治が思想問題で免官となるが、教官が学校から追はれるのと、文学者の活動が拷問を以て酬いられるのを同列に扱ふには、保田與重郎はなによりも文学に命を賭さうとしてゐた。

昭和十五年に書かれた保田の「我国に於ける浪曼主義の概観」は、よく知られてゐる。『近代の終焉』に収めるもので、そこに「昭和七八年を中心として時代の青春に遭遁した青年の心情は、その時代が日本の国家が最も悪い状態にあつたゆゑに、前後に比類ない複雑さを作つた」と述べてゐるのは、七、八年の頃は「青年の生活が最悪の失業状態を経験した」といふ認識を基底にしてゐるが、「日本の国家が最も悪い状態にあつた」といふのは、「失業状態」にもまして、小林多喜二の死に極つた、法治国家とはとても云へないやうなその日の現実を婉曲に難じてゐると釈いていい。云はれてゐるさうした時代の青年とは、他のたれでもない、保田こそその一人であり、「前後に比類ない複雑さ」を纏つた「心情」は、一世代上の、例へば小林秀雄が「様々なる意匠」で弁じたやうに「私は『プロレタリアの為に藝術せよ』といふ言葉を好かない」と、そんなふうにあつさりと云つてのけることに逡巡を覚えた。
『コギト』に、保田は毎号休むことなく作品を掲げてゐる。ペンで原稿を書いた保田は、達筆であつた。桜井市立図書館が閲覧に供してゐる原稿にも一瞥されるとほりであるが、達筆の上に保田はまた速筆であつた、といふより、ペンを速く走らせるやうに、そのやうに裡から保田を頻りに駆り立てたものは「日本の国家が最も悪い状態にあつた」その時代と私は語つて、その焦慮と、そして自恃を遼《はる》かにおもひ遣るのである。

保田の小説

「やぽん・まるち」に始つた小説は、その後三年の余に亘つて、すべて『コギト』に発表されたものが十五篇を数へる。それらを通覧するとき、紀行のやうな「佐渡へ」があれば、和辻哲郎をモデルに、和辻をいくらか戯画化して「蝸牛の角」として描いてゐるかと思ふと、「花と形而上学と」それに「発足の論理」「第三の手紙」等には、適当な例を他に求めるなら、小林秀雄の「Xへの手紙」にも似た気味合が見える。形態は区々であり、趣意において異るものがあるのは、それが保田にとつて新しいこころみだつたことを物語つてゐるが、在来の小説のやうな小説らしさを粧ふことを斥けながら、「小説」といふ明晰な認識を持しつつ作品が書かれてゐることは、特に右の「花と形而上学と」以下三篇においてさうであつた。

如何なる場合にも知性は意志の命に従はねばならない。あらゆる権力の集るところへ私は歩みより、私の発足の点をおかねばならない。私は美しい女を見れば肉親の妹たちを愛する感情を起した。

私は青春を棄てゝ、妹たちの恋愛の助手である方がよいのだ。かつて私は愛する友たちに示すために一つの文章を書いた。その中で私は花の情を述べて、形而上の心情世界を歌はうと試みた。私は愛の切ない心情を画かうと思ひつゝ、知性のために邪魔だてられた。

「発足の論理」に、例へばかういふ一段があるのに、様相のおほよそは察し得るであらう。一篇の冒頭には「精神及心情の交錯する場に於けるアポリヤに働く自我意識の種々相の分析」の語が見出しふうに副へられてゐるのにも、保田の意図は分明であつた。右の文中「愛する友たちに示すために一つの文章を書いた」と云つてゐるのは「花と形而上学と」のことであり、以前にも同工の作をなしたことを述べてゐる。先程私は小林秀雄の「Xへの手紙」を挙げたが、保田は小林に倣つたなどと弁じるのではない。といふのも、「花と形而上学と」の方が「Xへの手紙」に先行してゐるからであり、前者が『コギト』第五号（昭和七年七月）に載つた後、後者は翌々九月に『中央公論』に発表されてゐる。「発足の論理」と併せて『コギト』第八号（昭和七年十二月）に「作家の論理活動とスチリヂールングの問題（四つの感想）」を掲げたなかに「Xへの手紙」を取上げた保田が、それを「今日に於て最も正しい意味での小説」と評価してゐるのは、すなはち自身の「花と形而上学と」あるいは「発足の論理」に向けられたものと読むこともできる。内容において通じ合ふものがある作品を期せずして両者がものしてゐる、その符合に一興を味ふのは、この時点で小林と保田の拓いた地平が同じやうだつたとしても、その後とつた歩調は、むしろ相隔たつたものを徐々に濃くするやうになるからである。

江藤淳は「Xへの手紙」を論じて、そこに「小林秀雄のなかに沈澱している絶望の重さ」(『Xへの手紙・私小説論』解説、新潮社、昭和三十七年四月)を見てゐる。だが「絶望」といふなら、保田與重郎の臨んだそれこそが、度合においてより重く、底がまた深くはなかつたか。マルクス主義体験を含めて、なんにしても「国家が最も悪い状態にあつた」ときの青春が見舞はれた「絶望」は、一面において小林秀雄のなほ知らない質のものでもあつたと私は思議するのである。ひとつにはその差異が、両者をいつか岐れる路を別々に進ませたと云つて誤らなければ、「Xへの手紙」を保田は認めつつも、同じ「作家の論理活動とスチリヂールングの問題(四つの感想)」で、小林の横光利一論に対しては批判的な口吻をすでに洩らしてゐる。それは新感覚派の驍将に、保田がその反対者としてあつたことがなさしめたもの云ひと私には思ひなされるが、横光の作家的地位が多分に小林秀雄の批評に支へられてゐたといふ文学界の状況に保田が異を挟んでゐるのは、保田の文学観といふものがほぼ確立をみた、その証としていい。大阪高等学校時代の保田は、横光利一が志賀直哉とともに尊ぶべき小説家であることを疑はなかつた。

「Xへの手紙」を評するなかで「この小説が讃詞を与へられるなら、それは理解された結果のことばでなく、たゞ小林秀雄なる名に与へられることばに過ぎぬ」と、そのやうなことも考へると保田は記してゐる。「花と形而上学と」そして「発足の論理」が賞讃をあつめるには、自身の名はまだ小林秀雄のやうに揚つてゐないといふことであるが、「今日通用する月評といふものは真実の意味での文学の時評でない」として「単なるテクニツクの批評は決して文学のために好ましい批評でない。文学の批評はその使命として文学を推進せしめる性質のものでなければならない」とそこで説く保田は、以後も『コギト』誌上に、さういふ論点からの文学の批評を続けて倦むことがなかつた。

「当麻曼荼羅」など

保田は東京で下宿して、はじめは中野区鷺宮一丁目四三九、吉田喜代松方、次いで同区沼袋南三丁目三六四の加藤源次郎方に移つたやうである。どちらも肥下恒夫の家に近く、特に沼袋は肥下と同じ町内だから、『コギト』の編集に携はるにも好都合だつたと思はれる。雑誌の発刊した昭和七年の夏休みは、前年にもその期間を利用して佐渡へ行したやうに、七月十二日から朝鮮の古代美術の遺跡を尋ねて廻る旅に出てゐる。その記録は『コギト』第十六号（昭和八年九月）に「青丘雑詠――朝鮮の旅の序」として俳句四十句を掲げたのをかは切りに、第十七号（同年十月）から五回に亘る「朝鮮の旅」の連載があり、慶州を主に滞在は三旬に及んだが、旅の初め、下関から関釜連絡船で釜山に上陸したその日は通度寺へ行つた。七月十五日であるが、既記のとほり、畝傍中学校の原田恭助が急逝したのはその日で、結核性脳膜炎によるものであつた。

長旅から桜井の自家に帰つて、まづ保田を愕かせたのはその報である。それと知らないまま、旅信を原田宛に差出してゐたことも哀しく、翌日そのひとの亡い原田の家へ赴いた保田は、臨終の際まで故人が保田の名を何度も口にしたといふ話を聞く。第一章に云つた「原田恭助先生のおんこと」のなかの記事で、昭和八年八月一日に稿のなつた旨の記を文末に付すが、同じ文に「最近私は何人かの友人と共にさゝやかな仕事を始めてゐる」としるしてゐるのは、別事ではなく、『コギト』のことであらう。さうして「今のさゝやかな波紋が、藝文の世界をいくらか動かし得れば、そこに先生の精神は私らの手によつてもいくらか生き得るであらう。」かうもまた云はれてゐることに、原田恭助に対する保田の念がどんなに篤いものだつたかを私は改めて酌む。

『コギト』は創刊してから一年半にもならうとしてをり、毎月遅滞なく発行を続けてきた雑誌は、やうやく世の耳目をひきつつあつた。それが投じたものを、控へ目に「さゝやかな波紋」と述べてゐるのに、心中に期するところはうかがへ、それまで同誌の販売は東京、京都、大阪、仙台等の都市に限られてゐたところ、八年七月発行の第十四号より全国に配給されるやうになつた。同じく七月に発行の『思想』第一三四号「藝術論」特集に、保田の「『批評』の問題」と併せて中島栄次郎、松下武雄が、それぞれ沖崎猷之介、大東猛吉の筆名でともに寄稿してゐるのは、『コギト』についての世評がどのやうであつたか、それを測るひとつの指標となる。沖崎猷之介の筆名が用ひられるのは『コギト』創刊時から、大東猛吉は『炫火』以来のものであるが、保田が『コギト』第七号（昭和七年十一月）に発表した評論の標題を藉りるなら、「協同の営為」としての同誌の刊行に一定の見通しと、また自信を得た表現であらうか、松下は第十五号（昭和八年八月）、中島は第十六号（同年九月）以降、本名によつてゐる。

『コギト』のための月々の原稿を怠ることのなかつた一方で、保田が他誌に執筆する機会の増えてくるのも、この前後からである。当時の保田の交通の及んだ範囲を伝へるものとして、八年九月発行の『MADAME BLANCHE』9号に「言語使用の純化」、続いて十二月発行の同誌10号に「千樫と赤彦」を、また『文藝汎論』同年十二月号に「日本国現報善悪霊異記」を載せてゐる例を挙げておくのは、いづれもモダニズムの詩の運動に関与した雑誌だからであり、両誌から文を需められたといふことに、いはばその日における一箇の保田與重郎観が映されてゐる。ボン書店から発行された前者は、渋谷区栄通2丁目2番地 アルクイユクラブに編輯所を置き、北園克衛、西脇順三郎ら、10号において三十九名を数へた同クラブ員に、『コギト』同人では田中克己が加はつてゐた。誌名の表記は、フランス語によるそれを表紙の上方に刷るのみなのは、そのまま雑誌の志向したところを表し、本文、そして奥付も、当時はまだめづらしい横組で、判型は、これも一般の文藝誌のやうでなく、B5判に近い変型である。

さうした間に「当麻曼茶羅」が書かれてゐるのは、保田の初期の佳作として記憶される。『コギト』第十八号（八年十一月）に掲載されたもので、当代の作品でない、日本の古典を語つた保田の批評の、これが最初である。「文学のレアールは、普通の文学論の形式と内容、素材と構成、それらと共に、それらの結びめをなす一つの概念、のいづれでもない」とそこで云ふ「文学のレアール」、従来の保田の批評は、それについて多く一般論的に扱ふ傾きのあつたのが、中将姫伝説にまつはる当麻曼茶羅を、あるいは知恩院の周知の「早来迎」の図を対象に、問題を具体論として解いてゐる点で新しく、それがまた説得力に富んだ一篇としてゐる。既述したやうに、和辻哲郎を戯画風に小説に仕立てた「蝸牛の角」が保田にあるが、当麻曼茶羅への対し方において和辻のそれに批判的な見方を挟んでゐるのも、「気質的に反撥するもの」を明確なかたちに示し得たといふ意味で、保田自身の思ひに記念さるべき作であつた。

「文学のレアール」の論を、保田は「藝術のあらはす不安」に及ぼす。その例を知恩院の「早来迎」にとるのは、「素材としての不安」もしくは「内容としての不安」でなく、「藝術が全体として内容形式の区別なく示す一つの雰囲気的不安の姿」をそれに見るといふことであるが、つまり、そのやうな「レアール」において「早来迎」の図が藝術として在ることを説く「当麻曼荼羅」は、流行の「不安の文学」の甘さを、いかにもよく云ひ当ててゐる。だが、一篇が卓れてゐるのは、そのことよりも、「レアール」が「早来迎」を藝術たらしめてゐる理を語る行文の、まさにその「レアール」において、これが文学の作品たり得てゐることにおいてでなければならない。さうして、ことばによる「レアール」の造型の上で、「当麻曼荼羅」がまだ十全と云へないのも確かである。課題として、それはのこされてゐたにしても、「当麻曼荼羅」は保田與重郎の批評の行き方を大きく決定したと云へば、保田のその後の批評のエッセンスといふべきものは、あらかたここに出揃つてゐる感がある。

清らかな精神

「『当麻曼荼羅』みたいなものは今後かきたいと思つてゐる。なるべく理論はザツハリツヒである方がいゝ」と云つてゐるのは、『コギト』第二十号（昭和九年一月）所載の「中島栄次郎に」である。「当麻曼荼羅」を自身で是としてゐる、といふよりは、一篇が好評を得たことがさう云はしめたやうな口振りであるが、「中島栄次郎に」では、他方で「数年まへにかいたやうな『室生寺の弥勒菩薩像』はかけさうにもない。もやもやした形而上学的語彙の羅列など僕にはできない。同じ頃S——誌上にかいた社会史的精神史的なものの方に近づくだらうかもしれない」とも記してゐる。しかしながら「当麻曼荼羅」が「室生寺の弥勒菩薩像」のやうでないのは、必ずし

東京帝国大学在学中，大阪高等学校文七乙同期生と図書館前にて
（昭和９年１月，後列左から４人目）

も「もやもやした形而上学的語彙の羅列」がそこにされてゐないからではない。「室生寺の弥勒菩薩像」に、例へば「近頃の全藝文を覆ふプロレタリア藝術運動の主張の正しさ」を云ふ、さういふ立論を排したところで書かれたことが、「当麻曼荼羅」の作がなつた、少くとも一つの理由である。「同じ頃Ｓ――誌上にかいた」といふのは、『思想』に投稿した「『好去好来の歌』に於ける言霊についての考察」のことであるが、この論攷で採り用ひた方法にまだ拘泥してゐたといふなら、自身の拠る立場を定めようとしつつ、保田はなほ揺れてゐた。だが、翻つて云へば、さうした心の振幅に身を委ねるやうにして辛く生きることの裡からしか、真正な文学の作品は産み出されない。「当麻曼荼羅」を、保田が平安な心持で草した訳でないのは、こと新し

く云ふまでもないことである。

昭和九年三月、保田は東京帝国大学を卒業する。卒業論文は「ヘルデルリーン論」で、「清らかな詩人」と題してヘルダーリンを描いたのを、同年の『文学界』二月号に掲げてゐるのが卒業論文なのか、その点は審らかにしない。文末に「(三三・一一・一)」と記してあるのを、「これは卒業論文の提出期限ではなかろうか」といふ推定を川村二郎が『イロニアの大和』(講談社、平成十五年十一月)でしてゐるのが、当つてゐるとしても、「清らかな詩人」が卒業論文そのままとする証とはならないが、大きく相違するところがあるとは考へ難い。さうして「清らかな詩人」は、川村二郎の同書に従ふなら、「日本語で書かれた、最初のとはいえぬまでも、きわめて早いヘルダーリン論」であるが、ただ、その功のすべてを保田に帰するのが妥当といへないのは、所論の多くを、ディルタイによる評伝を「フリードリヒ・ヘルデルリーン」として服部正己の訳出したのが『コギト』第六号(昭和七年十月)から第十号(八年二月)まで連載されてゐるのに負つてゐることにおいてであり、それはまた、保田與重郎ひとりに『コギト』を代表させればいいといふものでなく、同誌が「協同の営為」として行はれたことを物語らせるに恰好な事例であつた。

ヘルダーリンに、何を保田は読んだか。そこに論及されてゐるところを、私がしかし細かく逐ふことをしないのは、保田の掬したのは、次のやうななかで云はれる「清らかな精神」といへば、それに尽きるやうに思はれるからである。

現実に妥協せぬ精神は、その慰安を期待しなかつた。つひに清らかな詩人の精神は運命との握手によつて、思考のない世界に閉ぢこめられたのである。かかる詩人を考へると、たとへ私が尊敬すべきゲーテにより高い小説作品の美学的価値を見出しても、その一つの規準によつて、私はかかるヘルデルリーンの清らかな精神を下級におくことは出来ない。

これをヘルダーリンへ捧げられた讃辞と聞くことは、むろん間違ひでない。熱い憧憬に近い感情が一篇に流露してゐるといふのも、そのとほりである。しかしヘルダーリンに自身の想念を合せるやうにして、一種甘美な夢を結ぶには、切迫した生を保田は懸命に生きてゐた。「現実に妥協せぬ精神」と云ふ。それがヘルダーリンを発狂させたものであるといふとき、保田がここで、ヘルダーリンに事寄せつつ語つてゐるのは、何よりもまづ、保田が生きる時代の「現実」に他ならなかつた。「現実に妥協せぬ精神」を保田は貫き徹せなかつたと云つて了へば、それまでである。だが、さうした見方は、保田を政治論のなかに搦め捕つてものを云つてゐることにおいて、大高時代の保田を左翼と決めてかかる論法と異らない。「ヘルデルリーンを考へるとき、今日の情勢を遍く感じる私にはむしろその清らかさが切実にさへ感じられた。」かういふ一行で「清らかな詩人」は終るが、保田が「今日の情勢を遍く感じる」と洩してゐる意味は、なかなかに深重である。「ヘルデルリーンの清らかな精神」を支へにして文学の曠野を行くのは、かりそめにも「現実」から眼を背けることではなかつたし、「現実に妥協せぬ精神」をより強く持さうとすれば、描かれる作品に現れる「清らかさ」は、それだけまた、より純一なものでなければならなかつた。

『現実』と左翼同調者

東京帝国大学を卒業した保田が、そのまま東京にあつて文学活動に従ふことは、それまでと変らない。「最悪の失業状態」は依然として続いてゐたとは云へ、大学を卒へようとして、東京で何か就職口を探すといふ前に、保田が職を得なくともよかつたのは肥下恒夫と同様で、卒業後も数年は、充分な仕送りを引きつづき郷里から受けてゐる。肥下恒夫の有した資産と、そして桜井の保田家のそれの多寡を、もとより私は弁じ能はないが、肥下は卒業とならずに大学に留つてゐたのを、翌十年に退学するに至つてをり、その後は、保田が文筆を業として一家をなすやうになるのに対し、肥下は職に就くこともなく、『コギト』の編集、発行のみを事とするのは、何にしてもまた稀有な生き方であつた。

就職する必要がなかつたにしても、学生といふ身分でなくなること、それは一種の心理的な圧迫を保田に加へたであらう。東京に家があるのと違つた、笈を負うてそこに出てきた場合に見られる不安定な情調とでも云つてみれば、保田が『コギト』に拠りながら、大学を卒業した翌四月、小野康人を編輯発行人として創刊された『現実』の同人に加はることには、さうした心動きがなかつたか。日本プロレタリア作家同盟（ナルプ）が、二月に解散したばかりのときである。「その一部の者達と、左翼同調者と目された保田や神保光太郎らが加わつた同人誌」と、同人ではなかつたが、同誌に小説が発表され、雑誌の内情に通じた緑川貢が「真空を射るまなざしの憶い出」（全集「月報」第十六巻）に約言してゐるやうな『現実』の傾向は、その誌名にも察知されるし、旧作家同盟員だつた同人の名を、本庄陸男、亀井勝一郎、田辺耕一郎、若林つや、と数へていくなら、ほぼ了解される。

当時の保田與重郎が、神保光太郎とともに「左翼同調者」と見られてゐたといふのは、緑川貢の思ひ違ひといふものではない。むしろ、解散した作家同盟の何等かのものと、一部に誤って受取られた『現実』に参加することで、「左翼同調者」であることを保田はすすんで表明したと云っていい。『現実』がナルプの何かと誤解されたのは、その解散と前後して創刊されたこと、そして旧同盟員が同人になつてゐるといふ点からのみでなく、例へば第二号の五月号、第三号の六月号に分載された緑川の小説「六郷河畔」に「この小説は旧作家同盟の小説委員会に送られたもので、田辺耕一郎の推薦によつて掲載する」との附記が添へられてゐるやうに、実際の誌面についてみても、そのやうに見なされるところがあつたことは覆ひ得ない。表題は「少年工」だつたのを編輯部で改題した「六郷河畔」はプロレタリア小説で、本庄陸男の作品と併せて『現実』の目指さうとしたところを表してゐた。

「左翼同調者」であることを保田が匿さうとしなかつたのは、「今日の情勢を遍く感じる」ことに出ると云ふ他ないものである。さうして『現実』が創刊されるその以前から、学藝自由同盟に保田が参加し、新橋の土橋の近くのビルの内にあつた事務局に毎日のやうに顔を出してゐたといふのが、当時事務局の仕事をしてゐた杉山美都枝の「昔話」（全集「月報」第十七巻）に伝へるとほりとすれば、そのやうな行動を保田にとらせたのも、また別のものではあるまい。保田が「左翼系の学藝自由同盟の書記局にゐた」といふ高見順の「昭和文学盛衰史」（第二部（四）『文学界』昭和三十一年四月号）の記載は、杉山の回想を裏付けるが、学藝自由同盟にはナルプの同盟員が少くなく、学藝自由同盟の書記長をつとめた田辺耕一郎とも、そこで知り合つたと見るとき、保田が『現実』の同人となつたのは、消極的な立場でさうしたのではないと語るべきである。消極的にそれに加はるには「『現実』に何か原稿を書いて、警察に眼をつけられる」といふ、これも高見順の同書に述べられてゐる、さういふ険難な政治的状況に『現実』は暴されてゐた。

『現実』が「レアリズムの牙城」だつたとする見方に、私は異を樹てない。田中克己が「コギトの思い出」（『果樹園』一〇三号、昭和三十九年九月）にさう顧みてゐるのは、いはば局外者の観察として中正を缺いてゐないだらうと思ふのである。ただ「レアリズム」と云つても、保田におけるのと、旧作家同盟員の一部のそれとに異同がなかつたはずはない。保田における「レアリズム」は、「当麻曼荼羅」で説かれた「文学のレアール」に関はる。「左翼同調者」でありつつ、文学の在り方を措定する上で、旧作家同盟員のなかに見られたやうな意識に、どうしても保田が同じ得なかつたのは、他のなによりも、そこのところである。困難な日に藝術する、その意欲あるいは心を問題とする限りにおいて、保田は「左翼同調者」でなければならなかつた。

「政治か文学か」、それが一大事とされた日である。しかし、政治へ行くか、文学をとるか、そのどちらかを択ぶのではなく、政治か文学かを問ふ、さういふ心情そのものの上に文学を位置させようとすることにしか、自身の良心を護る途はない。保田が「今日の情勢を遍く感じる」といふのは、そのやうな文学観に帰する。本庄陸男、そして緑川貢の小説を保田は是としたが、それは、両者の作品をプロレタリア小説とする観点からでない。『現実』六月号の「依托者の有無（文学時評）」に「僕はブルジョア文学といふものを認めない如く、プロレタリア文学をも認めはしない。文学をのべるときは、文学といふ正銘の名刺をさし出すのみである」と記したごとくであるが、ところが、同誌八月号の「『文藝復興』に就いての断想」と題する小倉蓉一名の文がこの部分を取り上げ、名指しして云ふ。「何を理解すべきかに惑はざるを得ない。蓋し氏は真空管の中に花咲く文学でも考へて居られるのだらう。」

相携へていくべきはずの仲間を、それも同じ誌上で揶揄するばかりの浮薄の辞を弄する。恰も『現実』はその八月号を以て、わづか五冊を出しただけで止んでゐる。これを第一次『現実』と呼ぶのは、その後同誌は再び、保田の参加をそれには得ることなく刊行されるからであるが、第一次『現実』の終刊について、詳しい経緯は知られないとしても、右の件はその一因をなしてゐたと思はれる。「『文藝復興』に就いての断想」に対し、保田は『コギト』第二十九号（昭和九年十月）に寄せた「続友情のために」のなかで応じ、「ある若い大学教授が匿名を用ひて僕の批評をかいてゐる」といつてゐるのは、それがだれであるか判つてゐた。そのやうに切り出して、さうして「頭の中で考へた階級とか、口さきでだけのべられた文学の進歩的傾向或ひは政治的立場など僕は文学人的職責にかけて毛頭信用せぬ」と、劇しいことばを書きつけたのに続けて「およそ真空管の中に花を咲かせようとする情熱が何故いけないか」と正面から反問した。

2　『日本浪曼派』創刊

「日本浪曼派」広告

「『文藝復興』に就いての断想」の保田批判は、『現実』は「レアリズムの牙城」だつたと田中克己が述べてゐる意味での、要するに、とほり一遍の「レアリズム」の信奉である。他愛ない説として、あるいは聞き流して済ませることもできるのを、匿名を用ひた卑劣さが保田を憤激させたものであるが、反つて保田がそれへの反論を通じて、臨むべき新たな地平を見出したふうであるのは、「続友情のために」から右に引いたなかにも看て取れる。旁また『現実』が終刊したことで転機に立つた保田が、それを好機会ともするやうに、自らが草した「『日本浪曼派』広告」を神保光太郎、亀井勝一郎、中島栄次郎、中谷孝雄、緒方隆士らとの連名で初めて『コギト』誌上に掲げるのは、その第三十号（昭和九年十一月）である。「平俗低徊の文学が流行してゐる。日常微温の饒舌は不易の信条を昏迷せんとした。僕ら茲に日本浪曼派を創めるもの、一つに流行への挑戦である。」かういふ書き出しの、千六百字ほどの「広告」に、少し前まで「左翼同調者」と見立てられたやうな保田の俤は消えてゐる。といつて「今日の情勢を遍く感じる」心を、置き捨てにしたといふのではないことに留意する必要がある。

「広告」の文を作つて、これを『コギト』の発行に間に合せるやうにする時日から案ずるなら、誌名と、そして同人六名は、九月から十月の交には決定してゐたとするのは、中谷孝雄の「日本浪曼派」（『同人』所収、講談社、昭和四十五年四月）の記述にも副ふ。『現実』が八月号で終つて幾許もない。迅速にとられた行動は、遅滞は一刻たりとも許されないとする、心急く思念の混つた保田の時代認識がさうさせたもののやうに、そのやうに私は思ひ解いては、新雑誌の刊行を予告するのを「広告」と称《とな》へてゐることに、俊れてヂヤーナリステイツクな感覚ともいふべきものを読むのである。保田は、もとより「文学人」であれば、「広告」のなかの語でいへば「藝術人」であつた。しかし、それを裡に大きく包み容れつつ、保田を一代のヂヤーナリストだつたといふのは、その後の時々の活動に照らしみても正鵠を失しまいし、『時代を創った編集者101』（寺田博編、新書館、平成十五年八月）に保田與重郎が選ばれてゐるのを、しかるべきこととする。

「広告」が『コギト』に載つたのは、第三十号から第三十三号までである。まだ雑誌を見ない前から「たゞ一片の広告のみによつて、しかじか云々の批難を試みたもの数十名に下らぬ」と、さう「後退する意識過剰――「日本浪曼派」について――」（『コギト』第三十二号、昭和十年一月）に保田がしるしてゐるやうに、「浪曼主義の擡頭」（『都新聞』昭和九年十一月八日〜十一日）の三木清以下、あるいは森山啓、あるいは高見順等々と、諸方から『日本浪曼派』に批判の箭が向けられたのは、まことに「荒稽な現象」といはれる他はなかつた。さうして保田から、これも雑誌の出るよりさきに、それらに対してされた駁論が「後退する意識過剰」以下何篇にも上るのは、「荒稽な現象」をさらにまた増幅してゐる感があり、のみならずまた、後からその模様をながめて奇異とも映るのは、「広告」が六名の連名でされてゐるのに、批判には保田が表に立つて、専らひとりで応答してゐることである。自づからそれは「広告」が保田の起草になることを世に知らせ、延いて新雑誌の主唱者についても、保田とすることを躇はせなかつたにちがひない。

「左翼同調者」として「レアリズムの牙城」に拠つてゐたと見る間に、一転して「浪曼派」を謳ひ、「口に進歩啓蒙を任務と喋る事大家」を撃つて「日本浪曼派は、今日僕らの『時代の青春』の歌である」と声高にのべる。客気に充ち満ちた過激な「広告」の文と相俟つて、保田の変り身を印象づけたとすれば、そこには何かスキャンダラスな匂ひさへ漂ふかのやうで、そのやうな意味合ひにおいて、それは時流に背反するものであつた。集つた批判と、そして反論を通じて、保田與重郎が批評の最前列に一挙に押し出されたのは、その活動の上で大きな区切りをなすが、「広告」が注視の的となるには、創刊から三十冊を出すまでに、それだけ『コギト』が広範に読まれるやうになつてゐたといふことが、背景になければならない。

『コギト』の新局面

これより前、『呂』といふ同人雑誌の伊東静雄の存在を田中克己が見出し、需めてその詩篇を『コギト』に掲載するやうになつたのは、第十五号〈昭和八年八月〉の「病院の患者の歌」からで、やがて伊東が中央の詩壇で認められる端諸を開いたこと、それ一つとつても、同誌の営為を意義あらしめる大いなる成果であつた。その一方で『コギト』は、同人たちの大学卒業後、多くが就職に伴つて四散したことから、原稿の集まりにも支障を来すやうになつてゐたところ、誌面を積極的に同人外にも広く開放することで刊行を継続する手立てを講じたのは、これも保田の他にゐまい。第二十六号〈昭和九年七月〉より採つた新方針が同人の意にも適つたことは、前章でふれた竹内好の日記「中国文学研究会結成のころ」の同年六月二十六日の条に「『コギト』七月号新装にて店頭に出づ。表紙その他一新せるのみならず、内容も亀井、本庄ら書き、一般雑誌へ一歩踏み出そうとしていることを示す。精力的なる、むしろ感嘆すべきなり。やはり保田は莫迦に出来ぬ男なり。相当のやり手なり」の記の見えるのが、それをよく伝へてゐる。保田について予て観察するところに、なるほど誤りはなかつた。「やはり保田は」云々は、そのやうな気味合ひの云ひやうで、保田與重郎に対して、蟠屈するものを禁じ得ない裡にも一目置かざるを得なかつた竹内好の内面を改めて感じさせるが、竹内を歎じさせた第二十六号の『コギト』を出した後、その七月に、保田は徴兵検査を受けることを兼ねて帰郷する。検査の結果は、第二国民兵役の丙種とされ、差し当り兵隊となるのを免れたことを、八月二日附で桜井から平林英子に宛てた書信(『イロニア』第一号、平成五年七月)で「よろこんだ」と報じてゐる保田の心情は、嘘がないといふ限りで、私はそれを是とするものである。

『コギト』が「表紙その他一新せるのみならず」と竹内好が日記に書いてゐることについて付言すれば、第二十六号の表紙には、ヘルダーリンの「ヒユペリーオン」筆蹟をのせ、扉は埃及十八王朝時代の奏楽舞踏装画を挿図とし、また外部に依頼した原稿は、亀井勝一郎の「『青年』に就いて」、本庄陸男の小説「添書」の他、中井正一の評論「リアリズムの問題に寄せて」に、それから大山定一によるトーマス・マン「魔法の山」の翻訳の第一回と多彩で、これに保田與重郎、田中克己、中島栄次郎らの同人の寄稿を合せて充実した内容であつた。第二十八号(九年九月)からは、蔵原伸二郎の詩稿

「東洋の満月」を保田の意向で連載し、詩人の名を一躍高くするのも、『コギト』の所為として記憶されるに価する。

『日本浪曼派』の母胎となつたもの

そのやうな『コギト』が『日本浪曼派』を生む母胎となつたといふのは、ただ「広告」が『コギト』誌上に掲載されたことを以て、さう私は語るのではない。「広告」の拡げた波紋の輪が如何にも大きかつたにせよ、保田をして『日本浪曼派』の発刊を企図させたのは、『現実』が敢へなく終刊した始末は措き、何よりも『コギト』をそれまで二年半に亘つて刊行してきたといふ、その一事である。『日本浪曼派の時代』に「コギトが『日本浪曼派』の一つの大きな原因となつたゆゑに、肥下恒夫は初期昭和文壇に対して、その意義重大である」（「日本浪曼派の気質」）といふ一行があるのは、その事実に関する当事者としての認識をはつきり示してをり、たんに肥下恒夫への強い思ひ入れが、かつての友情が、それを云はせてゐる訳でない。

おそらくコギトの過去三十数号は、僕らが辛くも述べきたつた日本の浪曼的現代土張の一つの地盤である。日本浪曼派の広告に昂奮した人々は、ついでのことにコギトを点検し、或ひは中谷なり緒方なり神保なりあるひは亀井、中島らの過去作品にふれて、その昂奮のはけ口を見出すがよい。既に広告中にも明らかにした如く、卒急に僕ら、過去より変貌したとはいはぬ。第一僕ら一朝にしてあの文学をやり、この文学をやるといふすさましい変貌の処世術をもたぬ。文学者に転向はない。

（「後退する意識過剰」）

『日本浪曼派』を創めようとしてゐる保田が、その拠り所を『コギト』に求めるとき、新雑誌をどのやうなものとするか、その行き方の大体は定つてゐたと云つていい。「卒急に僕ら、過去より変貌したとはいはぬ。」さう右にいはれてゐるのは、『現実』を去つて「広告」の辞を作つた保田を、大方は「変貌した」やうに見たことに対する弁疏とも聞える。保田がそこで「変貌した」面なしとしないことは、既述のとほりであるが、しかし根柢において「変貌」してゐないことは、『コギト』が前後を通じて何ほどの変容も示してゐないのを証左とする。同誌に保田は、この間まだ小説を発表し続けてゐる。第二十七号（九年八月）に日記体の「自首」を、その後「悖徳者の記録」の第三回を第三十三号（十年二月）に掲げ、小説といふ形式になほ執してゐるのは、困難な時代に堪へて生きる苦悩をのべるのに「小説のみが描き得る根かぎりの世界」（「友情のために」、『コギト』第二十五号、九年六月）と考へられたことによると云へば、それが「やぽん・まるち」以来の保田の裡なる小説であつた。「卒急に僕ら、過去より変貌したとはいはぬ」が強弁といへないのは、そのやうな点をも含めてであるが、いづれにしても、毀誉の入り雑る華々しさに包まれた『日本浪曼派』の蔭になつて、ややもすれば軽い一瞥が注がれるだけの『コギト』について評価し直すことが、すなはち前者の位置づけを正確に行ふための条件ともなる。

それを指して「『コギト』派」の呼び方を竹内好が戦後にしてゐることは、すでに見た。あるいは同人間ではそのやうに称することがあつたのであらうかと、さう私が按じるのは、その呼称をつとに中島栄次郎が口にしてゐたからである。同誌が創刊になるときの話で、上京してゐた中島が京都に帰り、野田又夫に計画を告げて「『後世、コギト派と呼ばれることになつたらちょつとええだろう』といつてにやりとした」由を野田が「中島栄次郎とその時代」（前出『中島栄次郎著作選』所収）に記してゐる、さういふ中島栄次郎の意を受けた上で、『日本浪曼派』は「コギト派」に属すると云ふのも、けつして奇警の言でない。

『日本浪曼派の時代』に「日本浪曼派結成の主謀者は中谷孝雄である」（「日本浪曼派の気質」）といはれてゐるのは、これをそのまま証言として採用し難いものがある。昭和十年において二十六歳の保田與重郎に対して、三十五歳と、六名のなかで一等年長だつた中谷孝雄は一目を置かれる存在だつたことから、顧みて保田はさう書いてゐるふうであり、その点に関して「どちらがいひ出したともなく、一緒に何か雑誌をやつてみようではないかといふ話が起つた」と、中谷が「日本浪曼派」（前掲）に云つてゐるのが事実に近いとしても、それは新雑誌を保田が首導したとする見方を覆すまでのものでない。「私が中谷氏を知つたことは、私にとつては運命的と思はれる。」（「日本浪曼派の気質」）それほどに多くのものを保田が中谷孝雄から享けたことは、おそらく『日本浪曼派の時代』に叙するとほりであるが、ただ、そのことと、新雑誌を目論んだのが、他のたれといふよりも保田與重郎だつたことは、別箇のことがらでなければならない。

新雑誌のことが、はじめ中谷と保田ふたりの間に持ち上つたやうであるのは、保田がしばしば中谷の家を訪ねていくやうになつた、そこでの話として中谷が「日本浪曼派」（前掲）に述べてゐるのによる。中谷より前に、夫人の平林英子を『現実』で保田は知つて、それから中谷孝雄とも相識るやうになつたもので、淀野隆三が辞した後任のプロレタリア作家同盟の財政部長に就いた平林は、同盟の解散後『現実』に参加した。後年の保田の『日本の文学史』が、終章「日本の文学の未来」の末尾で『コギト』と『日本浪曼派』の挙に言ひ及ぶなかで、後者を昭和九年に生れたとしてゐるのが誤りなのはともかく、それに続けて「この昭和九年二月に日本プロレタリア作家同盟が解散したことになつてゐる。この時作家同盟の会計責任者は、中谷氏夫人の平林英子氏だつた。責任者の知らない間に、役員外の同盟員たちによつて、解散の通告が新聞紙上にのせられ、本人はその朝の新聞で始めてそのことを知り驚いたと、私に語つた。」と、かう一巻を書きをさめてゐるのには、深長な意味がある。『現実』にふれる一行も、そこにはない。苦い記憶としてそれを語るには、なんとも短時日のことだつたとは云へ、『現実』を経なければ『日本浪曼派』の誕生もなかつたといふその間の消息を、右の記述は仄めかしてゐる。

新雑誌は、中谷の「日本浪曼派」（前掲）に依拠すれば、まづ同人六名を確定し、それから誌名を択んだ。順序がその逆でなかつたといふことは、『日本浪曼派』を論ずる上で留意されていいが、同人の人選について、中谷、保田に亀井勝一郎が加はつた談合の席で、少人数の同人とするやう、三者がそれぞれ一名づつを勧誘するに止めることとし、『世紀』に加はつてゐた中谷は、そこの同人で最年少の緒方隆士を、亀井は山形高等学校時代に同級の神保光太郎、そして保田が中島栄次郎の参加を求めたものであつた。同人を六名の少数に限つたのは、厳選したといふのでなく、『世紀』なり、既存の同人雑誌に、できるだけ混乱をもたらさないやうにした配慮と私の推察するのが、おそらく誤つてゐないのは、中谷孝雄が「広告」に名を連ねた行動をめぐつて、それだけで『世紀』の同人間に紛議を生じてゐるからである。

「日本浪曼派」の誌名が、これも保田の発意になることに間違ひはない。「日本ローマン派」の「ローマン」の表記を、「浪漫」でなく「浪曼」としたのは保田の案で、同人会においてこれに一決した由、中谷の「日本浪曼派」(前掲)に記されてゐるのを思ひ合せるまでもなく、初めて「広告」を掲げた『コギト』第三十号は、恰も「独逸浪曼派特輯」であり、さうしたことよりもまた、一体レアリズムを標榜してさへゐれば、自己の処生の誠実さは疑ひやうがないとしたのが大勢の文壇に「浪曼派」を名告つて打つて出る意想の大胆さと、そしてその果敢さは、保田與重郎がこれを体したといふ以外に見当らない。『コギト』の仲間と共にした青年時代を振り返つて「それは青年がマルクス主義へ入らうとしてゐた日でもなく、又マルクス主義から出きつた日でもない、世間を賭してマルクス主義から出てもよいといふ姿勢をとつた日であつた」(「編輯覚え書」、松下武雄『山上療養館』コギト発行所、昭和十四年九月)と、少し後になつて保田は弁じてゐる。『コギト』から『日本浪曼派』へ、この間の三年を語つたものと読むなら、「広告」の文が自ら激した理由も了解されるが、他方で「今日の情勢を

『日本浪曼派』創刊号

遍く感じる」心を保田は消し去る訳にはいかない。さうしたなかで「マルクス主義から出」た、その先にどんな文学、藝術の途があるか。それを具体の形で示すこと、保田に課せられてゐたのはその一点に尽きてゐたと云つていい。

『日本浪曼派』創刊号の表紙には、宇治の平等院鳳凰堂の屋根の上に据ゑられてゐる鳳凰の写真を載せてゐる。そのやうにしたのは『日本浪曼派の時代』に「全く私の発案であつた」(「日本浪曼派の気質」)と云つてゐるところは、後述する『日本の美術史』のこれにふれる箇所の記述も変らない。「昭和の初めころ、米田太三郎が、体にロープをまき、大屋根にはひ上つてこれを撮つた写真を見て、私らはその目のあたりの巨鳥の荒々しい力ある姿に驚嘆した」(「日本浪曼派の気質」)といふ、その米田太三郎の撮影にかかる写真を用ひたもので、米田は畝傍中学校の同窓であつた。創刊号から第四号まで、同体裁の表紙であるが、中谷孝雄の「日本浪曼派」(前掲)に伝へるのは、右の保田の言といくらか食ひ違つてをり、創刊号の原稿があらかた揃つた頃、京、大和の古寺社の宝物の写真を保田が持参したなかから、緑川貢が一枚を選んだのに中谷が賛成したものと云ふ。どちらに従ふべきか、中谷の記憶に錯誤があるとは容易に断じ得ない。ただ、鳳凰の写真は保田の用意したものであるのが確かなことを以て、それを「全く私の発案であつた」と自身がのべるのは、少くとも事実から遠くはあるまいと私は考へるのである。

文学運動の展開

『日本浪曼派』は、「来春早々世に送らるべく」と「広告」に宣したとほり、昭和十年になつて三月創刊号を刊行した。本文九十四頁は『コギト』創刊号とほぼ均しく、武蔵野書院が発行所となつたのとは別に、編輯所を亀井勝一郎方に置いた。巻尾に「創刊之辞」を載せてゐるのは、やはり保田の草したもので、「僕ら今にして多難の道のため、『日本浪曼派』創刊を以て、世の真諦の知識人に応へんとする。青春一臂の情熱以て世に為すあらずんば、我が藝文の進展亦暫時止まん。」といつたやうなその言辞は、まさに弄してゐるともいはれるべき趣において「広告」と異らない。文字どほり鳴物入りで待ち設けられた『日本浪曼派』の発刊に、あるいはそれも似合はしく、保田與重郎の名がいやが上にも文藝界に知れわたる種となつたと覚しいが、しかしさうした効果を意識的に狙つたと云ふには、保田をつき動かした情熱は純粋だつたといふのは、私の所見である。

創刊号に保田は「川端康成論」を発表した。翌四月号にも書き継がれたのと合せると七十枚余りに上るそれは、保田が近代の日本の作家を対象として批評を試みた最初とする。これの以前に、保田は川端について短い感想を二篇しるしてをり、それを大きくふくらませたと云つていいが、他の作家でなく、川端康成を以て作家論を作る。そこに保田の志向はよく現れてゐたといふのは、特に新感覚派の文学運動以来、川端が横光利一と併称されながらも、衆目を集めてきたのは、驍将横光の方だつたといふ状況下に一篇がものされてゐることにおいてである。古谷綱武の『川端康成』が作品社から行はれるのは、翌十一年十一月だから、それに先んじる論であることだけでも一顧に価する。『日本浪曼派の時代』に「私の文学の趣味から、川端氏風の天才を、文学の理智的処理より尚しとしたこと、この考へ方が日本浪曼派の一つのよりどころだつたことは、今日の研究家で注意してくれてた者があるだらうか。この時から文壇の評価基準は変り始めた」（「近代終焉の思想」）と書かれてゐるのは、右の「川端康成論」のことを云つてゐると読まれるもので、「文学の理智的処置」と、横光利一の方法を批判的にさう説くのは、当時から変らない保田の態度である。

『雪国』以前の、『伊豆の踊子』で少女小説の作家とも見なされてゐた川端康成に「天才」を認めてゐることに、保田の批評眼の確かさは十分に証されてゐる。「この時から文壇の評価基準は変り始めた」といふのは、保田の「川端康成論」が文壇に一箇の影響力をもつて、川端に対する評価を従来より押し上げたと云つてゐるもののやうであるが、さうした成行きに最も近くで立ち合つたひとの言に誤りはないとして、ただ『日本浪曼派』の創刊と前後して「夕景色の鏡」以下の『雪国』の分載発表が始つてゐる。このことを保田の回想の補足として云つておくのは、一連のその作品も、川端についての世評を高くしたからである。『コギト』にときをり載せてゐた小説の筆を、保田はまだ放り棄てゐなかつた。それが同誌第三十七号（十年六月）の「等身」を最後として作を見なくなるのは、『雪国』の断章を前にして、どうにも到り得ないのを覚えたことによるところがなかつたであらうかと、そんなふうにも私は考へるのである。その後の保田が川端康成を論じてゐるものに、『文学界』昭和十二年三月号に寄せた「小説集『花のワルツ』」があるが、そこで『雪国』に言及する部分が『名作「雪国」に対する諸家の批評』（創元社編輯部編、昭和十二年五月）に収められてゐるのは、保田の川端の文学に親しんで日の浅くないことを改めて思ひ返させた。

『日本浪曼派』の標榜した「イロニー」にしても、「川端康成論」に、例へば左のやうにあるのに私はそれを了解する。「広告」そして「創刊之辞」に声高に唱へられた「イロニー」は、なるほど保田の批評を、よくも悪くも世に強く印象づけた術語である。だが、藝術といふものが辛くも在る機微と云へば、それは周知のやうに、萩原朔太郎が『氷島』で「我れは何物をも喪失せず／また一切を失ひ尽せり。」（「乃木坂倶楽部」）と歌つたのに相通ふものであり、さういふ藝術の機微を「イロニー」として説いてゐることに、保田の得た発明を語ればよく、その語について、それ以上の事々しい議論の必要もないやうに私には思はれる。

冷やかさの極致に到つた文学が、その極点の絶対の温かさに甦らせられることは何ら不思議ではない。凡そすぐれた文学の桃源であり、不逞の天才の故郷の夢である。川端氏の文学の唯美を追ふ世界も、予定されたしくみによつて、既に一つの豊かな世界を到達形成する。氏は単純な外的現象から、すべての作家の権利である内的豊富さを掠奪してくる。

右の少し前には「今日の頃に、文章を描き、文学者たらんと思ふ僕には、さういふ生活へどんな成算ある構へがあらうか。まじめな学問を棄てゝ、風雲の業にたづさはるといふことも、身に応じた過失と感じるまへに、今日の青年はもつと切迫した月日をもつてきたのだ」とあるのも、これをしるしてゐる保田の忙しない息遣ひが聞えてくるやうで、思はず私は立ち止る。「文学者たらんと思ふ」と、さう述べる保田が、『日本浪曼派の時代』の「日本浪曼派の気質」にその頃の仲間の状態に二様あつたことを云つてゐるのによれば、「小説家として文壇に出ることをまづ意欲したもの」に対して「文学をするといふことを本質的な、気質としてゐる傾向に濃いもの」に保田が属したことは云ふまでもなく、プロレタリア文学の作家たちの多くは前者であつたとき、保田が彼らと袂を分つたのは、気質の問題ともいへた。社会主義の立場に終始した緑川貢は、『日本浪曼派』にも参加して、創刊号に小説「町工場」を載せてゐる。「川端康成論」だけでは十分でないと云ふなら、緑川の小説の例をとつても、『日本浪曼派』を反リアリズムと、そんな簡単な一語で評して了るのが、見方としてどれほどに妄誕かは瞭かであり、緑川が保田與重郎といふ人物にすつかり魅了されたといふのも、気質を同じくするものがあつたからに相違ない。

「切迫した月日」に苛め立てられながらも、保田によくそれを堪へさせたもの、それは、生きることへの飽くなき意思とひとつになつた「文学をする」といふ不退転の決意だつたとより云ひやうがない、さうしたものである。『日本浪曼派』は何を遂げたのか、すでに引いた「我国に於ける浪曼主義の概観」に、その意義をのべた箇所がある。「時代に対する絶望を生きぬくために、文藝の我国に於けるあり方を発見したといふことが、その最大の身上であると私は考へる。」

ここで「文藝の我国に於けるあり方を発見した」といはれてゐるのは、保田のその後の仕事に即して語られる。ひき付けられるやうにして私がくりかへし読むのは「時代に対する絶望を生きぬくために」とある、その辞である。ことばの綾、といつたものではそれはない。あつさりと短く云つてゐるのが、反つて生々しさを感じさせるが、『日本浪曼派』を創めた当時の心曲をこれほど直率に表明して重いことばもなかつた。「時代に対する絶望を生きぬくために」、ただそのために「文章を描き、文学者たらんと思ふ」保田は、一条の光明を川端康成の文学に見出してゐる。「川端康成論」の意味はそこにあるといふばかりでなく、さうした光明が、たとへ微かであれ、自身の文の中にも射し入るやうに心を労した跡が見えるといふ点で、「広告」に謳つたところに一篇は背かないと云ふべきであつた。

同人の拡充

創刊時の『日本浪曼派』の同人は、「広告」に名を連ねた六名の他には、緑川貢と、それから木山捷平を加へた八名である。それが第三号の五月号から、太宰治、檀一雄、山岸外史らの同人雑誌で、前年の十二月に創刊第一号を出したのみの『青い花』がこれに合流するのと併せて、個別にまた勧誘したことによつて一挙に同人が増加し、五月号の巻末に「日本浪曼派同人」として掲げる名簿は二十二名を数へる。太宰の「道化の華」が載つたことでも、その五月号は記念されるといふのは、同作は初めて設けられた第一回芥川賞の候補作に推されるからであるが、同人を一覧して、芳賀檀が加入してゐることを云つておく必要があるのは、これも「我国に於ける浪曼主義の概観」に「日本の文藝の転換に及ぼした芳賀氏の仕事は十分に検討されねばならぬ」と記されてゐるやうに、特に修辞法の上で既往になかつた新しさを持ち込んだその文章が『日本浪曼派』を生彩あらしめたことにおいてである。他に『コギト』の関係では伊東静雄、また大阪高等学校の同期の理科で、持疾のため業を中途で廃してゐた伊藤佐喜雄の名が見える。

なほ『定本伊東静雄全集』（人文書院、昭和四十六年十二月）に収録する昭和十年二月十三日付の酒井ゆり子宛の伊東の書簡は、伊東と中村地平が第二号から『日本浪曼派』の同人となる旨を報じてゐる。伊東はそのやうになつたとしても、『青い花』の中村がどうして第三号でなく、一人で第二号から同人となる話となつたのか。右の二十二名のなかに中村地平が入つてゐない事情も不明で、同誌に中村の作品が掲載されるやうになるのは、第七号の十年十月号からである。

同じ五月号に保田は「反進歩主義文学論」を書いて、「川端康成論」によるのとは異つた意味合ひで旗幟を鮮明にしたことは、標題そのものが告げてゐる。「僕らを反進歩的ないし反プロレタリア的といふ、徳永氏以下の諸君は、果して君らの営みが冷静に世の進歩、文学の進歩に資してゐると、何を根拠にして語るか。僕らは作品の示すその根拠をいつてゐるのだ。」徳永氏は徳永直で、かういふ論を敢へてしなければならないほど、文壇はなほ旧態を存してゐたといふことに、昭和十年代始めのその日を私は今さらのやうに思ひ描くが、ただ保田の文学者としての美質といふべきものは、さういふポレミイクな時評家としてあるより、むしろ「川端康成論」の方に、あるいは同じ頃で云へば、『コギト』第三十五号（十年四月）に「朝鮮の旅」の第五回として掲げた「仏国寺と石窟庵」のやうな作品によく現れ出るものがある。それについて「最近僕は、朝鮮古代藝術の遺品を論じた。そこにも僕の浪曼主義論はあり」云々と「反進歩主義文学論」に述べてゐるのは、保田の自信である。「仏国寺と石窟庵」の一体どこに、これを「反進歩的」もしくは「反プロレタリア的」とする「根拠」があるか。保田は言外にさう問うてゐるとしても、進歩主義者たることを自身に期さうとしてゐる訳ではもとよりない。「進歩的」か、さうでなければ「反進歩的」かといふ、さうした思考の型を越えたところで保田が発想してゐることは、「反進歩主義文学論」について、仮にも見誤られてはならない点であつた。

『日本浪曼派』の刊行は『コギト』の営為を、より大きく泛び上らせた。延いては同誌の性格をもはつきりと規定したといふのは、『コギト』が『日本浪曼派』的な雑誌として位置づけられたといふ意味である。「僕らの運動も今までより潑剌となつて、主として「コギト」にのせてゐた日本浪曼派の主張も、こんどは二冊の雑誌で」と三月創刊号の「編輯後記」に保田がしるしてゐるのが、はからずも右の事情を物語つてゐることに、私はいささか興を味ふのである。「僕らの運動も今までより潑刺となつて」といつてゐるのも、『日本浪曼派』と『コギト』が連繫するやうにして相進むやうになつて、実際にそれは一箇の文学運動として機能し始めたと見るのが、おそらく事実に近く、そのことはまた、二誌を実質的に領導したといつていい保田與重郎の存在がどれほど大きかつたかを教へる。

『コギト』に三年に亘つて毎号休まずに書いてきた保田は、『日本浪曼派』が発刊すると、両方に筆を執つた。それだけでも、その活動は刮目に価したことを具体的に云ふのに、「反進歩主義文学論」を『日本浪曼派』に発表した五月は「セント・ヘレナ」を『コギト』第三十六号に載せてゐる例を挙げるのは、これが百二十枚もの大作として保田の初期を代表するのみならず、その後の批評の原型のひとつをなしてゐる周知の作だからである。その後の批評の原型、といふのは、ナポレオンの肖像を画いた「セント・ヘレナ」が「英雄と詩人」を主題としてゐる謂である。これに関して「反進歩主義文学論」に「英雄と詩人といふ、その考へ方は、今世紀の浪曼的精神が発見した」と弁じてゐるのは、グンドルフのことか、ゲーテとナポレオンについて「この行動的に両極端に立つ二つの精進は、敵の共通性のために、魂に於て血の交通があつた」（同右）とする、この観察を保田はだれに負つてゐたか、比較文学または比較文化の上からのさうした論及が保田與重郎論に必ずしも有用でない理由は、その文章の到つた造型が、要するに「セント・ヘレナ」の殆どすべてであるといふことにある。

保田與重郎以前の、あるいは同時代の周辺の外国文学紹介者もしくは移植者と、芳賀檀は別として、ただその一点で、保田は違つてゐた。「セント・ヘレナ」において、ことばはどんなに駆使され、巧緻に、勇渾にあやなされてゐるか、舌足らずの私の解説を添へる代りに、後年の五味康祐の評語を藉りるなら「これはベートーヴェンの交響曲第三番（英雄）第二楽章に比肩する藝術である。」五味康祐が「青春の日本浪曼派体験」（『保田與重郎選集』第三巻月報、講談社、昭和四十六年十一月）にこのやうに書きつけてゐるのは、「進歩的」か「反進歩的」かの安易な政治論に傾かないところで、保田の作品が文字どほり文学として読まれた、その一例証とするに足る。

文壇に出ようとする意識は、すでに見たやうに、保田において薄かつたが、しかし学藝自由同盟の事務局に出入りしてゐた頃と比べれば、文学者との通交の範囲が大きく拡がるにつれて、いつか文壇人の列に伍するやうになつていつたのは、新進の批評家として、気鋭の論客として、それだけ保田の名の揚がつたことを側面で物語る。『コギト』の刊行をはじめたまだ学生のとき、保田は川端康成を上野桜木町の家に訪ねてゐる。以来その知遇をうけるやうになつてゐたことが、「川端康成論」の背景にあるのはそれとして、中谷孝雄と出会つた後、おそらく中谷を介して佐藤春夫に保田が見えたことをここで云つておくのは、佐藤春夫を保田が師表と仰ぐこと、それから生涯に亘るからである。川端の位置づけにしても、それは『日本浪曼派の時代』によれば「佐藤春夫以後の天才」(「近代終焉の思想」)といふものであつたが、ただ佐藤についての評価が、大正文壇におけるやうには重くなくなつてゐた。そのことに対する周囲の義憤のやうなものも、『日本浪曼派』の心情を形成したひとつではなかつたかと私が考へてみるのは、同人に慵斎門下が多かつたことからである。

『日本浪曼派』が発刊して程ない六月の、日を九日、十日とするのは、久保忠夫編の萩原朔太郎「年譜」(日本近代文学大系『萩原朔太郎集』角川書店、昭和四十六年五月)によるのであるが、日光町長で、その頃は比舟と号してゐた清水秀の招待で中禅寺湖畔の慈悲心鳥を聴きにいく一行に保田も加はつた。幹事役の中河与一から保田は誘はれたと覚しく、後に号を比庵と改めて、独自の風韻で歌と書画に作品の愛好者を次第に広くあつめるやうになつていつた清水に引合される機縁を得たことは、保田の知見を広くした上に、同行者には他に萩原朔太郎、岡本かの子、それに第一書房の長谷川巳之吉らがあつたことが、このときの記憶を保田にいつまでも止めさせた。日光から帰つて、前川佐美雄が前年に創刊した『日本歌人』の九月号に寄せた「『珈琲店酔月』から清水比舟氏の長歌に及ぶ」は、前月の八月に『国語・国文』に発表の「更級日記」と並べるとき、流麗な行文において及ばないが、それでも朔太郎の『氷島』への共感を語りつつ、初めて読んだ清水比舟の長歌に、それと一脈を通じるもののあることを述べて、どんな対象でも、つねにそれに合せた切り口を見出す保田の才は、ここにも鮮かである。さて十月になると、十五日に林房雄出獄歓迎会が白十字で開かれたのに保田が出向いてゐることは、当日の出席者の芳名録が林の後藤家に保存されてゐるのによつて知られるところで、賑やかだつた会の模様をおもひ描けば、保田が文学界にどのやうに交るやうになつてゐたかが、そこにまた泛び出る。

第四章　保田與重郎の日

1　革命の文学

浮遊する天女

昭和十一年は、保田與重郎にとつて意義深い年である。保田個人においてのみならず、保田を中心とした文学運動全体にとつてさうであつた。『コギト』が伊東静雄の天分に逸早く注目し、伊東が詩壇に存在を知られるやうになるのに、同誌がそれを援けたことは前章にしるしたが、前年の十月にコギト発行所から伊東の処女詩集『わがひとに与ふる哀歌』が刊行されると、これが十一年三月に第二回文藝汎論賞を受賞した。本の装幀は保田の手になるもので、『コギト』に一頁をとつて掲げたその広告に推薦の一文をまた添へてゐるなかで「観念は茫漠とした空虚に純化され、ひたすらの雰囲気のみが映し出される」と伊東の詩を語る保田は、絶望より抱へるもののない時代に文学をする、それの詩における大きな収穫として一巻を言祝《ことほ》ぐ。伊東静雄の受賞を、

『コギト』そして『日本浪曼派』が収めた具体的な成果と捉へるなら、それは、伊東の詩作について「日本にまだ一人の詩人が居ることを知り、胸の躍るやうな悦びと勇気を感じた」(『生理』第五号、昭和十年二月「詩壇時評」)と、つとにかう書いた萩原朔太郎の後押しがあつたにせよ、保田の目指す文学の方向性がひとつの認知をうけたことを意味してをり、文学運動はおのづから勢ひづいた。

伊藤佐喜雄の『コギト』第四十一号(昭和十年十月)に発表の「面影」及び『日本浪曼派』十年十二月号の「花の宴」の連載第一回と、『日本浪曼派』の同じ号にのつた檀一雄の「夕張胡亭塾景観」が第二回の芥川賞の候補作となつたのも、両誌に拠つた運動に関して記録されてしかるべき事蹟である。伊藤、檀ともに選に洩れたのが、必ずしも第一回における太宰治のやうでなかつたのは、第二回は該当者がなかつたからであるが、その年十一年は、六月号の『日本浪曼派』に発表の緒方隆士の「虹と鎖」が、続いて芥川賞候補作とされてゐるから、同人たちの活躍はめざましかつたと云はれてよく、小説に限つても、そんなふうに佳作の掲載が相次いだといふところに、『日本浪曼派』の、いふならば実体は存した。同人雑誌としての『日本浪曼派』は、それ以上でも、またそれ以下のものでもなかつたし、それが文学運動たり得た理由も、その点を措いてないことは云ふまでもない。

保田は、その為人においても、たれをも引き込んで放さない、さういふ魅力に富んでゐた。檀一雄が初めて保田に会した記を『日本浪曼派』十年七月号に所載の「深夜妄語」に綴つてゐるのは「はしがき」に抄したが、それから十年近くして、同じそのときの記憶をまた筆にしてゐるのは、保田がどれほど鮮烈な光彩を以て映つたかを改めて思はせるものとしてここに抽けば、「氏の周囲には何かしら名状しがたい艶麗の芬芳がまつはりつくが如くであつた。音調が異常に迅速である。いふならば天与の恩沢に濡れてゐるかと、この人の見覚えのないみづみづしさに驚いたことである。氏の婉を帯びた眼光は危険な迄に放縦な感受性が隠顕して、私はこの浮遊する天女がいかにして、その天資を貫くかと目をみはつた。」

保田の『芭蕉』の書評を『読書人』昭和十九年三月号でしたなかの一段で、檀一雄にこれを取り上げさせたのは、一巻についての共感の上に、保田與重郎そのひとへの思ひ入れがさうさせたのであらうと私は考量するのである。さうして保田が「いかにして、その天資を貫くか」、首尾をほぼ見届けたところで檀は右をしるしてゐるとは云へ、そのことが初見のをりの印象をまづ歪ませてはゐないというのも、保田はその後も多分は殆ど変らなかつたからであり、その間僚友に注がれた眼が、輪郭にむしろ厚みを加へて、かつてのその日に保田が在つたそのままを伝へる感がある。

因みに、戦後の保田が檀一雄の『真説石川五右衛門』（六興出版部、昭和三十四年一月）に附した「解説」のなかで、『日本浪曼派』を小説の作品において代表するのを、太宰治より、「花の宴」の伊藤佐喜雄を先とし、さうして作家の性格においてそれを代表するのを檀一雄とするのに、「夕張胡亭塾景観」の例を以てしてゐる。「道化の華」でなく「夕張胡亭塾景観」を是とする。その差異に、『日本浪曼派』を文学の運動として機能させたものがあるのは、荒々しく放埒なまでの俳諧の宗匠を主人公に描いた一作の造型が醸し出す、不気味な爆発力といつたものであるが、檀一雄が自身でも体したそれを、保田與重郎がまた共有した。取澄まして才子然と振舞つてゐたやうに見るのは、およそ保田を捉へてゐない。「浮遊する天女」とは、たんなる美神ではない、一種の混沌としてあつた、精神の運動において無碍なその姿態を形容したことばである。

偉大な敗北を叙する

そのやうな保田のものす批評は、恰度その年には二・二六事件が起るといふ、時代に呻吟するそのひとの、静謐なその息づかひがそのまま聞えてくるやうな音調を幽かに響かせるごとく、以前にまして屈折しつつも妍麗さを加へるうちに、月々に執筆する篇数もまた多くなつた。そのなかから周知の作を拾へば、「誰ケ袖屛風」と「戴冠詩人の御一人者」を、いづれも『コギト』の、それぞれ第四十七号（十一年四月）、第五十号（同七月）に発表の後、「日本の橋」が『文学界』に掲載になるのは、同年の十月号であつた。趣を異にした、どれも力作を、矢継ぎ早に世に送る保田に驚嘆に近い眼が向けられたことは想像に難くないと、私はさう云つてみて、しかしそれは、今日のわれわれの想像では容易に及ばない、想像以上のものがあつたらうと思ふのである。

伝宗達の屛風の話から書き出して、秀吉と光悦を軸に桃山の藝術の絢爛な様相を「誰ケ袖屛風」にしるす。絢爛たる藝術は、それを語るに堪へるだけの絢爛たる文章をまた要求するとき、一篇のことばはそのやうによくあざなはれてゐる。さうして、例へば醍醐三宝院の襖絵が、大阪高等学校のときの史学研究会で佐々木恒清に引率されて観賞したものであれば、光悦の蒔絵の硯箱も、宗達の「蔦の細道」の画も、それまでに実地に見てきたものを書いてゐるのが、保田の身上であつた。少しづつ、さういふものを諸所に見て廻る。それが保田の古美術や旧蹟への対し方で、その蓄積も「誰ケ袖屛風」を作らせたひとつである。この年も、三月に伊藤佐喜雄が病気の予後を郷里の津和野に養つてゐたのを訪ね旁、名護屋、長崎から薩摩路を坊ノ津まで辿つた後、九月の末には、松島と、それから平泉を見るために東北へ行してゐるやうに、旅に送る日が保田に多かつたのは、その後も変らない。旅することは、それ自体を保田は目的とし、紀行に佳篇が少くないことと併せて、それは保田與重郎のありやうといふものを説き明かしてゐるが、保田のいはば身に付いた学問が、旅先で眼にふれた文物に負ふもののある点もまた注意されていい。

名護屋へいつたとき、僕はそのさきに「誰が《ママ》袖屏風」といふエッセイをかきその中で秀吉のことにふれたことを思ひつゞけてゐた。秀吉の場合にも軽蔑と尊敬が背中をあはせてゐる。そのあはされたことのために、大衆的国民的人気があつた。それこそ最も月並なものである。たゞ月並を斬新の、つねに永久に新しい斬新の美観に救ふものは、詩人の詩情する本質のはたらきだけである。その本質にふれたとき、月並は軽蔑をすて去られ尊敬の美しさの側で救はれる。それは、それがつねに俗衆と詩人との両者により、この相反した側面によつて絶対に支持された所以である。（「からのみなと」）

『コギト』第四十八号（十一年五月）に所掲の「からのみなと」は、右に云つた薩摩路の旅の記で、途中立寄つた名護屋は、秀吉が本営を置いてそこから朝鮮へ兵を出した地である。その名護屋で、

「誰ケ袖屏風」には云ひ足りなかつたところが思ひ返されたのを、それについてここで筆を加へてゐるが、「秀吉の場合にも軽蔑と尊敬が背中をあはせてゐる」の箇所にイロニーを云々するよりも、豊大閤を豊大閤たらしめるのは「詩人の詩情する本質のはたらき」、それだけだと切言してゐることに、保田の批評を発想させる、その根柢のものを読むべきである。さうして、いはれてゐる「詩人」とは、余のだれでもない、保田與重郎そのひとであり、このとき、保田は「俗衆」と共にあつた。旧プロレタリア作家同盟の作家たちの大方と保田を決定的に分つものは、「俗衆」への愛情の有無でなしに、愛情の注ぎ方の相異である。

「当麻曼荼羅」の作をなしたのは、なほ早い時期に属する。「『日本浪曼派』広告」が文壇内外の紛議を喚んでからこの間、保田は当代の文藝の批評を専らとするやうに見られてきたところを、「誰ケ袖屏風」に披瀝された日本の美術に関する該博な知識は、それだけで保田に一目を置かせるものであつたが、次の「戴冠詩人の御一人者」は、時代をまた桃山から古代に移し、記紀に出る日本武尊の事蹟を叙してゐるのが、まだ二十六歳の弱さとは思はせない十分に練達した筆である。そのやうに題する文が森鷗外にあるのによつて、皇室の歌人を「戴冠詩人」と呼び、その「御一人者」として日本武尊を一篇は語る。「尊の生涯は、その武人としての勲は痛ましい悲劇の光栄を帯びた、詩人と英雄の血統である」とそこに云ふとき、主題は「セント・ヘレナ」におけるそれと別のものでないが、ただナポレオン・ボナパルトに「詩人と英雄の血統」を説くのは、保田與重郎を俟つまでもなかつた。それと違つて、さういふ対象を日本の歴史のなかに見出したといふことに、保田の批評の展開の上で

「戴冠詩人の御一人者」のもつ意味がなければならない。

「戴冠詩人の御一人者」における批評の方法といつて、特に何か体系といふやうなものがそこに編み出されてゐる訳でない。「上代の心」で日本武尊を語る。保田が専心してゐるのは、ただそれだけのことである。「上代の心」で語る、といふのは、以前の作品と対比させて云へば、小説の「発足の論理」において分析を試みた「精神及心情の交錯する場に於けるアポリアに働く自我意識」といつたものを抛棄することであり、凭《よ》るべき何ものもないところで、自身を極限まで虐め抜き、己れを能ふかぎり空しくしたその果に射し込んできた一条の光明として、日本の古典は保田の前に現れた。芭蕉によつて昭和十年に後鳥羽院を教へられたことは、増補新版『後鳥羽院』のなかの「国学の源流」に記がある。芭蕉の「柴門辞」が後鳥羽上皇のことにふれてゐるのに、おそらく保田は教示を得たものであるが、後鳥羽院論が書かれるのに先立つものとして、いはばその先蹤をなすといふ点で、「戴冠詩人の御一人者」は保田の思ひのなかでも仮初でないものがある。

「戴冠詩人の御一人者」が後鳥羽院論の先蹤をなすといふのは、「偉大な敗北」をそれに描いたことにおいてである。これもすでに「セント・ヘレナ」に表されてゐたのを、「詩人と英雄」の主題と併せて、日本武尊の遠征に重ねて写し出さうとする創意を得さしめたものは、「詩人の詩情する本質のはたらき」と云ふほかはないが、「時代に対する絶望」が一箇の喪失感といふべきものを伴つたとすれば、それが「偉大な敗北」と共振するやうな響きを生んだのは、また自からなことであつた。戦に次ぐ戦の中途で斃れた日本武尊の「偉大な敗北」とは、文中の語で云へば「神との同居を失ひ、神を畏れんとした日の悲劇」である。文化史上にさういふ位置を占める日本武尊をめぐつて、あるいは『古語拾遺』を引き、あるいは本居宣長における「自然」観を、また富士谷御杖の言霊の説を織り交ぜつつ保田のする議論は、その日の文学の批評の虚を衝いて、それだけでも十分に鮮しい。大阪高等学校時代の「『好去好来の歌』に於ける言霊についての考察」に御杖の『古事記燈』を援用する保田にとつて、言霊といふ概念は目新しいものでもなかつたが、読者はしかし、これに理論を読むといふのでなく、理論を徒らなものとするやうな、そのやうに全篇に躍動することば、それを味ひ愉しむと云へば、そこのところで、保田は何よりも詩人であつた。

『日本浪曼派の時代』に「プロレタリア文学」が、革命的と称しながら「しかし『革命』の雰囲気は、その文章に見られなかつた」といつてゐるのは、「『コギト』の周辺」の章である。プロレタリア作家同盟の近くにあつた保田が「反進歩主義文学論」を書くまでになつたことには、プロレタリア文学に対するさうした失望も匿せなかつたとして、右をここに引いて私が云ひたいのは、保田の文章こそ、じつに「『革命』の雰囲気」を濃厚に漂はせて、それが時代に迎へられたといふことである。「戴冠詩人の御一人者」は、その好例とするに足り、「偉大な敗北」を語ることを通じて、同時にそれを「永遠な存在」となし得てゐる秘密は、どこか別のところにあるのでもなかつた。これに感銘を押へ難かつた伊東静雄は、それが載る巻頭の余白に、池田勉に宛て「友情の名によつてこの一篇を一読されることを強ひます」と万年筆で書き入れたその『コギト』を、池田に贈つたといふ挿話は、池田勉の「保田與重郎と伊東静雄」（全集「月報」第十八巻）に挟むものである。

日本文壇の一奇蹟

『文学界』に所掲の「日本の橋」は、書き出しのところを含む、内容の一部を前年に『四季』第十三号（昭和十年十一月）に「橋」として発表の後、改めて稿を整へたもので、保田をしてさうさせたものを、熱田の裁断橋の擬宝珠に彫られた銘文とするのは、文の終りで繰返しそれが語られてゐるといふばかりでない。それだけでなく、これも大阪高等学校のときに「裁断橋擬宝珠銘のこと」の題で短い文を作つたのを『炫火』第三号（昭和五年四月）に寄せてをり、濱田青陵の『橋と塔』によつて初めて銘文のことを知つた旨を述べるとともに、「この珠玉の文字に悸然と心うばはれた情熱の深さを今にいだきつゝ之を紹介したいと思ふ。いつか私はこの名文に深い洞察と、仔細な考証を試みたいと考へつゝ」と、漠然としたものでありながら、さう抱負を若々しくしるしてゐたのが、年を経てそのとほりとなつたといふ点に、この作への保田の愛著の深さを私は酌むのである。

「日本の橋」を『文学界』十月号に発表した翌十一月、中河与一の発意で瀬戸内海の沙弥島（佐美島）に建立された柿本人麿碑の除幕式がその二日に行はれたのに、佐佐木信綱、川田順、萩原朔太郎、前川佐美雄らと保田は列し、帰路京都に立寄つた朔太郎に随ひ、淀野隆三も加はつて市中の庭を見物したことは、京都から五日附で丸山薫あるいは伊東静雄に宛てた朔太郎の葉書が『萩原朔太郎全集』（第十三巻、筑摩書房、昭和六十三年十月）に収められてゐるのによつても知られる。伊東静雄へは、萩原朔太郎の後に、桑原武夫、淀野、そして保田が名を署してゐるが、旅から帰つて間もなく、右の「日本の橋」を巻首に置き、それをまた題号ともした評論集と、もう一冊『英雄と詩人』が、それぞれ芝書店と人文書院から刊行されるのは、同じ十一月である。奥付に記す発行日が、前者が廿一日で、後者は廿五日であることによれば、『日本の橋』が保田與重郎の処女出版になるが、ただ昭和十一年一月以降に執筆された作品を収録する同書に対して、『英雄と詩人』は、二篇を除いてそれ以前のものからなることにおいて、むしろこの方を保田の最初の著書とするのを適当とする。

保田は「日本の橋その他」によつて、『二葉亭論』の中村光夫とともに昭和十一年に創設された池谷信三郎賞の第一回授賞者に選ばれた。『文学界』昭和十二年二月号誌上にそれの発表がなされたが、候補者の中村、保田のどちらを推すかで、銓衡に当つた同誌編輯同人の票が割れたのを、菊池寛の裁断で両者の同時授賞となつた次第は『日本浪曼派の時代』に述べるところがある。河上徹太郎が保田を推薦したのに対し、小林秀雄は「仕事の性質上中村君の方が穏健だといふ理由で中村君一人に投票した」(「中村光夫を推す」)と云つてゐるのに、他方の保田がどのやうに見られてゐたかが泛び出る趣であるが、いづれにしても、保田の授賞が「日本の橋」を主要な対象としたものであることは、数多い作品のなかでも一篇が特に強く保田の資質といふものを印象づけたのであらうと、保田が新進として一躍また名を成した日を私は思ひ量る。東西の架橋の精神を説いて、さうして裁断橋の擬宝珠の銘文に及ぶ。含蓄のある日本文化論をそこに読めば、それだけでも読者は倦くことがないが、しかし「日本の橋」の要諦といふべきものは、それよりもやはり、どこまでも保田が文学を描いてゐるといふ、その点に存しなければならない。

昭和十二年二月八日、『日本の橋』『英雄と詩人』出版記念会が日比谷東洋軒で催された。そのときの写真で見ると、出席者は五十名に近く、最前列に川端康成、佐藤春夫、萩原朔太郎の顔が保田と並んでゐるのは、そのまま保田の文学の世界であるが、『コギト』第五十八号（昭和十二年三月）に「日本の橋を読む」の稿を寄せた萩原朔太郎は、「保田與重郎君の近著『日本の橋』は『英雄と詩人』より一層文学的に面白かつた」と書き出されるその文のなかで云ふ。「保田君のやうな人が現れたのは、日本文壇の一奇蹟である。」如何にも朔太郎らしいもの云ひだからといつて、ことばどほりに受けとつてはいけないといふはずもない。保田の批評が萩原朔太郎の意に沿ふものだつたことが、そのやうに云はせたにせよ、凡俗の口からは出ない語を、ひとり純正な詩人が吐いた。その点で萩原朔太郎の眼は曇らされてはゐなかつたと、さう私は思ふのである。その文章に「『革命』の雰囲気」を見るといふ意味においても、保田與重郎の出現は「日本文壇の一奇蹟」と云はれていいものであつた。「野田又夫（京大名誉教授）は早くから『保田は天才だ』といっていた」とは、大阪高等学校、そして東京帝大を通じて保田の一年上で、三浦常夫の名で『コギト』にも筆を執つた小高根太郎の「思い出」（全集「月報」第二巻）のなかの言である。

2　戦争に臨んで

みんな「浪曼派」

七月七日に勃発した蘆溝橋事件の報を、保田與重郎はどんなふうに聞いたか。直接それにわたる発言はのこされてゐないが、同月に檀一雄が応召し、その二十八日夜に西下するのを、佐藤春夫夫妻、中谷孝雄、緑川貢らと見送りに行つた保田に、戦争は余所事でなかつたといふばかりでない。そのをりのことを「東京駅頭に檀一雄を送る」（『新潮』昭和十二年九月号）とする一文に綴つたなかに「我々の人口は自然に増加してゆく、増加せしめねばならぬのである。世界で第一に人口の稠密なそのため陰気な状態は、南へも北へも伸張せねばならないのである。」あるいは「戦争には勝たねばならないのである。それは永久の真理である。特にアジアに於て唯一の日本はどこにも敗れてはならない」と書いたとき、支那事変と称へられたその戦争に対し、保田は反対者、批判者でなく、明らかに支持する側に廻つてゐる。日本は「南へも北へも伸張せねばならない」と云はれてゐることには、建国から五年の余が過ぎてゐる満洲国の存立についても、さういふ「伸張」の一環として当然容認されるべきとする判断が蔵されてゐたはずである。

事態を保田は見極め得なかつたといふには、一般的な報道に便る範囲内での、それが大方の認識であり、時代は大きく、さうして迅速に転換しようとしてゐた。『コギト』創刊当時の不況の極からやうやく脱し、過剰な人口も、右に展望されてゐるとほり、満蒙への殖民政策でいくらか緩和されつつあつたことが、直ちに楽観的な見通しを懐かせはしなかつたまでも、さうした時世の移りを鋭敏に感じとりつつ、新進批評家としての地歩を確乎なものとした自信は、おそらく保田を一回りも、ふた回りも大きくした。蘆溝橋事件の後、同じ七月に「新日本文化の会」が設立されるのに保田が参加するのは、時局へのその関はり方をまた推しはからせる。といふのも、同会は内務省警保局長だつた松本学の肝煎で生れ、松本を顧問としたことにおいて、性格の上ではその以前の「文藝懇話会」を引き継いでゐると見られる面を持つてゐたからであるが、ただ保田が会員となつたのは、「新日本文化の会」の中心的な存在となる佐藤春夫との関係からと思はれ、浅野晃ともそこで初めて識れば、柳田国男、長谷川如是閑、佐佐木信綱、折口信夫はじめ多数を会員に擁した同会で、通好の範囲はおのづから拡がつていつた。

『日本浪曼派』は、第三号で二十二名に達した同人を、その後も増加して、昭和十一年六月号において四十名を数へ、次いで同年八月号から林房雄、十二年一月号からは萩原朔太郎、佐藤春夫、中河与一、三好達治ら六名を迎へ入れるに至つてゐる。さらには十三年三月号で、平林英子の他女流三名の加入がある。同誌は次の八月号を出したのを最後に、通巻二十九号を以て終刊するが、六名で創めたのが、三年で五十名に垂んとする。同人雑誌として異数であれば、予て保田が師事する萩原、佐藤の二家をも捲き込んで、たれもみんな「浪曼派」といつていい、さういふ雰囲気を溢れさせて、宛も一大文学運動の観を呈したのは、昭和の文学史に確と記録されるべきことがらであつた。数を加へていく、まづ利かん気で一癖も二癖もある同人たちの取り纏めは、年長の中谷孝雄の手腕に俟つところが大きかつたが、『日本浪曼派』が、他のたれといふのでなく、保田與重郎で売つてゐたことは、やがてその語が保田の代名詞ともなる、その後の経過にも読むことができる。

少くとも、保田與重郎を措いて『日本浪曼派』は語り難かつた。だが、保田ひとりだけで一体なにをなし得るか。橋川文三が「日本ロマン派とは保田與重郎以外のものではなかった」と『日本浪曼派批判序説』（未来社、昭和三十五年二月）に述べたことは知られてゐるが、しかしながら保田はかつて孤

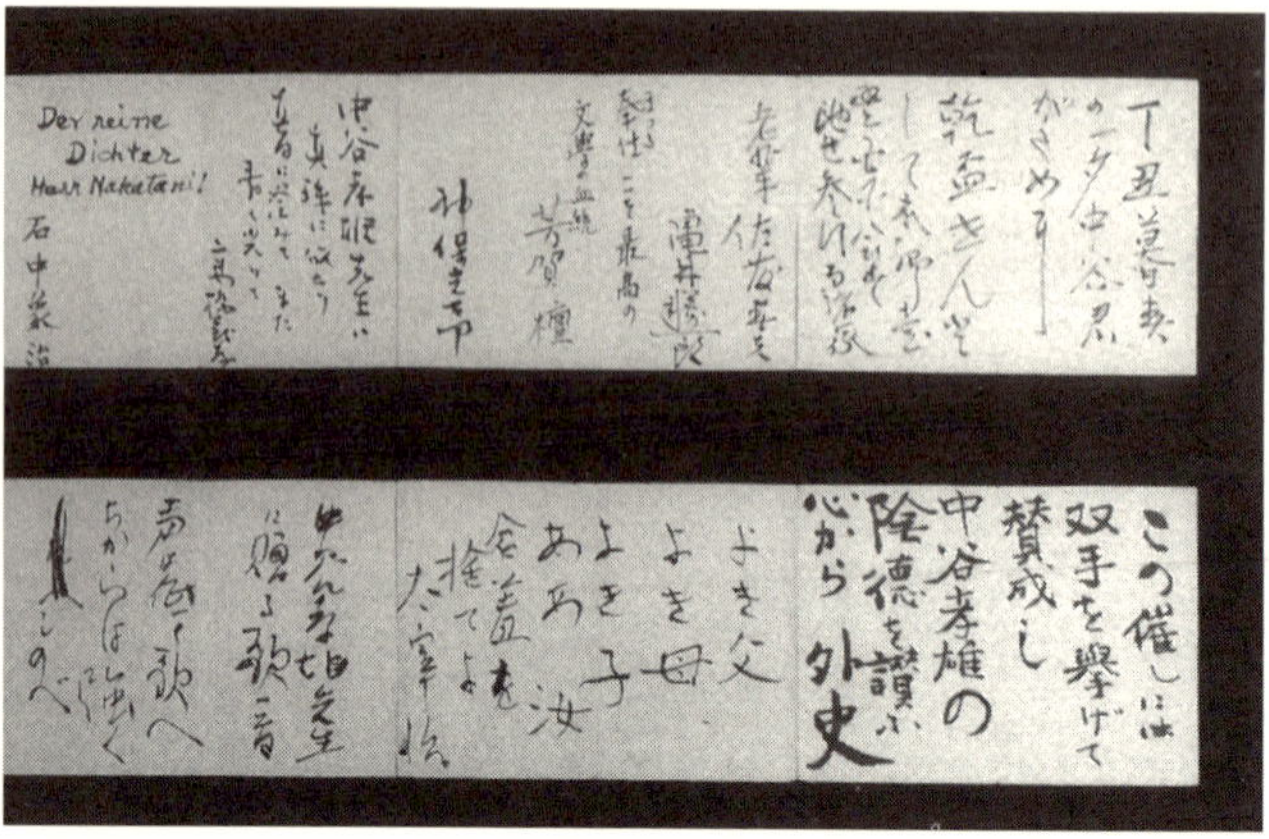

寄せ書き（中谷孝雄旧蔵）

絶して在つたことはない。保田がつとに「新しい文学の運動がつひに同人雑誌の運動であることを進んで僕らは認定せねばならない」と既述の「協同の営為」（『コギト』第七号、昭和七年十一月）に記してゐるのは、ウイルヘルム・シユレーゲルのサロンに Mitarbeit（協同営為）を見るならば、同人雑誌の在り方について同様のものが求められるといふ意味合ひにおいてであるが、保田の文学の基盤が『コギト』そして『日本浪曼派』といふ Mitarbeit の裡にあつたといふ一事は、仮初にも見落されてはならない。

文藝評論の新機軸

いよいよ文名が揚がるにつれ、営業雑誌からの原稿の依頼も多く、著書も出るまでになつた保田にとつて、文をものすことは、なるほど正当な経済行為と云へる。さうした面を多分にもつことは否めないとしても、ただしかし、同人雑誌が、そのやうに作品を市場に売ることができるやうになるまでの、さうなるための足掛りとい

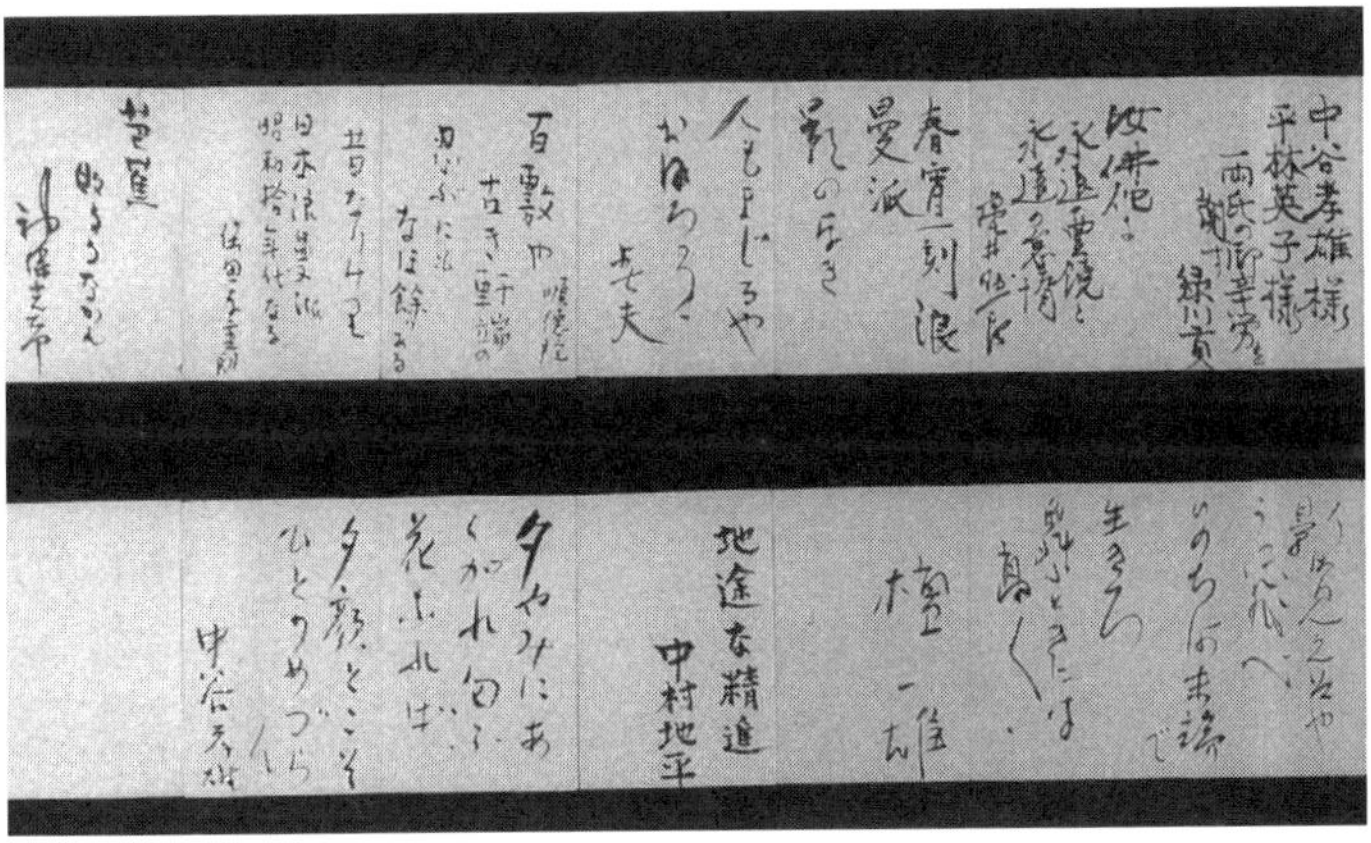

『日本浪曼派』同人による

つたものでなく、どこまでもそれをMitarbeitとしての文学の運動をする場たらしめるとき、文学は職業と呼ぶには、その枠から食み出るものがある。例へば谷崎潤一郎が紛れもない職業作家として終始したのに対して、佐藤春夫は必ずしもさうでなかつたといふ点で、保田は佐藤に肖る。さういふ仕訳をすることも、ときに意味があると考へるのは、文学といふものへの私の思ひからである。

保田與重郎における『日本浪曼派』、それと『人民文庫』を決定的に分つたのも、その立場性や主義、主張といふ前に、さういふ文学観であつた。『人民文庫』が十一年三月に創刊されたのを、ひとつには『日本浪曼派』に対抗するのを意図したと説くのは、昭和十年代の文学の簡単な見取図としてなら誤つてもゐまいが、文学する根柢の意識の上で相異る二誌を同列に並べるのはどんなものかと、さう私は思ふのである。十二年六月に「人民文庫・日本浪曼派討論会」が『人民文庫』側は高見順、新田潤、平林彪吾、『日本浪曼派』からは保田與重郎、亀井勝一郎、中谷孝雄が出席して『報知新聞』紙上で八回に亘つて行はれたことにも、両誌をただ対立するものと捉へてゐた態はそのまま映されてゐる。「討論会」で、例へば高見が「現実の飢餓失業など丶いふ問題ももつと見てよい」と註文を附けると、中谷が「失業とか飢餓とかいふものは常に関心を持たない訳には行かないが、それらは必ずしも作品の表面に出さずとも作品のうしろにあつて作品を生かしてゐるものではないか」と云ひ返したのを引き取つて、「その点高見君より切実だ」といふ保田のことばには、「時勢を遍く感じる」ことにおいてなほ変つてゐないそのひとの姿勢を示すものがあるが、いづれにしても双方の議論が、そんなふうに殆ど空転するまま終つてゐるひとつの理由は、右に云つたやうな事情に帰せられる。

ところで保田の昭和十二年は「和泉式部家集私鈔」とする和泉式部の歌の評を合せて三篇同時に発表することから始まつてゐた。『コギト』第五十六号（昭和十二年一月）に所掲の右の他、「かがやく藤壺のころの歌」及び「師宮を悼んだ歌」の題で、それぞれ『日本浪曼派』同年一月号と『四季』第二十四号（同年一月）に寄せたもので、執筆は前年にされてゐる。『四季』誌上にこれを読んだ堀辰雄が、同誌の編輯に当つた神保光太郎に二月十一日附で宛てた書簡に「保田君の和泉式部論のやうなもの、――古代（日本）の歌人や俳人、或いは下つて明治の詩人などの、ああいふ研究的乃至鑑賞的なものも毎号出してほしい」と述べてゐることを井上善博の「堀辰雄の〈日本回帰〉と保田與重郎」（『湘南文学』第三十八号、平成十六年三月）によつて私は教へられたが、『日本浪曼派の時代』に作をなした背景に関して「当時の国文学者の誰一人も、和泉式部をかゝないといふことも、私がこれを論じた一つの理由であつた」(「日本的の論」)とあるのは正確と云へない。清水文雄に『国文学試論』第一輯(昭和八年九月)に載つた「和泉式部正集の形態に関する研究」を含む三本がすでにある以前にも、わづかながら論攷がない訳ではないからであるが、やうやくその程度で、テキストも一般には日本古典全集本の『和泉式部全集』が行はれてゐたぐらゐのなかで、その王朝の女流歌人を現代の文藝評論の対象とした。保田の批評のめざましさがそこにあるのは、ことさらに云ふまでもないとして、留意すべきは、「和泉式部家集私鈔」の続きを『コギト』第五十七号(昭和十二年二月)に追加して書くとともに、『文学界』同月号に「和泉式部」を掲載してひと通り論を尽した後も、遑を得ては稿を整へ、六年を要して業を了へてゐることである。

文学を保田與重郎は職業としたと、明快にさう断じるのがむづかしい事由を、私はここにも認める。和泉式部論を作るために、式部の歌を一首づつ短冊型の紙片に書き抜いて分類したものを保田は用意した。歿後に見出されたそれは、この著述への思ひ入れの深さを偲ばせるに十分だつたのはともかく、『コギト』第五十七号の「和泉式部家集私鈔」の末尾に二千字ほどの「附記」が添へられてゐるなかから左に引く。世に問うた自身の作品について「私は忠告をうけ、力づけをうけ、罵倒をうけるたびに、非常に力を得た。」と述べ、これに続けて、

日本武尊を詩人として論じたものを私は知らない。又壬申の大津皇子の像を愛しんでその詩歌を

思つたものを私は学殖ないゆゑに知らないのである。まして光明皇后を礼拝したものは日本の代々の民衆であつたが現代の学者には知らない。人麻呂や家持や小町や業平や和泉式部や式子内親王や後鳥羽院などに対しては、その詩人の心を尊敬するゆゑに、名前をかくのみで私には充分な嬉しさと満足がある。かういふ過去帖を一年に一度位くりひろげることは、まことに我らの生国の醇風美徳であらう。かういふ過去帖をもたない文藝の単なる現象報告家に私は新風の樹立も変革の決意も方法の発見も期待し得ない。これは年少にして芭蕉に知つた私の考へである。

ここで「日本武尊を詩人として論じた」といふのは、「戴冠詩人の御一人者」としてなされたところで、「壬申の大津皇子」云々については、『三田文学』一月号に「大津皇子の像」を発表したばかりであり、光明皇后のことは、例へば「白鳳天平の精神」（『新潮』昭和十二年七月号）に録するといふふうに、名をしるすのみでなく、各事績をつぎつぎと描きつつあつた保田は、すでに後鳥羽院論にとりかかつてをり、一連の論のなかで最も早い「日本文藝の伝統を愛しむ」（『短歌研究』十二年二月号）が恰度なつてゐる。「芭蕉がその系譜の中にのべた後鳥羽院の日本文学史上に於ける意義」と「詩人の系譜」（『新潮』十二年一月号）に云はれてゐるのは、前節に少し記すことがあつたが、芭蕉の「柴門辞」のなかに「後鳥羽院御口伝」にふれる箇所があるのを指したもので、右の「附記」でいふ「過去帖」とは、要するに「詩人の系譜」の謂であり、それを樹立することを、自身の使命と保田と観じた。

三部からなる「明治の精神」(『文藝』十二年二月号~四月号)といふ文を保田が著したのも、時を同じくする。「明治の精神」の語は、漱石の小説『心』の終り近くに「夏の暑い盛りに明治天皇が崩御になりました。其時私は明治の精神が天皇に始まつて天皇に終つたやうな気がしました」と見えるのによつたもので、「明治の精神は云はゞ日清日露の二役を国民独立戦争と考へた精神である」といふ、さういふ精神を体現したひととして、岡倉天心、内村鑑三の二人を保田は挙げて云ふ。「この二人の世界的精神を思ひ、いまも世界人と呼ぶのは、彼らが各々主要著述を外国語で発表しむしろ外国に知られた人といふからではない。彼らの中に生きてゐた日本の伝統の、その新しい変革に対する二人の態度は殊に異るものではあるが、なほその日本の精神の伝統を変革表現したときの、むしろ世界的な態度と決意は充分に後世の若者を刺戟するものをもつからである。」

保田の「日本的なもの」

天心と鑑三が「世界人」であることのできたのは、云ふまでもなく、二人が日本人だつたからといふ理である。それならば、さうした二人について述べることにどんな意味があるのか。日本が世界に冠たらんとしてゐたことがそれを要求したと、さう私は云つてみる。そのやうな日が遠からず来るのを予感したことにおいてこそ保田與重郎は詩人だつたと云ふことができ、予感をまた疑はせなかつたのは、輝しいさうした日を日本は過去に持つたといふ事実である。天心について「大昔にあつた大いなる世界精神は、かりに万葉と法隆寺を以て象徴すれば、法隆寺を発見し、聖徳太子や光明皇后の意義を見出したことは、まことに新しい明治の精神を昂奮させるに充分であつた」といはれるのは、つまりさういふ関心から、天平文化は論じられるものだつたといふことであり、視野の遠大さにおいて、窮屈な日本主義者の称はおよそ保田にそぐはない。「日本的なもの」を他に先駆けて一等早く「日本の橋」が説いたといふのも、それを日本主義といつた枠組に取りこむと、われわれは保田に対して大きな見当違ひを冒しかねない。

「西欧を知らない僕は、たゞ恥かしげもなく日本を知つてゐると語らう。」かういふ一行が「日本の橋」のなかにあるのは、保田が日本主義者といふより、保守主義者であらうとした、その一箇の宣言と読むのが正確である。他国の進歩主義は模すのも容易な反面、保守主義については理解することからして難しいといふ認識が、ドイツを中心とした西欧を語る保田の口を漸次重くしていつたにせよ、「西欧を知らない」と、さういふ保田ほどには、まづたれも西欧を知つてゐなかつたといふ辺りに、その保守主義者としての実相があるのは、欧米の文物に最も通じてゐた岡倉天心が保守主義者だつた事情と同様である。「南京陥落の日に」の詩篇を昭和十二年十二月十三日附『朝日新聞』に載せた、おなじ十二月、萩原朔太郎が「日本への回帰」を発表するのは、保田がそれを先導したかのやうな気味なしとしないのはともかく、朔太郎が唱へた意味合での「日本への回帰」といふのは、発想として保田の持たないものであつた。保田にとつて「日本」とは、そこへ「回帰」していくやうな場だつたのではない。さうではなく、保田の身にぴつたり即くやうにして、それは始めからそこにあつたものである。堀辰雄の「かげろふの日記」は、期せずしてまた同じ月の発表で、一篇が保田の「更級日記」に誘起されてなつたことは、『日本浪曼派の時代』の「日本的の論」に堀が保田にさう告げた旨を誌してゐるとほりと私は考へるが、西欧的な知性の堀辰雄が「かげろふの日記」以下の作品でした「日本回帰」、それは類型とすれば、萩原朔太郎におけるそれに近いであらう。

3　浪曼的な日本

八面六臂の執筆活動

「新日本文化の会」の機関誌として『新日本』が創刊されるのは昭和十三年一月で、七名の編輯委員のなかに加へられた保田は、委員中で最も若かつた。「行きづまつた世界に東方の新しい文化を注ぎ込まなければならない。これが国に尽す道である。」佐藤春夫の執筆にかかる「創刊の言葉」にさう謳へば、同じ一月創刊号の林房雄による「新日本後記」に「日本は偉大なる改新の前夜にある。国民のあらゆる精力はその方向に進みつゝある。日支事変もまた革新の方向への大規模な第一歩ではなからうか」といつてゐるのは、萩原朔太郎がそれを賦した、日本軍の南京占領より以前におそらく書かれてをり、事変はこの先どうなるか、展望がまだまだ得られない段階で云はれてゐるのが、反つて「新日本文化の会」の進むべき方向性を暗示する。一体日支事変が起るのに合せるやうにして「新日本文化の会」が組織されてゐるのは、自体が政治的な意味を帯びる。それを批判するといふ前に、右の佐藤春夫の「創刊の言葉」に沿つて人心が動いていつたといふ事実のもつ重さをよくよく計量する必要があるが、その成立ちから、事変のその後の推移が同会の在り方にそのまま反映したと云つてよければ、機関誌の編輯委員として会の運営に参画するといふ立場は、戦争に対して受身の姿勢で向き合ふことを保田に許さなかつた。

それまでの『コギト』『日本浪曼派』に加へて『新日本』にも、まづ毎号のやうに保田は寄稿した。『日本浪曼派』の発行は滞りがちになつてきてゐたが、『新日本』は月刊であり、これらの他の雑誌、新聞からの需めもあるから、月々の原稿の執筆は自づと多くなつて、昭和十三年一月の例で云ふと、同月に発表の編輯後記の類を除く作品七篇の総枚数は四百字原稿用紙で百九十枚ほどに上る。相当の量のそれらの作品が、しかもただ書き流してあるといつた安易さをおよそ免れてゐるのは、それでまた駭くに価した。『コギト』第六十八号（十三年一月）の「雲中供養仏」に「日本人の造型の天分」を讃へて「この供養菩薩の姿態の美しさに行成のかな文字の示した魔術のやうな神のやうな人間外の仕事の美しさを見て、洋の東西にない驚奇に新に驚くがよい」のやうな、だれにも書き得なかつたことばをしるしてゐるかと思ふと、「文明と野蛮についての研究」と題した一文を、これは松尾茅成の筆名で載せてゐるのも『コギト』の同じ号である。夜つぴて仕事をして明方に就眠するのを、保田はいつか慣ひとしてゐて、これは終世変らなかつた。「昼間書く文章と夜に書く文章は違《ちや》ふぜ」と、保田はあるとき栢木喜一にさう告げたといふ話を、保田の歿後に栢木が語つたことがある。

松尾茅成は、松尾桃青をもぢつたものと覚しい。同名を以てした文が、やはり『コギト』誌上に他に二篇あるのはもつと早い時期で、文名を広く知られるやうになつて敢へてそのやうにしなければならなかつたとすれば、同時に掲載する「雲中供養仏」とは、これがあまりにも異質であることに鑑みたのであらうか。「文明と野蛮についての研究」は、かつてアフリカにあつたといふ設定のダホミノ王国のベベンチユ陛下をめぐる全十五章の寓話である。前年十月には「国民精神総動員中央連盟」が結成されてゐるといふ時点でこれが発表されてゐることについて、井上義夫が「戦慄を禁じ得ない」と「保田與重郎の現在」（『新潮』平成七年八月号）に云つてゐるのは「これほど迄に過激な自己虐待が、自らの生きる時代と国家に対してなされた例は、恐らく古今東西類例を見ない」（同右）からであるが、「文明」よりも「野蛮」に健康的なものを見るのは一般的だとしても、「文明」に向けられた諷刺とすれば度を過して、読者の顔色を失はせるほどであるのは、それぐらゐ保田の「時代に対する絶望」は底なしだつたのであらうし、本篇は或る意味で保田與重郎といふ人物を余すところなく描き出してゐる。

蒙疆への旅と結婚

さういふ保田は大阪府中河内郡大正村太田（現八尾市）の柏原典子と見合ひをし、十三年の夏にならない時分にでも結婚する手筈で、その一月からは手紙での遣り取りも始つてゐることは、保田から差出した書簡類が『イロニア』（第十号〜第十二号）で公開されたのによつて知られる。柏原家は大和川を開発した豪族の後裔で、一帯の大地主として聞え、その本家と田中克己の生家が姻戚関係になる由だから、それなら肥下恒夫も縁つづきになる上に、合併して同じ大正村になる以前の、太田の隣村の木ノ本は萩原朔太郎の父密蔵の出身の地であり、そこで医業に従つてゐた朔太郎の従兄の萩原栄次は柏原家とまた懇意にしてゐたと云ふ。さうした事実を教へられて、そのことが保田が結婚する「一つのふん切りとなつたのではないか」と典子夫人は「そのころ　十四」（全集「月報」第三十三巻）に回想する。萩原朔太郎に具はる文学の感覚を、上州ではなく、

昭和13年5月，元京城府尹伊達四雄邸にて
左より佐藤龍児，佐藤春夫，保田與重郎，伊達四雄

河内木ノ本の土地に絡めて説くのを保田はつねとしたのを思ひ合せると、それはさして穿つた見方といふのではないかも知れず、さうして朔太郎の処女詩集『月に吠える』の初版が、そのときはもう物故してゐたとは云へ、その従兄に献じられてゐることも、なにほどか保田の心緒に触れてくるものがあつたにちがひない。

さうするうちに大陸に旅する話が保田の許に持ち込まれる。「今晩は僕は支那へ旅行することをすゝめられてきました。一切の便宜をはかるからと云つてすゝめられて、しきりに旅心が動いてゐるのです」と柏原典子に宛てて二月二十八日附で書き送つてから、同じやうにまた「典子さん、けふ支那へゆくことをきめてきました」と四月八日附で云ひ遣るまで日数を経てゐるのは、現地の治安の状況などを見定めようとしたところもあつたやうであるが、五月二日に出発と決つた旅に同行者があつたのは、佐藤春夫とその甥の同龍児である。「一切の便宜をはかるから」と、さう云つて奨めたのがどこのだれかはもとより、三人づれとなつた仔細を私は審らかにしないが、許可証を携行しなければできない旅に、佐藤春夫は文藝春秋社の、保田は『新日本』の特派員の資格で赴いたものであつた。『コギト』第七十二号（昭和十三年五月）の「編輯後記」は肥下恒夫がしるしてゐるのに、保田は「コギト発行所特派員となつて行く」とあるが、それをも兼ねてゐたのなら、旅費の一部が発行所から出たのか、さういふ点も分明でない。

当初は神戸港から船で行くはずのところ、船室に空きがなかつたことから汽車に変更されるまま、前日に西下してゐた保田は、桜井から出向いてきてゐた家族や柏原典子らに見送られて、をりから雨の降りしきる五月二日の朝方に大阪駅を発つた。途中三宮駅で佐藤春夫、同龍児と同車になり、さうして下関で連絡船の金剛丸に乗船して釜山に上陸すると、慶州、扶余、京城、平壌の各地から奉天を経て北京に着いたのは、五月十四日の夜である。北京に恰度留学中の竹内好の案内で翌十五日からあちこちを見物して廻る様子は、竹内の「北京日記」あるいは佐藤春夫の「北京雑報」よりも、殆ど毎日のやうに綴られた柏原典子宛の書信に詳しいが、十七日に万寿山に行き、二十一日には蘆溝橋を見る間、佐藤春夫と旧知の周作人はじめ、銭稲村、徐桓正ら北京の文人たちと会する宴が竹内好の周旋で二十日に催されたことは、保田の『佐藤春夫』（弘文堂書房、昭和十五年十一月）に記載がある。事変以来この方、周作人は門を鎖して外へ出ることがなかつた。「佐藤氏が初めて周氏をひき出したといふわけになる。」保田はそれに云つてゐるが、しかし周作人の善意にそれ以上のことを期待するには、事態の打開は一朝には図れない底のものであつた。

佐藤春夫が病気で入院するといふ思はぬ事故が生じたのは、五月二十三日である。そのため佐藤春夫を北京に置いて予定した旅を続けることになり、佐藤龍児と二人で張家口から大同に出ると、病人を案じてそこから北京に帰る佐藤龍児と別れ、後は保田ひとりで、すでに蒙古となる綏遠、次いで日本軍の最前線の包頭に至り、そこから引き返して三十一日に北京に戻つたときには、佐藤春夫は前日に退院してゐた。さて保田與重郎はこの旅で何を見て、また何を考へたか。

一つの民族が世界史的動向をリードする場合に、まづ壮大な浪曼的文化を描いたことは歴史的事実である。それは又くりかへされてきた歴史絵巻である。日本の今日は、かつて有史以来の大和民族が経験しなかつたやうな、大きい世界史上の交通路を建設しつゝある。その日本のもつ性格は浪曼的であり、浪曼的文化である。これは既知既存の一切の合理的判断や合理的識定法、合理的理論に絶対的に反して現れ古きを霍乱する新しいものである。

『新日本』昭和十三年六月号の保田による「巻頭言」で、題して「浪曼的な日本」といふ短い文の初めを引いた。旅の出発前に書かれてゐるのが、そのやうに思はれないほどによく云ひ当ててゐるのは、これも保田における詩人を証するものと私は語りたいが、実際に行した先々で見聞したのが、果して右の言のとほりだつたことは、『蒙疆』(生活社、昭和十三年十二月)としてまとめられた紀行に宛ら読まれるところで、「浪曼的」といはれてゐる、さうした実体を自身の身体で感得したこと、そこに保田の収めた旅の最大の成果があつた。「蒙疆にゆけば、そこはすべて若者の世界である。若者が政府の顧問になり、文教にあづかり、文化施設に従事してゐる。」一巻に所収の「蒙疆」にかうしるされてゐるのは、まさにそれが「浪曼的文化」に他ならず、それが否定しやうのないものとして在るのを実見したことは、その後の保田の行動、進み方を大きく決定した。

新天地に

蒙疆の宏漠たる原野をながめて、さうして遙かなその地で軍務についてゐる将校たちと話をしたことを、五月二十七日附で大同から保田は柏原典子に報じてゐる。張家口では石本少将、岡部中佐、大同に来て隈本大尉に白銀大佐と、実名が挙げられてゐるなかで、兵団の参謀長の石本少将は芳賀檀の義兄に当つたが、芳賀を介したにせよ、さういふ軍人たちとの会見が多分は予め準備されてゐたといふところにも、この旅に保田が期したものの大きかつたことを私は思ひ量るのである。「今日の日本で、日本の軍隊の行動や戦争の経過をおちついて看視し、それを静かに批判しよう、などいつてゐるものにろくな人物がないのである。」これも「蒙疆」のなかの一節であるが、そのやうに云はせてゐるのは、会した軍人たちから保田が受けた印象であらうし、行為者としての彼らの果断さの前に、徒らに日支親善を説くのは、むしろ害をなすもののやうに保田には思はれた。

佐藤春夫に「惨風悲雨に培《つちか》はれ／人に知られぬ谷かげに」と歌ひ出される「滿洲皇帝旗に捧ぐる曲」があるのは、早く『鸖』第一輯（昭和九年四月）の発表で、後に「蘭の花――滿洲帝国皇帝旗に捧ぐ――」と改題の上で『閑談半日』（白水社、昭和九年七月）に収められたのが、さらに『東天紅』（中央公論社、昭和十三年十月）に再録するに際し、それをまた改めて「滿洲国皇帝旗に捧ぐる歌」とした作品である。保田が「『滿洲国《ママ》皇帝旗に捧ぐる曲』について」を草して『コギト』に掲げたのは、第百二号（昭和十五年十二月）だから、ずい分経つてからであるが、行を共にしたかつての旅にふれて「その旅の日、北京で佐藤氏は危険な病床についた」と叙す筆で「『満洲国』は今なほ、フランス共和国、ソヴエート聯邦以降初めての、別箇に新しい果敢な文明理想とその世界観の表現である」と述べてゐるのを弾《ただ》して「げに禍《わざわい》なるは若人に幻夢を蒔き散らす言霊《ことだま》である」と、少々凝つてみせた云ひまはしで酬いてゐるのは、山室信一の『キメラ——満洲国の肖像』（増補版、中央公論新社、平成十六年七月）である。

だが「浪曼的な日本」を高らかに歌ひ上げること、それを文学者として、詩人として引きうけるべき任とした保田與重郎は、誤解を惧れずに云ふなら、進んで「若人に幻夢を蒔き散らす言霊」たらうとした。なるほど満洲国についての保田の認識は偏向してゐたとして、それなら全体たれがその実体を正確といへるほどに把握できてゐたか。あるいは保田の科が云々されるより前に、「満洲皇帝旗に捧ぐる曲」をなした佐藤春夫の非が罪せられるべきであるか。詩人であることの光栄は、しかしながらさういふ世俗の論理に煩はされない。満洲国が如何にもまぼろしに終つても、佐藤春夫における詩の真実は失はれやうがないのと同じやうに、北京と比べるとき、はるかに大きな希望を托するに足る土地と保田に思はれたのが、儚いゆめを描くにすぎなかつたにせよ、「蒙疆」の文の造型はなほ毀たれずにある。「戦争は誰が何を考へて行つたか私は知らない。たゞ征戦である。」（「蒙疆」）かういふことばを吐かせたのは「浪曼的な日本」と観じる心と云ふ他なく、「誰が何を考へて行つたか」、それが容易に知られるやうな、既存の合理的判断の対象たる戦争なら、保田の身体の血が滾ることもなかつたのは、「平俗低徊の文学が流行してゐる」（「『日本浪曼派』広告」）のと、在り方として対蹠的な文学を追求すべくその運動を興したのと、事情は別々のものでない。

五月三十一日に北京に帰つた保田は、六月三日、一人で満洲国熱河省の承徳へ向ふ。前夜晩くまで、竹内好、その友神谷正男と酒を酌んだ、その翌朝の早い出発だつたが、途中機関車の脱線事故に遭つて、電灯の点かない車中で夜を明かすといふ心細い思ひをしてやうやく承徳に到る。四日同地泊、それから錦州、奉天を経て大連へ出る間、旅順で佐藤春夫、同龍児と落ち合ひ、九日に大阪商航のうすりい丸で大連を発ち、十二日朝、神戸港に帰着した。行程が四十日に亘つたのは、旅にくらすことが多かつたなかでも前後に例がない長さで、しかも初めて行く大陸の新しい土地である。生来勁健でなかつた保田に疲労の色の濃かつたことは、察するに余りある。それでも行かなければならなかつた旅だつたのは、例へば「けふの私は、けふの一切の国策文人と国策詩人の歌ひ得ない今日の讃歌詩人である。さうして私のけふのロマンチシズムは、合理的な国策文藝と、少し合ひがたいのを悲しんでゐる。しかし朔風の下のわが軍隊や蒙古の風土は、私のロマンチシズムを非常に満足させる」（「石仏寺と綏遠」）と、旅から帰つて書いたとき、自身の文学の目指すべき方向性とともに、それを貫かうとするときにわが身の危ふくされかねないことをも見透すものを得てゐたやうだからである。

『日本浪曼派』終刊

保田が柏原典子との結婚の式を桜井の家で挙げるのは、帰国して一週間後の六月十九日とする。その後保田は東京に出ることなく、そのまま郷里に留つてその日に備へたものと思はれるから、柏原典子に差し出した手紙にその件を明記したものはないが、結婚式の日取りは旅に出る前に取り決められてゐたのでなければならない。山本五平のところが媒酌人をつとめたことは、すでに第一章に云つたが、薬種商の山本は保田の家と縁戚関係にあつた。吉見良三の『空ニモ書カン――保田與重郎の生涯』（淡交社、平成十年十月）が典子夫人からの聞き書きによつて伝へる結婚式の模様について、私も夫人の直話で憶えてゐるなかでは、昼間にも拘らず、座敷の雨戸を閉て切つた暗がりに蠟燭を灯して行はれたといふのを、めづらしいものに思つたことであるが、式を済ませると、やがて保田は新婦を伴つて戻つた東京を直ぐに離れ、その夏を日光の小西別館で過した後、九月に中野区野方町一丁目九一九番地に転居して新生活を始める。南側に芝生の青々した百坪に余る庭がある上に、五つほどの座敷に、離れまで付いてゐる家は、月五十円の家賃で、次弟の順三郎が同居した。保田順三郎は、後に早稲田大学の教授として政治経済学部で統計学を講じ、同大学の常任理事をも務めたひとである。

『日本浪曼派』は、昭和十二年九月号までは亀井勝一郎方に編輯所が置かれてゐたのが、次の十三年一月号から外村繁方に移つて、次いで三月号を出してから休刊が続いた後、通巻第二十九号の八月号を以て終刊するに至つてゐる。編輯所が移転してゐるのは、亀井が『日本浪曼派』を去つて『文学界』に入つたからである。八月終刊号は、この年四月に病歿した創刊同人の緒方隆士の追悼号とされてをり、太宰治、木山捷平、芳賀檀他が追悼の文を記し、緒方の遺作「雁の門」を掲げるその内容は、『日本浪曼派』が純然たる文学の雑誌で、最後までさういふあり方を貫いたことを端的に物語る。保田の寄稿がないのは、恰度結婚式の前後の時期と重なつたことによるやうで、遅れて『コギト』第七十六号（十三年九月）に書いた「緒方隆士のこと」には、その死を人づてに満蒙への旅に出ようとする日に聞いた旨を初めに述べ、さうして故人について「この人に私は血縁を感じる」と、さう云つてゐる。緒方が四月の二十八日に亡くなつたときには、おそらくもう西下してゐた保田は、五月二日に下関に向ふ車中で佐藤春夫からそのことを聞かされたものと思はれるが、それはともかくとして、「聖なるもの」に通じる「敗北した過激の精神」を緒方隆士に見て、そのひとに「血縁を感じる」といふところに、保田の生きようとした文学の世界がある。中谷孝雄の勧めで、信州の上林温泉の三好達治を肺患の療養のために訪ねて行つた緒方が、そこからさらに発哺温泉に上る途中で喀血し、長野赤十字病院に入院したのを保田が見舞つたのは、『日本浪曼派』が発刊して程ない昭和十年六月である。

十三年八月号で『日本浪曼派』が終刊したといふのは、さう宣べてゐる訳でなく、同月号の外村繁による「編輯後記」は、次号に予定する誌面について云つてゐる。それがしかし刊行されなかつたことから、結果として八月号が終刊号となつたものであるが、同人も五十名といふ規模の数になつたのに、どうしてさういふ始末となつたのか。中谷孝雄の「日本浪曼派」(前掲)に「原稿がさつぱり集らなくなつた」ところを、中谷の従軍を機会に解散することになつた由をしるしてゐるのは、漢口攻略戦に中谷孝雄がペン部隊といはれた一員となつて従軍するのが十三年九月であることを考へ合せると、たしかにそれも一契機をなしたのであらう。だが、それよりも、外村繁の八月号の「編輯後記」が、三月以来の休刊を「主に経済的原因による」と云つてゐるのは、もつと切実な状況を伝へてをり、これに紙の不足が絡んでゐたと思はれるのは、同じ「編輯後記」によれば「紙の都合で組置にした」

原稿もあつたからである。

『日本浪曼派』は終刊したにも拘らず、その名のみその後も謳はれた。橋川文三の場合が好い例であるが、「最近まで雑誌『日本浪曼派』を見たこともなかった」（前出『日本浪曼派批判序説』）といふ橋川において「日本ロマン派」とは、云ふならば、保田與重郎を語るに際しての符牒のやうなものであつた。「コギト」でなく「日本浪曼派」が、保田を顕すに似合はしい語とされたことには、多分にヂヤーナリステイツクな感覚もはたらいてゐたに相違ないが、ただそれも、保田が多数の読者を得たなかでも、橋川文三が、また吉本隆明がまさにさうであつたやうな、時代の特に若人に迎へられることがなかつたら、むろん見られない事象である。

第五章　戦争の出来る文藝

1　日本文学史の発見

国策文学批判

保田の結婚の披露宴が丸ノ内の東京会館で催されたのは、挙式から四カ月にもならうとする十月十六日の夕刻で、萩原朔太郎、佐藤春夫、中河与一はじめ、肥下恒夫、田中克己、亀井勝一郎、神保光太郎ら、予て交誼を結んでゐた大勢の知友が案内をうけて参会した。檀一雄は早く出征してをり、中谷孝雄は従軍中のため、当日は平林英子ひとりの出席となつたが、これより前、戦争の日であることに改めて向き合されるかのやうに、中島栄次郎が応召するのを送りに、九月一日に肥下恒夫と連れ立つて保田は慌しく大阪まで行つてゐる。三冊目の評論集として同月に東京堂より上梓の『戴冠詩人の御一人者』の「緒言」に「本書の校正中に私は友人の応召出征のことをきいたので、それを送るために急に大阪に赴いた」とあるのは、そのやうに推し測らせるもので、さうして帰つてからしばらくの間を置いて結婚披露宴に臨まうとしてゐると、その一週間前の十月九日に、大学時代から肺を病んでゐたのを大阪の近郊で療養につとめてゐた松下武雄の訃報が届く。

保田と同年の松下武雄は、行年二十九歳であつた。「コギトのしてきた仕事を考へても、私らは松下を思ふことが深い。『大なる』といふ形容詞は特に松下にふさはしいことであつた。」保田は『コギト』第七十八号（十三年十一月）の「編輯後記」にさう書きつけてゐるが、次号の第七十九号（同年十二月）を「松下武雄追悼号」とした一冊を一瞥して、憧れてその許で学んだ大学のときの田辺元、そして大阪高等学校時代の旧師から立原道造の詩篇に及ぶ多彩な内容の誌面に、私は「『大なる』といふ形容詞は特に松下にふさはしい」といふ保田のことばを諾ふのである。『コギト』に掲載の松下武雄によるシエリングの「藝術哲学」の翻訳は、第十五号（昭和八年八月）より三十二回を数へた。松下が『コギト』を作つた一人といふのは、そんな点からも云へることである。右の追悼号のために保田は「文藝批評のアカデミズム」と題した一篇をものしてゐるのは、第二章のなかで抄したことがあるが、そこに「日本の文藝批評にはアカデミズムがない」と述べるとき、帝国大学が身に纏つてゐるやうなつまらないアカデミズムでない、本来そのやうにあるべき好もしいアカデミズムを松下の所論に見てゐたもののやうで、自身としてまた松下のさうした面に倣はうとしたあとは、保田の文章に読みとれる。

松下武雄の死と明暗を分けるやうに、十一月、保田は『戴冠詩人の御一人者』によつて第二回北村透谷記念文学賞を受賞してゐる。一巻の初めに収める題号と同題の作品は、発表時において、既述のとほり伊東静雄をして歎称させたものであるが、透谷賞の受賞は、伊東のそれがたんなる仲間褒めといつたものではなかつたことを証してもゐれば、保田がそれまでに確立してゐた批評家としての地位をさらに動かないものとした。「戴冠詩人の御一人者」の日本武尊から、新しくは巻末の「明治の精神」に「二人の世界人」として描いた岡倉天心と内村鑑三まで、さまざまな対象を論じることを通じて保田が試みてゐるのは、「緒言」のなかのことばを以て云ふなら、「今世界史的時期を経験せねばならない日本の、その『日本』の体系を文藝によつて闡明し、より高き『日本』のために、その『日本』の血統を文藝史によつて系譜づける」ことであり、しかもそのやうな系譜を樹てることを、自体また一箇の文学作品たらしめる。その両つの点で、保田の批評は、まさに保田與重郎にしかなし得なかつたといふ意味で、それを未曾有のものだつたと云ふのも大仰ではない。

昭和12年，透谷記念文学賞祝賀会
前列左から一人おいて　岡本かの子　佐藤春夫　与謝野晶子　戸川秋骨　後列左から　保田與重郎　萩原朔太郎　中河与一　福田清人　十返一

他方で文学の状況は、寒心に堪へないまでに一変したと保田に見受けられたのが、昭和十三年で、五月以降を大陸の旅に送り、それから結婚を挟んでしばらくぶりに上京して、その間の変り様にまづ一驚しなければならなかつた。「昭和十三年の文学」（『三田文学』十三年十二月号）に「半年間に（本年二月以降八月以前）日本の文学はすべて国策に傾向された。又仰合された」としるされてゐるのが、国家総動員法が四月に公布され、そして五月にそれが施行となつたのを追ふやうにして、文学界が全体として方向を大きく転じたことに対する批判だつたのは、改めて云ふまでもなく、同じ文のなかの次の一節も、婉曲なもの云ひが反つて辛辣さを滲ませて、事態を黙過しがたいとする念を保田は隠さない。

文化政策は国民の浪曼主義と無関係に構想されてゐる。それらは又国民の日常生活の哀愁の淵にふれないもので考へられてゐる。私は国家のためには決して心配しない、私は文化政策家たちよりはもつと日本と日本民族を信頼してゐるからである。私は文学者として詩人として、たゞ「有名」をもたないために、今日の国策文学に沿ふことによつて国民をいたはりもなし得ず、又国民を昂奮せしめも得ない詩人を知るゆゑに、そのことを国民のために憾みとする。例へば私は、今日のやうな日になつて、十年まへに「東洋の満月」のやうな詩集をかいた詩人が貴重に思はれる。百の読者の多い通俗作家より、かういふ一人の詩人を私は漢口入城に歌はせたい。

蔵原伸二郎の「東洋の満月」の一聯の詩篇を保田が『コギト』に載せたのは、昭和九年である。詩稿はしかし、それより何年も以前になつてゐたことから、右には「十年まへ」と云つてゐると覚しいのはともかく、蔵原が国策に沿ふなどといふことでなしに東洋の詩魂をつとに歌つてゐたのを引合ひに、十年後のその日の体たらくを慨嘆する保田は、国策文学に批判的であるといふ限りで、反体制的な立場に立たされる。国家総動員法に保田は遠回しに異議を唱へてゐたといへば、さうである。だが、同時に蔵原伸二郎を「漢口入城に歌はせたい」と弁じるのは、さういふふうに戦争が拡大していくのを積極的に受け容れて、延いて体制の側と手を組むといふことに他ならない。

武漢三鎮陥落の報がもたらされたのは、その年十月二十七日の夕方である。恰度麹町五丁目の印刷所で『コギト』第七十八号を校了にする直前で、保田はその場で「漢口占領」の見出しの四百字ほどの原稿を作つたのを表紙裏の一頁に組ませると、来合せてゐた田中克己、三浦常夫の二人と連れ立つて、天皇陛下萬歳を奉唱すべく皇居の二重橋前に向つた。「今日の文学者は、この今日の浪曼的日本の讃歌詩人であることが、最高理想である」（「時局下の文学者について」『新潮』十三年八月号）とする観点からは、なるほど「漢口入城」は高らかに讃へるに価するが、ただ同じその日の現実に、他面では反対者だつたことが、保田の立脚点を或る意味で曖昧な、見えにくいものとしてゐる。思想統制の上から、保田が扱ひに手を焼く、厄介きはまる存在だつた所以であるが、閉塞した時代に、若い世代を中心とした多数の読者を保田が持つた理由のひとつも、おそらくそこにある。

当時の保田の考へ方は「文明開化の論理の終焉について」が明快に示してゐる。『コギト』第八十号（十四年一月）に所掲の一文は、後に評論集『文学の立場』（古今書院、十五年十二月）に収められた、文明批評における保田の代表的な論として知られるが、その趣旨は、マルクス主義文藝を日本の文明開化の最後段階と位置づけ、それを否定した「日本浪曼派」は、すなはちその最後段階の結論としてあつたところ、次いで現れた「日本主義」は、文明開化の論理にもとづいてゐることにおいてマルクス主義文藝と変らないといふのにある。「マルクス主義文藝が知性の保身術であつた如く、今日は国策に便乗することによつて、多くの保身術が敢行されてゐるのである。今日の日本主義の頽廃は以前のマルクス主義の頽廃と同一面と同一方法によつてゐる。」保田はかう説いてゐるが、国策に便乗した文学を「御用文藝」と呼ぶとき、それの別様の表現の最大のものを、前年の文学者の従軍に見る。「九月日本政府の従軍作家派遣によつて、文壇と学藝は一切《ママ》に変化した。さうして文学はあきらかに消失した。」

歯に衣着せぬ言は、時勢をめぐる保田の憂慮の程を酌むに足りる。十三年九月に従軍作家の派遣が行はれたことは、前章で中谷孝雄について言及したとほりであるが、保田はここで中谷を、あるいは同じく従軍した佐藤春夫や尾崎士郎を批判してゐるのか。さういふ口吻が少しも混じつてないとは云へないのは、従軍作家としての派遣の要請に応じることを保田は潔しとしなかつたからである。「文士が剣をさげて、将校の待遇で戦地の見物にゆく如きは、わが性分にあはないところで、自分は一兵として銃をさげて戦場にゆくことを選びたい、と云つて、軍部の文士従軍のすゝめをことわつたことがあつた」（『保田與重郎選集』第五巻「後記」）といはれてゐるのは、そのときのことだつた可能性は低くないが、ただ保田が従軍作家派遣について云ふところは、従軍した個々の作家たちに向けられたといふよりは、さうした施策を講じた内閣情報部なり、また軍部への抗議の色合ひが濃い。いづれにしても、そのために「文学はあきらかに消失した」といつた云ひざまが、当局を刺戟しなかつたはずはなく、この時点でもう保田は睨まれてゐた。

後鳥羽院論

昭和十四年は、後鳥羽院の七百年祭の歳に当つた。懐が深い、と在り来りの語でさう私は評してみるが、五百年、千年を基軸にして歴史を鳥瞰する感覚を自身のものとしてゐた保田は、後鳥羽院の年祭のこともつとに承知し、予てそれに合せて論を書き進めてきたことは、『戴冠詩人の御一人者』の「緒言」にも短い記述がある。要旨をしるして「その一書を来る七百年の御遠忌に、水無瀬宮に奉る唯一人の現代の詩人であらうことを思ひ、今日の同じ心で文章を思ふものの千載一遇の光栄と感じた」と云つてゐるのは、一年後に『後鳥羽院』（思潮社、十四年十月）として上梓をみたもので、芭蕉によつて院のことを教へられてから、それでも五年近く経つてゐる。その間に『コギト』第六十五号（十二年十月）に発表の「木曾冠者」は、平家物語論の一部をなしつつ、現代の社会と人生の問題に相渉ることにおいて尖鋭な近代の批評となつてゐるといふのは、平家物語が写し取つてゐる「時代の不安」は、保田の生きる日が抱へるものでもあつたからであるが、そこに「平家物語を語ることは、わが文藝の源流と伝統としての後鳥羽院を思ふ一つの手たてである」とのべられてゐるやうに、日本の文学史への保田の構想は、後鳥羽院に発し、また院に戻つていくことが多かつた。

保田の『後鳥羽院』について特記すべきは、それが院一人に光を当てて顕揚するといふことに終らず、前後に付き随ふいくたりかを併せて、文学史上における院の位置を定めたことである。前後といふのは、別して先蹤としての西行と、衣鉢をつぐ芭蕉である。院のみを取り上げて、一身にして英雄と詩人を兼ねたその偉大なる敗北を画き出すだけのことなら、必ずしもそれは保田與重郎の功に帰せられるものでもなく、さうしてその場合には、後鳥羽院論は「セント・ヘレナ」の日本版に止まるやうなものとなつたかも知れない。しかし、さうさせなかつたのは、院に繋がり、結ばれるもの、近世の後水尾天皇もその列に入る事情は、一巻のなかの「後水尾院の御集」に読まれるが、特にまた「後鳥羽院以後隠遁詩人」の名でよぶ院の精神の後継者を辿ることで、院を孤立した存在からいはば救ひ出したことによる。後鳥羽院を、このとき保田はたしかに発見したと云はれてよく、日本の文学の流れの中を縫つて貫道する系譜を樹立しようとする企図はここに雄渾な達成をみたといつても過賞ではないが、ただ、後鳥羽院を保田は発見したとだけ云つて済ませるのは粗い見方である。といふのも、保田のその発見は、自身をも「後鳥羽院以後隠遁詩人」の系譜に連ねることによつて、それこそ果のない絶望に呻吟し、デカダンスに陥つてゐた保田が息を吹きかへす処方だつたといふ点に、むしろまた大きな意味があつたからである。

批評の尖端を行く

『後鳥羽院』と前後して保田の著作の刊行が相次いだのは、ただでさへ旺盛な感を抱かせてゐた執筆活動を、余計にまた強く印象づけるものであつた。『改版日本の橋』（東京堂、九月）『浪曼派的文藝批評』（人文書院、十月）そして『ヱルテルは何故死んだか』（ぐろりあ・そさえて、同月）の三著であるが、『改版日本の橋』は、芝書店版『日本の橋』の内容をなすうちの「日本の橋」と「誰ケ袖屏風」については、加筆訂正をほどこした上で引き続き収め、他は「木曾冠者」を加へたのをはじめ、作品を差し替へたもので、『浪曼派的文藝批評』が『日本浪曼派』誌上に連載の稿を主とした時評集であれば、『ヱルテルは何故死んだか』は、ゲーテ作の周知の小説を材料にして「近代」といふ時代を論じた批評である。

それまでの文学の批評は、小林秀雄による新意匠のそれを含めて、作品批評といふ枠内にをさまるものだつたのが、保田の、例へば「日本の橋」の新しさに対し、文壇はそれを「創造的批評」と名づけたといふことは、文学史的な一事実として註記しておく必要がある。「創造的批評」においては、一歩先んじた保田のあとを小林秀雄が追つて行く。近代の批評の展開をそのやうに概観すれば、他のどことといふより、そこのところに、保田の批評の担ふ最も大きな意義のひとつは存するが、『ヱルテルは何故死んだか』はしかし、さういふ「創造的批評」でなく、十分意識的に作品批評として、しかもまた日本文学でなく、世界の文学のなかでの恋愛小説の一大傑作を持つて来て書くといふことに、保田の意気の昂然たるものを私は掬するのである。「文明開化の論理の終焉について」によれば、「文明開化の論理」とは「飜訳と編輯がへ」と云はれるが、外国文学を語りながら、さういふ「文明開化の論理」に縛られずに、およそそれから自由な作品は、近代の日本の批評の数少い例であり、そのことは、「ヱルテルは何故死んだか」の標題に「奥山にたぎりて落つる瀧つ瀬の玉ちるばかりものな思ひそ」といふ貴船明神神託歌の添へてあるのが、すでに暗示する。

ほぼ同時に四著作が出版され、しかもそれぞれ異つたふうのものであることも、文学が保田においてどのやうにあつたかを考へさせる。一冊の本が終つたら、次のにまた取り掛かるといふやうな運び方は、少くとも保田のものでなかつた。自身の仕事ぶりにふれて「私の場合は平行的に、一斎に徐々に進むのであつて、その間に方法も立つ」と、少し後に「近著についての著者の心持」（『コギト』第百二十号、十七年七月）にさう洩らしてゐるが、はじめから用意された方法に頼るには、かつてない変革の時代に保田は生きてゐた。さうして保田の柔軟な発想を生んだのは、どんなに汲んでも涸れることのない、自然そのもののやうな裡なる源泉である。

右の著書のうち、『浪曼派的文藝批評』を除く三冊は、住居も近く、その頃から交遊の始まつた棟方志功が装幀をしてゐる。棟方による書籍の装幀は、その以前にもわづかながらあるが、昭和十四年になつて、蔵原伸二郎の『東洋の満月』が棟方の装幀で三月に生活社から出たのに保田が続いたもので、なかでも『ヱルテルは何故死んだか』は、これと同時に、同じく「新ぐろりあ叢書」として刊行された他の四冊の装幀も棟方志功が担当したことで注目を集めた。同叢書の二十冊に上る続刊すべて同様で、保田の指示によつてそのやうになつたものである。版元の「ぐろりあ・そさえて」を経営する伊藤長蔵が保田に親炙し、捗々しくなかつた事業を再建するための助言を求められたことから、顧問格のやうな立場で企画に関はつた保田は、内幸町の大阪ビル内にあつた同社に小まめに顔を出した。翌年二月になつて、竹内好が北京以来はじめて保田に会ふのはそこで、保田の世話で『支那現代文学史』の出版の話が「ぐろりあ・そさえて」から持ち込まれた後であるが、二月四日のそのときのことが竹内の日記にしるされてゐるのをここに写しておくのは、竹内の保田評に、以前にくらべてまた改

『改版日本の橋』

まつたものが加はつてゐるやうに感じられるからである。「真実かなわぬ気がし、保田という男、並々ならぬえらさがあると感じた。ものを全体的に感じ、鋭く判断し、その判断が人間的基調に立っていゐる感じであった。」（前出『竹内好全集』第十五巻）

沖縄旅行から

はじめ棟方志功を連れて保田に紹介の労をとつたのは蔵原伸二郎だつたことを、棟方は自伝『板極道』（中央公論社、昭和三十九年十月）に書いてゐる。棟方の天才を早く認め、その名を文学界に弘める上でたれよりも力あつたのは保田とするが、「新ぐろりあ叢書」と宛も時を同じくして刊行された雑誌『工藝』第百一号（十四年十月）の棟方志功特集に保田が寄稿した「棟方志功氏のこと」によると、作品ではむろんその前に知つてゐたものの、蔵原伸二郎に棟方を引き合されたのは、この年、十四年になつてからのやうである。「いちばん最初の装幀は保田氏の『日本の橋』でありました。」（『板極道』）棟方にさう云はせてゐるのは、帙入りのその『改版日本の橋』の装幀が、棟方志功にとつても会心といふのにも近い出来だつたといふ念がいつまでも消えずにあつたことによるのであらうが、これが機縁となつて意気投合した両者の交りが急速に進んだと思ひなすのも、その歳末から正月にかけて日本民藝協会主催「琉球観光団」の団員にともに加はつてゐる背景に、さうしたことを私は

昭和15年1月，沖縄にて
左から保田與重郎，尚順，柳宗悦，一人おいて土門拳

考へてみるのである。十四年十二月三十一日に神戸から湖北丸で出航した一行は、小野寺啓治編「柳宗悦沖縄旅行年表」（『柳宗悦全集』月報7、筑摩書房、昭和五十六年五月）によれば、団長の柳宗悦以下団員二十六名で、団員の坂本万七の撮影にかかるスナップ写真を保田が保存してあつたので見ると、柳はじめ大方が洋服のなかで、保田は、暖い南方の島への旅だからパナマ帽であらうか、帽子を冠つて羽織をつけた着物姿なのが人目を惹く。

正月三日に那覇に着いてから島に滞在中、それをめぐつて柳宗悦と県当局の間で直接に行はれた、いはゆる沖縄方言論争が現地の新聞紙上にも賑やかに扱はれたことは、よく知られてゐるとほりである。大阪高等学校時代に折口信夫の『古代研究』と併せて柳宗悦の『工藝の道』をひとつの感銘を以て読んだ保田は、以来柳の言動に共感して久しかつた。この件に関しては、別に柳田国男も懸念を表明してゐたもので、沖縄における標準語運動に批判の矢を放つた柳に理解を示しては、一月十一日に県学務部が出した声明「敢て県民に訴ふ　民藝運動に迷ふな」に「偶感と希望」（『月刊民藝』十五年三月号）で言及し、それを「大人げないと思ふ」とたしなめつつ、他方で同じ文に「標準語施行の問題は沖縄に限ることでなく、今や東亜の問題である」と保田は云はなければならなかつた。「東亜の問題とは満洲や支那への日本語教科書をどうするかである。」保田において、面を背けることのできない、それは切実な現実であつた。

保田はここで、自己の態度を明確にするのを留保してゐるといふのは中らない。徒らに右顧左眄してゐるといふのでなく、相反するものが鬩《せめ》ぎ合ふ現実をそのまま引き受けて、やうやく釣合を保つたところで文学したのは、政治をとるか、それとも文学をとるかの二者択一を迫られたときの保田の処し方と同様である。文学をそのやうにあらしめることを他所にして、保田が「文学の立場」と云つたものはなかつたし、あれかこれか、安易にどちらかに同じるのが、現実に屈服することであれば、さうすることを自身に保田は許さなかつた。標準語運動の是非を云ふほどには、第一それを範として、標準語をもととして保田は文学を考へてなどゐなかつたことは、その作品に即くまでもなく、さうした保田の姿勢は、一種の緊張を孕んだ見事な造型をしばしば生んでゐる。

往きの湖北丸とちがつた新造船の浮島丸で保田が神戸港に帰つたのは、新年一月の十四日朝で、「正月十四日から十六日まで」といふ十余枚の文を『コギト』第九十二号（十五年二月）のために草したのは、一旦桜井の郷里に立寄つて、それから十六日夜に東京に戻るまでのことを書き留めたものである。その日大阪駅を出る急行列車の三等車の一両に二体の英霊が奉安されてゐる前で、保田は三度脱帽して低頭する。さういふ戦争の日に、前日の十五日に静岡では大火があつたばかりであつた。駅舎がわづかに焼け残つてゐる静岡駅や、線路の両側の町は一面焼きつくされた跡が汽車からながめられる、ほとんど停電してゐる夜のその光景を保田は写してゐるが、一文を中島栄次郎が「今になつて今年上半期を考へて最上のものと思ふ」と推奨してゐるのは、「批評と現実の問題」(『文学界』昭和十五年八月号)においてである。中島栄次郎の応召のことは略記したが、十三年九月二日に入営した中島は、健康上の理由で即日帰郷してゐる。

ひとむかし前までの批評は、批評する側の自己限定によつて現実も限定されるといふやうに、そのやうに批評と現実の関係はできてゐたのが、今は多様な現実が批評家で、人間の方が現実から批評される具合になつてゐるといふのが、中島の所論の要点である。「従つて」と中島栄次郎は説く、「批評は己れの自律を得んためには逆に己れの自律を捨てて、現実を信じてかからねばならない。つまり批評的現実を最初に信じてしまふわけだ。従つてかういふ批評は主観的でも客観的でもない代り、非常な糞度胸に支へられるわけであらう。それだけにそれは文学作品と全く同一である。」

さうした批評のきざしの現れてゐる、それも唯ひとつのものが、保田與重郎の「正月十四日から十六日まで」であると中島は云ふ。一篇を中島が、昭和十五年上半期において「最上のもの」としてゐるのは、さういふ意味合ひに他ならず、またそれを「無気味なやうな雰囲気をもつた批評文」と云つてゐる文学観は、保田と共通の認識を根柢にする。「当麻曼荼羅」における「文学のレアール」の論と、つまるところ同様の問題であり、明朗といへばさう云つてもいい国策文藝の、つひぞあづかり知らぬ文学の表情といふべきものを捉へてゐる中島栄次郎の眼に私は狂ひはないとし、まとまつた体裁を整へてはゐないながら、保田の作品についてなされた評として、これを最も的確なもののひとつと思ひとるのである。どこに「無気味なやうな雰囲気」を読んだのか、特に具体的な箇所を中島は云つてはゐない。全体としてさうだと云つてゐるごとくであるが、例へば次のやうなくだりに、そのやうな雰囲気の濃密なものを私は感じる。文章のをはり近く、焼野原となつた静岡のその場景を見たところである。

燃え残つた火をとりかこんで、火にあたゝまつてゐる人々が、一望の焼址のあちこちに眺められた。さういふ火はまだいたるところに残つてゐた。煙はあたり一帯をこめてゐた。時々余燼のもえあがるところもあつたし、小さい火の周囲には、体をあたゝめてゐる人々のかたまりがよく見えた。ずゐ分の遠方にも火が残つてゐて、それで夜ながらも焦土の大きさがわかるのだつた。さういふくらやみの中で、自分らの家や財産やあるひは肉親さへ焼いたかもしれない劫火の残りに体をあたゝめてゐる人々の姿は、大さう感に耐へないことに思へた。火の近くにごろりと横たはつて、睡つてゐるのかしらと思へる人々もゐた。一万の家を焼き一億の財を烏有に帰したといふ、いくばくの人の死傷あつたかはまだわからぬ。さういふ火に暖つてゐる一かたまりの人々の集りの中から、急にかん高い笑ひ声が起つた。それは焚火にあたつてゐる人の歓声と変りなかつた。闇夜の中でかなり遠いところから伝つてきたかん高な笑ひ声だつた。私はその声をはげしく耳に残した。

2 敗亡への途

文学に対する政治の介入を保田が厳しく拒んだことは、前年九月の文士従軍に関する論及にも見られたとほりである。その批評の営みが、一切の政治的なものを排除することにつとめたところに、いはば「無気味なやうな雰囲気」は作りなされる。だが、その一方で、大陸における日本軍の進攻を是とするとき、保田の好むと好まざるに拘らず、それは一箇の政治的発言の匂ひを帯びる。保田の処生の危ふさがそこにあつたのは、その時分の交友関係を見渡して一例を云ふなら、影山正治の作歌の丈夫ぶりを讃へる保田が、影山を介して政治に取りこまれる恰好になつたのと同じである。

日本主義文化同盟に加盟

影山正治を実質的な盟主として昭和十二年九月に結成された「日本主義文化同盟」の機関誌『怒濤』に保田與重郎が文を寄せた最初は、十四年二月号の「文化の論理」で、影山の『民族派の文学運動』（大東塾出版部、昭和四十年三月）を参看すると、それから少しして両者は直接に相会してゐる。往き来がその後繁くなつていつたのは、十五年一月になつて、尾崎士郎、林房雄らと保田が「日本主義文化同盟」に加盟した一事にも窺ひ得るが、同盟の「綱領」の一項に「吾等は、文化運動の展開を通じ昭和皇道維新の翼賛を期す」と謳つてゐたとき、保田の加盟は相応の政治色をもたされたはずである。さうして右の「文化の論理」にしても、『民族的優越感』（道統社、昭和十六年六月）のなかに収録されたもので読むと、それが書かれた背景にまでは思ひ至らないが、『怒濤』は、菊池寛の文藝春秋社糺弾運動を十四年新年号誌上で開始し、「文化の論理」は、すなはち「糺弾第二宣言」を翌二月号において公表する、その運動に積極的に関はる意図を匿さないで執筆されてゐる。

「教育維新は大学維新に始まり文学維新は文壇維新に始まる。」同盟の名で新年号に掲げる「糺弾宣言」はさう説いて「文壇維新のポイントはいづれにあるか。我らは文藝春秋社の撃滅こそ、それであると確信して疑はない」と激しい辞をつらねる。そのやうな文藝春秋社攻撃の後押しを敢へてしてまでする。それほどに意を決しなければならないものが保田にあつたとするなら、それは無惨な文学の状況に募らせた危機感がさうさせたと考へるしかなく、それだけまた影山正治を恃む念が強ければ、影山から被つた影響は些少でなかつたと覚しい。おそらくそれは、一面において保田が世故に長けず、つまらない保身に心を労せず、いかに真正の気に充ちてゐたかを語つてゐた。そのやうに私には映るのである。歌集『みたみわれ』が、保田の「序」を附して十六年四月に「新ぐろりあ叢書」の一冊として行はれたのが、多数の読者を得たことによるのであらうか、これに続き、同じく影山の『古事記要講』が「ぐろりあ文庫」で「ぐろりあ・そさえて」から出版されたのは、同年十二月であつた。

皇紀二千六百年に当つた昭和十五年（一九四〇）の紀元節の日を、保田は長子の端穂を連れて郷里で迎へ、橿原神宮に参拝した。前年に生れた乳児を負うていつたのは「この日の大祭りを、その心のうちに憶えさせておきたいと思つたからである」と「皇紀二千六百年の紀元節」（『文藝世紀』十五年四月号、原題「大和し美し」）に述べてゐる。一体保田が子煩悩だつたのは、「信頼——友を語る」（『むらさき』十五年九月号）といふ一頁ものの記事に、高山茂の筆名で『コギト』に寄稿し、当時日満財政経済研究会の所員だつた長野敏一についてしるしたのに、長野の写真と、さうして自身は長男を抱いた一葉を添へてゐるのにも垣間見られる。ただ、保田は三男、二女の五人の子を儲けてゐるが、家族の消息を筆にするのは疎か、子の写真を公表することなどその後絶えてなかつたから、はじめて子を得たときの、右は例外に属したと云ふべきである。

桜井に在る保田を長尾良が訪ねてきたのは、入営を翌月の三月に控へ、家郷の瀬戸内海の家島に帰る途次であつた。大阪高等学校、そして東京帝大を通じて保田の後輩だつた長尾は、「ぐろりあ・そさえて」を経営した伊藤長蔵が親戚筋となることから「新ぐろりあ叢書」の発刊に携り、『コギト』に第八十九号より同人として参加してゐた。次号の第九十号（十四年十二月）に「コギト同人住所録」を掲載してゐるのによると、長尾を含めて十四名をも数へるのは、同人制について見直しがそれまでに行はれたものとみられるが、十四名のなかに伊東静雄が加つてゐることについては、同人を大阪高等学校の卒業者に限ることがなくなつたといふのでなく、伊東を特別に処遇したと考へていいのは、他の十三名はすべて大阪高等学校出身者だからである。出入りがありながらも、それでも『炫火』の継続といふ創刊時の同人たちが共有した意識が、『コギト』をなほ支へていたとすれば、すでに時代の寵児になりつつあつて多忙を加へる一方の保田に毎号休むことなく同誌に書きつづけさせたのも、多分はその同じものであり、さうして文学の拠《よりどころ》として『コギト』が保田の裡を領する比重は、『日本浪曼派』終刊後において反つて大きくなつたはずである。

長尾良を迎へた保田は、大神神社や橿原神宮に同行して、長尾の武運をともに祈念した。あるいは若草山の山焼きの夜を、奈良市坊屋敷の前川佐美雄の家の物干場に上つて見物したり、そんなふうに日を遣るうちに、帰郷する長尾に保田も随いていく話となつて、一緒に桜井を発ち、姫路の町を歩いて城をながめ、そして飾磨港から船で家島に着いたのは、二月も二十日過ぎであつた。このときの旅のことは「家島紀行」として『コギト』第九十四号（十五年四月）に、続篇が翌月の号に発表されてゐるが、中島栄次郎が「正月十四日から十六日まで」について評したところを、ここで私は思ひ返す。それといふのも、どちらも紀行文として、「現実」に対してとる保田の姿勢は変つてゐないからであり、そもそも旅するなかで出会ふすべては、勝れてさうした「現実」として「信じてかからなければならない」、そのやうにする以外にはなす術のないものであつた。戦前の保田の紀行を輯めたものに『風景と歴史』（天理時報社、昭和十七年九月）があるが、『蒙疆』（前掲）と合せて、作品がそれぞれ佳章といふに足るものであることには、十分な理由がある。中島栄次郎が「批評と現実の問題」において云ふ批評のあるべき様態、保田がそれをわがものとしたのは、紀行文を作ることを通じてだつたかもしれないといふのは、仮説を出ないとしても、一考に価することがらであつた。

「家島紀行」に島での見聞のあれこれをかき連ねながら、時代がこれから向ふ先についての心配を保田は打ち消すことができない。「小生は今日の時勢で、人に向つて何かの批評めいた悪口をいふ意志は毛頭もない。」それが保田の心根だつたにせよ、「国民の精神を総動員するといふ云ひ方の美しさも、一つ古い時代の生活にまで今の生活を低下するといふ事実以外にないのである。それが可能か不可能か我らは知らないが、その具体策の第一のものは、女の働きを一つ古い時代にまでかへすことだと思はれる」と、かう述べてゐるのが、国民精神総動員運動への手厳しい批判でなくてなんであらうか。「それが可能か不可能か我らは知らない」と云つてゐるのも、果して生活を低下させていいものかと書くと、明確な反対意見となるのを憚つて、そのやうな云ひ方にしたものであらうが、しかし「可能か不可能か我らは知らない」といふ突き放した口調は、それだけまた棘のあることばに聞える。国民精神総動員運動に対する、これほどに公然たる批判を、保田の他にたれがなし得たか。

ヂヤーナリズムの寵児として

国民精神総動員運動に不穏当なもの云ひをする保田が、要路から注意人物と目されたことは疑ひを容れない。口に出さずにゐれば、そのやうにもできたところ、保田は求めて自分を窮地に立たせた気味がある。御用文士でなく、御用思想家に非ざることを表明せずには已まない。それには保田與重郎そのひとの性格的なものもあづかつてゐたやうに思はれるが、いづれにしても権勢にかつて迎合することなく、その批判者としてあつたことが、保田をときの、ヂヤーナリズムの寵児に押し上げるのにはたらいた一つのものだつたと私は観測する。行き場のない、結ぼれた、特にさうした若者の心を解くのに、臆せずにもの申すやうなその文章が適つたといふこの事実を措いて、どうして保田が多数の読者を持ち得たかは説き明せない。中島栄次郎が批評と現実の関係について提示した問題に帰する、保田の批評を文学作品たらしめてゐるものであり、まさにそれにより、すでに昭和十五年において、保田は寵児として、字義どほり引張りだことされるまでになつてゐた。現実が翻弄するその激しさに、保田のやうには他にたれも堪へることができなかつたといふことである。それがより激しくなるのに見合つて、身辺はさらに華やかになつていく理であるが、それでしかし、保田が得意然として思ひ上つたやうなふしは一向になかつた。

保田が時代に迎へられたといふのも、その偉才を認めた新聞、雑誌の記者、編集者がゐたからこそであり、さういふ何人かに保田は知己を見出した。文学者と編集者との間柄を語るのに、むろん保田與重郎の例を持ち出すまでもない。さうして作品に加へて、人物においてもじつに魅力に溢れてゐた保田の周囲にはいつも人が集まり、来客も多かつたことからすれば、編集者を特別に扱ふ理由はあるいはないが、著述活動の上で僅少でないものを彼らに負つてゐたとき、その存在を一瞥しておく必要を私は思ふのである。

さうした編集者としてまづ思ひ泛ぶのは、古今書院の福田恆存と新潮社の斎藤十一に、それから文藝春秋社の下島連である。若い時分の福田恆存が古今書院といふ出版社に職を得てゐたことを、私はことさらに詮索したのではない。同書院で雑誌『形成』の編集にたづさはつた旨は、『昭和文学全集』第十六巻（角川書店、昭和二十八年六月）に附す福田の「年譜」に自記するところで、『形成』の創刊号（十四年十二月）を保田の「文学的といふこと」が飾つたのを、福田の慫慂によると按じて誤らなければ、『文学の立場』（前掲）の出版にも福田恆存の意向が強く反映されてゐるであらう。新潮社の斎藤十一が早くから保田を推重してゐたのは、広く知られた事実で、少し後であるが、同社の日本思想家選集の第二冊として昭和十八年十月に書下しで刊行された保田の『芭蕉』は、斎藤十一がそれを書かせた。戦後の『日本の文学史』（新潮社、昭和四十七年五月）の「序説」のなかに、保田はそのことを交へてゐる。「わが三十代の始めに芭蕉をかいたのも斎藤氏の押しつけがあつたからだつた。とてもその力もないといふ私の言訣けを、彼はききいれなかつた。」

既記したやうに、「日本主義文化同盟」による文藝春秋社糺弾運動に、保田はそれを支持し、同調するやうに動いた。自づから『文藝春秋』に寄稿することもなく過ぎてゐたのが、はじめて同誌上に保田の文を見るのは、十六年一月号の「天平の精神」で、その後も筆をとつてゐる。保田の方から故なく志節を曲げるといふことは、およそ考へ得ない。さうであれば、菊池寛の旧い感覚による会社経営の姿勢の転換の兆候が少しづつ示されるほどに、仲を取りもちつつ、保田を説伏して原稿が得られるやうにしなければならなかつたのは、保田がたんに売つ子だからといふだけではなかつたであらうが、さういふ任に当つたのを下島連とするのは私の推断である。そのやうに私に思はせるひとつは、十七年の九月の末つ方、後醍醐天皇の皇子宗良《むねなが》親王の遺跡をはるばる伊那の山中に下島の案内で保田が尋ねてゐることで、「信濃国大河原」（『現代』昭和十八年三月号）に録するそのときの旅に、ふたりの近しさが読まれるからである。

『コギト』は止めない

戦争が出版物のことに影響を及ぼしたのは、何よりも用紙の問題だつたことにおいて深刻なものがあつた。用紙の確保が思ふに任せないやうになつたため、已むなく雑誌を休刊する措置を、早いものでは京都のドイツ文学研究誌『カスタニエン』が昭和十三年にとつてゐる。『コギト』についても「表紙さへなか〳〵手に入らぬ状態」で、松下武雄の遺稿集『山上療養館』をコギト発行所から十四年九月に出版するに際しては、その点で「色々苦心してゐる」と、第八十七号（十四年八月）の「編輯後記」に保田は云つてゐたのが、十五年六月に「ぐろりあ・そさえて」から発刊の『文明評論』は、保田も「事変と文学者」を載せ、以前に佐藤春夫が北京でもつた周作人らとの会合の意義をそこで再説するその創刊号を出したきりで廃刊せざるを得なかつた。用紙の供給の都合として、そのやうに当局から勧告されたことによるもので、同年七月の「奢侈品等製造販売制限規則」の施行、いはゆる「七・七禁令」に示された贅沢品不用不急品禁令細目には「不急不用出版物の抑制」が挙げられてゐた。これにふれた「新雑誌の禁圧」（『文藝世紀』十五年九月号）といふ文を草した保田が「懇談的に廃めてもらつてゐるといふのが当局の言辞だが、さういふ云ひ方は実に我々草莽の民衆にとつては、強圧的な禁止以上にあざやかな心理をみせつけてくれる」と、そこで切り込んでゐるのは、有無をいはせない筆法で、これも怨みを買つたこと必定であるが、自身を「草莽の民衆」のなかの一人とする限り、保田は心に怖《お》ぢることもなかつた。

文学が不要不急のものであること、そのやうなものとしてあることにおいて始めて、それは文化として機能する。国策文藝とはつきり違つた、そこに『コギト』が当初より追求しつづけてきたものはあつたし、不要不急のものは非常時には入らないとする考へ方は、その非常時を支へる力を養ふ手立てを失はせ、つひには国を敗亡させるものである。『コギト』第百一号（十五年十一月）の「編輯後記」に「色々の雑誌が止めるとか止めさせられたといふことだが、この雑誌は止めないつもりでゐる」と保田がしるした謂であり、まして文学における新しいものは、既存の枠組から生成することが難いとすれば、新雑誌の発行を停止させるのは、健全な文化を育てないといふ意味で、保田はそれに抗議を申し込まなければならなかつた。

「この雑誌は止めないつもりでゐる」、このことばどほり、『コギト』はこの後も発行を続け、保田が執筆を休まなかつたのも変らなかつた。『コギト』を創めた、その初心をいつまでも忘れまいとしたことはさりながら、文学の状況に禁じ得なかつた危懼の念が「この雑誌は止めないつもりでゐる」と保田に云はせてゐる事情を丁寧に案ずる必要がある。『コギト』の担つた役割は、昭和十三年夏以降において、むしろ重く、日毎にその度を大きくしていつたと云ふこともできるのは、それだけ文学が殆ど地を掃ふに近いものとなつたと、少くとも保田與重郎にはさう看て取れたといふことである。

「文学の立場」を護る

「文学の立場」を護らうとした保田において、戦争の日に描かれるべきはどういふ文学であつたか。やがて保田が『コギト』に書く短い文の題を藉りて簡潔に云ふなら、それは「戦争の出来る文藝」でなければならなかつた。「戦争の出来る思想と、戦争の出来ない思想といふものについて、近頃しきりにその判別を切実に感じるやうになつた」に始まる一文は、同誌第百三十号（十八年五月）に所掲である。日米開戦から一年半近くたつてゐるが、保田の文学観に昭和十六年十二月八日の前と後で何かしら差異が見られたといふのではなかつたことからすれば、「戦争の出来る文藝」「戦争の出来る思想」といつても、戦争用に特別に誂へられた文藝、思想があるのでない。平時にも通用する、要するに生きていく上で糧となるもの、いのちのよりどころとなるもの、さうしたものこそ戦争にも堪へ得るのに、大勢としてそのやうな作のなされなくなりつつあつたことに保田は早くから警鐘を鳴らしてゐたといふことである。「原稿料の献納とか、世間に知られた流行作家の顔を利用する講演などによつて、文藝家が、戦争に役立つてゐると思ふと大へんな間違ひである。」やはり右の文に保田はのべてゐるが、この正論の前に、云はれてゐるやうな類のことをしてゐた文藝家たちが、自身の疚しさを省みるよりも、保田に対して私かに恨みを含むやうになつていつたとしても、それはまた致方ない。

戦争文学といはれたものが、直ちに「戦争の出来る文藝」たり得るとは限らなかつたことについては、例へば火野葦平が徐州会戦に従軍した記録を「麦と兵隊」として『改造』十三年八月号に発表したのが単行本にされると、これが一大ベストセラーになつたのに、保田はとり立てて興をそそられなかつたことを思ひ合せてもいい。「日本の読書界を席捲した戦争文学『麦と兵隊』にも、私はかなり冷静な読者であり得たことを欣んでゐる」と「昭和十三年の文学」（前掲）に書かれてゐるとほりで、同じ時期の別の作品をこれに並べて云ふと、『コギト』第七十七号（十三年十月）の巻頭を飾つてゐる真田雅男の小説「蒙古」が保田の心に深く沁み入つたのは、それが「戦争の出来る文藝」だつたからに他なるまい。

「蒙古」は、その地で軍務についてゐた作者から投稿があつたもので、保田は同号の「編輯後記」のほぼ一頁すべてを割いてこの作を激賞する。「この文学は一行も事件や戦争をのべてない。軍隊も出ぬ、兵士の姿も出ぬ。たゞ眼にふれた小さい風物への感興を誌して、その底に事変と大陸と日本の叡智が謙譲にたゝへられてゐる。それが最も日本的なのである。内地の詩人が失つた美しいものを美しく見る眼は戦場の兵士が保持した。」蒙古の空の下にかういふ兵士のあることが、戦争を遂行する意味を保田に疑はせなかつたものであり、ここに示されたやうな批評眼は、保田を戦争の現実には踏みこませずに、戦争を、云つてみれば一箇のプリズムのやうなものを通して眺めさせた。この点をとらへて、保田は戦争を美化したとでももし云ふのなら、それは誤つた見方である。美化したのでなく、美しいものを戦争から引き出したまでであり、感覚をそのやうに馴致したのは保田の裡なる詩人であつた。

保田與重郎は、ここで好戦的といふのから程遠い人物である。そのことは、保田が「戦争の出来る文藝」を説き、他のたれよりも自身がさうした作品をものしたのと齟齬するものではない。「戦争の出来る文藝」か、さうでないかといふのは、つまるところ、文学か文学に非ざるかを問うてゐるだけの話だからである。戦争のなかで生れながら「軍隊も出ぬ、兵士の姿も出ぬ」ことにおいて、真田雅男の「蒙古」は火野葦平の「麦と兵隊」と好対照をなしたが、その「麦と兵隊」を中島栄次郎がまた保田の「正月十四日から十六日まで」と対比させて語つてゐるのも、帰着するところは同じはずであつた。「『麦と兵隊』のやうな沢山のものを集中してクライマックスにおいたものの良さは通つても、沢山のものを捨ててクライマックスに達してゐる文章は通らないのか知ら。」保田の一文が、「麦と兵隊」のやうには世の注目を浴びなかつたことについて、中島は「批評と現実の問題」（前掲）にそんな所感をしるしてゐた。

戦争はいろいろな意味で保田にとつて不幸だつたと云へば、そのとほりに違ひない。しかし、それは何も保田ひとりのことでなく、たれにでも不幸だつたと一般化して語ると、保田の相貌を画きそこなふ虞れがある。なるほど戦争は不幸だつたか知れないが、たださういふ非常の時節が文学の根柢を問ふ契機となつたこと、それがまことの文学であるか否かを洗ひ出すやうな結果をもたらしたことにおいて、保田の臨んだ戦争は、一箇の試煉であり、積極的に乗り切るべきものだつたからである。ただでさへ大へんな日を、どこまでも文学者として生きることを貫かうとした保田は、かういふ云ひ方をするなら、戦争によつて成長をとげた。現実に対して、追随する安易さも、それから逃避する卑怯も保田のものでなく、向き合つた現実と格闘しつつも、それとの共生を図らうとしたことに、時代への保田の良心といはれるべきものを見る私は、その点で、戦争を保田ほど十全に生きた文学者はゐなかつたと思ふのである。

しかし、文学を需めるのに保田のやうな考へ方に立つのが、決して多数派を形成しないことをたれよりもよく弁へてゐたのは、保田與重郎自身であつた。昭和十六年一月から、保田は『四季』と、そして『文藝世紀』の同人となつてゐる。『四季』への保田の加入は、つとにその穎才に刮目してゐた堀辰雄の保田についての評価が定まつたことを物語るものでもあらうが、しばしば同列に扱はれる『コギト』と『四季』の両誌を分つのは、時務へのそれぞれ関心の濃淡と云へば、保田が『四季』の同人たちに影響を及ぼしたほどには、保田の『四季』に負つたものが多大でなかつたのも、また理由のあることとしなければならない。「戦争の出来る文藝」もしくは「戦争の出来る思想」において寥々たる文化の現況に思ひを致すとき、果して戦争にいつまで持ち堪へることができるのか。日米間で戦端が開かれる日の遠からず来ることを、日満財政経済研究会の長野敏一あたりから保田は聞かされてゐたであらう。さうして戦争の行く手を案じて気を揉むといふ前に、国民精神総動員運動あるいは「七・七禁令」の行きつく先、国家そのものの瓦解といふ大事にも立ち至りかねず、そのときは、もとより自己も敗亡する。そのやうな予感に保田がふととらはれることがあつたとしても、それは敗北主義といふのとは別箇の、むしろ保田が清明の心に生きてゐたことを証するものであつた。

3 十二月八日前後

国家の危機に

一大危機に憂慮の念を深くするなかで保田が志したひとつは、『万葉集の精神』の著述であつた。皇紀二千六百年を記念する正倉院御物の展覧がその年の十一月に東京帝室博物館で行はれたのを拝観して思ひ立ち、それから書き始めてほぼ一年の十六年の秋十月の頃に稿が整つた後の半歳を校正に従ひ、十七年六月に筑摩書房より刊行した周知の大著である。総分量が原稿紙にして一千枚に達するうち、前半五百枚ほどは、十六年一月以降に発表した作品の再録で、その余は書下されてゐるが、他の原稿を何本か月々かかへてゐたことは、従来と変らない。反つて執筆量は全体として年毎に増えてゐるのを、それだけの量の一冊を一年といふ短期間でまたなし上げた力には、まことに端倪すべからざるまでのものがある。筆を擱いた秋涼といふ時候は、それでなくとも、保田の健康に耐へ難いところとしてきた。さういふ自身の身体を気遣ひ、そして時局に鬱結した思ひを清めるべく、九月三十日に信州の松本へ発つた保田は、浅間温泉に浴し、上高地の紅葉を見て焼岳の噴煙をながめる旅をしてゐる。

『万葉集の精神』の著作を保田が発企したことには、仔細といつて他にない。集のなかでも人麻呂の「高市皇子尊、城上殯宮之時、柿本朝臣人麻呂作歌一首幷短歌」が最も壮重に、また崇麗にそれを歌つてゐるが、この雄篇の背景をなしてゐる壬申の乱が、昭和のその日と同様の危機だつたと観じたことによる。鹿持雅澄の『万葉集古義』を高等学校入学の前後から机辺に置いてゐたのと合せて、「私は少壮にして信友大人に深く心ひかれ」云々と、後述する『わが万葉集』にいはれてゐる信友の、特に『長等の山風』に啓発されることが大きかつたのは、川村二郎が「伴信友と保田與重郎」（『文学界』昭和五十七年六月号）に説いてゐるとほりとして、ただ保田のさういふ文学的あるいは史的興味だけでは、『万葉集の精神』は生れなかつた。それが『万葉集』や壬申の乱をめぐる別のかたちの論攷を作らせることはあつたとしても、今は危機の極にあるといふ念慮がなかつたなら、その内容を『万葉集の精神』のやうにあらしめることもなかつた。どこよりもそこに、一巻について問はれる最大の意味がある。

我々は今日に於て万葉集の最後の読者であるかもしれないと思はれる。明日はわれらの国の精神のたゞ偉大な日であるべきだからである。我々はこの古典を文藝学的分析の対象として考へない点で、今日の大体の国文学や万葉調派や、精神動員派とは異る古典論の態度を持してきたのである。我々はさういふ形で、国の明日に必ず生れてくるものを思ひつゝ、万葉集を分析し観賞する代りに、それが生れ出た創造の母胎をたづね、その作品を古の詩人の生々しい生命の現実にまで還元しようとする。これは今日と明日の詩を作る者の立場である。創造を思ふものは、自分のもつ人間の力を考へるまへに、神の力を信じてきたのである。

終章の「運命」の第一節に、右のやうなくだりを読む。信州松本に出掛けることも、もう予定として立てられてゐたときと思はれるから、やがて大東亜戦争が始まらうとする張りつめた空気のなかで、わが身を労りつつ保田はこれを記してゐるが、体制に対する距離のとり方にしても、それまでと何かちがつた変化が兆してゐる訳でないことは、「精神動員派」と名指しして国民精神総動員運動を素つ気なく切り捨てるやうな口ぶりにあらはである。「万葉集を分析し観賞する代りに」と、さう述べる保田の念頭には、昭和十三年十一月に岩波新書として上・下二巻本で出た斎藤茂吉の『万葉秀歌』があつたと考へていいのは、「言霊の風雅」の章には、それと明確に云はれてゐる箇所があるからであるが、『万葉秀歌』批判は、保田において取りもなほさず『アララギ』批判だつたことについては、この年の十一月に浅野晃、三浦義一、影山正治らと「短歌維新の会」を結成し、機関誌『ひむがし』を創刊したことを付言しておく。さうして同誌の創刊号と翌十二月号に続けて載せた「短歌維新の説」で保田が『アララギ』を撃つ議論を展開してゐるのは、にはかな思ひつきなどでない。『万葉集の精神』一千枚を踏まへた上でなされた、それは周到な立論である。

『万葉集の精神』は、必ずしも史論のこころみでない。論といふより、壬申の乱に対したそのかみの人心の深層に別け入つて、入り組んで襞をなしてゐるその文目ともいふべきものを文に描きとめようとした。文学の作品の、要するに造型をなすことに趣意の第一は置かれてゐたもので、前述したやうに、文学が存亡の秋にあるといふ意識が強くなりまさる一方だつたとき、他念の雑りこむ余地は保田になかつた。「けだし人麻呂自らも、あの悲痛な事件による国民思想の動揺を、よくこの一首によつて、神の霊のまに〳〵とりしづめたものであつた。」柿本人麻呂が高市皇子の事績を賦した一首にふれて「慟哭の悲歌」の章に保田は叙してゐるが、人麻呂がしたやうに保田も、と保田與重郎をここで人麻呂に重ねて云ふことを、別段突飛でもないと私は思料するのである。それは、保田を人麻呂と同等に見るといふことではない。保田の心持では、神の如くあつた人麻呂でなく、大伴家持の性行なら、凡夫がつとめてなほ倣ひ得るものだつたのはそれとして、壬申の乱によつて混迷する民心を人麻呂の詠歌が鎮めたやうに、時局下の国家の危機を、他のものではない、文学で保田は懸命に支へようとした。『万葉集の精神』について心を留めるべき、それが最も肝腎な点である。

「皇神《すめかみ》の道義《みち》」は「言霊《ことだま》の風雅《みやび》」に現れる。『万葉集の精神』を著すに保田が旨としたこの思想は、鹿持雅澄のものである。「皇神の道義」が「言霊の風雅」に現れるといふのは、これを日本の道は文学の創造の随意《まにま》に存すると釈けば、何かむづかしい理をのべてゐるのではない。さきほど一書から引いたなかに「創造を思ふものは、自分のもつ人間の力を考へるまへに、神の力を信じてきた」といはれてゐるのを考へ合せるべく、文学の創造を通して日本の道をそこに明らかに示したこと、戦中の保田が文学者の名で呼ばれるに価する資格といつてそれ以上のものはなかつた。『万葉集の精神』が一箇の創造として、これこそ「戦争の出来る文藝」であり得たのも、それが霊妙な「神の力」を感得させることにおいてである。

短歌維新の会

昭和十六年で『コギト』が発刊から満十年を数へるのを記念して、同人たちがそれまでに発表した詩を主とする作品を『コギト詩集』として編んだのを山雅房から出版するのは、六月である。十六年は『民族的優越感』(前掲)をはじめとする五冊の自著を刊行した保田に、他方でいつまでも同人雑誌に拠らしめたのが、文学の尋常のありやう、文学の原点といつたものをそこに置く考へ方であることは、繰り返すまでもない。「大体に於て文学の志望者といふものは、ある程度の同心の雰囲気がなければ生れない」と保田が書いてゐるのは、『芭蕉』(前掲)のなかである。一巻が小説の集でなくて、それが詩集であつたことに、時代のなかでいい意味で高踏的たらうとした、さういふ『コギト』の気構へが汲みとれるが、同時に『四季』と重なりながらも、『四季』とはまた異同のある『コギト』の詩風をそれによつて示したいとする意図も匿されてゐたやうに私は思ひなす。『コギト詩集』に収める保田の作品は、井原左門の筆名によつた「デイオテイマ」(第十九号、第二十号、第二十二号)、それに「傚蕪の調」(第三十八号、第四十号、第四十一号)の詩二篇と散文の「セルゲイ・エセーニンの死」(第百号)で、一文を『美の擁護』(実業之日本社、昭和十六年九月)にも録してゐるのは、百号に書いたといふ、そのことを意義づけるばかりでなく、内容に前後の保田の心緒によくふれるものがあつたのであらう。

一夜、蔵原伸二郎の随筆集『風物記』(ぐろりあ・そさえて、昭和十五年九月)を読んでゐた保田は、

「セルゲイ・エセーニンがイサドラ・ダンカンとの恋に破れて自殺したと云ふ報知を新聞で見て僕は吃驚した。」の一行に始まる「エセーニンについて」といふ文章にぶつかると、蔵原惟人の『藝術論』（中央公論社、昭和七年十二月）が戸棚の奥に収めてあつたのを引き出し、それに入つてゐる「詩人セルゲイ・エセーニンの死」はじめ、本の頁をあちこち繰りつつ思ひに耽つた。保田の「セルゲイ・エセーニンの死」は、そんな話から書き起されてゐるが、百号に達するときの『コギト』には神風連のことをしるすと予て保田は周りに告げてゐた由が文中に見えるとほり、一篇はエセーニンの死から神風連の一挙に及ぶ。

「彼らは絶対攘夷派であつた。さうして彼らは時運の下に於て、肉体を以てその志を示すことを最後の表現とした。彼らが地上に彩り、血と生命で描いたものは、だから私は藝術として見たいのである。」神風連をそのやうな眼でとらへる保田は、しかしその蹶起を、革命後の祖国に失意を味はつたロシアの一詩人の末路と同一視してゐるのではない。神風連のやうに、身命を賭した行為が「藝術」たり得る国に生を享けなかつたといふところに、エセーニンの不幸はあつたと観じられるほどに、神風連こそ「日本のいのちを歌つてゐる」と保田に云はしめるものは、自身の文章もまた「日本のいのちを歌つてゐる」といふ自負であるが、いづれにしても神風連への熱い共感を隠さうとしないとき、保田の言辞は、暗に世相を斬つて捨てるといふやうな生易しさを通り越してゐる。をりから体調が不良だつたことも手伝つてゐるふうであるが、わが筆を以てしては時運になかなか抗し得ないことへの捨鉢にも近い心情を文中のそこここに吐露してゐるのは、保田としてめづらしいほどであつた。昭和九年前後からの数年を同じく「セルゲイ・エセーニンの死」にかへりみて「そのころの私は殆どの新聞雑誌に、自身を罵倒する人民戦線派的雑文を連日に眺めてゐた。さういふ人々の昨今は私は多く知らないところだが、おそらく国策的ないし新体制的文藝の一員を志願してゐるだらう」と述べてゐるのは、さうした徒輩に皮肉を浴びせてゐるといふより、あるいはその節のなさを詰つてゐるといふよりも、「国策的ないし新体制的文藝」に流れていく文学の動向を前にして、それをどうすることもできないことから来る、半ば諦めの声のやうに私には聞える。「新体制」とは、周知のやうに、近衛文麿の主唱したもので、新党運動が大政翼賛会の結成に終つた経過を追へば、保田のもの云ひが含むところは明らかである。

それでも、十二月八日に開戦となるひと月前の昭和十六年十一月、浅野晃、三浦義一、影山正治の三者と「短歌維新の会」を結成し、歌誌『ひむがし』を創刊してゐることに、「国策的ないし新体制的文藝」に同じないで、おのが信ずる途、あくまで伝統の詩人の志をうけ継いで行かうとする意気のなほ失はれてゐないのを看てとることはできる。影山正治の『日本民族派の運動――民族派文学の系譜――』（光風社書店、昭和四十四年五月）によると、影山が発企して呼びかけたのに三人が応へたもののやうで、誌名については、保田に「いかづち」の案があつたが、創刊に向けた四者の会合が九月二十八日夜に東京世田谷の三浦邸でもたれた席で、正式にそれと決定した「ひむがし」は影山の提案であつた。「日本主義文化同盟」の機関誌『怒濤』を介して保田與重郎と影山正治の交渉が始まつたことは、既記したとほりであるが、『怒濤』が十五年六月から誌名を『文化維新』と改めた後、十六年八月に「日本主義文化同盟」を「文化維新同盟」と改称するまでの間には、三浦義一もこれに加入してゐるのは、『当観無常』の歌人として影山の方から迎へたものである。不敬糾弾が恐喝に擬せられる事件で罪を着ること一度ならず、それまでその方面で悪名を伝へられた三浦が、右の初めての歌集を興亜文化協会から刊行するのは十五年十二月で、これと時期を同じくして保田は三浦の面識を得た。『ひむがし』の創刊号と、続けて翌十二月の第二号に、前記したやうに、保田は「短歌維新の説」を掲げてゐる。「短歌維新の会」の称は始めからこれを意図して選ばれたごとく、保田はそこでアララギ批判の態度を従来にもまして鮮明にする。それは『万葉集の精神』の著者の論とすれば至当としても、例へば次のやうな云ひざまが、アララギを主流とする歌壇から強い反撥をうけたことは、眼に見えるやうである。反感を買ふやうに進んで仕掛けた様子さへあるが、しかしこれほどまでの激語を発するといふのも、文学者の大方が御用作家になるか文化行政家になるといふ「国策的ないし新体制的文藝」の不様さに、保田の心情が、それだけ鬱屈をきはめてゐたといふことである。太宰治の「清貧譚」(『新潮』昭和十六年一月号)の書きはじめに、これが『聊斎志異』の一篇を骨子とする旨をしるして「私の新体制も、ロマンチシズムの発掘以外には無いやうだ」と、さう語るとき、「新体制」に対して斜に構へたふうなのは、保田に一脈を通じるものがあるが、ただ太宰のやうに悠長たり得なかつたのは、云ふまでもなく、たんに保田が小説家でなかつたからではない。

我々は万葉集を、自派の文明開化的文藝学の擁護のために私有化する陰謀に終始し、そのために古典の生命を閉塞するところの、アララギ派を首とする歌壇、国文学界を打破して、古典の真義を回復しようとする。文化の大義回復の中心は和歌にあるとの思想から出発するものである。我々の歌道刷新の趣旨は現歌壇的結社と根柢相容れないものである。

『ひむがし』は、影山正治との結びつきを堅くした上に、三浦義一を盟友としたことで、保田の立場性に或る意味で影を差した。といふのは、保田のするさうした往き来が目立つてくるにつれて、それが保田について一部に誤解を生じさせたといふことである。『ひむがし』の発刊と前後する頃と思しいが、まだ学生の栢木喜一が保田の家に出入りするやうになつてから、そのことを知る師の折口信夫が「保田さんの才能は惜しい。右翼の人らとの付き合ひを止めて、詩か小説にあの才能を活かしてほしい。右翼の人らによつて、あたら才能を鑢《やすり》ですり減らされてゐるやうなものだ」（栢木喜一「保田先生と折口先生と」、全集「月報」第九巻）と慨したといふのによく現れてゐるやうな、さういふ誤解である。

折口信夫の云ふ「右翼の人ら」は、第一に影山正治を、そして大東塾を指してゐたであらう。さうした一党への嫌悪感が先に立つてゐる。折口の言にそのやうな気味が感じられると云へば、そこのところで折口信夫と保田與重郎は詩人としての体質を異にした。保田が影山正治に親近していつたことを考へるに、ここで私が、芳賀檀や保田に惹かれた果に夭逝した立原道造を思ひ泛べるのは、掌中の珠を「日本浪曼派」にさも奪はれたかのやうな口付きで、立原の才能を周囲が惜しんだのに、保田の

「右翼の人らとの付き合ひ」に折口信夫が気を揉んだのと、多分は似た心底が覗いてゐるからであるが、しかし立原が「日本浪曼派」に魂をはげしく揺さ振られたのは、そのひとの純潔を証するものでこそあれ、何の瑕とも、違失ともならないのは、保田における影山正治の場合も同様と云はなければならない。神風連が肉体で志を表現したのに「藝術」を認めるところからは、「右翼の人」といふ前に、影山正治は「日本のいのちを歌つてゐる」詩人であり、その歌に正気の発動を読まないのは、保田にとつて卑怯に堕することであつた。「右翼の人」を忌避しなかつたことと、文学といふものが殆ど失はれていくなかで保田の文章が眩いまでの光彩を放つた理由は、同じところに帰着する。非政治的な保田が、伝統の詩人であることを貫き徹さうとすればするほど、保田を呑みこまうとする政治の浪が日増しに逆巻くやうに荒くなつていつたのは、まことに試練であつた。

神州不滅

十二月八日の開戦の報に接し、文学者の多数は歓喜してこれを迎へ、祝盃を挙げるなどしては浮かれるやうな気分さへ漂つたなかで、保田はつとめて平静に構へた。そのやうに私には映る。それでも感慨をさすがに保田も押へかね、宣戦の大詔が下つた日の新聞に宮城前の光景をうつした写真が載つてゐるのに見入つてゐると、涙が流れ出てきて止らない。さうして「涙の一杯にたまつた眼で、拝跪する市民たちが下駄をはいたまゝに土下座してゐる姿を見たとき、又も何か知らず尊く思はれ一そうに涙がとゞまらなかつた」(「神州不滅」、『新女苑』昭和十七年二月号)といふのは、保田與重郎がどういふひとであつたか、およそ好戦的といはれるのからほど遠いその俤を偲ばせるとしても、何か格別の変化が保田の裡に起つたと気付かせるやうなものはそこに表れてゐない。文化の諸相、就中文学の危機に思ひを致せば、身の引き締る感に捕はれこそすれ、戦争の先行きは、もとより予断を許さなかつた。真珠湾攻撃に始まる緒戦に収めた成功が保田を安堵感に浸らせた訳でもなかつたことは、右に引いたのと同じ「神州不滅」の冒頭にも読まれる。

米英膺懲の神勅の必ず下ることを信じて、それを熱禱して待つことは、国民各自の真心を古の道によつて正すこと以外にないと私は信じてゐたのである。我々の心持が正しくなれば必ず神威の発動するものあるを信じたからである。さうして神命は余りにも厳峻に発動した。大詔渙発され、わが帝国艦隊は人類史上未曾有の大作戦を敢行し、人智を絶した雄渾な構想の布陣のもとに、世界戦史未聞の大戦果を忽ちにあげたのである。

「世界戦史未聞の大戦果」に、保田は酔ひ痴れてゐるのでなければ、燥《はしや》いでゐるのでもない。むしろそれを当然のこととするやうな気概は、戦争の新局面に対する保田の決意の程をうかがはせるが、それよりも「国民各自の真心を古の道によつて正すこと」、右の一節の力点はそこに置かれてゐる。今後の問題としても、それ以上に吃緊の要事はなく、このことを本とするとき、挙げる戦果が大きいかどうかは末だつたと、おそらくさう云ひ得たといふところに、保田における戦争を考へる急所がある。「古の道」とは、例へば本居宣長の説いた「皇国の道」であり、あるいは「皇神《すめかみ》の道義《みち》」と釈してみれば、それは歌詠、やまと歌の道と異ならない。すなはち短歌維新を談ずることと、さうして大東亜戦争について述べることと、保田にとつて両つが別の次元のものでなかつたといふのは、戦争を戦ふに易しいものとした訳ではない。

「神勅」と云ひ、「神威」そして「神命」といつた語を列ねてゐるのを神がかつてゐると譏つたところで、一向保田に対する批判たり得ないのも、保田の描く文学は、さうしたものが感受される世界でなければならなかつたからである。神がかつてゐると難癖をつける取り澄まして尤もらしい知性、それまで保田が闘つてきたのは、まさにさういふ対手に他ならなかつたが、これに大東亜戦争が覆ひ被さることによつて、保田の信実を見ようとする目がともすれば逸らされるに至つたのを、保田與重郎そのひとにおいてのみならず、日本の文学のために不幸だつたと私は嘆息するのである。ひたすら「それを熱禱して待つ」やうな、そのやうな戦争は、およそ近代の戦争ではあるまい。じつに勝敗を絶してゐるといふなら、そこに「神州不滅」の理がある。その点において、保田の戦争観はたれのものよりも過激であつた。

十七年四月に大日本雄弁会講談社から上梓をみた『古典論』は、大部分が開戦の以前の執筆であるにも拘らず、開戦後においても意義を少しも失はなかつたのは、本居宣長の学問がさうだつたのと同じく、それが政治的な判断、思惑に発してなつた稿でないことによる。一書が近世の国学を中心とした論述を集めてゐるなかで、例へば宣長の「馭戎慨言」に依拠して「文化上の攘夷」を訴へてゐるのも、「文明開化の論理の終焉について」の趣旨をそのまま引き継いでゐるといふ限りで、旧来の保田と何の変るところはなかつた。具体的な力を行使する、文字どほり「攘夷」そのものである戦争を戦ふには、「文化上の攘夷」に懈怠があつてはならない。その徹底を期さうとすれば、「アジアより英語を追放することは、非常に大切」（「文化人の使命」、『中央大学新聞』十七年一月三十日）と直言してゐるのは、それほど保田にとつては眥《まなじり》を決する戦ひだつたといふことである。大正年間の生田長江に「一般的に外国語を学ばしめることの愚劣さ」（『超近代派宣言』所収）の論があるのを知る私は、保田の言を徒らに嗤はないが、何にしても「文明開化の論理」を「終焉」させるのに、大東亜戦争が願つてもない好機会だつたのは確かなことであり、それを「聖戦」として保田が後押しすることに、議論の余地があらうはずもなかつた。

第六章　出征と帰還

1　大東亜戦争の下で

落合の家

「詩人の将来」の題で萩原朔太郎を語つた保田の文章が、『四季』の十七年二月号に掲載されてゐる。身体に変調を来して病臥する朔太郎を誌面を通じて慰問するための一冊に、同誌の編集に従つてゐた田中克己からの依頼で草した、朔太郎を名実ともに「世界的詩人」たらしめた民族の耀しい日の讃歌といふべき一文である。「世界的詩人」といはれてゐるのは、その「詩業のうちにある世界性」の謂であるが、文のなかに「今から五十年百年のちには、世界の知識人が、フランスのボオドレエルは萩原朔太郎ほどの作家だらうか、さういふ会話をする」云々と書いてゐるのを私は怪しむまい。国力の伸張がどうあれ、日本語といふ孤立した言語は生憎さうはさせることがなかつたにせよ、保田がどんな規模で日本の文学について想念をめぐらしてゐたかを教へる、「アジアより英語を追放すること」を説いたのと、それは同等の気宇の表現である。

だが、さうするうち、五月十一日に萩原朔太郎は長逝する。世田谷区代田の自宅で営まれた告別式に、保田は津村信夫と受付に立つが、『コギト』の初期から終始好意的に遇されたこととは別に、日本文藝がおのづから世界文藝となる、その表象と保田が仰ぎ見てゐた詩人の死は、国運を占ふ上で、あたかも不吉な徴となつたかのやうに、翌六月のミツドウエイ海戦を機に戦局に翳りが生じはじめたのは、後になつて知られた事実である。保田はそれまで野方に居住してゐたのが、家を空けるやう家主から求められたことから、この間売家を方々に探してゐたところ、やうやく落合に好適なのが見付かり、必要な手を入れて、五月二十四日に引き移つてゐる。淀橋区上落合二ノ八三四に所在したその家は、根岸にあつた旗本の寮の一部を移築したもので、多忙のまま万事ひと任せにし、買つた後にはじめてそこを見に行つた保田は、二間の床の間の付いた十二畳の座敷があつて、障子を立てた外側は南向きの畳縁になつてゐる、檜皮葺の数寄屋づくりの建物が気に入つた。その新居に、それからほど経ないうちに伊藤佐喜雄が出掛けてみると、主にふさはしい感じで、座敷の壁の雲版に影山正治の歌の短冊が架けられてゐる。それには

ますらをのかなしき命つみかさね
　つみかさね守る大和島根を

とあるのを、伊藤はいつまでも忘れなかつた。伊藤の『日本浪曼旅』（潮出版社、昭和四十六年四月）に交へる寸描であるが、戦争の日の保田の起居が覗いて見えるやうな話である。

『ひむがし』と新国学協会

一高生の橋川文三が訪ねていき、そして学習院のまだ中等科に在学中の三島由紀夫が保田に面会したと『私の遍歴時代』（講談社、昭和三十九年四月）に云つてゐるのもこの家である。橋川は所属する文藝部の講演会の講師を依頼する用で、また三島の最初の訪問は清水文雄に伴はれたもののやうである。これより以前、開戦からまだ半歳もしてゐない四月十八日には、米軍機による初空襲を、東京はじめ、各都市が被つてをり、戦争を身に直に受けて緊迫した空気が濃くなり増さる世上に、保田の著作の読者の層も拡りをみせるほどに、講演などを請はれることとともに、来訪者がまた多くなる一方であつた。落合の家から学友たちの許へ戻つた橋川文三は昂奮を静めかねるふうで、夫人の典子にも見えてきた印象を「あれは万葉の乙女だ」と、さう「夢みるようなまなざしで語った」と神島二郎が回想してゐるのは、橋川の『柳田国男――その人間と思想――』（講談社、昭和五十二年一月）に付した「解説」のなかである。その後二男の悠紀雄をあげてゐた保田のところでは、落合に引き越した明くる日、長女のまほが生れた。

萩原朔太郎のあとを逐《お》ひかけるやうに、十五日に佐藤惣之助が死したのに駭いてゐると、同月二十九日には与謝野晶子が歿した。それぞれ縁の浅からぬものがあつた保田は追悼の文を作つてゐるが、昭和十七年のそれからの動静を追へば、六月に「日本文学報国会」が発足するに際して、保田は評論随筆部会の常任幹事に就き、併せて論説委員に任じられた。「文報」とも略称されたこの会は、保有の財産をこれに譲渡して前月の五月に解散した文藝家協会の業務を受けついだ面があるが、ただ情報局の井上司朗が陰で設立に力を借したといふ経過を思ひ合せるまでもなく、これが情報局の第五部第三課の監督指導下にあつた、政府の外廓団体といふ点で、文藝家協会とは性格を異にした。いはば「国策的ないし新体制的文藝」をさらに推進するための組織として、旧来なら顧慮にも価しないはずのものに保田が入会したのは、二千余名の、まづ殆どの文学者をそこに結集させたなかに保田を取り込んだのは、それが大東亜戦争といふものだつたと云ふ以外にない。

「大東亜戦争」と呼ぶのは、周知のとほり、開戦後の十二月十二日の閣議決定の「今次の対米英戦争及今後情勢の推移に伴ひ生起することあるへき戦争は支那事変をも含め大東亜戦争と呼称す」に因る。呼び方を「大東亜戦争」から「太平洋戦争」に変へるのは、少くとも保田與重郎論においては、戦争の実相を見きはめる上で、なに程かのずれを多分は生ずる。あくまで大東亜戦争を、保田は戦つたのであり、保田にあつて、その呼び名のなかには明らかに「支那事変」が入つてゐた。

翌七月は「文化維新同盟」が解散となるのに合せて、『文化維新』も終刊してゐる。『文化維新』を刊行しながら、他方で新たに『ひむがし』を創めたことが、同盟の内部に予て燻つてゐた意見の不一致を顕在化させたことからそのやうになつたもので、これを機に、大東塾内に置かれてゐた「短歌維新の会」は「新国学協会」と改称し、同人も、創刊時の四人に藤田徳太郎、大賀知周が途中で加はつてゐたところ、七月号で倉田百三と林房雄を受け入れた後、尾崎士郎を迎へるのは、十月からである。『ひむがし』の十七年二月号より保田は「言霊私観」の連載を開始して、これは十九年四月号まで、数度の休載を挟んで二十二回に亘つてゐる。保田の仕事として取り上げられる機会に乏しかつたが、総枚数が二百枚に及ぶ、その分量からも注目されてよく、『ひむがし』にしても、戦前の保田が関係した同人雑誌でありながら、『コギト』あるいは『日本浪曼派』について相応の位置づけがなされてゐるのに較べるなら、その意義が過小に見積もられてゐる嫌ひのあるのが、もし同人の顔触れの故とすれば、私はそれを遺憾とするのである。刊行の期間がなるほど短かかつたといつても、昭和二十年まで続いた『ひむがし』の方が『日本浪曼派』より長い。

「言霊私観」で保田は何を云つてゐるか。言霊の思想を論じてゐるといふより、言霊が日本の文学や歴史にあらはれるいろいろな場合を、興の赴くまま書きしるしてゐる。さういつた文章で、保田の依つて立つのが国学である、あるいは保田の文学は国学そのものであるといふその間の消息を易しい語り口で明かしてゐれば、この稿を継ぐことで、保田は自己の想念を固めていつたやうに感じさせるところもある。「私は国学を学校で学んだ者でなく、自ら知つた者である」と、「言霊私観」の第三回のなかにさう述べられてゐるが、保田における国学は、本居宣長が契沖の『百人一首改観抄』に出会つて初めて教へられた学の精神と、その宣長の『古事記伝』を伴信友が披いて知つたものと、そして保田與重郎が宣長と信友を読んで知つたものは共通してゐるといふ安心と感動とに発し、それらと一体をなしてゐる。学問の道が、そこでは同時に信仰の道であるやうな、さうした生命を赫《かがや》かす仕法であつた。かつてペルリの来航時に「神風に息吹きやらはれしづきつつ後悔いむかもおぞの亜米利加」と詠んだ鹿持雅澄の心をそのまま生きるのが、国学の道統を嗣ぐことに他ならないとき、日本が戦争を戦つてゐるのは無条件に正義であり、その正当性を合理づけようとする議論ほど、姑息なものはない。

国学の立場と京都学派

「京都学派」を称へられた高坂正顕、西谷啓治、高山岩男、鈴木成高によつて行はれた「世界史的立場と日本」といふ周知の座談会がある。座談会そのものは十六年十一月二十六日になされたもので、『中央公論』十七年一月号に掲載された後、同題を冠して十八年三月に中央公論社から刊行された単行本は、やはり右の四名による、別の二つの座談会を併せて収めてゐる。「言霊私観」での次のやうな「京都学派」批判は、十八年九月の第十八回におけるものだから、それまで静観してゐた保田に発言を促す何等かの契機があつたとして、ともかくも「京都学派」にさへ批判者として臨まなければならなかつた保田は、まづ他のたれよりも尖鋭であつた。

巷間に「京都学派」といふやうなことばで呼ばれる考へ方は、国体皇軍の厳威成果を、独逸流の観念論でとき、現在の国体皇軍の厳たる存在と作用を、道義戦争とか世界史理念と云ふやうなもので説明してゐるのである。ところが国体皇軍はさういふものが説かれるまでもなく厳然と今日の世界に現れてゐる。しかもこれらの説き方が誤つてゐるからと云うて、その考へ方を否定しても、わが国の道の現れは否定し得ない。さらにその説が謬つてゐるからと云つて、存在の方まで否定するといふことは、夷心をもつ夷人には出来ないわけでないが、それが出来るのは、たゞ夷心の中でだけのことで、如何に否定しようと、さういふ人為人工の外に、道は厳然とあるのである。

例へば神風連の挙は、国学についての保田の見方からすれば、それの挫折と認識されるべきものであつた。神風連の表現に「藝術」を見た保田が、国学の恢復を唱へたのは、まことにさうあらねばならなかつたが、右に「人為人工の外に、道は厳然とある」といはれる、その「道」とは、神が付けたものである。学問の道と信仰の道と、先程そのやうに云つたものも、つまりは同じ「道」であり、さうして作品を作りなすといふ保田の所為もまた別事でなかつた。私はここで、『古典論』に所収の宣長の「馭戎慨言」にふれた文を一例に「これは天の声か地の声であるかもしれないが、人間のことばではない」と戦後に竹内好が「近代の超克」（『近代日本思想史講座』7、筑摩書房、昭和三十四年十一月）で説いてゐるのに思ひ及ぶ。「人間のことばではない」として、竹内好は当り前のやうにそれを切り捨ててゐるのを、その語のまま肯定的な意味合ひに読み換へるなら、竹内の指摘は、反つて保田の文学の一ばん深部を、それを真正な文学たらしめてゐる本質をよく云ひ当ててゐる。『人間のことばではない』ものを保田が描いたのは、修辞法の問題でなく、「人為人工」を去つたところでその文学が営まれたからであり、保田が創造に従つたといふ理がそこにある。戦局が苛烈をきはめていくなかで、文章によつては、保田の筆がなるほど蕪れてゐる感を否めないものがときに交じる。さういふふうに見るのを、謬つてゐるとして一概に私は斥けないが、ただそのやうな評価の仕方は、少くとも保田の文学に関しては、「人為人工」の域をなほ出ないと、他方でさうも考へるのである。

同じく戦争下に催された座談会で「世界史的立場と日本」と並べて云はれるのは『文学界』の十七年九月号、十月号に掲げられた「近代の超克」である。「知的協力会議」と銘打つたこの座談会は、『文学界』の同人を中心に、一部「京都学派」も加つて、同年七月の二十三日と二十四日の両日、近藤重蔵の下屋敷の建物を使つて懐石料理を供した目黒茶寮を会場にして行はれ、これも一書とされたのが翌十八年七月に創元社から出版されてゐるが、保田はこれに出席を約しながら取止めてゐる。座談会の発起人の河上徹太郎の「『近代の超克』結語」に「保田與重郎君だけが会議の頃急に都合が悪くなつて不参加になつた」の記があるとほりで、はじめ出席を請はれたのに対しては、おそらく無下に断ることもならなかつた。だが、救国の途を国学に探らうとする保田に、座談会が、どんなものにせよ成果を期待できるとは思へなかつたであらう。まして「京都学派」に苦々しい気持を禁じ得なかつたとするなら、それに同席するのを潔しとしなかつたのはしかるべく、『文学界』の同人たちとのことにしても、十二月八日以降は、その間の溝を、以前よりも深めていつたやうに私には映る。「京都学派」のそれと同様、座談会「近代の超克」も、大東亜戦争に自身をどう取繕ふか、知識人としてのさういふ対応が、批判をまぬかれないとすれば、保田の不参加には、その見識を賞するに足るものがあると云へる。『文学界』の同人たちがさうだつたやうには、保田は知識人ではなかつたといふことである。

座談会「近代の超克」が「京都学派」からの参加も得て開かれたといふことでは、保田の「京都学派」批判は、これを座談会「近代の超克」への批判と受けとることもできる。「今日の巷間に多いやうな、たとへば西田哲学によつて大詔渙発以来の事実を説明しようとする者らを、私は曲学阿世の徒だとはつきり考へてゐる。つまり戦争の雰囲気の中で生死を一日一日送つてゐる我々としては、たゞ大詔のまに〳〵奉行し、その誠心の到らなさを痛恨すればよいのであつて、自分らの過去の智識教養で今日の今を決定する代りに、今ある生命の現在に対する絶大な自信と確信から明日へと出発できるやうな生き方の力を土台とせねばならぬ」と「鬼ケ島見物記」（『国民評論』昭和十八年一月号）にあるのは、「言霊私観」におけるのと違ひ、それとはつきり名指ししてはゐないものの、明らかに「京都学派」の非を、それも曖昧さを排した強い調子で論詰してゐるが、「自分らの過去の智識教養で今日の今を決定する」といふ在り方においては、『文学界』の同人たちも「京都学派」と大差はないと見られたことも、座談会への参加を保田に思ひ止まらせたと思はれ、事実また座談会「近代の超克」は、「自分らの過去の智識教養で今日の今を決定する」ふうの議論に終始した。

非常時における旅

保田與重郎が、他の何といふのでなく、一人の詩人としてあつたのは、右の「京都学派」批判に関はらせて云ふなら、「今ある生命の現在に対する絶大な自信と確信」に包まれてゐたことにおいてである。十七年の八月、会津の勝常寺に赴いてから、庄内地方の田の稔りの眺めをたのしんだ保田は、翌九月は、既述したやうに伊那の大河原へ下島連と行を共にすると、十月には皇大神宮に詣で、帰郷して鳥見霊畤を拝し、次いで松阪の鈴屋を、このときは母親と妹を伴つて訪れた後、四国に白峯陵と鹿持雅澄の墓所を巡る旅にひと月近くを送つてゐる。そんなふうに旅に暮すのは、平時のこととしてさへなべてならぬ感のされるのが、まして戦争下の、いつどこで米軍機の襲撃に遭ふかもしれない明け暮れである。旅行制限はまだ布かれてゐなくとも、用向きのない不急の遠出は差し控へて慎しく家に起居するといふのが、その日の一般市民が身につけるべく求められた分別であつた。

しかし、「福井の里」(『コギト』第百二十七号、十八年二月)と題する紀行がのこされてゐる十月の長旅にしても、「志すことがあつて」と記されてゐるぐらゐで、特に用務を帯びたものではなかつた。その点では、前月に東北へ行したのも同様だからといつて、それを物見遊山のやうにとるのは、もとより正鵠を射てゐない。「信濃国大河原」(前掲)の旅など、今でも必ずしも交通の便がいいとはいへない偏境の、しかも山間の嶮路を危険を冒して辿るのは、普通の旅の常識から外れてゐる。敢へてしてまでなぜ、さうした困難な旅の日のなかにわが身を置いたのか。それだけ非常時と保田が観じるのに切なるものがあつたと考へなくては、それこそ非国民の所業でなければ、ただの酔興と哂はれるだけである。保田が詩人であること、その生きざまを証するものとして、文を草するのと均しいほどの重さを保田の旅は荷つてゐた。「近頃の私は、むかしの人の墓側に立つて、塚も動けと感動しうるほどの心持を、不敏ながらも味へるやうになつてゐる」と、そんな所懐を「福井ノ里」に洩す保田にとつて、「世界史的立場と日本」そして「近代の超克」といつた座談会は、それで「戦争の出来る」訳でもないのが、最もまた憂ふべき点であつた。「塚も動け」は、註するまでもなく、『奥の細道』に金沢の小杉一笑を追悼した「塚も動け我泣くこゑは秋の風」の芭蕉の句を云つてゐる。

保田はここで、芭蕉を祭つてゐる。それが文化といふものと云へるなら、それと逆行して、民間の祭りをさせない代りに、健全な娯楽を与へるといふ文化行政の進め方が示されたのに保田が忿然と抗議したのは、十分な理由がある。「福井ノ里」を巻首に載せる同じ『コギト』第百二十七号の「編輯後記」に保田は書きつける。「すでに我々は憤りを思つてゐる。民族の祭りに関する行事を一切禁圧する方へと、近ごろ一般の文化は向つてゐることを我々はよく認めた。さういふ不敬のことをする一方で、人を喜ばせる娯楽を与へようとすることは、あくまで不敬の考へ方である。我々文学者は、日本の歌のみちに立脚するから、不敬の者とは共同できないのである。」

かういふ言辞が、文化統制を任とする情報局なり、陸軍報道部なり、予て当局が保田に含んでゐた警戒感を、それはもう越えて、保田を不逞の輩、危険人物視させるやうになつたことは間違ひない。引用が両度になるが、「文士が剣をさげて、将校の待遇で戦地の見物にゆく如きは、わが性分にあはない」として、保田が「軍部の文士従軍のすゝめをことわつたことがあつた」（前出『保田與重郎選集』第五巻「後記」）といはれてゐる件も、軍部に睨まれる一因をなしたにせよ、当局を「不敬」呼ばはりして憚らないのに比べれば、なに程でもなかつたかも知れない。「不敬の者とは共同できない」とは、どんなにしても黙過しがたい、それは不埒きはまることばであつた。

前月の一月発行の『コギト』第百二十六号に保田が寄せた文に、「西東むつみかはして」の十五年年初の御製を冒頭に引く、一千字ほどの「年頭謹記」がある。『文明一新論』（第一公論社、十八年十二月）の「序」に再録されてゐるものであるが、棟方志功がこれを「年頭謹記神祭《かんまつり》板画巻屏風」に作つて、同年四月の国画会展に出品したところ、不敬の理由で主催者側が会場から撤去する事態となつたといふことに、私も釈然としない感を覚えてきた。『棟方志功全集』第十二巻（講談社、昭和五十四年十一月）に記載の年譜のその項に、参考として同月二十八日附古藤正雄宛の棟方の書簡に「天長様の事がかかれているというので不出品になりました。残念です。」とあるといふのを抄してゐるが、だが「天長様の事がかかれている」からといふのなら、保田の「年頭謹記」がすでに「不敬」でなければならない。そのやうに案ずれば、後に「神祭板画巻」と改題されたその作品が撤去された事情は、如何にも不透明である。私の臆見を云へば、「不敬」を棟方志功が冒したといふのでなく、さうして一般的に天皇のことを書くと「不敬」となるのでもなく、要するに、その筋において保田が危険な人物と目された、その累が棟方志功に及んだまでの出来事ではなかつたか。

2　応召まで

玉砕の精神

戦況の大概を、おそらく保田は把握してゐた。参謀本部に友人がゐたし、大東塾に近しい軍の関係者も少くなかつたから、さういふところを通じて、大本営発表とは異つた情報を保田は入手することができたであらう。さうしてそれによつて、戦争が、わが日本に少くとも利あらしめる方向には進んでゐなかつたことを承知してゐたはずである。さうであれば、言動に反つて自由を失ひ、敗戦思想を招き入れる隙をつくる。意気も阻喪しがちになるのを、それをよく押し止めては、自身をあくまで気丈に保つた保田は、一国民として分を尽したと云はれてよく、その点ではたれに恥ぢることもなかつた。

十八年の四月十八日に連合艦隊の山本五十六司令長官の搭乗する飛行機がソロモン海域で撃墜され、提督の死を哀しんでゐるうちに五月になると、アリユーシヤン列島のアツツ島の守備隊が玉砕したのが十二日で、悲報に、はじめ保田はこれを語ることばを容易に見出し得ない。「玉砕の如きが、御国ぶりであつて、わが将士はみなこれを期して、不動である。これは世界いづこにも見ぬところである。」しばらく後になつて「国学と大東亜精神」(『満洲公論』昭和十九年七月号)にさう説いてゐるのは、玉砕を一般的に云つてゐるが、念頭にはアツツ島のことばかりがあつたやうに私には思はれる。それほどに劇烈なものを保田の裡に印したアツツ島の玉砕は、それのみに即して云ふなら、歴然たる敗北である。その事実に眼を塞がうとしたといふのではなかつたが、「神州不滅」を信念した保田の見つめたものが、世のつねの勝敗を絶したその先にあるものだつたことは、「玉砕の精神」の次のやうなくだりに窺へる。『逓信協会雑誌』の十八年十月号の特輯「嗚呼アツツ島逓信戦士」のなかの一篇である。

アツツのことに対する国民的印象は、一言にして申せぬものがあつた。それについて一喜一憂したのは、戦況発表過程の現象であつて、玉砕の後の印象は、これを一言には申せぬ。それは通常の敗れたといふ印象ではない。単なる敵愾心ではない。つまり悲劇としての印象でなく、崇高としての印象である。この印象を創造力の面から考へるなら、こゝで玉砕といふもののもつ創造性と積極性が、神のものとして了知せられるであらう。戦の勝敗としてうける印象でない。はるかに異常な霊的な印象であつた。これは敵国の有能な思想家にも判定しがたい我国民性をあらはしたのである。その国民性こそ、聖戦を直進する根柢力である。

アッツ島の玉砕から「創造力」を引き出し、それを「神のもの」として解くといふのは、事を、つまり文学の問題とすることである。保田はここで、ことさら「聖戦」を煽り立ててなどゐるのではない。五年の以前に「戦争は誰が考へて行つたか私は知らない。たゞ征戦である」（「蒙疆」）といつて、そこに「浪曼的な日本」を謳ひ上げたときと、戦争に臨む姿勢において変りなく、よし他のものは犠牲にしても、文学者として生きることを全うし得れば好しとしたのは、眼を文壇の外に転じるなら、カンヴアスからじつに神気さへ立ち上つてゐるやうな「アッツ島玉砕」の一作をなした画壇における藤田嗣治の例に私は思ひ当るぐらゐである。

保田の周辺では、早く柳井道弘が、学校の卒業を半年くり上げる措置のとられるやうになるまま、十七年十月に知念栄喜らとともに出征した後、十八年の七月、臨時召集を前月にうけた山川弘至が入隊したその次の日に、増田晃が陸軍主計少尉としてあつた中国の任地先で戦死をとげてゐる。息に代つて母堂が発行人となつた『狼煙』第十三号（十八年十一月）に寄せた「増田晃君を憶ふ」のなかで、その死に驚き悲しみつつも、「彼は、そのいのちは、必ず死なないのである。まことに、こゝに於て、戦なるかな、詩人なるかなと人間の情を越えた、はかり難い詩の感に、己自ら思うてうたれる」と保田が書きつけてゐるのは、増田が遺していつた詩集『白鳥』のことを云つてゐるが、作品が「神のもの」につながつてゐるとき、その詩篇はまた「神州不滅」の徴でなければならず、戦争と、そして文学は、保田においてつひに一如となる。

保田が「人間の情を越えた」ところに、それが「創造」たる意味を追求したのは、これまで述べてきたやうに、一体その初めからさうであつたのが、戦争はさうした文学観と併せて保田をより透徹した心境に置いた。激化する戦争に怯れず、たぢろがず、高みを決めこむことなく現実と相対し、それを引き受けることで、むしろ自身の死生観を掘り下げるやうな直向きな生き方を、同時代の知識人のたれがしたか。そのやうな誠実さは、殆どただ保田與重郎ひとりが持つたやうに私の眼には映ることがある。「近頃の私は、むかしの人の墓側に立つて、塚も動けと感動しうるほどの心持を、不敏ながらも味へるやうになつてゐる」（前出「福井ノ里」）と、一箇の自信が保田にさういふことばを口にさせたのも、恰度『芭蕉』を執筆中のときと思ひ合せると、さこその感がされるのである。十八年の十月に新潮社から刊行になる一巻については、前章に云ふことがあつたが、戦争にふれる一行をもそこに見ない。だが、右の語にしても、また『芭蕉』に、例へば「我々が芭蕉をよんでうける深い感銘は、彼が旧来の面目を一新した俳諧の中に、何百年の詩人のなげきとあはれの、代々の心もちの累積のあとをみることである」（「祭と文藝」）としるしてゐるのも、いのちときびしく向き合ふやうにして戦争の日を生きてこそなし得る観照である。

戦時下の著述

その後の保田の著述には、伴林光平が獄中で書した天忠組の一挙の記録に評註を施し、関連する諸篇を付した『南山踏雲録』（小学館、十八年十一月）があり、これに続いて「天杖記」を『公論』昭和十九年一月号より三回に亘つて掲げる間には、式祝詞の出版のための稿を整へてゐたのを『校註祝詞』として私家版で行ふのは十九年の四月で、奥付に四月二十九日の発行としてゐるのは、天長節のその日に合せたのであらう。

「天杖記」は、それを記念して昭和の初めに聖蹟記念館が建てられた、東京の多摩の蓮光寺一帯で行はれた明治天皇の大御遊のめでたく大様な状を叙述したもので、保田の戦中の活動の掉尾を飾る一大文章と、私はこれを推重するに憚らない。「天杖記と題して申述べようと思ふこの物語に於ても、今日の道徳の教訓だけを感じる人間心《ヒトゴヽロ》では、この神ながらのたふとくめでたい生命の現れにふれて、己れの生命を振起するといふことが、出来難いかと思ふのである。」書きはじめのなかで保田は説いてゐるが、「神ながらのたふとくめでたい生命」を描き出すことに文学の任があるとするとき、その点で保田の理想とした文章は、祝詞の、例へば「六月晦大祓《みなづきつごもりのひのおほはらへ》」であつた。近代の文学が「人間心」をつひに去ることがない限りで、保田の文学が正当な理解を得ることは望めなかつたといふべきであり、「神ながら」の世界を語ることにしても、「撃ちてし止まむ」の霊妙な句が標語としてアジテーシヨンの具と化したのと、おそらくは等しなみに見られた面がある。時代は一詩人に禍ひした。ことさら私は保田與重郎を弁護してさうのべるのではないが、『芭蕉』がそのやうであつたのと同じく、未曾有の戦争の日のゆゑに生みなされた「天杖記」は、たんに保田の文学における一達成であるのみならず、その日の日本文学が挙げた成果の尤たるものであつた。

『校註祝詞』は、すでに前年に学徒兵の出陣を送るといふなかで、さういふ若い友に贐する趣旨で自ら版に起したものであるが、内容において、戦争を遂行してゐる当時の権力組織への根本的な批判を包蔵してゐた。祝詞の伝へる神の道、それは「今日の競争場裡の一思想ではない」（「凡例（刊行趣旨）」）と云つてゐるのは、いはば「競争場裡」としてある戦争の現実には加担しないと告げてゐるといふ意味で、反軍部的な言辞である。あるいは「大体に於て今でも日本人は、近代文化の根柢となつた贅沢を知らない」（「祝詞式概説」傍点保田）と述べてゐるのは、戦中の標語のなかでも話題性に富んだ「ぜいたくは敵だ」について、その不見識であることを云つて、国の文化行政そのものを正さうとする立場を改めて明確にしてゐる。同じ文中に「天恵生産を中心とするのが、わが国の思想の根本である。これは人為貯蔵を中心とする経済と相反する」といふが、しかし近代の戦争は「人為貯蔵を中心とする経済」の仕組みの争奪の他のものではあるまい。大東亜戦争を大本において支持しながら、それの持つ近代戦の側面を保田にどうしても容認させなかつたのは、要するに保田における文学だつたといつても、それで保田が軍部への反対者たることを免れる訳ではなかつた。

『校註祝詞』は、『現代畸人伝』（新潮社、昭和三十九年十月）に「番外」として付す「天道好還の理」によると、内務省に納本して事前に軍部の検閲をうける習ひに従はず、第一冊を皐大神宮に奉納し、他に二十五冊を全国の由縁ある神社に送呈した。受納の旨を申し越してきたのに対し、保田が六月二十日付で、建部神社の森口奈良吉に宛てた書状があるのは、西村公晴が所蔵し、『不二』保田與重郎大人追悼号（昭和五十七年二月）に紹介の後、私に譲られたが、それに「拙著は、聖戦貫徹祈念の為ノ上梓にてそれ〴〵各地の官社その他に奉納願候、その後大詔祈念日ごとに、平素祈願仕り居る神社に奉納仕り度」とあるのに、私は保田の衷心を読む。通常の納本の手続をとらなかつたことが官憲にどう見られるかは、冗語を加へるまでもない。

『校註祝詞』の刊行がなつた十九年の同じ四月、保田が中河与一の『文藝世紀』を脱会してゐるのは、その五月号の「会内消息」欄に「保田與重郎　同人を辞した。」とあるとほりである。影山正治の『日本民族派の運動』（前掲）にも「中河与一事件」としてふれるもので、『ひむがし』が中河の言動を両度に亘つて誌上で詰問したことに端を発した反目が昂じて、同誌編集部の野村辰夫が中河に対する傷害罪で懲役刑に処せられるといふ事態にまでなつたのを見過せなかつた、それが保田になし得た態度表明であつたが、中河の遣り口には、おそらく前かたより快からぬものを保田も感じとつてゐたところへ、事件は、関係を絶つ決断を保田に迫つたふうである。中河与一は何をし、さうして保田與重郎は何をしたか。自らは右の件を一言も語つてゐないが、戦争下の保田がとつた一行動として記憶されていい。

召集令状

印刷の用紙の供給は、さらにまた規制が強化されるに至つた。同人雑誌がすべて『文藝世紀』もしくは『文藝日本』のどちらかと合併するやう情報局の指導が行はれたのも、紙量の統制からであるが、『コギト』はこれに従ふことなく、それまで紙の配給を受けてゐた日本出版会を離脱した上で、第百四十二号（十九年五月）からは、四折、八頁のリーフレットの体裁で甲申五月版と命称して、続刊を図つた。「本誌をこの形でなほ出し続けようとした理由はいろ〳〵あるが、大体に、文学といふことを本気で考へたからである。」保田は甲申五月版の「あとがき」に記してゐるが、『文藝世紀』か『文藝日本』の二誌との統合を択ばなかつた同人雑誌は、『文学界』が同年四月号を以て廃刊したやうに、どれも発行の停止を余儀なくされたのを、それをも拒んで刊行の維持につとめたのは、『コギト』の光栄とする。しかも勢ひこむといふやうでもなく、むしろ淡々と事に当つてゐることに、文学に対する保田の絶大の自信を私は見る思ひである。甲申五月版の後も、同様にして月刊をつづけた同誌は甲申九月版までを出して、通巻第百四十六号で自然終刊してゐる。どうしてそれで熄んだのか、正確な事情は知られない。しかし、特に甲申五月版以降について云ふのであるが、『コギト』が最後まで文学の旗を巻かなかつたのは、当局からすれば、それのみで怪しからぬ、不埒な仕業でなければならない。

すでに保田は、身辺に不穏な影の付きまとふのを感じてゐた。七月二十一日、東京を遁れて彦根に到り、多賀大社の勅使斎館に参籠二日の後、建部神社に参拝してから帰郷してゐるのは、「天道好還の理」（前掲）に「そのころ少しばかり旅行をした方がよいといふ人の注意から、考へた末に、地方のある大社の斎館に起居したことがあつた」といはれてゐるもので、注意をした人物がたれかは判明しないが、注意をうけたのを、あまり日を置かずに実行に移してゐることを思ふと、保田においても何かそれと心づくものがあつたはずである。身をあづけるのに多賀大社のそこを択んだのは、一般の斎館でない、勅使斎館であれば官憲も手を下しにくい、そのやうな考慮も加はつてゐたやうで、それは保田が状況をどんなふうに把握してゐたかを示唆する一材料となる。多賀大社と、そして森口奈良吉が奉仕してゐた建部神社と、そこで頭を垂れて専心ただ祈るよりなかつたといふのは、保田が無力だつたといふ意味ではない。むしろ神に祈ることこそ、いよいよ苛烈をきはめる時局を生き抜く上での大きな安心を得させる途に通じてゐる。保田の「文学の立場」もそこに帰するといふことは、やがて発表される「鳥見《とみ》のひかり」三部作についてまた云へる。

第一部を「鳥見のひかり（祭政一致論序章）」として『公論』の十九年九月号に掲げられたそれは、既記「祝詞式概説」のなかの語で云ふなら、日本が「人為貯蔵」でなく、あくまでも「天恵生産」を根本とする国であるべき旨を説いてゐる。その点で見れば、「祝詞式概説」の延長線上に位置づけられるが、同時に思索を深めてそれを発展させてゐるのは、祈年祭《としごひのまつり》と大嘗祭を重視する立場から、それらを貫くやうにしてある「神の道」の本来が生活即祭りであるのに対して、その日の神道が祓ひに偏つてゐることに、その観念化の弊を述べてゐることにおいてである。さうした批判を国家神道の存立そのものにも及ぼす保田は、ここでも体制の反対者として立ち現れてをり、当局が疑懼の眼を光らせる種をまたひとつ提供したと云つていい。第一部の稿は、七月二十一日より前になつてゐたと思はれるが、彦根に慌しく発つ仕儀となることを、内容において予感させるものがある。

保田は郷里の家にある間、七月三十日には明治天皇の桃山陵へ、をりから桜井に疎開してゐた長子を随へて参るうちに八月になると、八日に南方靖一郎と丹生川上中社を拝しなどして、やうやく十二日に出京した。それまでは無事に過ぎたのが、東京に戻ると、落合の家をいつか私服憲兵が常時監視するやうになつたのは、ひとの出入りを含めた動静を情報として得る必要があつたほど、保田が忌避されてゐたこと、身の安全の保しがたいことを保田に直截に知らしめるものであつた。『公論』十九年十一月号に載る「鳥見のひかり」第二部の「事依佐志論《ことよさし》」は、そのやうななかで書かれながらも、威圧に保田が屈しなかつたのは、軍部の非を衝く論調を反つて硬くしてゐるとほりであるが、溜つた疲労に戦局への憂慮が重なつた保田は、十一月に入つて身体の変調を覚え、それでもこの秋に南方靖一郎の靖文社から刊行を予定してゐた『天杖記』の校正などをことしつつ送つてゐると、翌十二月の中頃より風邪気味のところに高熱が襲つて病褥につく。肺浸潤と診断された症状に、治療法といつて格別のものはないまま年を越え、一度は危篤に陥る重態から辛く脱した後、正月の十日過ぎよりやや快方に向ふが、月末から二月にかけて病牀をなほ離れることができなかつた。

『天杖記』のことが遷延してゐたのが気懸りだつた保田は、病間に再び校正の筆を執り、「あとがき」の追記を了へたのは二月二十日である。次いで「鳥見のひかり」の第三部「神助ノ説」を書き進めてゐたのを脱稿する前後から、やうやく歩行できるくらゐにまで恢復しつつあつたとは云へ、まだ床を上げるには至らない病後の保田の許へ、本籍地の桜井町の町長名による召集の電報が届いたのは、三月十六日の午後十一時頃のこととする。電文は十八日に大阪兵営への入隊を指示してをり、これに従ふなら、前日中に桜井の家に着いてゐるやう、十七日の午前も早い時間に東京駅を出る列車で西下しなければならない。家族を伴つて行く切符の手配をし、郷里へは当然連絡をする他、諸準備に忙しないなかを、保田は「鳥見のひかり」の第三部「神助ノ説」が『公論』四月号に掲載をみたのを抜き、末尾に「附記」を添へてある、その後にさらに二百余字を急ぎ書き加へる。「去十九年秋以来思ふところあつて殆ど筆をとらず、そのうち病中極度の困憊の中にゐて、専ら『天杖記』の校正推敲に当る。本稿はその間迅速の作である。しかるに本稿下版後、忽ち召集の令来り、六時間の猶予の間に、大阪部隊に入隊せざるを得ざる状態にあり、今にしてわが半生の事業を回顧する暇もなく、僅かにさきの『天杖記』と共に、この『鳥見のひかり』三篇、冊子にかゝげし後、加朱校訂せるものを、なきあとのことも思ひて、家人に托しおくのである。」

3　従軍の秋《とき》

大阪兵営入隊

保田の召集が禁獄に代る懲罰として行はれたのは、病中にあつた、それも第二国民兵役の丙種が対象とされたことを併せ考へれば、まづ間違ひない。亀井勝一郎のやうに、丙種でありながら徴集を免れた例は、他にも知られてゐる一方で、炫火短歌会から『コギト』を通じて一緒の、やはり丙種だつた田中克己は、保田と時期を同じくして召集されてゐる。田中の召集は、そのやうに見ようとするなら、保田のそれが特別の措置であることを敝ひ隠すやうに、いはば釣合ひをとるためになされたふしなしともしないが、田中の「老兵の記録」（『祖国』昭和二十五年一月号）によると、大阪兵営への入隊が保田と同日の三月十八日であるのに、田中が電報の令状に接したのは十二日であつた。その点だけでも、保田の召集が意図的にされたことを十分に疑はせるのが、夜も晩い十一時になつて令状がもたされたといふのは、その疑念をさらに消し難くする。私はこれを、戦前から朝日新聞社の記者で、退職後は同社の客員として待遇されてゐた大塚光幸から聞いたのであるが、召集令状が配達される時間は午前八時から午後八時までを通常とし、時計の針が午後八時を回ると、あるいはそれが来るかと待ちうけてゐた家内の緊張も緩んだといふのと、保田の場合を引き合せるまでもない。

大体三月十六日のその時間に東京で令状を受けて、十八日に大阪で入隊するといふ日程そのものからして、当時の交通事情を思ひ量れば不都合である。その夜も落合の家の監視に当つてゐたいつもの私服憲兵が、これについて「交通事情から遅刻の手続をする」（前出『保田與重郎選集』第五巻「後記」）と、その場で保田にさう告げたといふのは、善意に出たものといふより、適正な判断と見てよく、さうして遅刻すれば出征しないですんだ旨が同じ「後記」に述べられてゐることから推せば、遅刻することになるのを見越した上で行はれた保田の徴集は、実際には出征することのないやうに、じつに巧みに仕組まれてゐた。ことさら事実を曲げて私は伝へるのではない。込み入つた話をそのやうに解きほぐして辻褄がやうやく合ふと云へば、それだけ保田の召集は不自然に運ばれたといふことであり、その背景に見え隠れするのは、保田の同調者も少からず交じる軍部内の複雑な様相である。

すでに憲兵は保田の遅刻の手続をしたと覚しい。だが、保田は、遅刻すれば出征しないですむと知らされながら、それを自身に拒み、入隊についてなされてゐた指示に副ふやうに行動することを心に期したのは、「鳥見のひかり」の「附記」に見た加筆のとほりである。「六時間の猶予」しかない。しかも病後はじめての外出である。不安な一夜が明けた十七日、一家は東京駅に向ひ、私の推定では、そこから午前八時三十分発の鹿児島行急行に乗車したが、これが運行に遅延を生じたことから、大阪駅に到着したときには、もう桜井まで帰る列車はなかつた。旅館といつて、大阪駅附近はまださほど戦禍を被つてゐなかつたやうであるが、長子の他に三人あつた幼児を連れた一行に恰好なところも俄かには見付からなかつたのであらう。保田は妹の満寿が嫁してゐる八尾の林家を使つて行つて、夜中にも拘らず、そこで親切に遇されたといふのは、典子夫人の「そのころ 十五」（全集「月報」第三十四巻）における回想である。翌朝は早く桜井から出向いてきた両親、長子らを林家に迎へると、やがて出立する保田は、見送りのたれかれと八尾の駅頭で挨拶を交し、そのまま一人で大阪兵営に赴いた。保田の文学が何であつたかを問ふといふ前に、保田與重郎とはどういふ人物であつたかをそのひと自身に語らせるに、この出征ほどに劇的なものもなく、大東亜戦争を保田が文字どほり戦つたことを、他のなによりも、具体そのものとして表す一事である。

入院と敗戦

保田の入隊は、田中克己だけでなく、三弟の恒三郎とも時を同じくした。弟もおなじ部隊に配属となつたと思はれるが、保田が入隊したのは中部第二十二部隊、予て日本で一ばん弱いと名を取つた旧の歩兵第八聯隊である。田中克己の「老兵の記録」（前掲）によると、中部第二十三部隊に入隊した田中は、もとより保田の応召を知らずに宿舎に充てられた師範学校に過してゐたのが、三月二十一日の朝になつて、食器を洗ひにいつたところで保田を認めて呆然とする。「結核にて絶対安静」と聞いてゐた友である。話すこともできないで別れると、やがて出発となり、大阪駅から軍用列車に乗車した両部隊は、二十二日夜に福岡で下車した翌朝関釜連絡船の慶応丸に乗船し、釜山に上陸したのは同日の夕方であつた。これが「大陸へ渡つた最後の日本軍隊であつた」（「石門の軍病院にて」『新潮』昭和二十九年九月号）と後に保田がしるしてゐるのは、そのやうに思ひ込ませるものがあつたのであらう。青竹を切つた水筒や、兵器としてただ一つ渡された剣の鞘が木であることに田中克己が一驚したやうに、軍の装備が悪くなつてゐたのも与つてゐるとしても、保田の記述は正確でない。保田たちより遅れてそこを行つた軍隊として私の知るのは、伊馬鵜平の久留米第四十九部隊戦車隊で、召集令をうけて二十年三月二十四日に同隊に入隊した伊馬が、それから朝鮮海峡を

昭和20年，北支にて

渡つて釜山に着いたのは三月末日だつたと、『青い花』から『日本浪曼派』に加はつた伊馬は、戦後に春部と改めた名による「『鳥船』その軌跡」（『短歌』昭和四十八年十一月臨時増刊号）に書いてゐる。

行先をむろん知らされないで、保田と田中らの部隊は釜山を離れる。京城から平壌、そして奉天へ、七年の以前となる蒙疆への旅で辿つたのと同じ経路を、今度は病み上りの一兵卒として、客車でなく貨車に、それも軍馬輸送用の不潔きはまりないのに乗せられていく保田の胸臆はどんなであつたか。奉天から南下した列車は、天津を通つて豊台

に着くと、長い時間そこで待合せをしたが、その停車中に保田は会ひたい旨を田中克己に云ひ遣つて、恒三郎と同車する貨車まで来てもらつたものの、話は勢まなかつた。田中はこのときはじめて兄弟が同時に応召したことを知つたが、保田の隣りで向うむきになつて寝返りもできないでゐる弟に比べれば、まだしも保田の方が元気に見受けられた。

だが、まだ平癒してゐた訳ではない保田は、長途の移動に疲労困憊してゐた。やうやく豊台を出発した汽車は京漢線を下つて進み、そこから石太線が分れる石門市に到つて全員が下車するが、市外の宿舎まで歩いていくのにも定めて難儀したと思はれるのは、着いたその日、保田は同所の軍病院に入院するやう軍医より指示されるからである。石門は旧名を石家荘といつた新興の町で、日本軍の建設にかかる広大なその病院に半歳ほどを送る間、これは新潮社の編集者の片岡久が後年の保田の直話として「おもかげびと」(『イロニア』第十一号)に録してゐる挿話であるが、後年に『気まぐれ美術館』をはじめとする美術評論で名を売つた洲之内徹が滋養品を差入れに来ることがあつたといふのは、入院しておそらく程なく、洲之内は太原市の軍司令部で情報室の調査班長の任に就いてゐた時分である。洲之内徹が保田と面識があつたかどうかを私は審らかにしない。洲之内は昭和十三年に北支那方面軍宣撫班要員となつて、以来その地にあつたから、それより前に国内で保田に会ふ機会があつたと考へられなくはないが、しかしたとへその点がはつきりしたとしても、それで滋養の品を石門の軍病院まで届けにいくといふ行動の説明がつくといふものでない。間違ひのないのは、出征した保田與重郎がそこに入院したことを容易に知り得るぐらゐ、情報の担当者として洲之内は優秀だつたこと、そして

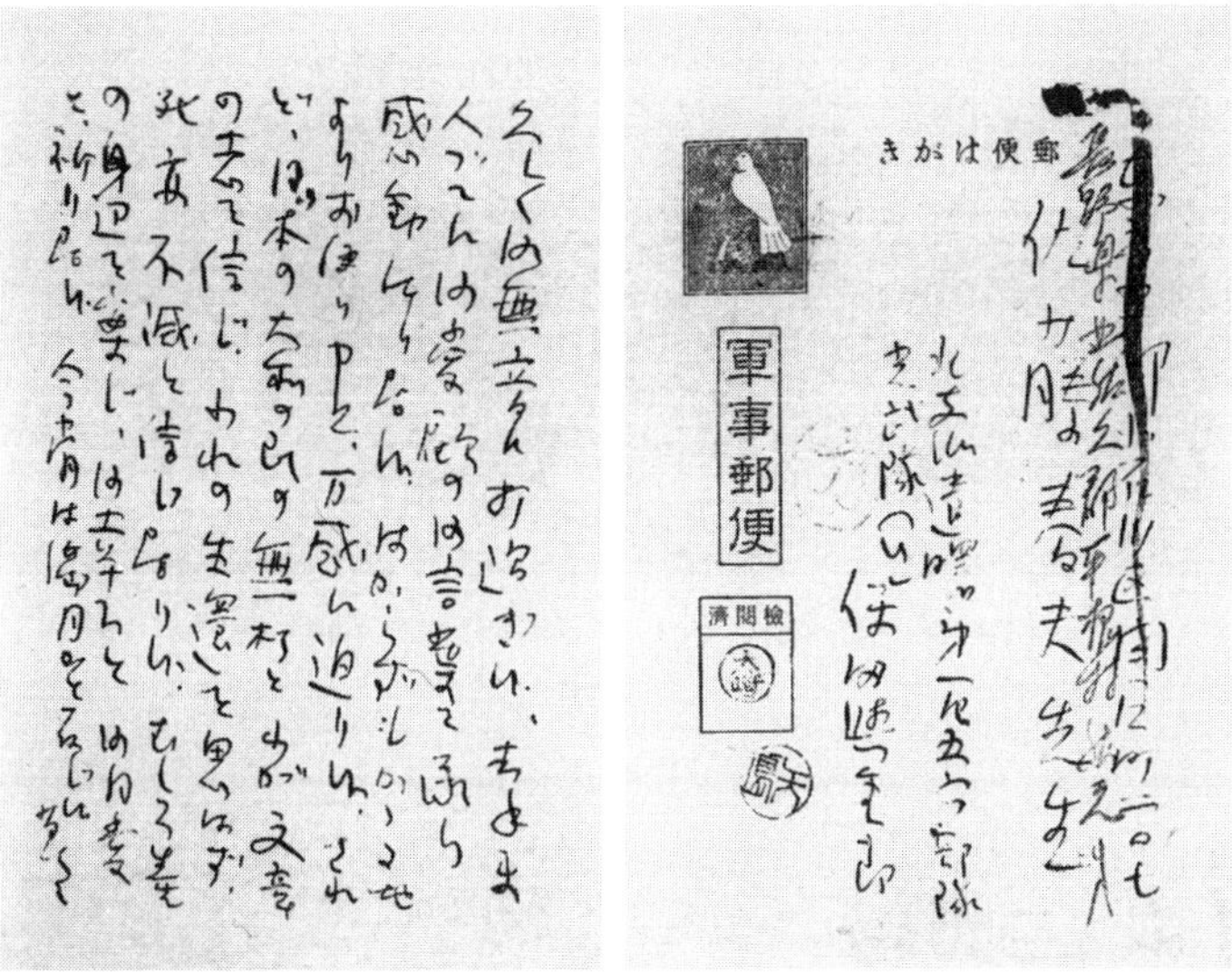

佐藤春夫宛葉書（昭和20年）

保田の、洲之内はそのいい読者だつたといふことである。周知のやうに、洲之内徹は昭和七年に日本プロレタリア文化連盟愛媛支部を結成、翌年に検挙されて下獄した経歴を持つ。

保田が故国の折口信夫と、そして佐藤春夫に軍事郵便の葉書を差出してゐるのは、入院して、これも日をさして過さないうちだつたと考へていい。折口宛は岡野弘彦が「一枚の葉書」（全集「月報」第九巻）に紹介し、佐藤宛は、竹田（佐藤）龍児から提供をうけたのを全集の第二十二巻の口絵に掲げるが、折口信夫のは品川区大井出石町の、佐藤春夫へは、小石川区関口町の住所を一度しるしたのを訂したのに傍書して長野県北佐久郡平根村の疎開先に宛ててゐるのは、慌しい出征にも拘らず、住所録の携行など、身支度が沈着にしかるべくなされてゐたことを思はせる。「北支派遣曙第一四五六部隊光武隊（い）保田與重郎」と署し、どちらも満月の良夜に認められてゐるのは、同じ日と思はれる。「日の本の大和の民の無朽とわが文章の志を信じ、われの生還を思はず、死亦不滅と信じ居り候」と、さう佐藤春夫への文面にあるのは、個を越えた悠久のもののなかに参入して、文人としてのいのちを生きる文学観と、延いて保田の死生観を、これ以上になく鮮烈に伝へて、私は感銘を容易に押へ得ない。

六月と月が変るや、急に悪化した保田の病勢は、七月になつても衰へなかつた。血液の量が通常の三分の一ほどしかないといふ極度の貧血の症状に陥り、眼と口は機能せず、辛うじて聴覚だけがはたらいてゐる。さういふ瀕死の状態がしばらく続いた後、七月の中頃から危機を脱して回復期に入り、たまたま入手した『老子』を枕頭に置いてはそれを繙くなどしてゐるうちに八月十五日を迎へるが、保田はしかし、その日に日本の敗戦を知つた訳でなかつた。八月十五日にあつたラヂオの放送は聴取不能で、何の放送か一切不明であれば、軍病院の幹部もなにも報されてゐないらしく、命令が下されることもなかつた。一部の病棟では、放送を対ソ宣戦のそれと受けとると、患者の演藝大会を賑やかに催す始末であり、それを思ひ誤りといふにも何も、判断のしやうのないまま夜となつた。

保田が重大な事態を認めるのは、「石門の軍病院にて」（前掲）によれば、それから一週間もしてからで、石門の飛行隊の将校たちが自刃したことが、敗戦を確実なものに思はせた。後述するやうに、保田が戦後はじめて筆を執つて「みやらびあはれ」を草したなかに八月十五日のことを交へてゐるのは、後日に思ひ合せてさうと知つたところを書いてゐるといふ限りで、その部分は創作の色合ひが濃い。といふより、なべて文章は創作ならざるものはないといふ機微を、はからずも一篇はよく映し出してゐると云ふべく、それが八月十五日であることがそれぞれに意味を附与するかのやうに、すべてが八月十五日といふ特別な日に収斂されるやうな描き方がされてゐるのが、これを傑れた作品に仕立ててゐるのは、左の箇所を例にしてもいい。

すでに夜半を過ぎて一ときもしたころ、急に若い女の数人の泣き声が、豪雨の音をおさへるやうに聞えてきた。それは病室の隣の看護婦たちの部屋である。それまで何か語り合つてゐたらしいのが、急にみなで泣き始めたのであらう。しかもその異常なことが、今宵は極めてあたりまへのことのやうに、しめやかに私の気持にうけとられるのであつた。私らはその翌年になるまで、八月十五日の詔書を知らない状態だつた。しかしこの泣声をきいてゐるうちに、何といふことなく、状態が決定的に判明したやうな実感をうけとつたのである。

私は反射的に、頭を少しばかりあげた。するとはつとするやうに、部屋の中央にある花瓶の、今朝ほど誰かが挿していつた向日葵の大きな花が、生々しく眼に入つたのである。私はとつさに眼をそらしてゐた。しかし眼をうつした床の上に、その花の影が、黒々とうつつてゐるのである。その影を見つめてゐるうちに、形容しがたい怖ろしさが、全身をとらへ始めた。一輪の花の描いた陰に、私はかつて思ひもよらなかつた無限に深い闇を、ありありと見たのである。

故国に帰る

敗戦後もなほ石門の軍病院で療養をつづけてゐた保田が、やうやくそこを退院するのは秋十月で、保定に赴いて貨物廠の倉庫番に従つた後、十一月に娘子関の上安站に移動し、それから冬を越して翌春の二月まで、連日昼夜中共軍と戦火を交へるに暇なかつた。具体的にはどんな明け暮れだつたのか、細部に亘るところは窺ひ得ないが、たしかなこととしてさう認められるのは、間断ない激しい戦闘に堪へられる体力を蓄へるまでに恢復してゐたといふことであり、白皙の語で云はれるのが似合はしかつたのが真黒になつた上に、身体つきも大きくなつて、それまでの保田とは見違へるほど体重が増した。

三月になつて、帰国の日どりがほぼ決ると、それまで閉ぢ込められてゐた帰心が一気にはげしく甦るのを覚えるなかで、軍病院で出された粉薬の包紙を綴ぢたのに日録と歌、俳句などを書き留めておいたものを、他の不要品と一緒に宿舎の広庭で焼きすてて、さうして保田は上安站を後にした。氷点下の大行山峡を下つてやがて集結地の天津に到り、そこの貨物廠にゐるところへ、やはり同地にあつた影山正治が居所を伝へ聞いて訪ねてくるのは、『日本民族派の運動』（前掲）によれば、同月二十四日のことで、奇しき再会を果し、酒を酌み交しながらひと晩を語り明かした両者の感慨はいかばかりであつたか。その三月に『ひむがし』が終刊号を出してゐるが、そのことはもとより、終戦の後の八月二十五日の早朝、大東塾の十四士が東京の代々木練兵場の一角で自決した事件についても、風聞しただけで、父親の正平がそのなかに含まれてゐるのを影山はまだ知らないでゐたから、同友たちの個々の消息になれば、保田も通じてゐなかつたであらう。『コギト』の関係者では、中島栄次郎が二十年五月二十七日にフイリピンのルソン島で戦死し、八月十一日には山川弘至が台湾の屛東飛行場で壮絶な爆死をとげてゐる。

四月二十七日に天津を出発した保田は、五月三日に佐世保に入港し、南風崎《はえのさき》に上陸した。天津を出港する前、四月一日附で発行の「給与通報（俸給未払証明書）」といふのが保存されてゐたのは、二十年八月以降の諸給与金が未払ひであることを通報するものであるが、これによると、保田は「独立歩兵第百九十七大隊」の所属で、同年同月において一等兵になつてゐた。未払金の他、帰郷旅費の支給を支那派遣軍復員本部佐世保出張所で受けると、桜井を指して翌四日に乗車する。向ふ先が東京でなく、郷里だつたのは、家族がそこに身を寄せてゐることを予て報されてゐたのであらう。列車の運行の状況はどうだったか、通常より時間を要したに相違ないが、四日は車中で夜になり、五日に八木に到ると、その日は同所に泊し、桜井へ帰つたのは、翌日の五月六日である。

八木まで来ながら、あと少しの途を行かなかつたのは、晩くなつて、あるいは交通の便を得なかつたものでもあらうか。母保栄の妹が八木の有力な商家松村家に嫁してをり、遠慮のない間柄が保田に一夜を同家の世話になることを思ひつかせたとするのは、当推量といふものでもない。

とほ世古りし丘にならびて子らの見るゆふ焼け空の中に還りぬ
見しまゝに国原かはらず足らひたりしづごころなく泪あふれつ

「右二首、昭和二十一年五月郷里ニ帰還。」と左註して歌集『木丹木母集』（新潮社、昭和四十六年八月）に収めるうちの「とほ世古りし」の作をそのまま受けとれば、保田が桜井の家へ着いたのは、早い時間でなく、夕方のやうである。もしさうだつたとすると、事実のほどを明らかにしないが、前日八木にあつたときに家族たちとの再会も果し、そこでゆつくり過してから揃つて桜井に戻つたのではあるまいか。佐世保に上陸したこと、そして列車で帰る大体の時刻は、むろん電報で云ひ遣つてゐたはずである。

第七章　『祖国』の時代

1　保田が対した戦後

帰農の暮しとみとし会

帰還した保田は何をしたか。まづ知友で所在の判るところへ無事を報じてゐるのは、例へば五月十一日附で長野県東筑摩郡波田村の在にあつた中谷英子に宛て「この月初めに辛くも帰国しました」との葉書を差し出してゐるのが『イロニア』第七号に録されてゐるが、それは近しい仲間うちに伝つていつたやうで、東京の家を空襲で焼かれて北海道の荒寥たる勇払の地に日を暮してゐた浅野晃が「保田與重郎還る　一首」として詠んだ次のやうな作を歌集『曠原』（勇払郡穂別村浅野晃歌集刊行会、昭和二十九年一月）に見る。

わが待ちし君はかへりて桜井に家居すといふうれしきかなや

東京の落合の家は、出征後の五月二十五日、書籍、文房具などとともに米軍機の空襲で焼失したことを、帰国してから保田は知つた。それだからと云ふのでなく、再び東京に出ようといふ気はすでに起きなかつたやうで、うつくしい、馴れ親しんだ山河に懐かれた郷里にあることが、結果として、東京がそれを象徴する猥雑な戦後の文化に距離を置いて対せしめる契機となつたのは、その後の保田與重郎の批評の形成を考へるに当つての一視点である。保田の帰還したことが広まるにつれて、訪問者がぽつぽつあつたと云つても、限られた範囲内に止つてゐたのは、例へば新潮社で『新潮』の編集に携つてゐた斎藤十一にして半年近くそれを知らなかつたことに窺はれる。帰国を伝へ聞いた斎藤十一が、昭和二十一年十月九日附で保田に宛てて無事を喜ぶ便りを差出したのを、のこされてゐた古い来翰類のなかから私は見つけ出した。そこに「保田さんは恐らくお書きになる気持は無いか、と思ひますが、若しも何か書いてみよう、といふお気持が出たら、新潮に是非書いて下さい」と述べてゐるが、依頼に応へて文を作るのは、斎藤の忖度するとほり、保田にはまだ疎ましく、煩はしいかぎりであつた。

九月十九日、保田は岐阜の郡上八幡に赴いて、翌二十日に同地の出身の山川弘至の慰霊祭が執り行はれたのに列した。そのときに「はつき廿日に山川弘至子を祭る歌一首並に短歌」があるが、帰国してから奈良県外に出た、多分はこれが最初で、その後十一月になつて、七月に二十余歳で病歿した桐田義信の慰霊祭が十七日に八坂神社の清々館で営まれたのにまた祭文を奏上してゐる。彦根高商の学生時代から保田の著作を愛読してゐた桐田の名を、保田は予て知つてゐた。慰霊祭は、帰還したそのひとに会ふことに希望をつなぎながら、それを果せずに逝つた故人の志をかなしんだ保田の示唆をうけて挙行されたやうで、奥西保の「みとし会の頃」（『風日』保田與重郎先生追悼号）によれば、参列者は保田以下十九名であつた。祭文が「昭和丙戌歳十一月十七日桐田義信子を祭る文」として『不二』昭和二十二年二月号に掲載されたのは、ごく限られた範囲内に行はれてゐた雑誌で、しかも四百字詰原稿用紙で三枚足らずの分量とは云へ、保田が戦後に初めて公表した文である。

昭和二十二年二月十一日、奥三河の花祭が橿原神宮の紀元祭に奉納されるのを保田が見学するのは、当時神宮に奉仕してゐた栢木喜一の案内による。戦前に『花祭』の著者を識つてゐた保田は、その学問をまた敬重してゐた。そのことも、まだ寒い中を保田に神事を見にいかせたひとつであつたらうか。帰国して一年になるのももう少しで、保田は一体何をしようとしてゐたのであらうかと、心裏を私は酌量してみるのである。保田が復員する以前、坂口安吾が昭和二十一年三月十二日附で尾崎士郎に宛てた一書に「この敗戦を敬虔又誠実な魂で真に見凝めてゐる者は、現今のさばりつゝある連中でなく、実に、彼等によつて戦犯人とよばれてゐる尾崎士郎を第一とする。私は知らぬが保田與重郎も亦さうではないかと信じてゐる。なぜなら、他の有象無象（富沢等のこと）は知らず尾崎保田は戦争中売れた作家の中で本当の藝術家であるからである」（『坂口安吾全集』16、筑摩書房、平成十二年四月）と述べてゐる事実が知られたのは、比較的近年のこととする。「だから私はかく信ずるが、現在のみでなく、未来に於て、之から真実の文学的作品を表し得る者は、むしろ尾崎保田であらう。」安吾はかう続けるが、その透徹した眼は、もとより歎賞に価するとして、安吾がここに書いてゐるのによつて云へることは、尾崎士郎がさうであつたやうに、保田與重郎もまた「戦犯人」とされる。国の敗戦といふのは、保田において、何よりもまづさうした意味を帯びるものだつたといふことである。

二月十一日の橿原神宮の紀元祭に、保田は出征の前後から出入りする奥西保と、その弟の幸《みゆき》を伴つた。奥西兄弟はそこで栢木喜一に引き合されるのであるが、これに桐田義信の慰霊祭で兄弟が初めて会してゐた高鳥賢司が加はつてをりをり談合するうち、保田による式祝詞の講義と、併せて歌合を興行する話となり、「みとし会」の名で第一回を京都の寺町今出川上ルの幸神社で開くのは、その年の七月二十日であつた。保田の「告弥年会開講之由於神祇詞」の奏上があつた当日の参会者の数を、保田はじめ二十四名と奥西保は「みとし会の頃」（前掲）に記してゐる。「みとし」は、すなはち「弥年」あるいは「御年」で、としは稲の一代を意味するが、おそらく保田によると思はれる「みとし会」といふ命名と、また会の旨としたところにおいて、それは『校註祝詞』（前掲）を刊行したのと趣意を同じくする。時代が曾てない大きな変容をとげつつあるのを見据ゑつつ、保田與重郎はそれに動ぜず、易らぬものを持しつづけてゐたことを分明に教へる一事である。

他方で保田は帰国して以来、家の所有する近くの土地で農事に従ふやうになつてゐた。「丙戌歳五月よりわが農村記は始まる」としるして、その次第を後述する「農村記」に叙してゐるとほりで、蔬菜作りから、切株や根株をそここに無数に残す、もとは桑田だつたところを少しづつ拓き、一年がかりで水田にするやうなことまで、初めてにしては、どうしてよく熟した。私がそこに一種の凝り性を認めるのは、農作業に当つて宮崎安貞の『農業全書』を手引としたといふことをも含めてであるが、さうした性向は保田の万般に及び、批評の丁寧な仕事ぶりは、その現れと見ることもできる。「小生の帰農生活は期して始めたものではない」と「農村記」には云ふ。期せずしてさういふ運びになるのは、保田においてこの一事に限らない。あるいは期して帰農したのだとしても、保田はそれを得々としてのべ立てることをしないひとだつたから、その点はどうあれ、国が無惨に破れた後の文学者の生きざまとして、売文市場に乗り出すやうな世渡りを考へず、悠々と郷里にあつて田園の生業を営みとした保田に類へられる例を私は聞かない。

帰農といつて、そのことと、生計をどのやうにして保つかは、別箇のことがらに属した。敗戦後、桜井の家には、與重郎一家のみならず、やはり無事に復員してきた三男の恒三郎、四男の仁一郎の、合せて三家族が同居するやうになつてゐた。大所帯の生活の資は父の槌三郎が一手に賄つたが、保田與重郎の帰農生活の担つた意味が、それで薄れるといふものでもない。むしろそれだけの産のある家だつたことが、保田の文学の生成においてどういふ環境を整へたかを改めて顧みさせれば、鍬を手にする暮しが、年穀の豊穰を祈る祈年祭に始まる式祝詞の世界を、その実態を、いかにまざまざと保田に示すこととなつたかを了解するのが重要である。「みとし会」にしても、これが開講の契機のひとつをなしてゐたと考へていい。

昭和二十二年の保田は、しばらくぶりに筆を執り、「みやらびあはれ」を七月一日に書き終へた後、表題は、斎藤十一からの来信に知られるのであるが、「秋風文学観」とする文を作る。その間には、奥西保と瀬戸内の家島に遊んでゐる。保田の戦後はじめての作品で、同時にまた沖縄への思ひを戦後にはじめて述べたものと南のその島では受けとられた「みやらびあはれ」は、大和文学会による編集でこの年十二月に養徳社から発行された『大和文学』第一集の首を飾るが、『新潮』のために草した後者は、八月下旬に斎藤十一に届けられたものの、社内の強硬な反対意見に圧されて掲載に至らず、原稿も失はれる始末となつたのは、保田與重郎にとつて戦後とはどういふ時代だつたか、それを端的に泛び上らせて見せる。

九月、保田は思ひ立つて十津川村の玉置山に登る。二十八日に五条を発し、賀名生を経て、徒歩で十津川郷中を行き、そこの玉置神社の境内に聳え立つ推定樹齢三千年といはれる大杉を仰ぎ見てから新宮に出る、六日に亘つた行程で、奥西保、同幸、高鳥賢司、栢木喜一が同行した。保田が十津川を越えて熊野を旅するのは、一度きりで終らないが、この最初の旅の後の十月の末、帰国以来初めて保田は上京してゐる。他になにかの用を兼ねてゐたにせよ、それよりも横光利一に会するのを主要な目的としたのは、戦前は横光の文学への反対者として終始した保田が、戦後の横光の作品に一転して覚えた感銘がさうさせたもので、それまで面識を得てゐなかつたことによるのであらうか、亀井勝一郎、前川佐美雄とともに面会したやうである。保田にとつて、初めてで、同時にこれが横光を訪ねた最後となつたのは、その年末に横光は長逝するからであるが、すでに不調を伝へられてゐたのを、桜井から出京する煩を厭はずに出向いていつたことには、たんなる訪問といふ以上の、それだけの要事がなければならなかつたといふのは、次に述べるやうな企図が保田にあつたことから私の引き出す推測である。

新文藝冊子の計画

それがいつの頃に着想されたのか、詳細は知られない。判つてゐるのは、季刊の文藝の冊子の刊行を保田が計画し、昭和二十二年の、おそらく九月から十月にかけて具体案を固めていつた上で、掲載する原稿の依頼を十一月二十四日附で高村光太郎宛にしてゐることで、北川太一の許に保存されてゐる高村の関係文書のなかにそれが見出されることを教示されるまま、一通を閲覧することを得たのは近年である。鳩居堂製の封筒に「岩手県稗貫郡太田村山口／高村光太郎様」と上書きした裏は「大和国桜井町／保田與重郎」と署し、川口商店製のB５判の二百字詰原稿用紙三枚の書信で、青のペン字で認められてゐる文面には、抹消や傍書して訂正を加へた箇所がいくつかある。『コギト』第四十二号（昭和十年十一月）の「芭蕉特輯」に短い文の寄稿が一回ある高村光太郎とは、保田は少くとも戦争下に一度、昭和十六年三月に出征した増田晃の壮行会を兼ねた詩集『白鳥』の出版記念会で同席したことが『コギト』第百五号（昭和十六年四月）の「編輯後記」に読まれるが、今ここに書簡の内容を抄するのは、冊子の刊行のことが、従来まつたく明らかにされなかつた事実であることに鑑みてである。

御近況の御さまおぼろげにどこからともなく承つてゐます。小生戦場より帰国以来ずつと郷里で農耕に従ひ、今もそれをしてゐますが、近頃季刊冊子を出さうと思ひ立ち、お手紙でお願ひに及ぶ次第です。一度拝眉仕り度心動いてゐますが、昨今の状況では外出不可能で、去月末終戦以来初めて上京した節、草野心平氏に会ひ、先生のお噂など承り、その時仝君十一月中ごろ奈良に訪れようとの話ありましたので、実は仝君より先生にお願ひしたいと思つてゐましたが、まだこちらへ来ません。失礼と存じつゝ私よりお手紙で申上ます。実はその季刊の冊子新春より世におくり度、それに終戦以後の先生の御作をまとめてのせていたゞきたいと思ひます、既発表のものをふくめていたゞきたいのです。お願ひはこれですが、それが許されぬ時は、何か新作でも、又御感想でも、何でもいたゞき度、小生らとしては最も高次な文藝思想の冊子作り度存じてゐます。

後段に冊子の発行元が『智恵子抄』の刊行を希望してゐるについて、許可を高村に願ふくだりは省くが、誌名と、また出版社名は記してゐないものの、冊子の引受け手はあつたこと、そして新春より創める旨を云つてゐるのに照らし、計画は具体的に進行してゐたものとすれば、前月に横光利一を訪問したのは、冊子への執筆を依頼するためではなかつたか。そんなふうに私は推し量つてみるのである。

依頼に対して、高村光太郎は十二月五日附で「今のところ一寸お約束しかねる」と婉曲に断つたハガキが保田の許にのこされてゐた。保田與重郎が戦後の高村にどんなふうに映つてゐたか、臆測の域を出ないが、戦争の日における自身についてしきりに改悟してゐた高村にとつて、文学活動の上で保田と歩調を合せてゐるやうに世間から見られることに逡巡するものがあつたであらう。冊子への寄稿を、同時に保田は佐藤春夫にも乞うてゐるが、封書の十二月六日附の返信が見出されたのによると、「無軌道の道」といふ表題までしるして承引する旨を云つてきたのと好対照をなすのは、戦後の高村を「彼自身さながらに己が戦争協力の代表者の如く自惚れ云々」（『小説 高村光太郎像』現代社、昭和三十一年十月）と佐藤春夫が評してゐるのを私に思ひ合させる。

季刊の文藝冊子の、その誌名が知られず、保田の企図が「みとし会」の参加者たちに伝はつてもゐなかつたやうだから、構想の段階に止つたものと覚しい。高村光太郎から色よい返事が得られなかつた上に、もし横光利一に同様の依頼をしてゐたとするなら、その歳も押詰つて横光が歿したことも、それを断念させた一因であらう。をりから文化書院から近藤達夫の編集による『胎動』が発行されるのに執筆を求められた保田が「横光利一の死を悼む」の文を作つたのは、「みやらびあはれ」と趣を異にしつつ、より直截に確乎とした文学観を示して意気旺んであるが、それを「古代の眼」の題で三月創刊号に掲げた同誌は、第三号に再び保田の「日本ヂヤーナリズム批判」をのせたことが、言論界の追及の的となつたやうで、昭和二十三年六月発行のその号かぎりで廃刊を余儀なくされるに至つてゐる。

それが可能なら、『コギト』を再び発行することに保田は異存なかつたといふのは、野田又夫が「保田與重郎を偲んで」（前掲）に書いてゐるのから、そのやうに観測されることである。野田によれば、戦後間もなく、伊東静雄が『コギト』の再刊の資金を出してくれさうな友人のところへ保田を連れて行くといつて、同行を求められたので従いていつたと云ふ。話はうまく運ばなかつたとのことであるが、昭和二十三年一月の発刊を期した右記の「最も高次な文藝思想の冊子」の計画が不首尾に終つた後のことでもあつたらうか。

悪罵と非難のなかで

戦後といふ時代が、保田與重郎に悪意を以て対し、罵言と中傷を以て酬ひたこと、これより甚しいのもあるまいと思はれたのは、よく知られてゐる杉浦明平によるものである。「彼の最大の功績はそういうニイチエや折口信夫の改竄によって年々何十冊かの本を出し、而してあの悩ましく怪しげな美文で若者を戦争にかり立てた点にあるのではなく、むしろ経済学の難波田春夫などと同じく思想探偵として犬のように鋭敏で他人の本の中の赤い臭をかいではこれを参謀本部第何課に報告する仕事にあった。」保田が帰還するより前、『文学時標』第五号（昭和二十一年三月十五日）のために書かれた一文は、後に『暗い夜の記念に』（私家版、昭和二十五年十月）に収められたが、参謀本部第何課に告げ口することを保田が仕事にしてゐたとは、何を根拠にしてそんなことが云へるのか。事実は逆で、保田こそ告発される側であつたことは既述のとほりで反復しないが、口汚くののしつて恥ぢない人品のほどはともかく、さういふ悪口雑言が罷り通るのを許す、社会の公器たる新聞がそれを記事にして憚らないのは、戦後といふ時代そのものの相とより云ひやうがない。

別の例では、桑原武夫の挙動に見苦しいものがあつた。「生田耕作評論集成Ⅱ」の『文人を偲ぶ』（奢灞都館、平成四年三月）に収める「書斎日記」に、これは桑原武夫の文化勲章受章を報ずるその日の夕刊の新聞を前に、桑原について述べるなかで、「保田與重郎氏より伺いし話。」とする聞き書を交へてゐる段である。桑原は「富岡鉄斎展を見て」を『コギト』第四十号（昭和十年九月）に、そのあとも翻訳を主とする作品の同誌掲載が何回かに亘つてをり、萩原朔太郎に随いて桑原も一緒に京の市中を巡ることもあつたやうに、保田をよく見知つてゐた。さういふ桑原武夫が何をしたかといふと、「わたしと知り合いだったこと、わたしの雑誌『コギト』とも関係したことを、誰にも言ってくれるなと、戦後友人たちに頭を下げて頼み廻った」と、次に叙する公職追放中のあるとき、保田は生田耕作にさう語つたと云ふ。さうした手合に対しては、「口が汚《けが》れる」といつて、名前を口にすることさへ厭つた保田にしてはめづらしい。桑原武夫の振舞ひは、それほどにひとを唖然とさせるものであつたが、保田が向き合はなければならなかつた戦後の、確かな、これも実相である。

戦後といふ時代、戦後の文壇が保田の戦争責任の追及に汲々として臆面のなかつたことには、私見では、坂口安吾が保田を尾崎士郎と並べて、いみじくも「本当の藝術家」と呼んだ、その才能への妬みのやうなものが匿されてゐる。それは、絵画の場合について見れば、戦争画を描いた画家の責任を藤田嗣治ひとりに負はせるやうな仕打ちをして、挙句に藤田に故国を捨てさせるやうに戦後の画壇が動いたのと、多分は同一の心理のはたらきであり、人間のこれ以上ないやうな醜さの蠢いてゐる図がはからずもそこに見られたのは、敗戦といふものの、なるほど一所産には相違ないと観じるとき、私は物事の禍福を簡単には弁じ能はないといふ心持にもなる。

2　追放と『祖国』創刊

公職追放

いはゆる公職追放を受けるのも、杉浦明平によるやうな私的なものでなく、それが公的だつたことにおいて、保田が戦後にどう処遇されたかを最も直截に表現する一事である。著述家に対する公職追放の仮指定がなされるのは、芦田均内閣が発足した昭和二十三年三月で、第一次分二百七十名、第二次分六十一名が、それぞれ二十一日附と三十日附の新聞で公表されたが、そのなかに保田與重郎が含まれてゐないのは注意されていい。第一次の仮指定には、例へば浅野晃が入つてゐるのに、なぜ保田は洩れてゐるのか。指定に際しての中央公職適否審査委員会の審査が、保田について浅野の場合と同じやうにはいかなかつたと考へられるといつて、私はことさら浅野晃を低く見るものではないが、追放の事由とされるA項乃至G項のうち、「その他の軍国主義者および極端なる国家主義者」のG項が該当するといふには、およそ保田は「軍国主義者」にも、また「極端なる国家主義者」の類型からも外れてゐた。その点で大方の著述家と異つてゐたことが、指定も遅れて、保田が特別に扱はれた理由であらう。

保田について仮指定がなされたかどうか不明である。仮指定に対しては、三十日以内に異議申立をすることができた。その後に本指定がなされるといふ運びである。第二次仮指定をうけた尾崎士郎のために、坂口安吾が内閣総理大臣芦田均宛「尾崎士郎の公職追放仮指定に対する異議申立書」を四月十二日附で記してゐることは、知られてゐるとほりであるが、もし仮指定されたとしても、保田が異議の申立などするはずもなかつたのは確かとして、保田の事例は、仮指定の手続をとらずに本指定がなされたやうにも推測される。それといふのも、関係書類が保田の歿後何年もしてからたまたま遺宅で発見されたのによると、著書、論文等を記載する調査表の提出を四月二十一日附、内閣総理大臣名の文書（総資第一八六号）で求められてゐるからで、同封されてゐた調査表がなくなつてゐるのは、それに記入したのを保田は返送したものと思はれる。「資格審査上必要」とされた調査表の総理庁官房監査課への提出は、四月三十日迄と指定されてゐたのが、内閣公職審査委員会からの督促の電報が併せてのこされてゐることからすると、期限を過ぎてからの提出となつた。いづれにしても仮指定に当つては、調査表の提出を伴はなかつたとすれば、保田の場合は、それがなされないまま本指定が行はれたといふのが事実らしく、調査表の遅れた提出を受けて五月二十五日附で追放令状が発せられてゐるのは、他の著述家たちに対するのと同時だつたやうである。

二十日ほどの時日の審査で追放に決したのは、もとより初めから用意されてゐた結論に相違ない。裏に「総理庁官房監査課」、表には「配達証明」と赤く刷つた封筒で送られてきた内閣総理大臣名の令状には、保田與重郎の公職追放の事由を次のやうに記す。

同人はその著書「民族的優越感」「文明一新論」等において日本民族が他の民族の指導者であるとの優越感を鼓吹したものと認める。

令状はB４判に枠どりのされてゐる一枚で、折りたたまれたそれを封筒から取り出し、広げて一読したときの保田の心中はどんなであつたかと、そんなことは問ふさへ疎かである。「日本民族が他の民族の指導者であるとの優越感を鼓吹した」といふのは、『民族的優越感』（前掲）の書名を以てさう云ひなしてゐるのであらうが、一書は自国の文明に対して「自信と自尊を確保する」（「自序」）必要を述べたもので、それを曲げて追放の事由をいはば捏造してゐるのは、十分に哂ふに足りた。保田はしかし後年になつても、これに関して世に云ひ散らすやうなことはしなかつた。語るに価しなかつたからといふより、そのやうに処遇されることを不当として憤る前に、反つて自身の負目と引受けていく。それを戦後の日の処生とする、これもその一契機となつたと考へるのが、保田與重郎の心持におそらくは沿ふ見方であるが、それでも公職追放が保田においてひとつだけ意味を持つたとすれば、それは「私は追放として、言論を停止された時、はつきりと文筆の仕事を自覚した」（「二十年私志」、『文藝春秋』昭和四十年四月号、原題「竹槍と無抵抗主義――二十年私志」傍点保田）ことである。「言論を停止された」と云つてゐるのは、公職追放が「政治活動の禁止」を含むなかでは、政治にふれる発言を控へなければならなかつたとの謂で、執筆活動全般に亘つて禁じられたものでなかつたのは、『大和文学』第二集（昭和二十三年七月）に「生写」、また『不二』同年七月、八月合併号に「大正天皇御集を拝読す」を寄せてゐるのによつても云へることである。

追放の指令をうけた保田は、奈良のC・I・Cの監視下に置かれたが、他出するのに制限を加へられることはなく、この年の夏八月、前川佐美雄と前後の行程を共にし、津山から人形仙を越え、倉吉を経て米子へ出ると、大山を指して行つて、そこを縦走した後、出雲大社に参拝するなどして山陰路に遊ぶこと二週間にも及んだ旅は、「戊子遊行吟」の作をなさしめてゐる。「みまさかの　津山の橋をけふはもよ　渡る旅人　くれぐれと」と歌ひ出される「津山橋上作歌一首並短歌」に始まる作品は、これを公表する意図が保田になく、全集に収められるまでは一般に知られなかつたから、注目されることもなかつたが、保田の詩賦のなかの圧巻であり、作品の発表機関を殆ど閉されたところに公職追放の処分を科され、四面楚歌に近い状況下にこれだけの作を生んでゐるといふのは、保田與重郎が近代の文学者だつた、畏るべきその在りやうを改めて私に思はせる。戊子は昭和二十三年で、それまでにも、桐田義信の慰霊祭での祭文がさうであつたやうに、歳次をそのやうに表す例はあつたが、特に追放中は昭和元号の使用を憚り、干支で年月を示すのを慣ひとしたのは、保田のまた文人たる操守であつた。

八月十四日に大阪を発ち、同月二十八日に鳥取から帰途につくまで、道中を叙述する文の間に作歌を挟む「戊子遊行吟」は、歌と俳句のちがひはありながら、「奥の細道」に倣つてゐるといふのは、ひとつの読み方である。それはたんに、作品の拵へ方、仕法の問題としてとらへられるものではない。

英雄の偉大な敗北の様相を描く、保田はそれを文学における一主題としてゐたといふとき、日本の敗戦と、それに続く戦後とは、偉大な敗北を自身が体現する場に他ならなかつた。保田の別の術語で云ふなら、後鳥羽院以降隠遁詩人そのものに自らがなるといふことである。それまでは隠遁詩人についての論をなすだけで足りたとしても、今後は論は止め、隠遁詩人になりきる意を固くさせた点に、昭和二十三年の夏の旅の意味がある。「戊子遊行吟」に記事はないが、旅程に合せて、八月二十一日に倉吉町つたやで、保田と前川を囲む山陰観光旅行普及会による山陰人文化講座が、米子市では二十四日に、両者を迎へての文人社主催の文藝座談会が今井書店で開かれてゐることが、ともに『日本海新聞』の「文化だより」欄に見えるのに私がいささか興を味はふのは、中央のヂヤーナリズムと異り、地方ではまだしもさういふ遇し方をふたりに対してしてゐることにおいてである。前川佐美雄の戦後も、戦争責任の追及をうけるに急で、懊悩をまた外に隠せなかつたのは、作歌に知られるとほりである。

『祖国』創刊まで

さうかうするうちに、周囲から保田を中心とした雑誌を出さうといふ気運が湧き起つてきたのは、理不尽にも保田を最大の戦争責任者として葬り去ることで、自分らの保身を図らうとする輩への若年血気の者たちの忿懣のしからしめたところと云へば、それはなべて戦後といふ時代相と批判的に向き合ふ醇乎とした心情である。保田の周囲、とここでいふのは、みとし会の講筵に列してゐるなかから、はじめ玉井一郎が保田に話を持ち掛けたのは昭和二十三年中で、それが拡つて栢木喜一、奥西保、その弟の奥西幸、そして高鳥賢司の五名の同人で月刊の雑誌を刊行する目鼻がついたときは、翌年も、おそらくはもう夏近くになつてゐた。これに要する費用を、奈良県の宇智村の出身で、保田とも往き来のあつた前田隆一が京都で創めた吉野書房が負担することになつたのは、学習参考書類の出版を業とする同書房の経営に奥西保と高鳥賢司が参画してゐて、新雑誌の企図に前田が共鳴したことによる。京都帝大理学部を卒業した前田は、八高教授から文部省図書督学官を経て、海軍司政官として赴任中のセレベスで敗戦を迎へた。奥西保、高鳥が吉野書房に関はつたのは、事業を共に行ふのに有為の人材を前田が探してゐて、推薦を保田に求めてきたのに対し、二人を紹介したもので、まづ奥西が前田を助けて二十四年三月下旬に会社の設立登記を済ませると、それから三カ月ぐらゐ遅れて高鳥が加はつたといふのは、奥西の「『祖国』創刊のころ」（『浪曼派』保田與重郎追悼号、昭和五十七年四月）の記述である。

新雑誌は同人制を施くこととした。すなはち右に名を挙げた五名が同人で、保田與重郎、そして前田隆一は顧問格として遇され、同人の列から外れてゐるのは、特に保田について公職追放の処分を被つてゐるのに配慮した面もあつたであらう。公職追放をうけると、「新聞社、雑誌社その他の出版社」の「役職員」になること、あるいは「政治上の活動」を禁じられる。保田の場合、直ちにそれに觝触するやうな挙に出ることはなかつたとしても、そこを慎重にしたことが、雑誌の性格を特別なものにしたと云つてもいい。「祖国」の誌名を択び、発行所名を「まさき会祖国社」と決定したのは、保田と前田をも交へた場であるが、保田が要に位置しながら、そのあたりの事情は、少くとも雑誌を通じては少しも浮び上つてこない。雑誌の編輯兼発行人には、最初に保田に説いた玉井一郎がなれば、まさき会祖国社の社長を栢木喜一としたのは、五

『祖国』創刊号

昭和24年，次女もゆら，典子夫人と河内の柏原家（夫人の実家）にて

人のうちで栢木が最も年長だつたことによる。誌名に関しては、かつて北昤吉の下で学苑社から出されてゐた総合雑誌に『祖国』があるのは承知するところで、その使用の許諾を北から得た。また「まさき会」の称は、神楽歌の「みやまにはあられふるらしとやまなるまさきのかづらいろづきにけり」から採つたもので、清らかで馨しい人倫を恢復しようとする意をそれに託し、保田の「農村記」を巻頭に掲げたその創刊号は昭和二十四年九月に刊行された。

　まさき会祖国社が、組織の上でみとし会と重なつてゐると云へるのは、同人五名が、みとし会を通じて互ひに誼を結ぶやうにもなり、どちらもまた保田與重郎を中心とする集りだつたことにおいてである。ただ『祖国』に対して、それが保田に作品発表の場を提供することを大きな目的として行はれた雑誌であるにも拘らず、はじめ保田は必ずしも積極的に関はらうとしなかつたやうに見えるのは、季刊の文藝冊子の企図が不首尾に終つたことが尾を引いてもゐたのであらうか。表紙とカットを棟方志功の作品によることとし、保田から依頼したのに対して、程なく棟方志功からそれが送られてきたのが、届いた原稿で第一番だつた由を奥西保の「『祖国』創刊のころ」（前掲）は云つてゐるが、進行は全体として遅れたやうで、創刊の時期も、はじめから九月を予定してゐたといふより、多分は保田の寄稿が得られたのに合せてさうなつた。創刊号を出した後、第二号が遅延して十一月の発行となつたのも、「農村記」の続稿が滞つたことによると考へ得るし、保田の起草になる『祖国』発刊の趣旨」が、創刊号でなく、創刊号の発行日の昭和二十四年九月十五日の日附を付して第二号以降に載るのも、創刊の準備が十分になされなかつたことを推測させれば、『祖国』に対し、ある距離を置いてゐた保田の姿勢をそれは映してゐるであらう。

保田の再生

『祖国』を語るときに逸することのできない「祖国正論」の連載が始まつたのは、昭和二十五年新年号からである。保田が無署名でしるしたもので、時事を縦横に糺すなかで、敗戦と、それに続く占領下に見失はれようとしてゐた日本人の正気を引き出し、自主の言論をうち樹てようとしたのは、文字どほり憂国の至情に発してゐた。公職追放の身では、筆をあからさまに政治のことに及ぼすのに署名を付しては不都合である。そのために無署名としたのは、同じく戦後の林房雄が本名を匿して「白井明」のペンネームを用ゐたのと大きく異ると云へれば、「祖国正論」の眼目は、名を署するのを避けるといふ消極性をそこに見るのとは逆に、無署名で時論をしるす営みが、当代の本然の日本国民の声の代弁者たる自己といふもの、保田をしてさういふ自身を改めて発見させたといふ積極的な意味になければならない。類似する例を他の分野に求めるとき、陶藝の河井寛次郎の作品が、作者名をもたない民藝のものでありながら、河井そのひとは近代の作家に紛れもなか

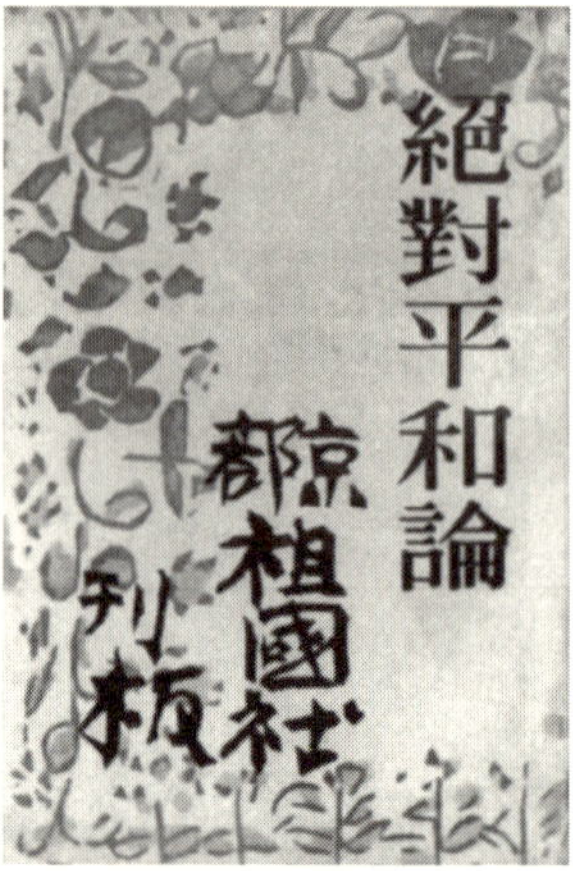

『絶対平和論』

つたといふ機微に通じるといふのは、「祖国正論」が無署名であつても、保田與重郎が筆者であることは大方の読者に察しがついてゐたといふことである。『祖国』のために、延いて日本のために、毎号殆ど休まずに「祖国正論」を保田が書き続けたのは、それに対する世間の反応が次第に確かなものと感じとられたことにもよるであらう。「祖国正論」が『祖国』の売り物になるほどに、創刊同人たち五人の意気に感じる念を強くしていつたことが、『祖国』に臨む保田の姿勢を前に推しすすめたと云ふべく、まさき会祖国社の、初めしばらくはさうであつた顧問格といふのでは最早なく、『祖国』の主宰者として実質的に保田が同社を率ゐるやうになる変貌に、一種劇的なものを私は見る。

『祖国』に署名を付して掲げられた保田の作品は、「農村記」の三回に及んだ連載の後、「美術的感想」「島ノ庄の石舞台」あるいは「玉井西阿伝による史談」など、挙げていけば必ずしも少くない。政治に渉らない、国家、社会を論じるのでなければ、名前をしるして仔細なかつたとは云へ、緊張を孕みつつ、重くそれが底流するやうな文は、公職追放に処された保田の試煉の時を記念するものであるが、そのなかでも『日本に祈る』の「自序」を第一とするのは、衆評のとほりと云つていい。保田の戦後はじめての文集として、まさき会祖国社から昭和二十五年十一月に刊行される一巻のために、前年の暮に作られたもので、『祖国』の二十五年三月号に載る。本書目に副へる「吾ガ民族ノ永遠ヲ信ズル故ニ」は、ここから抽いたものであるが、「余ハ再ビ筆ヲ執ツタ。余ノ思想ノ本然ヲ信ズル故ニ、吾ガ民族ノ永遠ヲ信ズル故ニ、吾ガ国ガ香シイ精神ト清ラカナ人倫ヲ保全スル所以ヲ信ズル故ニ」に始まる「自序」は、近代日本における文章にこれと比べられるものを私は知らない。戦後に現れたうつくしい文なら、あるいは他にもあるとしても、うつくしい上に、これほど雄勁に書かれたものをおそらくわれわれは持たなかつた。

しかしながら『祖国』における保田の真価はと云へば、それは無署名の文に見られなければならない。保田が無署名でしるしたのは「祖国正論」のみでなく、昭和二十五年三月号を最初に、以下四回に亘つた「絶対平和論」と、二十七年一月号から四回を数へた「近畿御巡幸記」の連載が、分量の点でも「祖国正論」に次ぐ。前者は当時行はれてゐた平和論一般の間隙をよく衝いてゐることにおいて、昭和二十六年十一月の昭和天皇による近畿四県への巡幸を記録としてまとめた後者は、行路を追ふ新聞の報道記事をそのまま資料として取り混ぜることで、国民の心裡を領する天皇の存在がどれほど絶大なものかを巧まずして物語らせることにおいて、戦後といふ時代と渡り合ふ保田の貌を、見方によつては「祖国正論」より鮮明に写し出してゐる。天皇あるいは皇室に対する新聞の冷やかな論調が、いはゆる平和論者たちと立場性を一にしてゐたといふ点に、戦後そのものの相があるが、巡幸を迎へる各所の熱狂は、記者をして日頃の報道の姿勢を改めさせた。その機微を、引用する記事自体に語らせるのが、「近畿御巡幸記」の方法といふべきものであつた。

五名で創まり、その後十五名の同人を数へるまでになつた『祖国』が終刊するのは、昭和三十年二月発行の第七巻第一号で、通巻五十八号を数へた。その間、二十七年四月に連合国による日本占領が終了してをり、それより前、保田は追放を解除されてゐた。一二九名の追放の第一次解除が二十三年五月二十二日に行はれた後、二十五年十月十三日に約一万人に対する解除がなされたとき、既記尾崎士郎はその対象とされてゐるが、保田が洩れてゐるのは、これも保田が特別に扱はれたといふ事情をおそらく語つてゐる。保田についてその時期を明らかにしないが、「二十年私志」（前掲）に「私の追放解除は、鳩山一郎の解除をひきのばすために、同伴させられ」と云つてゐるのに従ふなら、二十六年八月六日の解除であらうか。

困難をきはめる状況に立たされてゐた保田にとつて、追放の解除がしかし何ほどの意味も持たなかつたのは、それによつて贏ち得るものといつて特になかつたからである。斎藤十一がゐる新潮社からその後も寄稿を求めてくるのに対しては、これに応じることがあつたのを別にすれば、作品を発表する場が殆ど鎖されたままなのは、戦後十年しても変つてゐなかつた。『祖国』に拠つて執筆活動を再開したとは云へ、専ら無署名でしるしたといふ限りでは、保田與重郎の在ること、さういふ名前をもつたひとりの個人としての保田を社会が認知したとも見られない。さうして世間がどのやうに待遇するか、社会的な格づけがどうかは、保田の関心の外のこととしても、看過されてはならないのは、『祖国』を通じて保田は再生を果したといふ事実である。

3 『新論』の挙

総合誌の構想

『祖国』が五年有半に亘つた刊行を終熄するに至つた事情は、分明である。確固とした意思を以て、一箇の展望のもとに、保田は『祖国』を終刊に導いた。すなはち『祖国』に替る、『祖国』を引き継いで、さうして『祖国』が唱へたところを世にもつと広汎に及ぼすための月刊の総合誌を新たに企図したもので、保田をそのやうに奔らせたものは、改めて云ふまでもないことであるが、『祖国』がどこまでも反時代的で自主の立場を貫きつつ、言論機関としての使命をよく達したとする念である。しかし頁数において、そして発行部数の上でも、『祖国』を大きく上回るやうな新雑誌となると、他の何よりも、それだけの費用をどう工面するか。吉野書房で蓄へた利益が一千五百万円あつたといふことで、当座はそれを充てるにせよ、あとをどうしたものか。話は昭和二十八年中くらゐには持ち上つてゐたとしても、その点についての確実な手立てが見出せないまま、計画段階で滞つてゐたのが、やうやく日本経営者団体連盟、日経連から資金の提供をうける見通しがついたのには、陰で三浦義一の画策するところがなかつただらうかと、そんな詮索をここで私にさせるのは、予て保田の識る三浦の戦後は、中央区室町二丁目の三井西三号館内に事務所を設けたことから「室町将軍」とも号ばれ、政財界に隠然たる勢力を揮ふ存在になつてゐたからである。

資金の手当の件を含め、新雑誌に関して大体の目処が立つたときは、二十九年もやがて夏にならうとしてゐた。そのやうに私が誌すのは、編集を担当する要員に近藤達夫が請はれたのは、座談会「『祖国』創刊前夜から『新論』終焉まで」(『バルカノン』第20輯、昭和三十九年四月)での近藤の発言によれば、同年八月だつたといふのに基くが、『祖国』について見ると、通巻第五十一号となる大冊の「宮崎兄弟特輯号」を同じその年の五月に出して以降、保田の寄稿が殆どなくなるのは、専ら新雑誌のことに従つたためと考へていい。

新雑誌の発刊は、初めからの予定として、三十年六月を期したやうである。それとの見合ひで、『祖国』をいつ終刊にするかといふことも、いづれ日程に上つてゐたが、六月の創刊とすると、それまですでに一年を切つてゐるなかで準備を急ぎ、「新論」の誌名を択んで、保田の起草になる発刊の「趣意書」を公表したのは、その秋十月である。前田隆一他三名を発起人代表とし、政財界を含む各方面の賛同者二十六名が署名をしたもので、石阪泰三、杉道助、植村甲午郎といつた経済人が名を連ねてゐることに、雑誌の刊行を日経連が援助する約束を取り付けてある、その徴を私は認めるのであるが、「趣意書」の前半に次のやうにあるのは、保田をして新雑誌を構想させたものが何であつたかを、われわれによく知らしめる。

我国現在の言論報道機関が甚だしい偏向を示し、多数国民の健全なる意見を表現せず、内は国民に対し絶大なる不安と動揺を与へ、そと海外諸国に対し我国情への不信の因をなしつつある事実は、まことに寒心に耐へないところであります。

一国の存立と経済と国防は、世界の協同によつて初めて融通安定するのが、今日の現実でありますが故に、国が海外より不信を蒙るといふことは、国家の自立と国民生活の安定のために、真に憂ふべき事柄であります。

ここに於て大多数国民の真実の輿論を現し、国家の理想と信念を明らかにするために、有力にして強固な言論報道の組織をもち、同時にそれによつて偏向せる既存ジヤ《ママ》ーナリズムを匡正することは、焦眉の急と申さなければなりません。

誌名を何にするかは、保田において、雑誌の首尾を占ふほどの大事だつたことは、『コギト』そして『日本浪曼派』の例を俟たないが、座談会「『祖国』創刊前夜から『新論』終焉まで」（前掲）の記事によれば、雑誌名には「新」と、それから「論」といふ字を必ずつけなければならないと保田が述べたのを、それならその両の字をそのまま合せるのはどうかといふことになつて、「新論」に決したと云ふ。知られてゐるやうに、水戸の会沢正志斎に『新論』の一書がある。保田の言が、しかしそれを念頭にしたものでなかつたのは、留意すべきこととして、ともかくも「新論」に落ち着いてみると、いい命名をしたとの思ひが、保田はじめ関係者の間に染み渡つていつた。

表紙、カットは棟方志功に依頼する。むろん保田の考へで、『祖国』のときに引き続いてそのやうにするといふ限りで、その判断が誤つてゐたとは云へないが、ただ板画を以てした『祖国』のそれと異り、裸婦を描いた肉筆画を表紙としたのが、必ずしも多数の支持を集めなかつたことは、後述する

『新論』創刊キャンペーン（左から２人目，保田）

とほりである。宛も七月、棟方はサンパウロ・ビエンナーレ展で「釈迦十大弟子」「湧然する女者達々」などの作品で最高賞を受けるが、国内では一般にはなほ知られてゐなかつた。

　改めて発刊の「趣意書」を見ると、「幸ひにも有能なる編輯者と経営者を得、強力なる執筆陣を擁し」云々と、なかに云つてゐる。いかにもさう揚言しなければならなかつたとしても、二十九年十月の時点では、さうした態勢が整ふのに遠い。どんな書き手を揃へるか、その腹案ぐらゐ保田が持ち合せてゐたことは、佐藤春夫を筆頭とする賛同者に、武者小路実篤、津田左右吉、佐佐木信綱、長谷川如是閑らの名前があることで、おほよそを汲みとることができる。しかし、『胎動』の編集に携つてゐたときに保田に見込まれた近藤達夫にしても、業務に就くにはまだ間があつたといふことからも、誌名は定つたとは云へ、それが具体的に動き出すには至つてゐなかつたとするのは、見方として当を失してゐまい。保田の自負するところ、自身こそ「強力なる執筆陣」の一員だつたが、ただ総合誌とともに中央に打つて出るには、その状況について繰返しのべてきたやうに、言論界全体が保田を殆どまだ白眼視してゐた。

発行部数十万の創刊号

　発刊に合せ、今度は保田與重郎の名を以て、二千五百字ほどの挨拶状を出したのは三十年五月十五日付で、これもまた保田が案を出したものであらう、東京都内に宣伝カーを繰り出して、選挙のときに候補者が氏名を連呼するのと同じ要領で、「新論」の名をくりかへし呼ばはるキャンペーンを展開した。そのやうななかで創刊七月号は六月五日に発売された。どれほどの雑誌であるかを、挨拶状に保田は謳つてゐるが、二百二十頁、グラビアが別に十六頁で、発行部数が十万といふのは、戦後のヂヤーナリズムの一大トピックたるものであり、『祖国』が七十頁ほどで、六百部刷つたといふのに比べるなら、『新論』の出版は保田にとつて、まさに乾坤一擲の事業といふのに価した。発行部数について「十万でなければ、出す意味がない」と保田は説いた由、座談会「『祖国』創刊前夜から『新論』終焉まで」（前掲）のなかで奥西保は云つてゐるが、保田が率先して刊行に伴ふ庶事に任じたのは、『祖国』の創刊のときと大きく相違する。

『新論』創刊号

　吉野書房を主体に、千代田区神田鍛冶町にある同書房の東京支社内に設立した新論社のその事務所に自ら詰めて、保田は編集の指揮をとるとともに、原稿の執筆に当つた。創刊号には「明治維新とアジアの革命」を掲げたのとは別に、「創刊の辞」の他、「巻頭言」「新論」、それとグラビヤに付した文を保田がすべて無署名で書いてゐるのは、次号以降もつづくが、このうち「新論」は、形式も、また内容も、『祖国』における「祖国正論」をそのまま受け継ぐもので、『新論』を『祖国』の延長の上に位置づける一根拠となる。昭和二十一年十一月十六日内閣告示を以て告示されて一般に実施された「現代かなづかい」を、すでに『祖国』は採用しなかつたのみならず、誌上で一度ならず批判を加へてゐるが、それに倣ひ、発刊の「趣意書」と挨拶状をさうしたやうに、保田が『新論』においても旧来の仮名遣に拠つてゐるのは、総合誌であるだけに、その反時代的な色合ひをまた強く打ち出すものであつた。保田は「現代かなづかい」を容れることなく、戦後の著作はすべて「歴史的かなづかい」で行はれたが、発表機関によつては、それが「現代かなづかい」に改められるのを敢へてしてまで拒まなかつた。

『祖国』を引き継ぐものだつたとは云へ、『新論』は同人制をとらない営業雑誌であつた。それでも『祖国』の創刊同人では、奥西保と高鳥賢司が、途中で同人に加はつたなかからは、近藤達夫、大井靖雄が新論社に入り、他に保田が戦前から知る下島連、堀場正夫、長尾良、斎藤兼輔らが関はつた。総合誌といふ制約からであらう、創刊号の文学作品は、今東光の「八尾別当」と佐藤春夫の「山上憶良」の小説二篇だけで、これは保田が直接に依頼したと思しいのは、をりから『日本経済新聞』に「白雲去来」を連載中の佐藤春夫が「この間、史上人物を取材した創作をといふ注文で非常に困つた」といふ書き出しの「史上人物」（昭和三十年五月十八日附夕刊）に「依頼主が保田與重郎であり、稿料がたつぷり出ないとあつては、是が非でも何か書いて渡さなければ意地が立たないといふハメであつた」と云つてゐるからであり、今東光とは、今が昭和二十六年に八尾の天台院の住となつてから往き来してゐた。天野貞祐「人間の尊重」あるいは元第八方面軍司令官今村均の「ラバウル獄の思ひ出」他の稿を揃へたのは、主に近藤達夫の手腕によつたやうであるが、既記座談会の記事につくと、三月末日に着任して四月から行動を起した近藤は、三十本近い原稿をわづか一週間で集めたといふから、じつに獅子奮迅と形容したい働きぶりであつた。

『新論』創刊号は、同じ座談会における奥西保の言によれば、七万五千部ぐらゐ売れたと云ふ。「十万でなければ出す意味がない」とした保田の思惑としても、けつして不首尾とはいへない売れ行きであつたが、翌八月号はそれが半分近くまで落ちたところへ、八月号を発行した後、日経連から資金の提供をうけることになると、内容に日経連が容喙するやうになる。具体的には、棟方志功の表紙画、仮名遣ひ、グラビア頁、保田が無署名でしるす「新論」について変更を求めてきた。グラビアは、創刊号で云ふと、「村」と題し、日本の農村の佇ひを、そのやうにあらしめてゐる造型のうつくしさを写真で示したもので、陶藝家の河井寛次郎の指導によるとしてゐるのは、河井の名を借りながら、実際にはおそらく保田の創案であるが、日本の造型の在りやうを見つめるといつた感覚は、つとめても日経連の理解の届くところでなかつた。

『新論』を創めた趣意、雑誌の存立そのものに関はる編集方針は、どんな事情によつても簡単に曲げられるはずもない。日経連の申し入れに、新論社として譲歩する余地はなかつたが、それでも状勢の打開を図らうとするうちに、その九月、保田が戦前も患つた肺浸潤で倒れ、大阪警察病院に入院する事態となつたことは、『新論』の発行を続ける見通しを失はせるに近かつた。入院先を大阪警察病院としたのは、『祖国』の編集人だつた玉井一郎が医師としてそこに勤務してゐたことによるが、『新論』のことで積み重なつた疲労が直接の病因にせよ、喫煙がまたその誘因をなしてゐるといふのが玉井の意見で、それを節するやうその後玉井が一度ならず忠言を呈したのも、保田の聴き入れるところとはならなかつた。私が晩年の保田に接したなかでも、冬の季節であれば、脇に置いた大きな火鉢の熾つた炭でしきりに煙草の火を点ける仕種が眼間に泛ぶ。

事業の蹉跌と、そこから生成したもの

誌面を作るのも思ふに任せないやうになつていつた『新論』は、保田がまだ入院中の十二月に昭和三十一年一月号を出すと、そのまま休刊とせざるを得なかつた。鳴物入りで始まつただけに、かういふ結末は、保田も、また他の関係者のたれもが予期してゐなかつたに違ひない。そこへ、たれが、どんなふうな橋渡しをして、さういふ計が立てられたのかは知られないが、『現代畸人伝』(前掲)の「竝育竝行の理」に述べてゐるのによれば、緒方竹虎から支援の約をとりつけ、保田が新論社の再建に動かうとしたのは、年が明けてやうやく大阪警察病院を退院し、病後の身を猪名川畔の仮寓に養つてゐたときである。自由党総裁としていはゆる保守合同を策した緒方は、三十年十一月、結成された自由民主党の総裁代行に自ら就任したばかりで、党務だけでも多忙をきはめてゐたのに、新論社のためになすところあらうとした心意気は並々でない。緒方竹虎における言論人の感覚に、『新論』の主張と、そして行き方に共鳴するものがあつたと云へば、それは緒方が追求しようとしてゐた保守党像について示唆してゐるやうに思はれるが、正月の三十日に、その件で保田は緒方と面会する手筈になつてゐたところ、その二日前の二十八日に緒方が急逝し

て、新論社の再建の途は閉された。訃報を保田はやはり猪名野で聞くのであるが、その協力があるいは得られるといふ矢先の緒方竹虎の死は「いふならば新論社の短命の最後として、なかなか劇的であつた」と「竝育竝行の理」に保田は書いてゐる。

わづか七冊を出しただけで『新論』が終つた責は、何よりも三カ月に及んだ入院生活に帰せられるといふ思ひで「病気が『新論』のためには最もよくなかつた。まことに恥しいことだつた」と云つてゐるのは「二十年私志」（前掲）である。しかし、仮に保田が病気入院する事故が起らなかつたら、状況の悪化するのをもう少し遅らせることにはなつたにしても、それで当初の編集方針を枉げずに『新論』の発行を続けることができたとは考へにくく、また事態が退引きならなくなるその前に、緒方竹虎の援助の手が差し延べられるといふ筋書で運んだとも想定し難い。発刊の「趣意書」に説いた理念、志したものは、要するに世俗に敗れたといふひと言に尽くされるといふのが、『新論』の終焉の実相であつた。それは一般的には潔く美しい最後と云へるのが、この場合さうでなかつたのは「遠方から見てゐた新論社の瓦解は、半面見苦しい人の動きを示した」（「竝育竝行の理」）ことによる。それを自身の負目としたことが「まことに恥しいことだつた」といふ苦い回想となつたと読めば、一節の意は通じないでもない。

『新論』の蹉跌が、しかしそれで終らず、他方で別の新しいものを生成させる因となつたのは、保田與重郎伝にまた多彩な色づけをするものであつた。ひとつは、『新論』の廃刊の後、奥西保と高鳥賢司のふたりは、独立して教育出版の事業を興すべく準備してゐたのが、株式会社新学社の設立とな

『風日』

るのは、翌昭和三十二年（一九五七）の三月とする。保田を取締役会長に戴き、奥西が取締役社長、高島が専務取締役に就き、新学社五十年史『魂の存続』（新学社、平成十九年十二月）によると、創業時の社員は三人を入れて八名で、京都市左京区の正進堂印刷株式会社の二階を借り、次いで下京区の同じく印刷業の株式会社昭英社内に移転した後、三浦義一の世話で山科東野に土地を購め、昭和四十年（一九六五）に五階建の新社屋を構へるまでになる、社業の伸張をみるその間保田が会長職にあることは変らなかつた。

新学社は学習参考書を作り、それを取次の手によらず、各地の教材販売店と取引きし、販売店を経由して学校の納入する直販方式をとつた。小学校、そして中学校向けの参考書で、初等教育の質の向上と、また人間としての情緒の涵養を以て国の再建に資さうとする。金儲けを第一とするのでなく、愛国心に発した起業であることにおいて『新論』の刊行に通じ、それは企業にはめづらしい倫理性といふものを新学社に荷はせた。保田は定つた社内行事のとき以外には通常出社することもなく、経営の実務には関はらなかつたが、終生その精神的支柱であり続けたのは、世にあまり知られてゐなかつた保田の一面で、何に対してであれ、優しく臨むことをつねとした保田が、社員の結婚に際して仲人をつとめたのは何組にも上る。そのやうに気さくな保田を交へた家族的で結束の強い社内の人間関係は、右に云つた倫理性と相俟つて、同業種間はむろん、一般には見られない特異な新学社の社風をつくりあげた。

これも『新論』の頓挫がなければ生れなかつたと云へるのは、『風日』と、それから『天魚』の両誌の刊行である。『風日』は、新学社が設立されたのと同じ昭和三十二年三月に創刊された季刊の同人雑誌で、いきさつを、同誌が百号に達するのを記念する社中の合同歌集『風日集』（風日社、昭和五十二年七月）に序したなかに保田が顧みてゐる他、保田の歿後、創刊五十周年を迎へて刊行された『風日志』（風日社、平成十九年九月）に諸同人の回想を収めてゐるが、それらによると、「みとし会」から『祖国』の時代に亘つて、保田の近くにあつて作歌に励む有志が相寄り、昭和三十年の秋から月《つき》次《なみ》歌会を風日社の称で催してゐたところ、『新論』の廃刊を期に機関誌を出すに至つたものである。「風日」の語は保田が択んだもので、保田はじめ、棟方志功、今東光、清水文雄ら十名が創刊発起人となり、表紙画、カットは棟方によつた。風日社の主幹の小原春太郎を『風日』の編集兼発行人とし、発行所の風日社は京都西之京の小原の自宅に置かれたが、実質的な主宰者が保田であつたのは、『祖国』の様態と同じである。

『風日』は広く文藝に関はりながらも、短歌を中心とした。保田の歌を嗜むこと大阪高等学校以来久しかつたが、自身の詠を発表しようとした訳ではない証には、同誌に保田がすすんで歌を載せることはなかつた。創刊号と第二号にこそ「飛鳥の濫觴」の文を続けて掲げたが、文章を寄稿するのさへむしろ稀であり、保田における風日社は、歌の指導をする場であつた。歌会にも保田は出詠することなく、出席者の作品を鑑賞し、批評をする。それを通じて保田がふれるのは、文学に止まらず、日本の文化全般に及んだが、さういふふうに教へるのは、生得その身に備はつてゐたとでも云ふべく、つとに戦争下、国学院の数人の学生のために、有朋堂文庫の尾崎雅嘉の『百人一首一夕話』の輪読会を落合の家で保田が催したことを、会の一員だつた高橋渡が「輪読会のことなど」（全集「月報」第二十四巻）として書きとめてゐる。教育者たることも、保田與重郎にまた認められる貌のひとつに加へるとき、その全体像は、それを把捉することからしてじつに簡単でない。

第八章　『現代畸人伝』の世界

1　身余堂に暮す

河井寛次郎との通交

『風日』より一年遅れて、昭和三十三年三月に『天魚』が、やはり京都で創刊される。編集兼発行人は富田ひさ子で、富田が経営する印刷会社、前章にしるした創業して間ない頃の新学社が所在した昭英社を発行所としたが、編集の実際は保田に委ねられ、『風日』に比べて、保田色といふべきものが全体に鮮明である。棟方志功による表紙とカットを用ひてゐるばかりでなく、保田の歌を志功が彫つた「炫火頌板画柵」を表紙裏に収めてゐるのも、保田の作品を見ることの少い『風日』とは対照的なら、前面に出るやうにして保田が筆を執つてゐるのには、使命を『新論』に譲るべく終刊した『祖国』の復活を望む声が予て聞えてゐたのを受け、それに代る冊子とするといふ念もあつたであらう。『風日』が同人の納入する会費で行はれたのと異り、

『天魚』創刊号

同人制をとらず、印刷費等はおそらく昭英社が負担した『天魚』は、保田與重郎の個人雑誌の感さへする。その事情は、「『天魚』の創刊の動機をなした一つは、おそらく私の無為と懶惰をいましめ、又私に志あるものと考へ、これを助けんとの好意と思はれる」と、創刊号の「天魚閒語」に保田が書いたとき、自身が最もよく弁へてゐた。

『天魚』は「日本の民族造形を解明する目的で始めた」と「二十年私志」（前掲）に云つてゐるのは、巻首に「民族の造型」とする表うら二頁のグラビアを毎号置いてゐるのが、そのまま趣旨を端的に語つてゐる。それはしかし『新論』の誌上ですでに企画したところであり、しかも同誌の構成のなかで、何よりも保田の思ひ入れが強かつたのがグラビアであつた。その意味では、『天魚』は一面において『新論』の再建と見られないこともなかつたが、『新論』を以て打つて出たときのやうなはなばなしさがなかつたのは、たんに政治に関する発言を保田が控へたことだけによるのではない。

三月創刊号の「民族の造型」は、古い時代の瓦製の犬と沖縄の石彫の獅子一対に、裏の一頁は河井寛次郎の作陶五点を収め、これに保田による「民族の造型」の五百字ほどの無署名の記事を添へてゐる。昭和十五年に「河井寛次郎作陶展を観て」の一文があるやうに、河井の作品に早くから注目してゐた保田が、戦後の「河井寛次郎」（『藝術新潮』昭和二十九年九月号）で、河井の著書『火の誓ひ』に比類のない文学を読みつつ、一陶藝家といふのを越えて、藝業の全体が現してゐる「詩の世界」をよく論じ得てゐるのが、昭和三十二年十二月にミラノ・トリエンナーレ国際工藝展でグランプリを河井が獲るより以前である点は、充分留意されていい。保田の批評家としてある自負と自信がそこに存したことは、棟方志功に対する場合を思ひ合せるまでもないが、創刊号は、保田の、これは名を署して河井の陶業をのべた「民族の造型といふこと」に棟方の「民族の残した仕事」をはじめ、上田恒次、荒尾常三、河井武一ら、師河井への一門の讃辞を集めて、『天魚』が恰も河井寛次郎を鑽仰するために出されたやうな趣をもつのも、保田の説く「民族の造型」の表現は、要するに、当代において河井寛次郎に極るものだつたからである。

その作が無名陶であることは、ここでじつに深長な意味を帯びる。個人でない、個人を越えるものでありながら、一人の個人を卓れた作家として誕生させる、それが「民族の造型」である。紛れもない近代の作家であることにおいて、河井寛次郎は「民藝」とは異質であり、そこのところ浮び上がる民藝運動の抱へる矛盾は、どうにもならないものであるが、いづれにしても「民族の造型」といふ発想を保田にさせたの

昭和25年，京都河井家にて
左から檀一雄，棟方志功，河井寛次郎，右手前保田與重郎

は、河井寛次郎ではなかつたか。さういふ思ひにいざなはれるほどに、河井の作物が保田に迫つたのには、有無を云はせない力に漲つてゐた。トリエンナーレでグランプリを受賞した感想を報道関係者から問はれて、「作品は私個人のものではない、日本がもらつたのだ、民族がもらつたのだ」と、さう河井寛次郎が答へたといふのは、保田にとつて、これ以上わが意を得たことばはなかつた。河井の作品のそのやうな在り方は、前章にも弁じたところであるが、保田が『祖国』に無署名で「祖国正論」をのせたことに通じるものである。

保田の「河井寛次郎作陶展を見て」は、『コギト』第百一号（昭和十五年十一月）に所載であるが、戦前から保田は河井の面識を得てゐた。それが戦後「ほとんど京を流寓してゐた」と「京あない」（『藝術新潮』昭和三十七年九月号）にのべてゐるのは、昭和三十年代の初めの頃までの十年間であるが、河井との交りがおのづから深くなつたのは、例へば棟方志功をめぐる追憶をしるすなかで「名古屋の紅葉谷の鉈仏を見た時は、画伯はその十二神将の壇上によぢのぼつて、昔も棟方志功はゐたのか、とその像に叫んだ。この鉈仏は、名古屋在住の某氏から柳宗悦氏に報告され、画伯と河井寛次郎氏と小生で見に行つた」（「序文 生命懸」『棟方志功全集』第三巻、講談社、昭和五十四年五月）と云つてゐるのに知られる。柳宗悦が名古屋市千種区田代医王堂、通称紅葉山の鉈薬師堂に安置されてゐる円空作の十二神将を初めて観たのは昭和三十一年十一月で、そのいきさつを柳が「円空仏との因縁」（『民藝』昭和三十四年九月号）として書いてゐるのに名が出る富田孝造を、保田は「名古屋在住の某氏」と記したのであらう。富田孝造は、鉈薬師堂を護持する富田家のひとで、柳ら一行を紅葉山に案内した。保田が河井寛次郎とそこへ赴いたのは、日本民藝館主催の「棟方志功板業展」が各地を巡るなかで、恰度名古屋でそれが催されてゐた昭和三十二年四月である。

河井寛次郎との往来は、そのひとの裡の「詩人」にふれることにおいて、保田にとつて一種の慰藉であり、それのみで至福とも云へたが、河井の交誼を得たことが、門下の上田恒次を知る縁につながつたのは、思ひがけない恩恵を保田にもたらした。それといふのも、をりから京都に居を構へようとしてゐた保田は、その設計から調度、什器の意匠に到る一切を上田に嘱することになるからであり、やがて建てられた新居によつて、その後の保田の暮しが殆ど決定された概があるとき、保田與重郎の評伝を作る上で、上田恒次の名はどうしても書き洩らすことのできないものである。

山荘を営む

上田恒次は、京の烏丸通三条の屋号を「松屋」といつた呉服商の家に生れた。大正三年（一九一四）の生れだから、保田とさほど歳の差はない。陶藝を志し、河井寛次郎の許では練上手《ねりあげて》の製作に助手をつとめたのが、白瓷《はくじ》と併せて上田の陶工としての名をなさしめたが、他方で建築造型に心を寄せ、洛北岩倉の木野の山麓に登窯「木野皿山窯」を築くとともに、自ら設計した住居を、大工、そして左官も自身でして建てたのは昭和十二年（一九三七）のこととする。「総ての『造形』は壱つの感覚や理念に帰着する」と「形物について」といふ短い文のなかで上田は説いてゐるが、その意味で陶藝と建築は別箇のものでないとは、多分は河井寛次郎についても云へることであつた。建築の方面で河井を門下で嗣いだのは上田恒次ひとりであり、轆轤《ろくろ》による挽きものより、四角形のやうな型物の制作の方が上田の気分には適つてゐたといふのは、さても理由のあるところであつた。上田のさうした感覚を一方で現す木野の邸を保田が見たのは、戦後も早い時期だつたと思はれるが、後に「この家に私は驚嘆した。其れは藝術とか作品と言はれるもので、私の最も驚嘆した現代の創造物の一つである」と「上田恒次の陶磁」(『民藝手帖』昭和三十七年九月号)にのべてゐる。その「驚嘆」がことばの綾ではなく、字義どほりの掛値のない実感だつたのは、自宅の設計を、おそらく何の躊躇もなく上田に依頼したことに証される。

保田が京に定住の地を求める気持になつたのは、『祖国』をまだ刊行中のときである。保田の周辺、なかでも特に奥西保から勧められたことに始まつた話のやうで、両親に弟たちのところまでが同居する大家族の桜井の家は、著述に専念するのに好適な環境でないとして、栢木喜一が使者に立つて與重郎一家の京都移住を保田槌三郎に請願するのは、栢木の「畏友奥西、高鳥両兄の思ひ出」(『相安相忘――奥西保・高鳥賢司を偲ぶ』新学社、平成十四年三月)によれば、昭和二十六年十月のこととする。これに対し、槌三郎は「別居させたいと思つてゐます。與重郎とよく相談して決めます」と応じる。この間保田が京洛を「流寓」するに近かつたなかで、比較的長い期間を宿にしてゐたところとして私が知るのは、左京区百万遍電停一筋西入南下ルの旅館「京宮」である。現在は旗亭「梁山泊」があるのがそこで、栢木が右の件で槌三郎の許に出向いたときも、保田は「京宮」に滞留中だつたと思はれるが、いづれにしても新居をつくることは、それまでの「流寓」を切り上げることを意味したとき、保田は心中ひそかに期するところがあつたに相違ない。桜井から転住する先は、他所でなく、京ととして終始話が進んだやうであるのは、何よりも『祖国』を発行していく上からは、それが好都合だつたのは云ふまでもない。

父子が会して別居することで話がまとまるまで、それからさして日を措くこともなかつたであらう。さて新たに居を京都に構へるのに、保田はどのやうに備へたか。具体的なことになると、その経過を把捉できてゐる訳ではないが、ただ家屋の設計は、はじめからこれを上田恒次に委ねることとして、すべてはそこから動き出した。たれか風流人の住みなしたやうな閑雅な家居でも、京なら探すことができたとしても、新築すること以外、保田の考へになかつたやうなのは、それだけ上田の腕を見込んでゐた。上田恒次を得たことが、移住への保田の気持を強く押したふしがあるやうにさへ私には感じとれるのである。

百万遍の「京宮」から、昭和二十八年三月十四日附で保田が棟方志功に発した書信がのこされてゐるのを以前たまたま閲することがあつたが、なかに「小生京に新居作るべくはじめましたところ上田恒次兄いろ〳〵と設計など一切に御助力下され」云々とあるのに浮んでくるのも、右に今のべたやうな消息で、新居は遠からずしてなるおもむきである。しかし、何が障碍となつたのか、それ以上は一向捗らずに滞るまま、日数のみ経るうちに、やうやく進展に向ひ始めるのは、昭和三十年になつてからのやうである。「保田氏住宅を東より望む」と下部に横書されてゐる上田恒次によるB４大の一枚のスケツチは、保田が保存してあつたものであるが、家屋の後ろの右の上方、「アタゴ山」を背にして「文徳陵」と、それの参道の両側に「池」が描かれてゐるのは、鳴瀧の文徳天皇の田邑《たむら》陵の辺りで

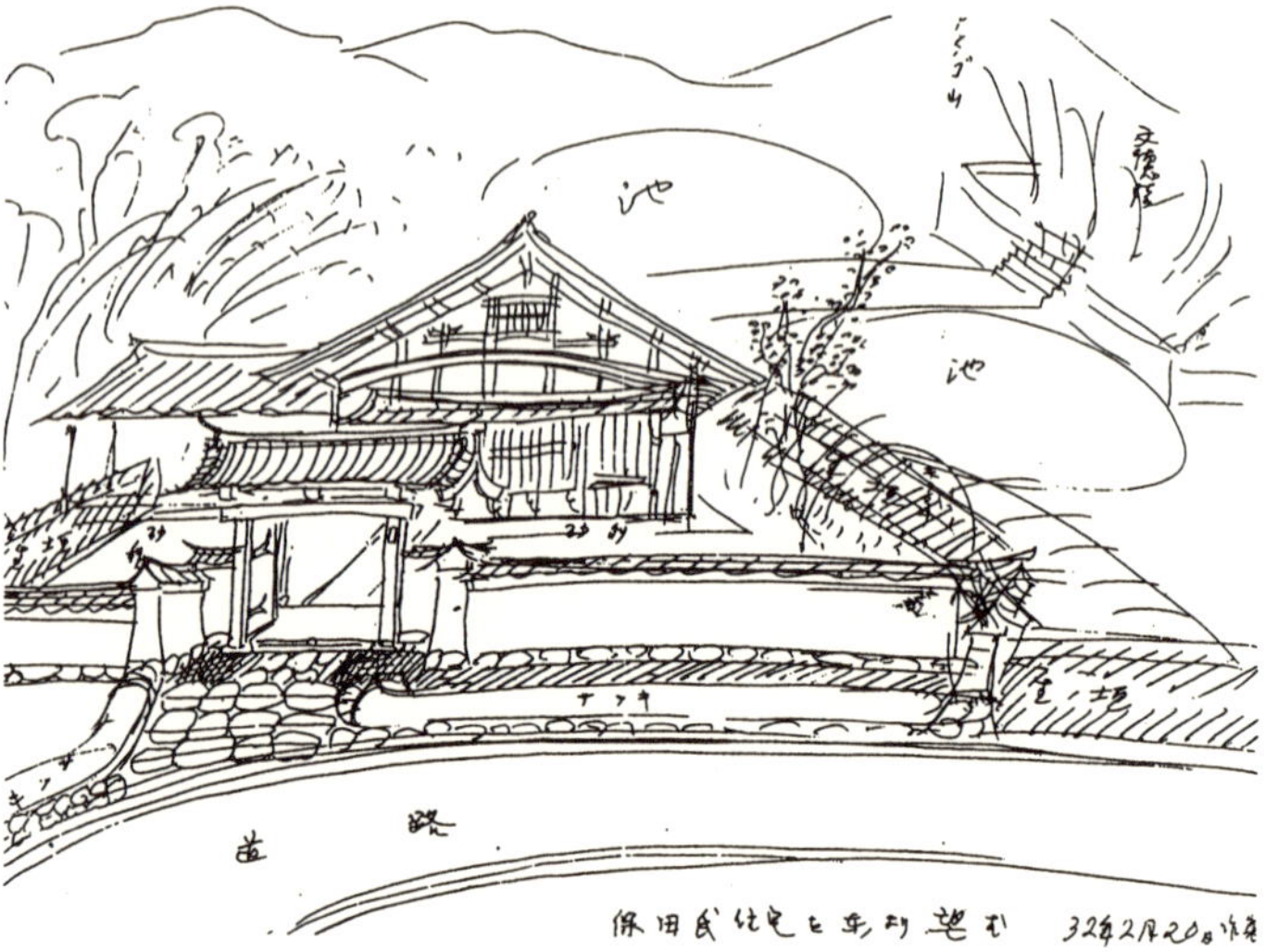

上田恒次による建築前の山荘スケツチ

ある。スケツチには「32年2月20日作製」の記が附されてゐるのからすると、選定した土地の取得の手続を前年の三十一年には終つて、建物のおほよその構想が得られてゐたことを図は示してゐる。

右京区太秦三尾町一番地に所在するその土地は、松茸山として知られ、赤松林で覆はれた三尾山を切り拓いて宅地としたもので、位置とすれば、太秦といふのでなく、鳴瀧である。一帯が風致地区のため、建築の許可が速かには下りなかつたといふ他に、どんな事情が絡んでゐたかは不明であるが、上田恒次が右のスケツチを作製してからもはかが行かず、土地の造成に取りかかるのは、翌春をまたなければならなかつた。やがて保田は百万遍の「京宮」を出て、現地にほど近い右京区常盤下田町五の第三望山荘といふアパートの一室を借りて移る。その間想を練つて設計を進めた上田の「保田邸建築仕様書」が七月にできると、三十三年九月五日附で北野の木曾久次郎との建築工事請負契約が結ばれ、契約を交した同日に着工、全工事を年内に了へる取決めであつた。

初期の書院建築の様式に倣つた建物は、四十坪の平屋である。深草の牧野金次を大工頭として始められた工事は日程どほり進行し、十月十五日には上棟祭を迎へたとき、保田は所懐を左のやうに詠つた。後に棟方志功がこれを「炫火頌」の「新室の柵」に作つたのを、保田は新居の玄関を入つて上框を上つた直ぐの廊下のところに架けた一首である。

三尾山上棟　一首

みささきのこの片岡のとよ秋にわが新室の真木柱はも

工事はその後も順調に運び、契約書どほり年内にほぼ終り、引渡しをうけた新居に、押詰つた十二月二十八日に一家は引き越した。三男と一女を置いて出征した保田は、帰還した後にまた一女もゆらを儲けてゐたから、夫婦と子供五人といふ家族構成に十分な広さとは云へなかつたが、もともと保田のつもりではこれを山荘として建てた。さうして山荘を、鳴瀧の地名に因み、『新古今和歌集』の神祇歌に収める熊野権現の神託歌「思ふこと身にあまるまで鳴瀧のしばし淀むをなに恨むらむ」から「身余堂《しんよだう》」と号け、また『芭蕉句選』の「名月や池をめぐりて夜もすがら」に拠つて書屋を別に「終

鳴瀧の保田邸（身余堂）

夜亭」と称することは、おそらくこれを営むより以前から、つとに案じてゐたもので、さういふ保田の脳裡に、例へば石川丈山の「詩仙堂」があつたのは確かなことである。「身余堂」といひ、「終夜亭」といつたりするのを、保田のこだはりと云へば、それまでである。しかし、そのやうにとなへるに似合はしい造りの新宅であり、さうした命名自体、「詩仙堂」が丈山の暮しを象徴するのと同じ意味合ひで、以後の保田の処生を暗示する。

藍毘尼青瓷茶会

身余堂の建築に関して書き落せないのは、邸内に入る門のことである。前年二月に作製された上田恒次のスケッチに改めて注意すると、南から北の方向に通じる道路に沿つて東面する門は、それを潜ると、母屋の玄関の正面にそのまま向ふやうに配置されてゐる。門の構へも、建物に映えるものとして、仮に上田は図にしたまでと思はれる。実際はしかし、ともにそれが違つたのは、新造でなく、五条の本覚寺の時代を経た総門を移築した上に、位置を90度回転させ、道路から敷地内に進み入つてから、直角にまはつて正対するやうに設へられたことである。据ゑつけをそのやうに変更したのは、大日本生産党の河上利治の進言によると伝聞するが、個人の住宅には不釣合ひなほどの形状の、古びて厳しい門は、角度をずらして建てられたことで、なるほど身余堂の粧ひをひき立てた。

鳴瀧へ行く、といふのは、門下の間でされた云ひ方で、保田を訪ねることを意味した。私が保田の知遇を得るやうになつたのは、身余堂ができてまだ十年しない時分だつたが、以来鳴瀧へ行く度につくづくとながめ入るこの門には、保田にも深い思ひ入れがあつたことが知られたのは、歿後三十年近くもして、傷みが目につく門を修理したときに、自筆の棟札が見出されたことからである。文は全集に未収録のそれを写真版で示すが、日附の昭和三十三年師走廿七日は、ここに引き越しをする前日である。

京都市下京区富小路五条下ル本塩竈町に所在する仏性山本覚寺は、その境内に株式会社昭英社が社屋を置いたところで、その一部を新学社が事務所として借りうけた時期のあつたことは、前章にしる

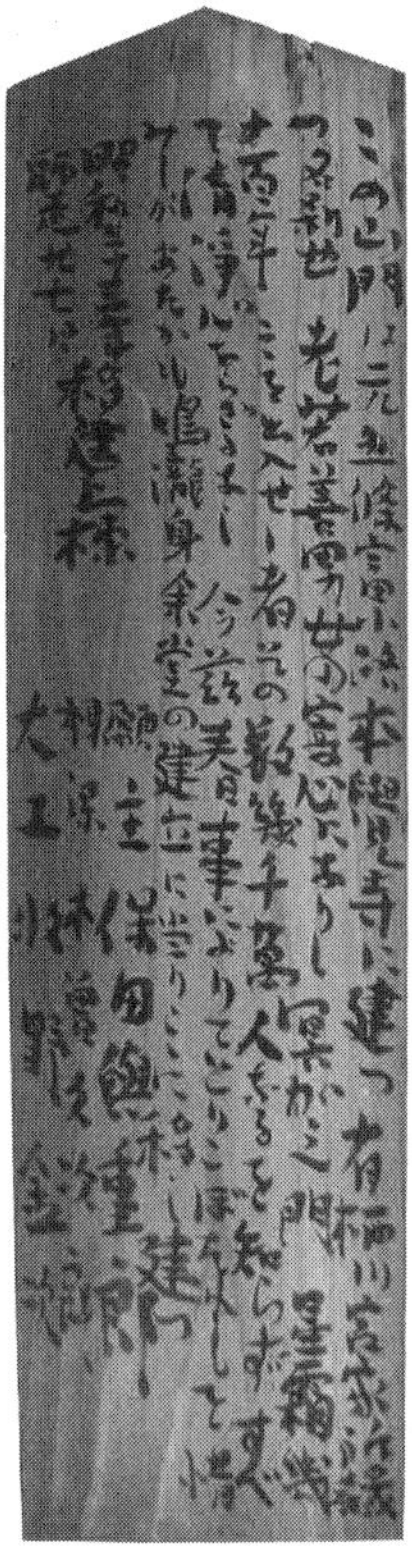

自筆の棟札

谷三山の「天道好還」の額の掛かる客間

した。身余堂がなつたのは、新学社が昭英社内に移転して一年ほどの頃であるが、本覚寺から移築した門は、日常に何度も開閉するやうな造りになつてゐない。そこは鎖したまま、門の左脇に潜り戸を設けたのから訪客は出入りするのが、身余堂を印象づけるのに或る種の効果をあげた。敷石を伝つて玄関の前に立つと、左手に銅鑼が懸けてあつて、保田の字で「来者三打」の木札が下つてゐるが、いづれにしても身余堂の出来映えは申分なく、建築家としての上田恒次の名は一躍広まり、住宅や店舗の設計の依頼を次々と上田は受けるやうになる。

勝地を卜して身余堂は建てられた。そのやうに云へるのは、そこから得られる眺望が、これに比べられるほどのものは、京でも他所にまづなかつたことにおいてである。東南に京都市街の大半が一望され、南は太秦の田園風景がひらける、その後方に遠く石清水、生駒が見はるかされれば、田邑陵を囲むやうにしてあるかみの池を眼下にする西は、上田恒次のスケッチにも書きこまれてゐる愛宕山、それに小倉山に対する。植木を入れるのは、桜で名高い佐野藤右衛門が差配した。やがて生垣、庭敷石などのしつらひも整ふと、四月八日の花祭、釈尊降誕の日にそれを設定したことに理由があるのは、後にのべるとほりであるが、佐野藤右衛門が植ゑた前庭の八重枝垂桜がをりから満開したなかで、保田は空想の茶会を催す。藍毘尼《ルンビニ》青瓷を主題としたその茶会の模様を「藍毘尼青瓷茶会」（『淡交』昭和三十四年五月号）にしるしてゐるのに、建物の外観、そして内部の造作の写真を挿んでゐるのは、一篇が新居の披露を旨としてゐたからである。

藍毘尼青瓷といふのは、京の智積院の竹村智教上人が少し前にインドの仏蹟ルンビニ園を訪れたとき、そこから一握りの土砂を持ち帰つた。その提供をうけた上田恒次が、陶土に釉薬を混ぜて焼成したのが青白磁の香爐で、床の間の中央に飾つたそれの由来を亭主の保田が参会者に説くといふのが、日どりを花祭の日に合せた茶会の趣向である。当日の客は在原業平以下、芭蕉、兼好、西行法師に、加藤清正、松永貞徳と、みな故人なのが、茶会の空想たる所以であるが、荒唐とこれを評し去るのでなく、確かなものをそこに読むのは、各人のする会話が尤もらしいといふ以上に、それが保田與重郎の文章であつた。さうして右の人物を請じ入れるのに身余堂がいはば堪へ得なかつたら、話も始まらなかつたと云へば、上田恒次の設計したそれを保田はよく住みなした。保田の京都移住のもつた意味の、その最大のものはそこにある。どのやうな暮しだつたか、それはおよそ消費文化の贅沢を追求する生活とは別種のものである。「藍毘尼青瓷茶会」はその一端を写してゐるが、その暮しぶりにおいて、保田與重郎こそは文人の名に価した。文人のさうした在り方が戦後は殆ど見失はれたときに、保田のした身余堂のくらしは、自体が勝れて反戦後的な表現であつた。

2 戦後文壇への復帰

再評価の兆

昭和三十四年（一九五九）七月上旬に上京して練馬区大泉の五味康祐方に滞在中、保田は不調に陥つた。吐血を伴ふ症状で、同月三十一日に日本医科大学附属病院に入院する。八月三日に胃潰瘍折断の手術をうけ、九月三十日に同病院を退院後は、五味家で静養につとめてから鳴瀧の邸へ戻つたのは、十月二十三日であつた。それまで保田は入退院を何度かくり返し、薬餌に親しむ日が多かつたが、手術を機にとみに健康となり、酒なども以前より量を多く飲んだ。

昭和三十五年は日米安全保障条約の改定の年に当り、それに反対するデモの隊列のなかにゐた女子学生一名が斃れた六月十五日を頂点とするいはゆる安保闘争は、日本全体を大きく揺がせた。これに対して、福田恆存のやうに「常識に還れ」（『新潮』昭和三十五年九月号）と、声をはげましてたしなめるといふのでなく、保田は、いはば戦後そのものの相をそこに見つつ、「危機の感」（『京都新聞』昭和三十五年五月三十一日）を語つて「今日の危局を回復するものは、自主独立の愛国心だけである」と訴へてゐるが、さういふなかで、それを、愛国心を養ふための著述を私かに三月に発意してゐた。起筆は翌年の二月で、原稿紙で二百五十三枚になる業をほぼ四カ月を要して了つてゐる。出版の計画も具体的にされたやうなのは、原稿に他筆で活字の組指定がなされたあとが認められることによるが、これのあることは近しい関係者のたれにも知らされず、未発表のまま身余堂の書庫内に置かれてゐたのが、歿後に発見された。「述志新論」として全集第三十七巻に収めるのがそれであるが、それまで不当に処遇されてきた保田を見直さうとする兆が出てくるのは、戦後十五年したこの前後からで、『同時代』の第四号（昭和三十二年三月）から掲載の始まつた橋川文三の「日本浪曼派批判序説」が、未来社より一本となつて三十五年二月に刊行されたのは、そのやうな気運にいきほひを付けるものであつた。橋川の論は、なるほど批判には違ひないとしても、しかしそれを通じて一定の評価がこころみられてゐる。少くとも戦後の世上の浅薄きはまる保田観に大きな訂正を迫つたことにおいて、橋川文三の名は保田與重郎評価史上にしかと記録される必要がある。

風日社の月例の歌会の会場を、保田の意向で身余堂として、月の第三日曜日に開かれるやうになつたのは、昭和三十六年の一月からである。同年の十二月四日、河上彦斎先生九十年祭が東京大神宮で行はれるのに、保田は祭典委員に列して上京したのは、彦斎の孫になる河上利治との縁ばかりでなく、祭典委員長をつとめた熊本の紫垣隆の知遇を戦前にうけてゐることにより、戦後も宮崎民蔵、寅蔵両先覚追悼祭典を昭和二十九年五月十六日に紫垣が主催した際には、奈良からは前川佐美雄、春日大社の水谷川忠麿宮司とともに熊本へ赴いてゐる。まだ『祖国』の刊行中のときで、紫垣の驥尾に付して、その一冊を「宮崎兄弟特輯号」に充てたのは、追悼祭典当日の参列者に配布されるが、保田が紫垣隆を一代の国士として敬したことは身余堂にも徴し得るといふのは、書斎に机を置いたその上方に掛かる「終夜亭」の扁額は紫垣の揮毫だからである。

昭和三十七年になつて、春三月の二十日に、肥下恒夫が農薬を飲んで自ら命を絶つた。保田と同時期に応召した肥下は、復員して郷里の河内にあつたが、大和川沿ひに開拓した伝来の田地が、集合住宅の建設のために強制収用されるといふ状況のなかで死を択んだと云ふ。『日本浪曼派の時代』（前掲）に肥下を偲んで「コギトの父であり、日本浪曼派の母だつた」（「一つの文学時代」）と述べる保田は、その死をまた「偉大な敗北」と説く。保田は在らへこそしたが、「偉大な敗北」を喫したことでは同様であり、肥下恒夫の死に自身を重ねてみてゐるところが、保田の文を真情あふれるものにしてゐる。少くとも同時代人について「偉大な敗北」と保田が讃へたやうな例は肥下恒夫の他にはなく、それだけ肥下のした事業には赫かしいものがあつたといふことである。

発表機関の大方がこの間なほ鎖されてゐた保田に対し、編集面で斎藤十一が万事采配を振る新潮社だけは例外で、その後も執筆の機会を提供するのに、保田も応じることが少くなかつた。機を見計らつてゐた斎藤が、いづれ指示したものと私には思ひなされるが、『藝術新潮』の昭和三十七年九月号、十月号に、保田はそれぞれ「京あない」と「奈良てびき」を寄せる。一般に行はれてゐる観光案内と両篇が相違するのは、さういふ類のものには載せてゐない文物を取り上げてゐることだけではない。ありふれた名所に筆が及んでも、けつして平板な解説に堕することなく、古都の見所のあれこれを存分に語りつつ、それが秀抜で高次の文明批評になつてゐるのが、要するに保田の文であり、さうして特に批評に保田與重郎のあることを、戦争の日を知らない新しい世代の読者に教へて驚かせた「京あない」について云へば、これが身余堂に暮す日常をもたなかつたら生れなかつたことは、「春は曙、その曙に、空も家も池も木も、屋根も白壁も、すべて濃い紫の一色となる京の風景を、私はわが山荘で幾度か経験した。」と書いて、さらに「王朝の文学及び一般藝術の根柢は、私のしば〳〵見た濃い紫一色の京の世界のいめーぢ、さういふものを除外して、もうその情緒の根柢は読みとれぬやうに思つた」と叙するとき明らかである。「春は曙」は『枕草子』の冒頭の句であると、敢へて註を付せば、文意に紛れるところはあるまい。

「現代畸人伝」といふ思想

『新潮』の翌三十八年の二月号から、保田の「現代畸人伝」の連載が開始となる。単発でなく、連載となれば、企画は一年くらゐ前には決つてゐたとすると、「京あない」と「奈良てびき」の執筆は、『新潮』誌上の連載によつて保田をもつと前面に押し出さうとするに当つて、その前触れといふべき意味合ひを持たせたひとつの仕掛けではなかつたか。そのやうにいふのも、「序」の首の「『月夜の美観』について」を「昨夏、私は京あないの一文を書いたなかで、京の名所の数々をめぐつて」（傍点保田）云々で始まる「現代畸人伝」は、「京あない」の続きのやうにも読まれるからで、連載を控へてゐた保田は、この文を作るうち、第一回の右の「序」のみならず、作品全体についての想を深め得た。「現代畸人伝」の筆がとられるに至るまでをさう辿るとき、「京あない」がたんなる観光案内でないのはむろん、紀行文でも、あるいは風土記の類でもないことは、反つてまた判然とする。身余堂の暮しがなければ、「京あない」と同様、「現代畸人伝」もまた生れなかつたと云つていいが、いづれにしても『新潮』で保田與重郎に連載させるといふのが、斎藤十一の強い意向がはたらいて実現したことだけは間違ひない。「保田さんは悪いことはしていない。戦争になつたら国のために、となるのは当たり前だろ？」といふのは、斎藤美和編『編集者 斎藤十一』（冬花社、平成十八年十一月）に収める、斎藤があるとき美和夫人に洩したことばである。
満を持してゐたかのやうな、堰を切つたやうに溢れ出る、それでゐて一向逸るところのない「現代畸人伝」の練達の文章は、相変らずつまらない警戒心が一部から保田に向けられてゐたのに十分耐へられるものであつた。例へば左に抽くのは、連載の第八回「紅葉のいそぎ」の章のなかの一節である。

ここ数年、国のくらしは近代化し、忙しくなり、金銭の出入は増加したといふが、人の心は貧寒として了つた。金銭に富む境涯ほどに貧寒を感じさせられるのは、金銭の本性の冷たさに由来して当然のことである。せめてわが体温で温めた金銭で人に払ひたいと思つても、金銭の底しれぬつめたさは、体温の方を奪ひ去るにちがひない。金銭を阿堵とよんで口にせず、阿堵物に手をふれず、あるひはこれを家にとどめなかつた人々や、その反対に、入りくる金銭を即刻座敷牢の土中に埋蔵した類の人々は、古来の畸人伝に列記されてゐる通りである。彼らはやぶさかな吝嗇の徒でなく、金銭の冷気におそれた人々である。

「現代畸人伝」が、一言でいへば、反戦後的な世界の形成を旨としてゐるのは、「金銭の出入は増加したといふが、人の心は貧寒として了つた」とここに嘆じてゐるとほりである。反戦後的といつて、「祖国正論」でしたやうに、露骨に時務を論じるのではない。戦後といふ時代のあり方に正面から疑義を呈したり、それまでわが身に被つた仕打ちに対して怨言を申しのべるといふのではない。さうではなく、戦後の風儀に染まらない、古代のままに現在もあるやうな人間の生成を優しくうつし出すことによつて、やりきれない時代相を浮び上らせる。近しい関係にある、さういふひとたちを呼びこむやうに、大方は実名で次々と登場させる筆づかひには、一種の報恩記としてこれを書き綴つてゐる趣が感じとれると云つてみれば、それをなさしめたのは、保田與重郎そのひとの愛情の深さといふものである。

「現代畸人伝」の表題は、私が云ふまでもなく、おそらく伴蒿蹊の『近世畸人伝』に倣つてゐる。だが、「現代畸人伝」が『近世畸人伝』のやうでないのは、畸人にまつはるエピソードの断片をただ蒐めることに終つてゐない点であり、さうしてその外観を叙するのでない、伝を小説のやうに作つてゐないことにおいて、石川淳の『諸国畸人伝』と異つてゐる。『諸国畸人伝』が過去の有名の人士を扱つてゐるのに対し、「現代畸人伝」は、同時代の、むしろ無名の群像を多くとり混ぜてゐるのも、両著の違ひである。

「畸人の資格は、凡そに無欲といふことである。無欲だけではいけないが、それは絶対の第一条件である。」連載の第二回、「序」のうちの「涙河の弁」にさう説くが、そのやうな畸人の追究が、一箇の文藝批評をそこに成り立たせてゐるといふところに、「現代畸人伝」の位相はあり、保田が「山と水と」（『心の花』七百号記念号、昭和三十二年二月）で山田孝雄の「俳諧語談」における考証を「批評がはたらきとして現はれる形」と讃へたのと同様の事情を、私は「現代畸人伝」に看てとるのである。

「現代畸人伝」の思想を問うても始まらない。「現代畸人伝」で、保田は何か思想を語つてゐる訳ではない。「現代畸人伝」をさうした作品に象つたその造型、それを措いて保田の文学はどこかにあるといふものではなかつた。保田はつねに文学といふ思想を具体的に描いてきたのであり、批評によつてこそ能くし得た「現代畸人伝」といふ思想は、それまでの戦後における保田の最大の達成であつたと云つていい。

保田における愛国運動

批評は、保田において愛国運動だつたといふのが、第十一回「われらが愛国運動」の趣旨である。当代の日本が世界に誇るべき文物、挙げられてゐるのは、岡潔と「春宵十話」であり、河井寛次郎と、その門下の荒尾常三、上田恒次の陶業であるが、批評家の義務としてそれをほめ称へるのが、すなはち愛国運動と保田は云ふ。その語を政党名に冠した政治団体のそれと、保田の「愛国」はどんなに違つてゐたか。因みに、三島由紀夫の「林房雄論」が『新潮』に掲載されたのは、「現代畸人伝」の連載が始まつた同じ号であるが、「林房雄論」はなほ文学の論の域に止つてゐたとしても、その後の三島由紀夫をして一連の行動に奔らせたのともおよそ異質な保田における「愛国」は、ともかくもおほどかなものであつた。井上義夫の「保田與重郎の現在」(前掲)は、保田に三島由紀夫を対比させることを主題のひとつに含んでゐるが、「その原理において、『保田與重郎』とは三島由紀夫でなかつたものの一切の謂である」と井上がそこにしるしてゐるのを佳言といふのに、両者における「愛国」が互ひにどんなに隔つてゐたかを見るだけでも足りるやうに私には思はれる。

保田が岡潔に初めて会したのが昭和三十八年七月八日であることは、当日のふたりの間の会話のいくつかを併せて、栢木喜一の「月日亭の一夜」（前出『風日』保田與重郎先生追悼号）に記録されてゐる。前年の四月に『毎日新聞』に連載された「春宵十話」を読んでゐた保田が希望し、岡潔の許に出入りしてゐた栢木がこれを取次いで、奈良市内の料亭での対面となつたものであるが、それから「われらが愛国運動」の稿を作るまで、時日にそれほど余裕がなかつたことからすれば、保田は第十一回に岡潔を取り上げることにしたあと、その印象なりを文に交へもすべく、博士と親しく語らふことを思ひ立つたのであらう。

「春宵十話」について「あゝいふ文学論はこれまでになかつた。あれは全部、文学論です。」栢木の手控によると、保田は岡にそのやうに語つたといふのは、云ひ方を少しかへて「われらが愛国運動」にくりかへされるが、「春宵十話」を「教育、人道、理想の問題から、人間のあるべきやうの一切を論じた書物」とし、岡潔は「世界の救ひとなる存在である」（傍点保田）と語るとき、そのひとは「聖者」の列に加はる。それほどまでに、保田は岡潔を讃仰して已まない。一度の会見で岡潔における人間に強く惹かれたことが、保田をさうさせたと云へば、多分は岡も、同様のものを保田與重郎に認めた。保田が戦後に出会つて肝胆相照らした、岡潔は初めてといつていい一人であり、奇行と世界的な数学者として知られた博士の著す「春宵十話」を得た悦びを、あけつぴろげにそのまま筆にすることができるのは、これも保田の自信といふものである。

「現代畸人伝」は「われらが愛国運動」の次が「われらが平和運動」で、この後に「番外」上・下が続いて、昭和三十九年四月号で十四回の連載を終つた。連載の途中で決定してゐたと覚しいが、完結すると、単行本とする運びとなり、これは保田から希望したことであらう、装幀と題字を依頼することになつた清水比庵の許へ、保田に随つて新潮社の担当者が打合せを兼ねて訪ねていく情景を、片岡久の「東京の夏の日」（全集「月報」第三十巻）はよく伝へてゐる。一巻は、函の著者名、表題、出版社名を比庵の書により、見返しに「雨ふりぬ天気になりぬそれだけのわが明け暮れのひとり言かな　比庵八十二」の自作の一首を配してゐる。造本の出来は、保田にとつて、思ふに満足すべきもので、発売になると重版する売行だつたのは、その文もさることながら、清水比庵の装幀があづかつてゐなかつたであらうかといふのは、私の臆測である。若い日の保田と、まだ比舟と号してゐた清水の出会ひについては、第三章に叙することがあつたが、右に云つた見返しを飾つた歌のやうな比庵一流の作品は、戦後の『祖国』にも、また『風日』にも掲げるところであり、隔意のない両者の風雅を通じた交渉は、終生に亘つて渝らなかつた。

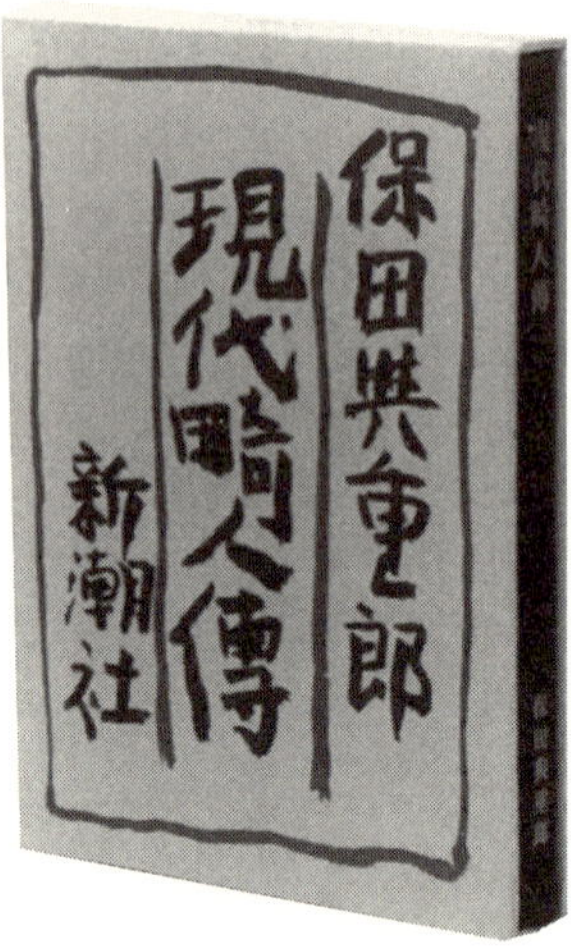
『現代畸人伝』

『現代畸人伝』によつて、保田與重郎は文壇への復帰をとげた。戦後の文学史における、それは一事件だつたと私はいつてみる。なるほど保田の志操の上からは、さういふ世間的なことがらはどうでもよかつたかも知れない。所詮は俗事だつたにしても、作品を発表する場が、これを機に拡がつていつたのは、瞭らかな事実であり、橋川文三の『日本浪曼派批判序説』（前掲）にその気運が萌した保田の再評価は、最早これを戦後の時代は避けて通ることができなくなつてゐた。保田の再登場の日がいづれ巡つてくるとは、予想されなかつたことではない。しかし戦後二十年にならうとして、しかも一気にそれが果されたことについては、多大なものを斎藤十一と、そして新潮社に負ふことは、保田與重郎評価史に丁寧に書き込まれるべき一項である。

保田はそれを固辞したやうであるが、年があらたまると新著の出版記念会が企画され、三月八日の夕、上野精養軒を会場に賑かに催された。「『現代畸人伝』出版記念会御案内」の一枚の刷り物が私の手許にあるのには、発起人として一八二名の多数が連つてをり、当日は出席することがなかつたと思はれるが、なかに三島由紀夫の名も見える。席上で起つた保田の挨拶が「ありがたうございました」のただ一言だつたのは、参会者の忘れ難い記憶となつたが、出版記念会は、東京に引き続き、桜井の大神神社貴賓館で四月二十四日に開かれたのには岡潔も出席した。

3　義仲寺の昭和再建

大師匠の死

『現代畸人伝』の刊行をみた昭和三十九年は、五月に師の佐藤春夫を喪つた年である。佐藤春夫も一巻の彩りを豊かにしてゐる一人であるのは、連載の第五回を「大師匠殺身成仁弁」と題するとほりで、「大師匠」とは佐藤を指す。「殺身成仁」は、揮毫することについて佐藤春夫が保田に説くのに「書を残すことは身後千年にまでまざまざと恥を残すに似てゐる、しかしたのまれるままに書かねばならない」から、それは身を殺して仁を成す行ひとの謂であるが、保田は文中に佐藤春夫の名を書き込んでゐる訳ではない。しるさずとも、それが佐藤春夫のことと判るくらゐの知識を読者が蓄へてゐることを前提にして作をなしてゐるのは、保田の見識といふべきものであるが、いづれにしても、保田において「大師匠」と呼び得るやうなひとは他にゐなかつた。佐藤春夫を監修者とした中学校の副読本『規範国語読本』を昭和三十八年四月、新学社から出版したのは、戦後の教育における国語力の低下を案じた保田が中心となつた企画で、保田の名前は一冊のどこにもないが、収載するテキストから、その「解説」そして「問題のしおり」、さらには下欄の語注まで、すべて自身で筆を執つた。

佐藤春夫を、新学社内に新たに総裁の職位を設けたのに迎へることになり、夫妻の西下を得て、当時はまだ六十名ほどの社員とその家族が集ふ蹴上の都ホテルで推戴式を挙行するのは、『新学社五十年史――魂の存続』（前掲）によれば、昭和三十九年四月四日である。総裁といひ、推戴式と云ふ。どちらも、思ふに保田の考へに出たもので、さう呼ぶことを自身で興がつてゐるやうな、さうした悪戯児にも似た資性は、保田與重郎そのひとの魅力を形づくつてゐたひとつであるが、総裁といふ大層に聞えることばが少しも不釣合ひでなかつたのは、さすがにまた佐藤春夫の人物であつた。

奉戴式の翌五日、予てから計画して、保田が佐藤夫妻を山ノ辺の道へ案内する手筈をととのへてゐたのは、花の見頃になるのに合せたものであつた。しかし、いつもより冬が長かつたこの年は、花も遅れ、四月になつても大和路からの桜の便りは届かない。五日の午前に京を車で出発するときには、花を見るのをすつかり諦めてゐたところが、やがて寒気がにはかに緩み出すうちに汗ばんでくるほどの陽気で、昼前に着いた大神神社では、それまで固かつた蕾がすでに三分咲になつてゐると見る間に、一日で花は咲き揃つた。「全く佐保姫のいたづらを見るやうで、造化神のいたづらといふものは、まことにたのしいものである。」愉しく充ち足りた行楽を回想する文を「終りの春の花」（『佐藤春夫全集』月報第十一号、講談社、昭和四十四年五月）と題してゐるのは、そのときが、思ひも懸けなかつたことに佐藤春夫との今生の別れとなつた意からで、それからわづか一カ月後の五月六日に佐藤は小石川の自宅で急逝する。

保田が訃報に接したのは、和歌浦の歯科医、瀬崎宏和の許にあつたときであつた。佐藤に揮毫を乞ひ、すでに承諾を得てゐたその書を以て身余堂の邸内に碑を建てる。そのための紀の国の青石を海岸に探しに瀬崎宅に滞在してゐた由、典子夫人が「鳴瀧秋色」（『日本及日本人』平成八年爽秋号）に回想をかいてゐるが、それだけにまた保田の驚愕と、さうして悲嘆はひととほりでなかつたにちがひない。直ちに上京の途に着くと、七日早朝霊前に伏してそこを離れず、十日に青山斎場で営まれた葬儀に参列した後も、初七日の十二日まで東京に留つたのは、ときに尋常でない保田の生涯に亘る行状のなかでも特別のものである。

前京都大学総長で医学者の平澤興を識つたのも、昭和三十九年である。新学社の研究機関として初めての日本教材文化研究所が設立されるのは、同年四月で、その初代所長をも兼ねた佐藤春夫が死去した後に、平澤が二代所長に就任したことが機縁をなしてをり、ほぼ同時期に通交が始まつてゐる中国の汪兆銘政府の法制局長官をつとめ、日本に政治亡命してゐた胡蘭成とともに、二人は保田の行手に差した光明のやうな趣をもつ。両者についてしるすとき、語り口には歓びがそのまま溢れ出てくるのを隠さないのも、保田與重郎の為人を現し、それぞれ交遊が深まるほどに、保田の人生が豊饒なものに包まれていつたことは、保田の伝に洩らすことができないが、同じ三十九年のこととして書き落せないのは、師走の十三日といふ日に嵯峨の落柿舎の十一世主人、工藤芝蘭子の来訪を保田は受け、膳所《ぜぜ》の義仲寺《ぎちゆうじ》が荒廃の極に達しながら、そのまま放置されてゐる、その惨状を告げられたことから、寺庵の復興に向けて事態が動き出したことである。

荒廃の極に達した寺庵

大津市馬場《ばんば》一丁目に所在する義仲寺は、寿永のむかし、粟津の松原で討たれた木曾義仲の、はじめはただ塚が建てられてゐたのを濫觴とする。年を経て、ひとりの尼僧が現れて草庵を結び、日々の供養に怠りないのを怪しんだ里人が尋ねると、「われは名も無き女性《によしやう》」と答へるだけなのが、往年の義仲の側室巴御前だつたといふのが伝承である。庵を「無名庵《むみやうあん》」と称へるやうになるのは、尼の歿後で、別に巴寺あるいは木曾塚、また義仲寺とも呼ばれ、消長するうちに近世に至つて三井寺に属した。一帯の風光を嘉した松尾芭蕉が、ここに旅寝しては菅沼曲翠ら近在の門人たちと交流するのは、北川静峰編『義仲寺と芭蕉』（豊書房、昭和四十六年三月）に従ふと、元禄三年（一六九〇）四月以降とするが、同七年（一六九四）十月十二日、大坂の花屋仁左衛門方で芭蕉が命終するのを機に、寺としてのあり方が変容するのは、遺言によつて義仲寺がその墓所とされたことからである。

寺と、そして芭蕉を初代の庵主とする無名庵を併せるやうにしてあることにおいて、義仲寺はなべての寺のやうでなく、また無名庵にしても、義仲寺とともにあるといふ点で、向井去来の別業として始まつた落柿舎と形態を異にする。さうして全体定つた住職はゐなかつたやうで、住職ではなく、二世丈艸、三世維然と嗣がれていく無名庵の庵主が寺を差配する慣ひとなつたことから、俳諧師持ちの寺といはれたのは、義仲寺の性格を云ひ得てゐるが、ただ他方で義仲寺が檀家をもたなかつたことは、寺庵を維持していく上で、少くともそれを容易ならしめなかつた。

幻阿蝶夢のことが顧みられるのは、そこのところでである。堂宇を調へ、蕉門に関係する史料を収蒐し、書籍を印行し、芭蕉の百回忌供養を主催した上に、「芭蕉翁絵詞伝」三巻を製作したその功業が特筆されていいのは、芭蕉の顕彰のために法師が生涯を費すことがなければ、芭蕉に対して下される評価が、必ずしも今日のやうにはならなかつたと思はれるからである。蝶夢は僧といつて、義仲寺の住でなければ、無名庵に入つたのでもなく、門下で、落柿舎を再興した井上重厚をして八世庵主とし、自身はその後見に当つた。文化十一

『近江名所図会』所載の挿絵

年（一八一四）刊の『近江名所図会』に所載の挿絵「義仲寺」に寺域のよく整備された佇ひが窺へるのは、おそらく蝶夢法師の所為を偲ばせるもので、門前の東海道の往還から境内に入つて左手の一番手前に見えるのは、蝶夢による中興のときに築造された粟津文庫である。

その後時節は移つて、義仲寺が最も頽朽し、壊滅に瀕したのは、昭和の戦争の時分から戦後にかけて、無名庵は寺崎方堂が十八世主人としてあつたときである。所管する三井寺の円満院に冥加料を上納する約を入庵時にとり交したのを、方堂がこれを滞納したことから、両者が対立するやうになつた事情も絡み、建物などの手入がなされなかつたことが背景にあり、昭和三十八年十二月に寺崎方堂が死去して退庵の後は、新庵主を迎へるでもなく、荒れるにまかされた義仲寺は宛ら幽霊屋敷になり果て、近傍の子どもたちの登下校の際など、義仲寺の門前を通るときは、お化けが出るといつて、そこを走り抜けるやうにしたと云ふ。さうした義仲寺の急迫した現状から引き出した思惑を、十二月十三日に保田に洩らすのに、「今なら義仲寺の復興が出来さうだ」（「剣魂歌心――義仲寺の昭和再建」『日本及日本人』復刊第一号、昭和四十一年一月）と工藤芝蘭子が語つたといふのは、義仲寺を手放してもいいといふつもりが円満院にありさうだとの意味合ひで、義仲寺を相応の値で買取るための金銭の醵出者に心当りがないかをそれとなく問ふやうな芝蘭子の云ひぶりではなかつたか。ふたりの遣りとりについて、そんなふうに私は推し量るのである。

信頼のおける人物で、たれならそれを当てにできさうか。そのときは互ひに口にこそしなかつたが、意中にあつたのが別のひとでなく、保田においても、工藤芝蘭子においても三浦義一だつたことがその後の対処を迅速にしたのは、義仲寺にとつて幸ひであつた。昭和十六年十一月に「短歌維新の会」が結成されるのに、保田が三浦義一とともに参加したことは第五章にしるしたとほりであるが、戦争を挟んで両者の友誼は少しも変らなかつたといふより、むしろ戦後といふ時代はそれを深めたことは、三浦の歌集『悲天』（七宝社、昭和三十三年十一月）に保田が懇篤な「解題」を添へてゐるのにも見ることができ、昭和三十七年十月六日に、保田の郷里の桜井の穴師大兵主《あなしだいひやうず》神社で国技発祥地昭和顕彰祭が執り行はれたのには、保田から周旋方を依頼したのに応へて、三浦は万般に亘る助力を惜しまなかつた。

穴師大兵主神社には、垂仁天皇の御代、境内で野見宿禰《のみのすくね》と当麻蹶速《たぎまのくえはや》が角力したとする故事が伝はる。顕彰祭は、旧桜井市と大三輪町が合併するのを円滑に進める趣意から、同市と同町が合同で催した事業で、当日は元横綱双葉山の日本相撲協会の時津風理事長が祭主として衣冠束帯で奉仕し、保田の稿になる祭文を奏上した。角界は柏鵬時代を謳はれたときである。柏戸、大鵬の両横綱以下幕内全力士が行司とともに参拝した盛観を「大和国穴師大兵主神社国技発祥地昭和顕彰祭」（『不二』昭和三十七年十二月号）に保田は詳述してゐるが、この盛儀が実現をみたのは、三浦義一が同じ大分県人の時津風と予て気心を通じてゐたことによる。工藤芝蘭子と三浦義一の場合も、同県人であるつながりで、人脈といふものが築かれるのに地縁を媒介とするのは、三浦についていくつも数へることができる。工藤は相場師として堂島に雄飛した壮年の日を持つが、その世話を、大正時代、まだ二十代の頃に被ることのあつた三浦は、戦後に芝蘭子が落柿舎に入ると、庵の維持をときに助けた。

再建事業の成就

再建事業について、私はその経過を叙して『義仲寺昭和再建史話』（宗教法人義仲寺、平成二十七年十一月）の一書に作つたことがあるが、昭和四十年の二月上旬、三浦義一を訪問するため、保田與重郎に芝蘭子が同道して東上する。第一日の夜は、璞草堂と称した世田谷の駒沢の三浦の邸に招じられた翌日、改めて室町の三浦事務所に出向いた席で、特に事情の説明なり、趣旨を述べることもなかつた由なのは、多分は事前にそれとなく書面で通じてあつたのであらう、保田が「義仲寺のことを何とか考へて欲しい」と、単刀直入に用件を持ち出したのに、三浦は即座に「よろしいでせう」と、短いひと言で応じて一決したといふのは、保田の「義仲寺再建と三浦義一翁」（『義仲寺』第五十三号、昭和四十六年六月）に伝へる話である。

義仲寺の再建について課題を具体的に云へば、寺庵を円満院から買ひ受けることを第一に、寺内の整備を含めた建物の改修と、寺を守る住職がゐないといけないと、これは三浦義一が説いたのに従ひ、無名庵の庵主に加へて住職を新たに選定することであつた。円満院との折衝、新宗教法人の設立の準備等、庶事の処理には専ら三浦事務所の大庭勝一が当れば、修築工事の一切は、後藤組を率ゐる大分市の後藤肇が奉仕することになつたのを、意気に感じた美挙と語るのは、義仲寺の再興をなさしめた民間の志の、その最も醇乎として爽かなものをそこに認める思ひからである。円満院との交渉の成行を見守りながら、少し前から着手してゐた工事を七月十五日以降本格化させた後、義仲寺の引渡しをうける十四項に及ぶ「覚書」を、円満院の三浦道海と大庭勝一の間で交すのは、同月十九日で、翌二十日に登記を完了した。

すでに住職は斎藤石鼎に、無名庵十九世は落柿舎十一世の芝蘭子が兼ねることに決定してをり、その旨をそれぞれ「覚書」に記載する。俗名を兼輔といふ斎藤は、戦前から三浦義一並びに保田與重郎に知られたなかでも、特に後者へは、戦後になつてから出入りすること繁くなつたふうで、『現代畸人伝』の「序」に続く本文の首の「狂言綺語の論」に今東光が河内の天台院の住となる次第を叙する段に登場し、今東光のためにひと働きする剣石君は、斎藤が能くした篆刻における号である。

この年、昭和四十年に還暦を迎へたのを機に、斎藤兼輔は得度した。私かに期するものがあつたやうであるが、五月一日から叡山横川行院の加行に参じてゐたのを逐《を》はらうとしてゐたところへ、それに合せるやうに東京の大庭勝一から指示が届いたのに従ひ、下山の足でそのまま鳴瀧身余堂に出向くと、義仲寺の住職たることを保田から告げられるのは、六月二十九日とする。斎藤兼輔は、いはば一介の浪人であつた。出世した先に用意されてゐるのが、かういふ人生であるとは、当人はもとより、たれもがつゆ思ひもしなかつたといふ点が、義仲寺の再建をめぐる話に興趣を添へる。事志と違つてと、そのときの斎藤の心事についてそのやうに語つてみても、それで事情を正確に伝へることには必ずしもならないのは、一個人の料簡など、要するにそれだけのものだといふことである。句作にも親しんで久しかつた斎藤の『天池堂句抄』（義仲寺史蹟保存会、昭和四十一年十月）に付した「跋」に、保田はいきさつをしるして「忽ちに名刹の院主となる。まことに末世稀有の仏縁奇特の法師といはねばならない」と云つてゐるが、私はそこに、小説より奇なる事実を読んで、冥慮に恭む心持である。

さて、義仲寺再建の落慶式は、石鼎和尚の晋山式と工藤芝蘭子の入庵式を併せて、十月十二日に挙行することを予定した。芭蕉の忌日のその日に、毎年追善の法要を営むのを時雨会《しぐれゑ》と称するのは、蝶夢の頃からであり、旧暦でのその日取は、近代になつても変つてゐなかつた。この間催しが止んでゐたのを再びする意味合ひもあれば、時雨会として落慶式を行へるのに越したことはないが、日限はもう三カ月となかつた。果してその日までに工事は完了するか、保田はじめ大方がそれを危ぶんだのは、それほどに建物の朽壊が進んでゐたのである。しかし、近くの民家に分宿して作業に従ふ配下の大工たちを後藤肇は督励しつつ、自身でもこのときばかりは率先して鋏を手に植木の剪定をする。文字どほり夜を日に継ぐやうにして工事を急いだ結果は、十月十二日までにすべてを畢ることができた。

施主の三浦義一を東京から迎へて落慶式に臨んだ保田の浅からぬ感慨は、「剣魂歌心――義仲寺の昭和再建」(前掲)他、関連する一連の文に酌みとられる。寄進のことをひとに知られるのを三浦は快しとしなかつたふうで、それを察して敢へて口にしなかつた保田は、当日の用に、三浦の家紋である三浦三つ引を染めた紋幕を作らせたのを門の入口にひく気遣ひをみせるなど、差配はなにくれと行届いたものであつた。二百人に上つた参会者は、谷口久次郎滋賀県知事、西田善一大津市長、あるいは三浦と同郷の御手洗辰雄に、宗門からは、これは今東光の計らつたものと覚しいが、叡南祖賢延暦寺執行、杉谷義周天台宗宗務総長、叡南覚誠滋賀院門跡と、一山を代表する諸徳が居並ぶ。法要のなかで斎藤新住職が捧読する拝文は保田の起草にかかり、また諸事は新学社の奉仕により、社員が各役割をつとめたのは、これも保田の指示であらう。法要に続き、法楽、そして墓前供養と進み、浄斎が供されれた後、大庭勝一の経過報告があつて落慶式をめでたく修めたが、その日帰宅してからか、所懐を保田が次のやうに詠つてゐたことが知られるのは、これを収める歌集『木丹木母集』（前掲）が出版されてからである。

義仲寺昭和再建　一首

おほけなく二つの塚を護りえたるけふのよき日に仕へまつりぬ

義仲寺の再建は、もし三浦義一といふ大檀越が出なかつたら、容易にならなかつたかも知れない。さうして工藤芝蘭子が、後藤肇が、また大庭勝一がそれぞれの立場で奮励したことが、再建をよくなさしめた。そのとほりに相違ないが、しかし三浦を動かすことができたたれが他にゐたかと慮るとき、保田が終始指揮をとつたからこそ、事は成就したと私は観測するのである。その意味で、これを保田與重郎の行つた事業として差支へなく、保田の行状のなかに特別に書き込まれるべきことがらであるが、しかしその心持に沿つて云ふなら、当然のことをしたにすぎなかつたといふところに、保田の文化感覚といふものはある。「二つの塚」を父祖は代々大切に拝んできた。それは暮しと一如だつたことにおいて、義仲寺の恢復は、暮しを守ることであり、身余堂に暮すのと別のことではなかつた。

第九章　文人の信実

1　『日本の美術史』から『日本の文学史』へ

「日本の美術史」

落慶式を終へた翌十一月、宗教法人義仲寺の役員が増員されたのに伴ひ、保田は責任役員に選任され、諸行事に列するのはむろん、寺庵の維持、管理に関はるのは、以後の保田の暮しの或る部分を占めた。歳が革まつた昭和四十一年、再建後はじめての義仲忌の法要を一月十六日に営むのに合せて、その法楽として風日社の新春歌会を無名庵の座敷で催した。生憎風邪気味の保田は出席を見合せてゐるが、社中の月次歌会を、正月に限つて会場を移すことにしたもので、そのやうにすることで義仲忌を賑はさうとしたのは、多分は保田の発意であつたらう。

さういふいはば演出の、保田與重郎は上手であつた。かつてみとし会で主に京洛の寺社を会場として歌合を興行したのが、おそらく保田の演出だつたのは、全国歌会の名で風日社と山川京子が主宰する「桃の会」との合同歌会の第一回を、昭和三十三年八月十六日、十七日の両日に栂尾の高山寺で開催したことにも同様なものがあり、義仲寺再建の落慶式が一大盛儀となつたのは、保田の演出に俟つところ、思ふにまた小さくなかつた。身余堂で行はれるやうになつてゐた風日社の歌会に出席する同人は遠近の別なく、その数を増していつた。若い日の檀一雄のことばを再び引くなら「『一時ぼく等は誰も彼も保田党であつた』と言ひたくなるくらゐ、魅力のある男」（前出「深夜妄語」）に惹かれるのは当然とは云へ、歌についての垂示と、そして保田の暮しぶりにふれ、直接それに学ぶことのできる機会は得難いものであつた。

身余堂の客となつたのは、風日社あるいは新学社の関係者や新潮社の編集者等に、むろん限られなかつた。面会日といつたものを特に設けるやうなこともしないで、紹介者もない、不意の訪問をうけても、まづこれに丁寧に応接する煩を厭はなかつたのは、保田與重郎がどういふひとだつたか、その人物像に迫らうとするとき、思ひ合されていい点である。およそ保田は尊大に構へることなく、一体客を迎へ、心をこめてもてなすことを悦びとした。人の出入りの多いのは、すでに戦前の落合の家においてさうだつたのが、身余堂はさらに盛観を呈し、毎日のやうに、訪客が文字どほり引きも切らなかつたが、世を避けるやうにして、隠遁するのにも似た保田の生き方への共感と、そしていくらかの好奇心がそこに潜んでゐたのは、戦前と異るところである。

この前後の執筆活動に目を転じると、「日本の美術史」の『藝術新潮』への連載が昭和四十年一月号から始まつてゐる。はじめは通史として構想されてゐなかつたものを、後述する『日本の文学史』

の「序説」によれば、斎藤十一がそれを有無もなく「日本の美術史」に変へた。さうさせたのは、斎藤十一の「強気」だつたと云つてゐる。その云ひぶりに、何よりも私は、この編集者に懐く保田の厚い信頼を思ふ。斎藤の企画、立案で『藝術新潮』が昭和二十五年一月に創刊されると、その年の同誌十月号は保田の法隆寺金堂壁画の焼失にふれた「国宝論」を掲げ、翌二十六年には「随筆日本美術」が四回に亘つて載る。文藝誌でない、しかも新雑誌なのが、保田の作品の発表の場とするのに好都合ではあつたらう。その後も、すでに見たやうに寄稿があるが、「日本の美術史」のことを斎藤十一が進めたのには、『現代畸人伝』によつて文壇の一角に新たな地歩を占めようとしてゐた保田をさらに後押しする思惑が、当然あつたはずである。

保田の古美術への関心は、畝傍中学校以来のものだから、もう四十年を越えてゐた。少年の時を過した環境に加へて、若い日から旅することが多かつた、その先々で観賞した文物の数では大抵のひとに負けない。さういふ自信と眼識で心の赴くままを縦横に語つて筆の伸びやかであるのが「日本の美術史」を好文章にしてをり、『現代畸人伝』とはまた違つた興趣を覚えさせる。「大倭朝廷時代」から稿を起し、「推古時代」「白鳳時代」と時代を追つて「近代」に至るのは、通史のかたちをとつてゐるとしても、およそ体系に仕立てる意図が少しもないといふことでは、あるいは美術史と呼べないものであるが、しかし保田與重郎の「日本の美術史」の面目といふべきものはそこを措いてない。保田は美術とどう向き合つてゐたか、「桃山時代」で日光についての評を挟むくだりに左のやうに書きつけてゐるのは、保田が如何にもとほり一遍の美術史を作つてゐるのではないことを諾はせる。

私の見てきた日本の美術史は、大和京都は当然のこと、調査研究などといふ方法は性に合はない、退屈にゐて、退屈のはてに思ひ定めて、心をゆだねるやうなものの見方のものだつた。さういふ日常の中の日光を思ひ出し、慶州を思ひ出し、むかしの日々にたよつて、こんな文章をしたためてゐると、忙しい見学や写真を主とした美術評論家の見方と少しくひ違ふ旧時代的な独りよがりも多いことだらう。

ここで「日光を思ひ出し」とは、昭和十二年に夏を日光に送つたことから、翌年以降も夏はそこの小西別館に滞在するのを慣ひとしたことを云つてゐる。『蒙疆』（前掲）に所収の一篇に「日光雑感」があるのは、土地に親しむなかで得た発見を記したもので、ブルノー・タウトを含めた大方の論が東照宮を批判的に眺めることに傾くのに対して、「一つの綜合的藝術」をそれに認めて、その造営を保田は高く評価する。同じ趣旨のことは「桃山時代」にも述べるところであるが、そんなふうに、年来心に留めてきたものの集大成である「日本の美術史」は、保田においてまさになされなければならなかつた著述である。

「回想日本浪曼派」と三男の死

これより前、保田が『教育日本新聞』に掲げる「時論」の文を無署名で作るやうになつたのは、昭和四十年六月である。同紙は、新学社の系列の教育日本新聞社から月に三回発行されたもので、殆ど毎回の稿を保田は怠ることがなかつたが、戦後の教育界の日教組を軸とする動向に同紙が批判的な立場をとつたことは、「時論」の論調にそのまま現れてゐる。さうするうちに「日本の美術史」の第一回が出ると、ひと月遅れて『京都新聞』への定期的な寄稿が始まる。すなはち同紙夕刊の「現代のことば」欄に昭和四十一年二月に「ことばのみだれ」を載せたのを最初に、それから大体月に一度、同欄に原稿紙四枚前後の文を執筆するやうになつたのは、昭和五十五年（一九八〇）六月まで続くから、十五年の余の長きに亘つた。

昭和40年，身余堂にて，河井寛次郎の陶彫「鳥」を見る
（撮影・柿沼和夫）

「日本の美術史」の連載も半ば近く、ほどなく一年にならうとするとき、河上利治が十一月十三日に歿したと思ふと、同じその月の十八日には河井寛次郎が逝く。河上利治が世間的な意味での歌人でないのは、三浦義一と同様であるが、河上の『龍洞歌集』（風日社、昭和四十年三月）に収める保田の「青淵記」は、作者そのひとと、その作品を語つて懇切な点、三浦の歌集『悲天』（前掲）に付す保田の「解説」と並べられていい。保田における河井寛次郎については、改めて云ふに及ばない。十二月一日、大徳寺真珠庵で営まれた日本民藝協会葬に保田は弔辞を

捧げたが、そこに「国始つてこの方の陶工だつた先生の本質根柢に、私は生粋の偉れた詩人とその稀有の文学を見つめました」と述べてゐるのは、やがて「日本の美術史」の終章の「近代」で河井に言及する箇所でも繰返される、保田の河井寛次郎論の急所である。

『国文学解釈と鑑賞』に「回想日本浪曼派」として、別に「一つの文学時代」の題を掲げる連載が行はれるのは、昭和四十二年四月号からである。戦前から保田を識る詩人の知念栄喜の企画で、桜井での幼少年期から『コギト』に始まる自身の文学的閲歴を中心に、既往を語ることが、自ら戦後二十年したその日に対する批判となるところに、保田における批評の機微を見るべく、資料的価値のまた高いことは、完結後に『日本浪曼派の時代』（前掲）として出版されたその単行本からの引用を本書で再々したとほりである。大体の見通しはついてゐたにしても、「日本の美術史」はまだ終つてゐなかつたが、油が乗つたといふべき保田の旺盛な筆力は、両つの連載を並行させるぐらゐ何ほどのことでもなかつた。作品を需められれば、まづ拒むことのなかつた保田の発表機関は、昭和四十年代の以降さらに拡つていく。

そのやうにあつた保田の身の上に、三男の直日《なほび》が鳴瀧の家で自死するといふ痛ましい事件が出来したのは、四十二年の六月二十日で、まだ二十有四といふ若年であつた。身余堂で起居を共にしてゐたことから、いつか作歌することを覚え、松林光太郎の筆名でときに風日社の歌会にも出席し、将来を嘱望されてゐた児だけに、保田と、そして夫人が如何ばかり悲嘆にかき暗れたか、ことさら云ふまでもないことである。

保田直日は、大学に進んだ頃からエジプトの文明に関心してゐた。日本アラブ文化協会を有志と設立し、その活動の途上にあつたのに、われから命を絶つ。アラブがイスラエルとの戦争に敗れたことによると推し量られるのは、それがアラブの敗戦直後に敢行されたからであるが、『回想日本浪曼派』の第十七回（昭和四十三年十月号）に「チエコに対するソヴエートの暴虐を口舌で非難してゐるだけでは、良心が満足できないといふ若い心情はまだ日本人の中にも十分あると思ふ」と書く条で、「去年私の最も近いところで、さういふ時には文学や藝術さへも最終表現にならぬといつて、自身の考へを絶対的に表現した若者があつた」としるしてゐるのを、わが子の死にふれてゐるものと読むとき、保田にそれと確信させたのは、たんなる親の情といふのではなかつたであらう。さう私は斟酌するのである。

川端康成のノーベル賞受賞

昭和四十三年十月、川端康成の日本人として初めてのノーベル文学賞の受賞が決定すると、保田は同じ月のうちに『京都新聞』の「現代のことば」欄に「川端さんの書」を、十一月に『教育日本新聞』の「時論」に「川端康成氏のノーベル賞受賞」を書いた後、翌十二月に再び『教育日本新聞』に「歓びの語」として受賞を頌へてゐるのは「川端氏は日本の文学の伝統を意識してまねた作家でなく、その本質に於て、日本の文学の高次の情緒の濃厚なのである」（「川端康成氏のノーベル賞受賞」）といふ観点からである。第三章に叙したやうに、『日本浪曼派』の発刊に至つたものは、ひとつには川端康成のさうした本質に理解が行かなかつた当時の文壇への慊らなさであるが、川端がノーベル賞をうけたことは、川端に対する予てからの評価が止当であつたことを世界的に証するといふ意味で、それは保田において快挙だつたといふことに他ならない。二度、三度と、受賞にふれた文を保田に書かせた理由は、そこに帰する。

川端康成の受賞記念講演は、周知のやうに「美しい日本の私」の題で、ストックホルムでそれが行はれた後、十二月十六日附朝刊の各新聞紙上に掲載されたが、その草稿は鎌倉の川端邸に保田與重郎が喚ばれて整へたと一部に伝へられたのが、私の耳にも入つた。ありさうなことである。たわいない流言として直ちにこれを斥けなかつたのは、ふたりの間にそれぐらゐのことがあつてもをかしくないといふ思ひからである。さうして実際それは実《まこと》しやかに聞えたものであるが、しかし講演の内容に改めて徴すれば、これが保田の手になつた可能性はきはめて低く、それを裏づけるやうに、受賞が決定後の十一月下旬、祝辞を申しのべるために東上した保田が、都内のホテルに滞在中の川端に会すると、川端はそこで記念講演の草稿をつくつてゐた旨が「川端先生の書」（『藝術新潮』昭和四十四年一月号）に記されてゐる。

浮説はたれが仕組んで、どのやうに流したのか、悪意が籠められてゐるのではないことにおいて、一種微笑しいものを私は覚えたが、そんな噂ばなしの主人公にされるほどに、すでに保田の存在は世に容れられるやうになつてゐた。四十一年十一月には『日本浪曼派研究』が審美社から創刊されてをり、南北社から『保田與重郎著作集』を行ふ計画が予て進められてゐたのが、遅れながらも刊行をみるのは四十三年九月であつた。著作集は全七巻、別巻一の構成で、戦前の主要な著作と併せて、戦後の、例へば既記『日本に祈る』あるいは「飛鳥の濫觴」「玉井西阿伝による史談」のやうな、少数の読者の眼にしかふれることのなかつた作品を収録する。保田の半生の文業の大略を示すに足りるものであり、保田を見直す動きがこれによつてさらに進むと思はれたが、著作集の刊行に起因するのではない、経営上の手ちがひが招いた版元の倒産といふ不測の事故で、第一回配本の第二巻を出しただけで中絶した。

ところで、右の著作集第二巻には、増補新版の『後鳥羽院』に『芭蕉』『佐藤春夫』あるいは「文明開化の論理の終焉について」などを収めるが、テキストは旧のままで、改変を一切施してゐない。この例に限らず、戦前の著作のすべてについて同様の扱ひとするのを、保田は戦後の日における平常の覚悟とした。若書きならなほのこと、後になれば手を入れたくなる心持になる場合があるのは、文筆をことゝとするひとの習ひである。だが、戦争下にしたためた文は、一言一句たりとも改めない、頑なまでにそのやうな姿勢を保田が貫いたのは、「二十年私志」（前掲）のなかのことばをここで引けば、「私が変ることなく『大東亜戦争』の理念を奉じて、斯の道のために死んだ若い人々の生命の永遠性を、太陽のわかさで輝かせる」（傍点保田）、さうすることを戦後の自身の任としたのと、別のことがらでない。保田の著書を携へて死地に赴いた若人が少くなかつた事実を思ひ返せば、その文を不用意に手直しするのは、彼らに対する背信であつたし、何にしても、戦争に少しでも協力したと見られる痕跡を如何に消すかに汲々としてゐたのが、戦後の精神の貧しい風景といふべきものだつたとき、節を折らないのを当り前とした保田與重郎の毅い気概と意思は、それのみで稀代の見物《みもの》であつた。

連載が二年に亘つた「日本の美術史」は、昭和四十三年十二月に新潮社から単行本として出版されるが、連載のまだ途中、時代が近世に進んだところで保田の筆を泥ませたのは、その文学の場合と比べると、美術に関しては叙述すべきものが寥々たることであつた。比叡山の根本中堂から出雲大社、知恩院、清水寺の建築、公慶上人による東大寺大仏の修復開眼供養と大仏殿の再建に及び、円空の造型のことを交へては、浮世絵とともに大雅、竹田、崋山の文人画を挙げる。保田らしい視点がそこにあるとしても、桃山時代の二十年と、これに続く三百年に近い江戸時代がそれぞれ一章をなし、記述の分量の上でも相等しい。文学における、例へば芭蕉の論になればこころ躍るやうな、さういふ対象を美術史の近世に見出せないことが、保田に本意ない思ひを懐かせた。その嘆きを新潮社の斎藤十一に洩し、それで近世を主に「文人の志の系譜」をたどるべく、「日本の文学史」を書く運びとなつた由、『新潮』の四十四年八月号から始まつた連載の第一回「序説」に経緯をのべてゐる。

「日本の文学史」

戦前の保田に、未定稿ながら、「日本文学史大綱」がある。『文藝』昭和十八年九月号から十回の連載が行はれたものであるが、すでにこれのあつたことが、「日本の文学史」の業を容易にしたといふものではない。「日本の文学史」の本論の初めに「神話」が置かれてゐるのは、「日本文学史大綱」が「神詠」に始まつてゐるのに対応し、両つが全体として論旨を同じくするのは、保田の志操が戦前、戦後に亘つておよそ変らなかつた、これもその一表徴であるが、ただ旧稿を参考にするには、戦後の二十年の歳月は、保田にいくつもの発明を得さしめ、学殖は豊かさを増した。所論は自らに

「日本の文学史」において精密を加へ、「日本文学史大綱」の倍以上の分量に膨むが、「日本の文学史」に到るには「日本の美術史」を経なければならなかつた事情は、右に述べた。その意味をも含めて、「日本の文学史」は保田の著作の最後に位置づけられることにおいて、その文業のいはば総和であつた。

「日本の文学史」が「神話」から書き進んで、以降時代を追ふ構成をとりながら、それが一般に行はれてゐる通史の類とは全く別様なのは、「日本の美術史」と同じである。「日本の美術史」における自身の立場を説いて「日本の固有の民族造形を知ること、その覚醒を悟ること、さうして、その歴史を反省し、次に来るものに未来の夢を託したい。」(「大倭朝廷時代」)さう保田は云ふ。浅野晃が「『日本の美術史』のこと」(前出『浪曼派』保田與重郎追悼号)で、その語を引いて、一書を岡倉天心の『東洋の理想』に準へてゐるのは当を得た評であるが、「日本の文学史」は、よし及ばずとも、保田の心裡では、北畠親房の『神皇正統記』に並べられる。絶望の状態にあつて「道義と人倫を未来に恢弘する」(「序説」)ために『神皇正統記』はものされたのであれば、「日本の文学史」もさういふ位相のものであり、未来に光明が点るのを期して待つことにおいて、「日本の美術史」と趣旨を一つにする。のみならず、美術史では満ち足りなかつたところを、それによつて全うしようとして自分から持ち込んだ話であるだけ、「日本の文学史」に対する保田の決意は、並々ならぬものであつたと云はなければならない。

文人として保田がつとめてきたその総和といふ意味では、それはたんなる文学史といふのでなく、文学史の枠を超えた、国の歴史そのものについて思ひの丈をかき記した熱誠の書とでも呼ばれるべきものになるはずである。「序説」のなかのことばを藉りれば、「わが内臓の中に象られた国土山河の地理と、血を形成する悠久の生命の歴史」を見つめると云ふ。そのとき保田與重郎は、同じく「序説」に「真の歴史家は詩人でなければならぬ」といはれてゐるとほり、なによりも詩人であり、保田の試みようとしたものが、文学史の概念を大きく外れてゐる根柢に、近代の文学史のあり方への抜き難い不信が存してゐたことは、改めて説くに及ぶまい。「『学問のすゝめ』『小説神髄』からつづく系統の、文学の『近代』化の『進歩主義』を、私は同胞的な恥辱とする文人である。」叙述が明治の時代に入つた「文明開化の超剋」の章で、保田はかういふ痛烈な語を吐く。これの後に「日本の文学の未来」が続き、『コギト』の文学史的な意義と、そして『日本浪曼派』の発刊のことを書きとめたところで「日本の文学史」の筆は擱かれるが、全二十四章のうち、近代には二章を充てただけなのは、その文学観からすれば、しかるべしとする。

「日本の文学史」の連載に当つて、原稿の〆切を通常より一カ月早めることを『新潮』の担当者に保田は申し入れてゐる。掲載が始まつてから、あるとき保田が私に何気なくした話で、さうすることによつて、校正刷に朱を入れる時間を十分にみたのは、それに懸ける保田の意気込みの程をよく窺はせる。

「日本の文学史」の要をなしてゐるのは、芭蕉である。つとに戦前の『芭蕉』に描き出された輪郭、その位置づけは、その後も変ることなく、思念をより固くしたのが、ここに至つて「今日の日本人の文学として一番大きい存在は芭蕉である」(「日本の文学の未来」)と云ひ切るまでになつたもので、後鳥羽院論にしてさへ、むしろ芭蕉論中のものとして括られるくらゐ、それほどに保田の心裡を芭蕉は大きく領した。さうして芭蕉の顕彰を己が使命として、ただそのことに尽瘁した観のある幻阿蝶夢のことを前章に云つたが、「日本の文学史」は「国学の恢弘」と「文藝の新しさ」の両章に亘つて蝶夢に言及し、その事績を録するに格別に手厚いのは、蝶夢の記事に割く文字数が、例へば蕪村に対するのとほぼ同等であることからも合点されよう。芭蕉以後では、本居宣長に次いで、秋成、蕪村、そして蝶夢が、保田の近世の文学史を主要に形成する。

蝶夢のことを、義仲寺の再建のなる前後、再建の挙にあづかるやうになるなかで、落柿舎の工藤芝蘭子から保田は教へられたやうで、それから法師の事業の跡を尋ねていつたのを「日本の文学史」に書き入れた。「文人の志の系譜」をたどりたいとの抱負を「序説」にのべたとき、構想の第一に泛んでゐたのは蝶夢のことではなかつたか。そんなふうに思はれるのも、蝶夢が取り上げられるのに並べられるやうな例は他にないからであり、少くともその点で、それまでの近世文学史とは趣を大きく異にする。いはば晩い、保田におけるそれは発見であつたが、そのやうに新しいものに対する関心を持ち続けることにおいて、いつまでも生々として若々しかつたのは、保田の精神のありやうである。

幻阿蝶夢は、かう云つてよければ、保田與重郎を感奮させた。蝶夢の一体何が、さうさせたのか。至誠に貫かれた実行であると、さう私は云つてみるが、旅に暮す日が蝶夢に多く、いくつもの紀行があるのは、すでに芭蕉の所為に習つたものとして、ここで特に実行といふのは、既述したやうな芭蕉顕彰のための具体的な営為である。義仲寺の復興がなると、宗教法人義仲寺の責任役員に就いた保田は、翌四十一年六月に社団法人義仲寺史蹟保存会が設立されるに際しては理事に加はつた。さうした任を、保田は名誉職のやうなものと心得てゐたのではない。蝶夢法師を知つた保田にとつて、義仲寺の保全と、また蕉風の宣揚につとめることは、法師の志を嗣ぐことでなければならず、その意識は、寺庵の再建にかからうとする当初はあるいはさほどでなかつたのが、その後歳とともに深くなつていつた。「道の論をしてゐた時期を脱出して、道をゆく人となる時が、文学と文人の正念の場である。」かういふ一節が「志士文学」の章にあるが、保田の認めた蝶夢は、まさに「道をゆく人」であり、保田のゆく「道」は、蝶夢の歩んだのと同じそれであつた。

2　『日本の文学史』以後

三島由紀夫の死

昭和四十五年十一月二十五日、保田が事件について知つた最初は、正午過ぎの放送で、三島由紀夫が楯の会の会員を率ゐて、自衛隊市ヶ谷駐屯地東部方面総監部の総監室を占拠したと伝へるのを聞いたときであつた。「方聞記——三島由紀夫の死」(『波』昭和四十六年一・二月号)は、そこから書き出されてゐる。事件が大きな波紋を世上に広げるなかで、需めに応じて三島を語る文を保田がいくつも作つてゐるのは、三島由紀夫が文学的出立をとげるのに影響を及ぼした、少くともその一人が保田だつたことがよく知られてゐたことによるが、ただ三島にミステイフイケーシヨン、あるいは記憶についての意図的な訂正といはれるべきものが認められるのは、若い日に保田與重郎に会したのを一度だけと『私の遍歴時代』（前掲）に述べてゐる点である。

保田が、事件から五年して、三島をめぐつてのインタヴユー「保田與重郎氏にきく」（『朝日ジャーナル』昭和五十年十一月十四日）で答へてゐるところによれば、三島は何度となく落合の家を訪ねていつてをり、前年の暮から昭和二十年の正月にかけて、保田が危篤状態になつた際には、病室の隣に終日詰めるほどだつたといふのには、少年の時分の三島にとつて保田與重郎がどういふ存在だつたかについて、ことさらに語るまでもないものがある。別のたれかではない、それが三島由紀夫だつたことが、事件を特別なものとし、時間の経過とともに三島が刃に伏して果てるといふ尋常でない最期が明らかになると、衝撃で心神を喪失するにも近いやうな異状に保田はしばらく落し入れられたと語るのは、決して舞文ではない。三島の日頃の言動に必ずしも十分な注意を払つてゐた訳でもない保田を、不意打ちのやうに、あまりに突然に襲つた出来事は、つい三年前の三男の死を思ひ起させ、さうしてまた、三島について保田がそれまで持してゐた見方を覆へさせるものであつた。

「三島氏の死を知つた時、まづ思つたのは、その二人の親御たちだつた。」保田がさう「眼裏の太陽」（『新潮』昭和四十六年二月号）に書くのは、明らかに自身の場合とそれを重ねてゐる。『三島由紀夫の人間像』（読売新聞社、昭和四十六年三月）に載せる保田の「三島由紀夫の死」に、最初わが子の自殺にふれる原稿紙七枚ほどの部分があつたのを取り除いたのが、歿後に発見され、「山梔ノ記」の仮題で『保田與重郎全集』別巻一に収録する。成稿にそれを補つて読むと、愛子を喪つた保田の悲嘆はいかさま深いにしても、国家、社会の根幹を問はうとした三島の一挙を論評するのに私情をさし挟んでゐることは、いくらでもこれを批判できるであらう。

私はしかし、それについて、事理を履きちがへてゐるといふより、保田の裡の自然《おのづから》なるもの、ひとつの意味での保田の真面目をそこに見たいのである。もし当の三島なら、少くともそんなふうに事件を扱ふことは忌避したと云へば、保田と三島が、その在り方において相容れず、互ひに対極に位置するやうな恰好であつたのは、両者における「愛国」の相違について見たとほりである。

一体三島の小説作品に対する保田の評価は高かつたと云へず、むしろ批判的でさへあつたやうに私は解する。例へば「戦後少したつたころの、世評高い作品の完備されたそらぞらしさ」(前出「眼裏の太陽」)といつてゐるのは、案ずるに『金閣寺』のことである。あるいは「英霊の声をかいたころの彼の思ひから、すつかり清しくなつてゐると私は判断する」(「天の時雨」『新潮』臨時増刊「三島由紀夫読本」昭和四十六年一月)といふ云ひぶりからすれば、『英霊の声』は眉を顰めさせるやうな作品であり、それの行き着いた先に事件を置く図式で以てその死は説かれるべきものでなかつた。それまでの経過が、よし猥雑でやくざなものを引きずつてゐたにせよ、その一切は、陛下の万歳を三唱して古式に則つて切腹するといふ行為によつてすつかり洗ひ流される。なまじひの論評を寄せつけない、絶対に通じるものを一身を以て敢然と描いたことにおいて、三島由紀夫の死は、保田の眼には、肥下恒夫の自殺、あるいは昭和四十七年四月の川端康成の自殺と異なり、さらにまた後年の五十四年五月に影山正治が自刃した場合とも違つてゐた。保田自身の上に起つた、それは事件といはれてよく、いづれにしても、烈しい衝撃をうけるなかでものされた保田の一連の文は、その死を最も懇ろに弔つたものであつた。

旺盛な文学活動再び

三島由紀夫の事件への応接に暇なかつた間、二回の休載を挟みながら進んだ「日本の文学史」は、二十四回を以て『新潮』昭和四十六年十月号で畢る。

その筆を擱いた後か、もしくはその見通しがついてのことであらう、「わが万葉集」の連載を『日本及日本人』の同年の七月発行の盛夏号誌上から開始する。第一回は、恰も欽明天皇千四百年祭に当つた昭和四十六年五月二十六日、鳴瀧を出て、まづ天理の塚穴古墳を見た後、山ノ辺ノ道から桜井を経て山田寺へ、次いで飛鳥大仏を拝したその最後に石舞台に廻つた記にはじまつてゐる。「日本の文学史」の校正刷が通常より一カ月早めて出されるのが、最終回についても変らなかつたとすれば、五月二十六日までに稿を脱してゐたことは十分考へられる。ひと仕事を済ませた安堵と、また解放感がさうさせたものか、「わが万葉集」は、現存の最古の歌集に対する年来の想念を、具体的な作品に絡めつつ自在に述べて、およそ構へず、寛いだ感のあるのは、これより後年の書下しの著作『万葉集名歌選釈』(前掲)と好対照をなす。

歌集『木丹木母集』のことは、義仲寺の昭和再建について叙するなかで少しふれた。大阪高等学校時代から昭和四十五年までの作歌を集めたものである。一巻が四十六年八月に新潮社から上梓をみるまでは、保田の歌を棟方志功が板画にした「炫火頌」の一連の作品がある他には、既記「戊子遊行吟」と、それから「炫火頌歌巻柵」とするのが、いづれも謄写版刷で少部数行はれただけだから、保田の周辺のごく狭い範囲に知られるに止つてゐた。第一保田は世間的には歌人でなかつた。自身も信条を巻末に付す「後記」に述べてゐるのは、そのとほりであつたらう。

現在の流転の論理を表現するために、私は歌を醜くしたり、傷けるやうなことをしない。さういふ世俗は私と無縁のものである。私は遠い祖先から代々をつたへてきた歌を大切に思ひ、それをいとしいものに感じる。私にとつては、わが歌はさういふ世界と観念のしらべでありたいのである。それは秘かなものだから、活字に印行して世に示す如きことを、私は長らく非常にためらつてきた。

それが公刊に到つたのは、新潮社との特別な関係がさうさせたと云ふよりないが、保田與重郎とは何者か、一種謎めいたところがあつたといへるなら、その被ひをひとつ取りのぞいたといふ意味で時宜を得たものと、かう私が語るのは、歌集に続くやうにして著作集の刊行がなつたことで、少数の眼にしかふれなかつた戦後の作品を併せた保田の文業の大体を概観する便が得られることになつたからである。

著作集は全六巻の『保田與重郎選集』として講談社による刊行が同年九月から始まると、巻数順に配本が進んで、翌年二月に無事に完結する。敢へて「無事に」といふのは、新潮社を別にすれば、出版界全般になほ保田を忌避しようとする空気が薄らいでゐないことでは、南北社版『保田與重郎著作集』が行はれた当時と状況は大きく変つてゐなかつたからであるが、それだけに、実現するまでに紆余曲折のあつたことは、企画、編集等の実質的な作業を担当した第一出版センターの菊地康雄が「ことは簡単に運ばなかった」と「『保田與重郎全集』のこと」（全集「月報」第六巻）に回想してゐるのにも推して知られる。しかし、わづか六巻とはいへ、ともかくもそれが就つたのに加へ、時期を同じくして『日本浪曼派』と、蓮田善明、清水文雄ら、その同人たちをよく識るとともに、保田の寄稿が少くなかつた『文藝文化』の両誌が、それぞれ復刻された。前者は四十六年十二月、後者は同年六月の、ともに雄松堂書店からの出版であるが、保田與重郎を措いた昭和の文学史はまつたうなものでない。さうした認識が一般的なものになるのが、流れとして次第に押し止め得なくなつていくのは、その後の推移に照らして確かな事実である。

右に引いた菊地康雄の同じ文によると、『保田與重郎選集』の収録作品は自選で、菊地は八巻か十巻くらゐの構成にしたいと考へてゐたのに対し、保田は「保田與重郎はこの六冊でよいのです」といつて譲らなかつたといふのは、文人としての一箇の姿勢といふものを偲ばせる。六巻の刊行が終つたのに続いては、同年五月に『日本の文学史』が新潮社において単行本とされ、戦後の保田の文学活動にやうやく旺んなものが見られようとしてゐたのは、やがて『日本浪曼派』の後を継ぐべき新雑誌への参加となつて現れる。

『浪曼』の刊行

『浪曼』が、浅野晃、田中忠雄、中谷孝雄、林房雄、檀一雄、それに保田與重郎の名で創刊されるのは、その年、昭和四十七年の十一月である。「『浪曼』創刊は、三島由紀夫が与えた痛棒の一打によって発意された。」六名の連名で創刊号に掲げる「創刊宣言」は、かういふ一行に始まり、三島が「日本浪曼派の道統の中に育ち死んだことは今は疑うべくもない」と説いては、かつての『日本浪曼派』の「創刊之辞」を抄した上で、「文学界の現況」は、これに「一語を加え、一語を削る必要を認め得ないことに自ら驚く」とのべる。『日本浪曼派』として旧同人の結集を図るのではなく、新たに『浪曼』の誌名を択ぶことで「ひろく浪曼派の文人に門戸を開き」たい旨がそこに読まれるが、六名のうち、田中、浅野を除いた四名が『日本浪曼派』の同人で、同誌創刊の参画者となると、中谷、保田の二名にすぎない。右の「創刊宣言」はたれの筆なのか、私はそれを審かにしない。『日本浪曼派』の「創刊之辞」が保田の起草であれば、『浪曼』の「創刊宣言」も保田によると考へられるのが、多分はさうでない。現代仮名遣ひによつてゐるからといふのでなく、措辞と相俟つた一千字ほどの文の呼吸といふべきものが、さうした心証を私の裡に形づくらせる。

『日本浪曼派』がさうであつたやうに、今度も保田が主導するといふには、一体『浪曼』は同人制をとつて、同人が編集の任に当る雑誌ではなかつた。「創刊宣言」に謳ふやうな方向性に沿ひつつも、「浪曼」の社名で設立された株式会社が経営する営業雑誌だつたといふ点で、『浪曼』は『日本浪曼派』と性格を異にし、同じ営業雑誌でも、確固とした主張を持した『新論』と相違した。それを承知しながら、「創刊宣言」に名を連ねることを保田が応諾したのは、三島由紀夫の死に衝き動かされることどれほど大きく、どれほど劇しかつたかといふことであり、その限りで『浪曼』に臨むのに、保田はけつして消極的だつたとは云へず、創刊号の「初心因縁」から、毎号力の入つた批評を載せてゐるのは、その大方を評論集『方聞記』（新潮社、昭和五十年九月）に収めてゐるやうに、自身でもそれと認めたものである。

『日本浪曼派』を再刊するといふ考へは、『コギト』の場合と違つて、保田の殆ど持ち合せなかつたものである。そのやうな動きが、戦後まだ十年しないうちに見られたのは、同じ旧の同人でも、保田ではなく、芳賀檀を中心にして画策され、一旦は発行元まで決定したやうであるが、結局進展しないまま潰えたのは、芳賀が保田より、戦後は一部にもつと悪様に云はれたことを思ひ返せば、異とするに当らない。芳賀が「日本浪曼派再建――危機の文学のあり方について――」(『新潮』昭和二十九年十月号)、次いで「再び日本浪曼派再建について」(同、十二月号)で事の次第を広く告げたのも、反つて世の反感を煽つて実行を阻まれる結果となつただけではなかつたか。私はさう観測するのである。『新潮』は斎藤十一から送られてきてゐたから、右の芳賀の文は保田も読んだはずであるが、をりから『新論』を創めようとしてゐた保田にとつて、「日本浪曼派再建」など、閑文字を弄んでゐるとしか映らなかつたであらう。さうして『浪曼』の「創刊宣言」に芳賀檀が加はつてゐないのは、またしかるべきこととする。

同胞の若者の死と結ばれた文章

『浪曼』への保田の寄稿は、十二月号の三島由紀夫特集に「三島由紀夫」の後、一月号「歴史の信実」、二月号「文学の信実」、三月号が「文学の威厳」と続いて、四月号、五月号、六月号と「文人の信実」が三回に亘る。「歴史の信実」には、日本政府による一方的な台湾との国交断絶が信義に悖ることを憂へては、ソ聯、中共、アメリカ合衆国に包囲されてゐるわが国が「三大軍国に勝るものは、国土の風光の美しさと、人民の知能の優秀さといふ二つしかない」と説き、戦前、戦中の自身の作品を一切改変しないことを心旨としてきた戦後について「文学の信実」のなかで次のやうに書くとき、それはまた「文学の威厳」にも関はる。

私の文章によつて、己の決意をたしかめ、生死を超越した若者の心を、私は自身の負目として考へつづけ、又生きつづけてゆくべきである。あの緊張した民族の大なる時代に、私の思ひとした文章の心と、当時の同胞の若者の心は、共に通じて一つだつた。その一がどこの誰と結ばれてゐたかは、個々に当つてはわからぬことながら、さういふ結びのあつたといふ自負を、私はわが文章のいのちとしてゐる。ゆくゆくも、私は文学に、さういふ信実を思ひ、文学のもつべき威厳を併せ感じてゐるのである。旧著を一字一句も改めないとの思ひは、往時の未熟を痛切に知りつつ、あへて耐へて改めないのである。

戦後も三十年近くを経過しながら、戦争の日を文学の徒として生き通したことをなほこのやうに顧みなければ已まない。古いさうした傷は、できればふれられることなく、そつとしておきたいのが尋常のひとの性であるのを、保田はしかし、戦禍で斃れた若者とわが文章が結ばれてゐたといふそのことについて自問し、さうして自答するのを怠らないやうにするのを戦後のつとめとした。戦争責任というなら、われからそれをどこまでも引き受けてゆかうとするしづかな決意が語の端から滲み出るやうな、これほどの意気と自信を、他のたれが持つたか。この一事を以てしても、保田與重郎の名は、昭和文学といふより、昭和史のなかにしかと書き込まれるに価する。それを、有無を云はせず、殆ど抹殺するやうな仕打ちを加へて愧ぢなかつたのは、思へば思ふほど、迂濶な、不面目きはまりない話だつたと、「文学の信実」の一節を前にして、今また私は歎息を深くするのである。

　同胞の若者の死、それと保田の文章が結ばれてゐたといふことに関して補足すると、「二十年私志」（前掲）と前後して発表された文に「日本の歌」（『現代日本思想大系』第32巻月報、筑摩書房、昭和四十年二月）がある。伝岡倉天心作の日本美術院院歌といはれるのは、保田の読者なら、単行本の『日本の美術史』（前掲）の見返しを飾つてゐる図によつて知る向が少くないはずであるが、右の一篇は、その歌の結句でくりかへされる「堂々男子は死んでもよい」について、「死んでもよい」といふのは「まことの『歌』からうける窮極の感動である」として、同じ観点から、自身の文章と緊密に結ばれた同胞の若者の死を語るところが鮮烈である。「私の往年の文章は多くの若者を死なしたのであらうか。それは私が死なせたのでなく、本当の『日本文学』が死んでもよいといふ永遠の、生命の、天地開闢に、彼らの心をひらいたのである。それは大東亜の開闢のこゝろである。」（傍点保田）戦後日本のヒユーマニズムといふのが、如何に浮薄で、いとも簡単に底の割れる代物かを、これくらゐ峻厳に訓へるものもないが、三島由紀夫の死から保田がうけたのは、若者の死をめぐつてここに云はれてゐる状況に通ふものであつたらう。

芭蕉を嗣ぐ者

　四月号から三回に及んだ「文人の信実」は、幻阿蝶夢に関する論考である。保田にとつて蝶夢がどういふ存在だつたかは、すでに云つたやうに『日本の文学史』の要をなす一人物としてゐる、そのことを以て量れば足りるが、保田がそこで法師の履歴にふれるやうなことより、専ら近世の文学史上における位置を定めるのに意を致してゐるのは、著述の趣旨がさうしたものだからであらう。これより前、「蕉門と蝶夢――五升庵址碑ノ建立」を『潮』昭和四十六年五月号に載せてゐるのが、法師について保田のしるした最初とする。義仲寺の再建が遂げられた翌四十一年になつて、社団法人義仲寺史蹟保存会が六月に設立される際に理事に加はつた保田は、関係する諸行事にはまづ出向くのを例としたが、一文は、保存会の事業として、蝶夢が五升庵の名の草庵を結んだと推定される洛東の岡崎に碑を建てたその除幕式を同年の一月十六日に執り行ふに至つた次第と、併せて俳僧としての生涯を概観したもので、五升庵址碑は、二条通に沿ふ、現在は私学振興・共済事業団の宿泊施設「白河院」となつてゐる、その門前の小庭にある。

「文人の信実」に蝶夢法師の行状を語つて、尊崇する芭蕉の百回忌の諸行事を差配し、蕉門関係の俳書を次々と刊行する等の功業を讃へる筆は、右の「蕉門と蝶夢――五升庵址碑の建立」と少からず重なる。五升庵と同じ辺に所在したと考へられてゐる湖白庵の主の女俳諧師の諸九尼、また惟然坊に言及してゐる部分もさうであるが、しかし蝶夢についての紹介に終らず、蝶夢を蕉風の宣布者とする論からさらに進めて、「文人の信実」が蝶夢そのひとにけざやかな一人の詩人を見出してゐるのは、批評といふものの何であるかを改めて訓へる点である。をりから高木蒼梧著『義仲寺と蝶夢』（社団法人義仲寺史蹟保存会、昭和四十七年十一月）が出版されたのに蝶夢の百五十通近い書簡を付録してをり、これを一覧したことが、思ふに保田が「文人の信実」を書くひとつの契機をなした。「俊成卿・定家卿より頼政・忠度などは風雅の人と覚へ申《ママ》候」あるいは「去来は猪を突留しも、曲翠が姦人を差殺せしも風雅人の勇者と致嗟嘆候事にて候。」例へば門人の永田白露（白輅）に宛てて、蝶夢がかう云ひ遺つてゐるのを引いてゐるが、まことに勇気のある「風雅人」でなければ、吐けない言である。法師の為人について新たに知つた思ひで、保田は感に堪へなかつた。向井去来と菅沼曲翠のことで云はれてゐるのは、芭蕉の門人の両者にまつはる話として周知のものである。

詩人としての蝶夢

保田が蝶夢の俳句をひとわたり知つたのは、これも高木蒼梧が以前に著した『蝶夢と落柿舎』（財団法人落柿舎保存会、昭和三十九年十一月）に所載の「蝶夢俳句集」によつたと思はれる。総句数千百七十ばかりを季別に配列してゐるが、芭蕉の顕彰に尽した労の大きさにひき比べて、俳句作者としての蝶夢を凡手とみてゐる訳でなく、その才を保田は認めてゐる。句柄について「蝶夢は史蹟に対して一貫した詩情をもつた人であつた」と説いて、なるほどそれを諾はれるやうな佳作を挙げてゐるが、しかし保田の心をより強く捉へたのは、さうした句にもまして、文章だつたやうである。

蝶夢に紀行が多いなかで、「吉野の冬の記」があるのは、北田紫水の『俳僧蝶夢』（大蔵出版、昭和二十三年三月）に翻刻を収めてゐるから、保田はそれで読んだのであらう。蝶夢は五十余歳の、時節は十月の十日ほどを過した短い旅の記で、牛瀧山の紅葉を賞でるのを初めに、観心寺に楠公の首塚を弔つては、葛城山の麓を行き、金剛山から吉野、奈良を経て大坂に到る。吉野の延元陵を拝して「御墓は都のかたへむかひてつくるべし、と後の御事まで罪深くも思しおきてし遺勅有しとうけたまはりつたふるに、かしこけれど思ひ出奉り、今更にかきくらされ、鳥居の前に膝をりしき、苔に涙の露うくばかり立もえあがらぬ」云々とある段にふれて、左のやうに保田は解く。

国人の醇乎たるまことごゝろを、悲しいものに歌ひあげた。理を空しくする第一義のものを感得した時に生れた文章である。この第一義は、国土の山河にあつて、まことの詩である。蝶夢の文は、平明淡泊を特長とするが、この吉野の道の記の章は、芭蕉の慟哭のしらべに相通ふ、風格の高く激しいものである。

文中の「吉野の道の記」の「道の記」とあるのは「冬の記」を誤つたか、もしくはそのやうに云ひなしたものか、どちらにしても、文意に紛れは生じない。さうして、右に蝶夢の文が「芭蕉の慟哭のしらべに相通ふ」と云つてゐるのは、「甲子吟行」に吉野の山中に入つた芭蕉が「山を登り坂を下るに、秋の日既に斜めになれば、名ある処処見残して、先づ後醍醐帝の御陵を拝む」と書きつけて「御廟年を経てしのぶは何をしのぶ草」の吟を添へてゐるのに、おそらく蝶夢を重ねてゐる。蝶夢はこのとき、芭蕉がさうであつたやうな詩人である。今抄した「甲子吟行」の一行が、うかうかと読過できない、近世の文学史の上で意味を帯びるのは、保田の「甲子吟行『御廟』の句について」(『俳句』昭和三十八年六月号)によれば、「元禄の文藝復興以来、維新回天をへて、明治大正昭和とつゞくわが詩文学の大動脈の一つは南朝の詩心であり、この初見源流は実に『甲子吟行』にあつた」(傍点保田)からで、保田が幻阿蝶夢の裡に認めたのも「南朝の詩心」に他ならない。

　蝶夢は僧としてあつた寺を出て、草庵に暮した。その点でも、「一たびは仏籬祖室の扉に入らむとせしも」（「幻住庵記」）、さうしないで、僧形でありながら、僧でない態で世に処した芭蕉に似ると保田が見てゐるのは、蝶夢の人物像をもうひとつ大きくするものであつた。世を捨てて仏門に入る。それはむしろごく尋常の行為と云へるのは、蝶夢のやうな場合を前にするときである。

　「道をゆく人」として、保田は蝶夢のあとに随つたといふ意味のことを、本章のはじめの方に私は述べた。義仲寺の昭和再建を、その中心になつて保田が遂げたことは、蝶夢が義仲寺のために殆ど独力でなした営為と並べられる、それほどの事業だつたとしても、蝶夢が詩人としてあつたのはまた別のことだつたとするなら、自身の行手をどんなふうに考へるべきか。「道をゆく人」とは、つまりは芭蕉を嗣ぐ者でなければならない。思案を凝らす上で、たれよりも蝶夢法師が一箇の確かな鑑となつたことが、一篇に「文人の信実」の標題を付さしめた。しかし、他方で「私は日本の文学史の学びについて、おほよその目当がついた時、それを実証するためには、すでに齢は老いたりといふ感が先立つ。」そんな嘆きを洩す保田與重郎は、六十四歳になつてゐた。

　「文人の信実」の執筆にかかつてゐた三月に、左京区正往寺町の西昌寺に蝶夢の塋が再建されてゐる。寺内の墓石がいつの程にか埋没してゐたのを、保田の書で「蝶夢法師墓」と刻した一基を義仲寺史蹟保存会の手で新たに建てたものであるが、併せてまたここに記しておく必要があるのは、「文人の信実」を最後として、『浪曼』への保田の寄稿は止んでゐることである。

一件は、私の仄聞したのに間違ひがなければ、「文人の信実」の第二回が載つた『浪曼』の同じ五月号に、高橋新吉の「川端康成のことなど」が掲げられたことに起因する。高橋のそれは、若い日から後年に及ぶ回想がとりとめないといふだけならまだしも、川端康成を敢へて貶しめるやうな内容の、悪意を以て書かれたとしか受けとれない文で、一般の読者でさへ顔をしかめずにはゐられないところ、近しい関係にあつた保田は、不快な、とても読むに堪へない思ひをした。多分はすでに入稿されてゐた翌六月号の分についてはしかたなかつたとしても、保田がそれ以降は『浪曼』に作品を投ずる、あるいは誌上の座談会に出席することを潔しとしなかつたのは、心持において十分に酌まれるものがある。高橋新吉の心術は論外として、ただ保田の抗議といふべきものは、高橋個人といふより、『浪曼』の編集部、発行元に対するものだつたことが、保田にさう仕向けさせたのであらうと、私は考へるのである。状況は異るが、三十年前の『文学界』の座談会「近代の超克」に出席が予定されながら、結局それを保田が見合はせたのと同様なのは、いはば批判的な姿勢の、その示し方においてである。

『浪曼』を創めて、まだ半歳余りしか経つてゐない。同誌は昭和五十年二月号まで、版元の倒産といふ事態に立ち到るそれまで刊行が続くことからして、自身でも予期しなかつた始末にちがひないが、『浪曼』におけるやうな活動がその後は展開されることはなかつたから、「文人の信実」が、結果として長篇の評論の最後となつたのは、材を他の何にとるといふのでなく、蝶夢法師への関心の凝つた作品である点で、保田の立つ舞台の悼尾を飾るに似つかはしい。一体「日本の文学史」の業を卒へた後、次の著述にとり掛かるまでの間は、保田の心づもりでは中休みだつたのが、『浪曼』の発刊で強ひて筆をとらされた概があつた。それを打ち切ると、定期的な寄稿は『日本及日本人』の「わが万葉集」と『京都新聞』の「現代のことば」くらゐとなつたが、他からの執筆依頼を受けることが増したのと、義仲寺と落柿舎、それに新学社、風日社等に関はる庶事に、昭和四十八年十二月の財団法人棟方板画館の設立に際して就いた理事長職が加はつた他、大日本印刷株式会社の北島織衛社長と戦前から通交があつた縁で、月に一度東上して夫人の北島壽はじめ、その許に集ふ婦人たちに『万葉集』の歌についての講話を同社内で行ふやうにもなつて、保田は多忙な日を送つた。

第十章　終焉まで

1　最晩年の日

大祓詞を書写、頒布

昭和四十八年のことである。「小生晩秋思フトコロアリ、大祓詞ヲ拝書シ、近ころ印行ナリマシタノデ一部拝呈仕リマス」云々とある別紙を添へて、祝詞の「六月晦大祓」を筆写したのを、そのまま製版、印刷したものが私に送られてきたのは、師走であつた。印刷部数がどれくらゐだつたかを承知してゐないが、A3大の和紙四枚に収められたその末尾には、「昭和四十八年秋　延喜式大祓詞拝書」と書き入れたのに並べて、記名した下方に、見慣れた「與重郎」の角印が押されてゐる。末輩の私ごときにまでこれを贈られたことがすでにさうであるが、それればかりでなく、同封の別紙は、十二月二十日の日附に「保田生」と署し、しかも宛名を「谷崎兄」としてゐることに、じつに身が縮み上がるやうだつたのは、いまも変らない心持である。例へば『祖国』を創めた年若の同人五名を同志と呼んだやうに、一体弟子をもつといふことに、感覚として馴染めないものが保田にあつたのは、そのひとの像をおもひ描く上で、心にとめておいていい一面である。

「思フトコロアリ」といふ、それが具体的にどんな性質のものなのかは分明でない。しかし、三十年に近い以前に『校註祝詞』を私家版で行つたのと、「六月晦大祓」を書写し、それを印刷したものを、限られた範囲にせよ頒布したことに、意図においてさしたる相違はなかつたとみてよければ、「思フトコロアリ」を、『校註祝詞』の刊行の趣旨から推しても大きく外れまい。戦中から戦後へ、時代が劇しく移ろふなかを、保田は一貫して変らない志節を持して生きた。その変らなさの表現として、大祓詞の書写ほど、ひとつの意味で鮮烈なものはなく、揺ぐことのなかつた姿勢から云ふなら、戦中に憂へたのに似た危機的な状況を昭和四十八年の世相に保田は看てとつたのかも知れない。延喜式祝詞のなかで「六月晦大祓」を特に択んだ理由といつて、多分は別の仔細はない。『校註祝詞』に附載する「祝詞式概説」によつて云へば、それが「日本の文章中最高のもの」であることによつてをり、それを以て祝詞を代表させたものでもあらう。

大祓詞を「日本の文章中最高のもの」とするのは、江藤淳の「神話の克服」（『文学界』昭和三十三年六月号）の論理で云ふなら、「呪符」を「文学作品」とみなす保田與重郎はけつして「文学者」でなく、「呪術師」である。保田に対する江藤のさうした批判は、保田の文について「天の声か地の声であるかもしれないが、人間のことばではない」と竹内好が「近代の超克」（前掲）で評したのに一脈通じる。竹内の言が反つて保田の文学の真諦を見極めてゐることは、そのくだりで弁じたが、江藤が「神話の克服」で「巫女は神がのりうつっているあいだ、神託をかたる。しかしそのことは巫女個人の責任の問題をこえている」と述べてゐるのは、だから、それと同様の次第で、保田は「署名された発言に対する責任」をとることがないとして、そこに「文学者としての完全な堕落」を説く。多言を要しない。江藤淳の論難に反して、「署名された発言に対する責任」を戦後の保田が如何にとつたか、それは、本章でした引用をここでまた重ねることになるが、「あの緊張した民族の大なる時代に、私の思ひとした文章の心と、当時の同胞の若者の心は、共に通じて一つだつた」（前出「文学の信実」）ことを顧みて、一字一句たりとも旧作を改めなかつたことが、何よりもよく語つてゐる。「署名された発言に対する責任」を保田がとつた証として、これ以上に明白で紛れもないものはない。

書に遊ぶ

晩年の保田與重郎は、筆をもつことを日常とした。来客もなく、一人のときなど、気の赴くままに、墨をゆつくり磨つて料紙に向ふ。もつたいないからと、硯のなかの墨がなくなるまで、筆を走らせた。保田の書の造型がどんなふうであつたかは、作品の一部を収輯した『身余堂書帖』（講談社、平成元年十月）に、おほよそを窺ふことができる。「保田與重郎の書展」が平成十年六月に東京青山の永井画廊で催され、代表的な作品三十点ほどの展観が行はれたことに、私は保田の書を推す声の大きさを確かめた思ひだつたが、それは和様の尤なるものといふのが、大方の評の一致するところである。若い日から達筆だつた保田の、ペン字の方は、戦前と戦後で、さして大きくは異ることがなかつたと云へるのに比べると、墨書には明らかに変様が認められ、後年に至るほどに、

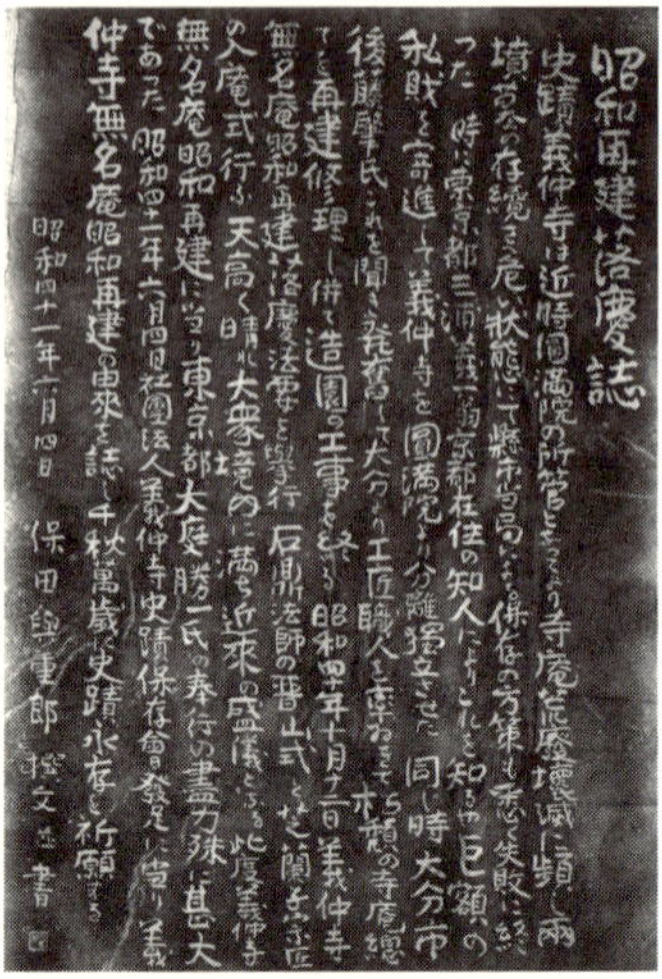

昭和再建碑の裏面「昭和再建落慶誌」（拓本）

硬さがとれて伸びらかになつていつたのは、そのやうな書が得られるやうに自覚してつとめたものである。

本書の第一章を、桜井市立図書館の入口の付近に据ゑられた保田の筆による碑のことから私は始めた。それらのうち「鳥見山の」の自詠を書した一基は、書き添へておいたやうに、もともと昭和四十一年十月に建てられてゐるが、変様はこれに十分に現れてゐる。あるいは再び義仲寺の再興のことに云ひ及べば、その経過について保田の撰文と書を以てした「昭和再建碑」がその後境内に建てられるが、社団法人義仲寺史蹟保存会が発足する昭和四十一年六月四日の日附でしるされた「昭和再建落慶誌」とする三百三十余字は、細字なのが、反つて自在で、そして勁いうちにも繊麗な保田の書の風韻を遺憾なく示してゐる。拓本を縮小したものを右に云つた『身余堂書帖』に掲げてゐるのによつて見ても、保田の一方の代表作といへるのみならず、近代の金石文のなかの優品とされていい。

池田栄三郎市長の時代、昭和四十六年から翌四十七年の頃に桜井市が行つた事業に、記・紀・万葉歌碑の建立がある。『万葉集』を主に、これに記・紀の二書を加へ、そこに出る歌の揮毫を各界の人士に依頼して碑に作つたのを、それぞれに適当する場所に建てるもので、企画そのものに保田が関与してゐたのは、何よりも、書を嘱した、その人選に瞭らかである。等彌神社に入つたところには、佐藤春夫の「大和にはみささぎ多し艸もみぢ」の句碑が以前から建つ。それを歌碑群のひとつとしたのが保田の意向であれば、揮毫者に岡潔、川端康成、棟方志功、清水比庵、林武、平沢興、福田恆存といつた名が並んでゐるのは、ほぼそのまま保田の交友の範囲を教へる。碑は、小林秀雄の手になる「山辺道」の道標のやうな例を併せて三十九基で、四十七年十一月五日に三輪の大神神社で催された除幕式に保田も出席したが、自身で筆をとつたのは、当時は山本五平宅にあつた紀鹿人作の万葉歌の他に、「こもよみこもち」と歌ひ出される雄略天皇の御製を新たに書いた一基が、泊瀬朝倉宮が所在した辺の黒崎の白山神社にある。さうして、この長歌が『万葉集』の巻頭に置かれてゐることに鑑み、もうひとつ、これも保田による「万葉集発燿讃仰碑」が同神社に建つのは、筆勢に心憎いまでのものがある。石に刻字すると、書はやや別様のものになるやうで、雅致の増す感があるのは、保田の場合に限らないのであらうか。

保田與重郎書「混沌」

「書を習ふことは難しい。しかし書を楽しむことは易いやうである。易きより入つて、難きことを悟るのもあるひは楽しみであらう。」題して「手習ひ記」（『出版ダイジェスト』第八一一号、昭和五十年九月）といふなかの一節である。

「易きより入つて、難きことを悟る」といはれてゐるのが、保田の履《ふ》んだ途であつたかどうかはともかく、書を楽しむのは、なるほど奥が深いとき、保田は書を楽しんだと云つて、必ずしもそれが易かつたといふ訳ではない。それよりも、書は保田にとつて「道をゆく人になる」一箇の技藝の意味をもつたと云つてゐるのは、同じ文中の後段にはかうも説かれてゐるからである。「書の学びは、先人の心を学ぶことである。その最も直接の法である。このやうな学び、即ち『手習ひ』によつて、今の私は、千年昔の人と同じ道をゆき、同じことを行へるのである。」

書は、保田を文人たらしめたひとつのものであつた。それは、例へば富岡鉄斎の大をなさしめたひとつは書だつたのと、事情において同様である。保田は鉄斎の何に畏敬の念を懐いたかといへば、そのひとにおける、要するに文人と云ふほかはない。万巻の書を読み、千里の道を行くことを当然として、敬神家で勤皇家で書画を能くしたといふ、それらの綜合としての文人である。さうして、鉄斎が京都の町中の商家の看板の書をいくつものこしてゐる一方で、保田は、昭和四十五年四月に嵯峨の落柿舎に過去現在未来の一切の俳句を供養する趣旨で建てられた俳人塔の、その竣工祭が行はれるのに際して、工藤芝蘭子の八十賀に因んで河井寛次郎門下の荒尾常三が焼成する平瓮八十一枚に「落柿舎」の銘を書き入れる労を惜しまなかつた。保田はさういふことのできるひとであつた。

「書は人そのものだ」と「鉄斎先生の書」（『墨』第一〇号、昭和五十三年一月）に保田が述べてゐるのを私は諾ふ。富岡鉄斎の書がそのやうにあるのは、これを保田に置き換へるとき、じつに云ひ得てゐると思はれるのは、その書にまして、保田與重郎の人物像を明快で紛れがなく写し出してゐるものもないからである。杉浦明平が『暗い夜の記念に』（前掲）で保田を口汚く罵つて「思想探偵」などと極めつけたのは、保田の書の前では、いかに噴飯ものであるか。云はずもがなのことである。もし為人に志操なり、品位といふものがなければ、それは書の上に匿しやうがない。「書は人そのものだ」とは、その謂である。

『風日』百号に達する

父保田槌三郎が昭和四十九年二月に歿したのに続いて、翌五十年七月には母保栄が身罷る。ともに九十一歳の長命であつたが、昭和五十年は、保田が他に多くの師友の死に遇つた年で、一月の坂東三津五郎に始まり、六月に岩淵辰雄、林武、八月に片野元彦、九月は岡本六二、御手洗辰雄、棟方志功、そして十月に林房雄と清水比庵が逝く。顧みて「昭和五十年十一月廿五日志」（『日本学生新聞』第一〇一号、昭和五十年十二月）とする文を草して「今年はわが国の最も大事な、かけがへのない人々を、次々に失つた年であつた」と特に記さなければならなかつた所以であり、掲載紙上では削除されたやうであるが、原稿が遺されてゐるのには、末尾に右の九人の氏名を列挙し、その後に「知遇殆四五十年、今年物故先賢先師」の語を副へてゐる。「十一月廿五日志」の日附のとほり、過ぎた年の三島由紀夫の死をこれに重ねてゐることに、保田の心情は惻々と伝はる。

どれほど巨きな、それは喪失感であつたか。拡つた空虚は、なんとも埋めやうがないはずのものだつたが、保田はしかし、さういふなかに次代の新しいものが生成するのを期待する。「この大事な人々の次々の死は新しい時代の混沌を喚び起す厳粛な神機と感ずるに到つた。」保田の発想はいつに変らないと云ふと、一箇のイロニーがここで語られてゐるが、さうしてゐるうちに、年を越えた早々に、今度は檀一雄の訃音がもたらされる。重い病態は予て報されてゐたとは云ひ条、わづかながら年少の、『日本浪曼派』以来の盟友の死に、「かけがへのない人々を、次々に失つた」といふ思ひを一段とまた保田は深くしたにちがひない。東京の青山斎場における葬儀に誄辞を捧げた保田が、二月に練馬の檀邸で営まれた七七忌法要の席にまで列つたのは、佐藤春夫の年忌を本墓のある京の知恩院で修するのを取りもつたのは特別のこととして、それを措けば、まづ異例に属した。

後日譚を付すと、福岡周辺の関係者を中心に、故人が終の棲家とした能古島に文学碑を建立することが計画され、保田が作つた「檀一雄君能古島文学碑銘」を、これは明朝体を以てした碑がやがてなる。保田の撰文である旨の記はなく、「友人一同」の名によつたのは保田の考へであるが、それでも翌五十二年の五月にその除幕式がとり行はれた際には、能古島まで出掛けていく、さういふことを保田は億劫がらなかつたひとだつた。

昭和五十一年一月、保田は落柿舎の庵主となる。工藤芝蘭子が四十六年三月に急逝し、その後庵主をつとめてゐた若生小夜が、五十年の歳暮に退庵するに至つたのを承《う》けたもので、十三世に当つた。向井去来の別業として始まつた落柿舎は、芭蕉の「嵯峨日記」がここで著されたといふ一事をとるだけでも重要な俳蹟であるが、すでに保田にはこれの案内を書いた『落柿舎のしるべ』（財団法人落柿舎保存会、昭和四十五年一月）がある。蝶夢法師がさうであつたやうに、保田も蕉門のなかで去来を高しとしてゐるのは、一巻に読まれるとほりで、あれこれ案ずれば、庵主となつたのは「多年の因縁」と、同年一月附で差し出した挨拶状にさう云つてゐるのは、偽らぬ実感であつた。ただ、それまでの歴世の庵主のやうに、俳人でもなく、また在庵する訳ではないといふ理由によつたものか、保田は守当番を称した。ことばの上でもけぢめをつけるといふのは、保田らしいとしても、報道関係はじめ、世間の受けとるのは庵主だつたことに変りはない。

保田が庵主になると、落柿舎の建物の裏手に小さな祠を建てたのに庵内の去来の木像を移した上で、十月十日にその二百七十三年祭を挙行し、保田は蝶夢法師の去来讃の一節を祭文として奏上した。去来が神道を学んだことから、仏式でなく、祭事としたこと、旧暦九月十日の去来の祥月命日の一カ月後の十月十日をその日と定めたのも保田で、以後毎年の行事となる。

保田が好んでのんでゐた煙草の「朝日」の製造が、同年の十二月で中止となつた。「朝日」の二十本入りの一箱を吸ひをはると、空の箱を一枚の紙片に延べたのをとつておいて、裏をメモ用紙に保田は利用した。喫煙が、保田の日常のどれくらゐの部分を覆つてゐたかを改めて顧みさせることがらであるが、製造されなくなつてからも、しばらくは「朝日」の入手はできたやうで、進んで調達を図つてくれる向には、自身の色紙をそれと交換するなどしてゐたのは、さうすることを保田は楽しんだのである。

昭和五十二年は丁巳歳である。上田恒次に赤絵波文皿の作があるのは、巳歳に因むその文様について保田から示唆をうけた由を、私は上田から直接聞いたことがある。今東光の遷化するのはその年の九月で、保田は上野の寛永寺における通夜に参じるが、歌誌『風日』は同月の発行で通巻第百号を数へた。今東光も発起人に加はつてゐた同誌の創刊は、三十二年三月だつたから、二十有一年を要してゐる。その記念に、既述したやうに、合同歌集『風日集』（前掲）を刊行し、これに序した保田は、五千字に上るその文を、左のやうにしるして結んでゐる。

風日社の現状の歌風と歌品について、私は面をあげて云ひ得ることがある。こゝには、国の悠久の日より伝り来り、未来永劫に伝はりゆく和歌の風雅への思慕が、ゆたかにたゞよつてゐることである。朝日に匂ふ桜花の如く、夕日に映える紅葉の如く、その花やぎのあることを嬉しく思ふ。世間が如何にあらうとも、こゝに国風の歌が、かの盛時の風俗のまゝに歌はれてゐることは、これぞ永遠の日本の証である。この国に生れたことの喜びの証である。

教育者としての保田の、いはば身近な実践の場が風日社だつたとするとき、二十年の余の歩みでその実をあげ得た。四六判、五百五十頁もの大冊として行はれた『風日集』は、その一精華であり、それに保田が満足を覚えてゐることに、むづかしい理屈はない。「世間が如何にあらうとも」といふ語から響いてくるのは、戦後の日に一貫した保田の揺ぎない信念である。

『風日』第百号には、五十名ほどが作品を載せてゐる。月次歌会の出席者は、これより少いが、風日社は、歌会を身余堂で催したことからも、宛も保田與重郎の私塾の観を呈した。記述が前後するが、昭和三十九年二月は、幕末の天誅組の伴林光平が斬罪に処せられて百年に当り、恰度風日社の歌会となつた日に百年祭を営んだのを契機に、四十二年から、二月の歌会に光平忌を合せて行ふ。また、それまで十一月は、河上利治、河井寛次郎追悼歌会としてゐたのを、四十六年からは社中有縁物故者秋季慰霊祭に、同年までは佐藤春夫を偲ぶ春日忌歌会としてきた四月歌会を、四十七年からは同春季慰霊祭と、歌会と慰霊祭をかたちの上でそれぞれ別箇にするやう改めたのは、保田の思慮に出る。

異色の客

風日社の社中を含めて、保田の許への訪問者はいよいよ多く、人物も文字どほり多彩だつたことを伝へる便に、点描をここに挿んでおきたい一人は、イタリア人のロマノ・ヴルピッタである。日本に関はるやうになるのは、外交官として駐日イタリア大使館の書記官に任じられてからであるが、ナポリ東洋大学院の現代日本文学の担当教授の任にあつた時期を挟み、次いで欧州共同体委員会駐日代表部次席代表に就いた後、転身して京都産業大学に移り、経営学部で「ヨーロッパ企業論」「日欧比較文化論」などを講じた。ヴルピッタが保田の知遇を得た外国人として一般に知られるやうになるのは、その「身余堂の感銘」（『新潮』昭和五十九年三月号）といふ文によってである。私がヴルピッタを知つて話を交すやうになつたのは、保田の歿後、右の一文が発表されるより前であるが、ヴルピッタが保田に初めて会したのは、直接に教示を受けたところでは、昭和五十一年である。まだ欧州共同体委員会駐日代表部にゐた時分で、四十に近い齢であつた。をりから母国イタリアの有力な二人の国会議員が来日するについて、彼らが「本物の日本人」と会見できる場を設けたいと考へてゐたとき、『毎日新聞』の元記者で保田をよく識る永淵一郎から話を聞いたヴルピッタは、その紹介により、事前に一度、昭和五十一年の十一月に単身で京都まで挨拶に赴いた上で、三名による身余堂訪問を果したのが翌年の四月中旬だつたと云ふ。

最初の挨拶の後、十二月十日附で、そして三人での訪問の後、これは五十二年六月一日附でヴルピツタに宛てた保田のいづれも封書がのこされてゐる。私は近頃それを閲覧する機会に恵まれたが、三人の再度の来訪を得ればよろこばしい旨を記す後者は、巻紙に墨書されたもので、どこまでも行届いて深切な文面は、じつに感に堪へないおもひを抱かせる。以来ロマノ・ヴルピツタが身余堂の客として迎へられるやうになるには、昭和五十三年から京都産業大学の教壇に立つやうになつたことも便宜を得さしめた。さうして次第に打ち解けていつたのは、文化の隔を越えて、対手をそのやうに包みこんで和ませるものが、思ふに保田に具つてゐたからであり、そこにも私は、保田與重郎が当代に並々ならぬ人物だつた徴を見る思ひがする。

これも往時を私に語つたのによると、京都産業大学で、ヴルピツタは同大学世界問題研究所の所員を兼任した。同研究所の所長をつとめてゐたのは、国際政治学者の若泉敬である。若泉が佐藤政権下で、アメリカとの沖縄返還交渉を密かに裏で担つたことを『他策ナカリシヲ信ゼムト欲ス』（文藝春秋、平成六年五月）で自ら明かすのは、ずつと後年、返還がなつて二十年以上も経過してからで、その件に関して、むろん当時はたれも知らない。

ロマノ・ヴルピツタが若泉敬に知られるやうになつた昭和五十三年、どんなことでさういふ次第になつたものか、世界問題研究所の所員全員で保田を表敬訪問するに当つて、その依頼のためにヴルピツタが同行して身余堂に出向いたのが、若泉が保田に見えた最初とする。その後、若泉が所長を辞し、一所員となつてから訪ねてくることが多かつた二人を、保田は歓待した。ヴルピッタに対するのとは別に、保田が若泉とまた気が合つたといふのは、例へば愛国といふ一事において、両者は相通ふものを蔵してゐたであらう。さうしてその心情のありやうと、またそれを養ふ術において、若泉は保田に学び、感化をうけることがおそらく多大だつたといふ意味で、若泉にとつて、保田は師表たるひとであつた。保田に引き合せたことに感謝して「外国人から保田先生のことを教へてもらつて恥しい」と、若泉は何度となく云つた。ヴルピッタの伝へるさうした話は、若泉の愛すべき人柄を偲ばせる。

初見のときのことを「身余堂の感銘」に述べて、「彼に初めて会った多くの人々と同じように」とヴルピッタが云つてゐるのは、三島由紀夫の『私の遍歴時代』（前掲）のなかのその段が一例とされてゐる。三島がさうだつたやうに、ヴルピッタも「著作を通じて想像した人物と本人との格差を感じた。」一文は自身で日本語でものしてゐるから、翻訳の技術的な問題は介在しないが、「格差」とあるのを、ずれぐらゐに私は解しておく。『私の遍歴時代』に、三島がそのひとに一種の失望を覚えたやうに書きなしてゐるのは、既述のとほり、保田をめぐる記事に作為が加へられてゐるとすれば、そのまま受けとりにくいものがあるが、ヴルピッタの場合、保田の為人における、いはば自然《かむながら》に心惹かれたことが、度々足を身余堂に向はせた。それには、戦後の日本の文学界の事情などから自由だつた立場性もあづかつてゐたであらうし、その限りで、ロマノ・ヴルピッタの保田観は中正を保ち得てゐたと云へる。

同じ敗戦国の国民として保田に共感を寄せたといふ以上に、ヴルピッタにとつて、保田は幅広い視点で論じるに堪へる対象であつた。「私は最初から、保田を日本文化の中の人間というだけでなく、世界文化の人間として見る立場を取った。」同じ文に説くさうした観点からヴルピッタが著した『不敗の条件――保田與重郎と世界の思潮』（中央公論社、一九九五年二月）は、保田の研究者は、これを避けては通ることのできないものである。

保田とヴルピッタの間でどんな会話が交されたか。あるときはムッソリーニの最期のことが話題となつたといふのは、ヴルピッタによる『ムッソリーニ――一イタリア人の物語』（中央公論新社、平成十二年十二月）に記載するところで、彼の行動は不可思議である旨をヴルピッタが申し立てると、それに対して「語気を強めて」と、特にさう述べてゐるのは、そのときの保田のふうが印象的だつたのであらう、「いや、セント・ヘレナだ！　彼は死を求めていた。犠牲がなければ、民族的な英雄になれないからである」と保田は弁じたと云ふ。絶海のその孤島に幽閉されて生涯を終へたナポレオンにも似て、伝へられてゐるやうな非業の死を死ぬことで、ムッソリーニはイタリアの英雄となつた。「セント・ヘレナだ！」とは、その謂で、若い日の保田に「セント・ヘレナ」の雄篇があることは、改めて云ふまでもない。「保田のこの言葉はみごとにムッソリーニの心理を把握していたと思える」と、ヴルピッタは書いてゐるが、保田の素顔といふべきものをそこに認めたとき、初会のをりに感じた「格差」は、案ずるに、ずつと小さくなつてゐた。

身余堂付近の景観は、この間急速に変つていつた。「このあたり、まだ数年まへは、人の家がなくて、わが知る女人たちは、けだものしか住まないやうな、すさまじいところへ、何のもの好きに家居されるのかと云つた。それがここ数年で、よくひらけた」と記してゐる「時雨のころ」と題する文は、檀一雄が主宰の『ポリタイア』の創刊号に寄せたものだから、昭和四十二年の頃の様子である。私が知るのも、それくらゐからで、上田恒次による保田邸の「建築仕様書」に付す図面に「食堂」とあるのは、ロマノ・ヴルピッタが「身余堂の感銘」で「炬燵の部屋」と呼んでゐるところであるが、午後から刻を過してゐたのが夜分になつて、そこの窓から南の方を見下すと、密集した家屋の灯で一帯が明るいのは近年のことといふ話であつた。それでも、嵐電の鳴瀧の駅の方面から急坂を上つて邸内に入る道路沿ひの東側は、まだ原つぱのやうな空地のままのこされてゐたが、そこに住宅が立て込むやうになるまでに何年もかからなかつた。

さうした光景が現出すると、雅致ある土地が俗化したやうな感がされて、私などはそれまでの佇ひが失はれたことを憾んだものであるが、しかしもの惜しみするやうな、さういふ貧しい心動きが保田に見られなかつたのは、その処生を考へる上で、銘記されていい点である。「私は、人の住まない山中にまで住みつき、やがてあたりに家居する人の増してくることを、一種の歓喜としてゐる。これは私の伝統感情である。」同じ「時雨のころ」の、さきほど抄した箇所の少しあとに、そのやうに続けてゐる。「伝統感情」といふのは、「米のとれる土地をつぶして家をつくることを、最大の罪」と訓へられて身に具はつたといふ意味合ひで、さう説いてゐるものである。

2 終《つひ》の住処に

古稀を迎へる

落柿舎庵主として、その後も十月十日に去来祭が営まれるのに保田は列するが、昭和五十三年には二百七十五年祭を迎へるのを控へて、去来の全集を刊行することが、前年から財団法人落柿舎保存会理事長の大庭勝一を中心に議られた。全集の編集委員を委嘱された一人、大内初夫の「保田先生と『去来先生全集』」（全集「月報」第三十二巻）によれば、大庭が招集した第一回の編集会議が落柿舎で開かれたのは、昭和五十三年四月三日のこととし、これに保田は姿を見せた。前月は岡潔が一日に歿して、翌二日に典子夫人を伴つて岡家に弔問に赴くと、三日に営まれた奈良市葬にも参じてゐる。この例に限らず、葬礼を保田が軽んじなかつたことは、記事を挟んだのに見られたとほりである。

四月三日の落柿舎における編集会議のことに戻れば、右の大内初夫の文によると、会議の進行を脇でしづかに見守つた保田は、ただ、判型を週刊誌のそれと同じB5判とすることと、題号を必ず「去来先生全集」にするやうにと、その二点を要望し、「百年後に残るような立派な全集を作ってほしい」と、さう云つて編集委員を励ました。判型のことはそれとして、書名については「去来全集」もしくは「向井去来全集」とするのが一般的なところ、敢へて「去来先生全集」と謳ふ。世の慣行に囚はれない保田の発想の果敢さを、それはよく現すとしても、去来を敬重する念の並々でなかつたことが、

云ふまでもなくその前提にある。保田のさういふ心持は晩年になるほど強くなつていつたやうで、佳什が少くないなかでも、特に、

年浪のくぐりて行くや足の下　去来

の作に、去来の体する風格ともいふべきものをまざまざ仰ぎ見るやうな感銘を味はつた。寄稿がまだ続いてゐた『京都新聞』夕刊の「現代のことば」欄の、これは昭和五十三年十二月二十三日附紙上に掲げるものであるが、「年浪」とする一篇に去来のことを云つた終りに、右を引いて「私はこの句をよんで、世におそろしく、畏き人なるかなと痛く感動した。昔はかかる人がゐた」と文を結んでゐる。故郷の長崎の浦で寄せてくる波を眺めての作であるが、保田がこれを語るのは一度でない。二年ほどして再び同じ「年浪」の題の文を作つて、一句に対する所懐を書きしるしてゐる。『徳島新聞』昭和五十六年一月一日附他、同文で数紙に載るものであるが、保田の受け止めるこの句の重さはどれくらゐであつたか、一書がまさに「去来先生全集」でなければならなかつた理を、私はそこに了解する思ひである。

大阪高等学校入学から数へて五十年に当り、「入学五十周年記念」の名の文科、理科合同の同期会が、七月に蒲郡の常盤館で開かれたのに保田は足を運んだ。沢井孝子郎の「大高時代の保田與重郎」（『近代風土』第十四号、昭和五十七年三月）に見える記事であるが、同期会に殆ど缺かさずに姿を現した

といふ竹内好と対照的に、保田はかつて出席した例がなかつた。旧友たちの集ひに加はることを、どうして保田は思ひ立つたか。このときの心裏は測り難いが、戦後になつて顔を合せる機のないまま過すうちに、竹内好が前年の三月に病歿したことに、保田を動かすなにかがあつたといふのでもなければ、それは老いのなさしめたところか、もしくは後述するやうな予兆につながるものか、あれこれと私は案ずるばかりである。

　はじめての同期会といふのに、保田が一行と宿泊を共にしなかつたのは、はじめからさうするつもりだつたのであらうか。やはりその日のうちに東京へ帰る鎌田正美と二人で会場の旅館を出ると、蒲郡駅に向ひ、駅頭で握手を交して東西に別れた。大高のときの鎌田は、学藝部委員として、竹内好と『校友会雑誌』の編集に携つてゐたから、保田と近しかつた間柄である。「着流しの和服にトルコ帽ようのものを被り、身のたけほどの長い杖をついて、蕉翁さながらのいでたちであった」と、四十何年ぶりかに再会した保田のその日の様子を、鎌田正美は「華麗な潮流」（全集「月報」第四巻）にそんなふうに書きしるしてゐる。「蕉翁さながら」の評は、久しい歳月を隔てて相見えた第一の印象として、そのまま受けとつていいものであらうし、全きその風姿からさうした感をもつたのは、おそらく鎌田ひとりではない。保田は、遅くとも昭和三十年代の半ばぐらゐまでには洋服を廃し、以降はつねに和服を着用した。暮し方としてさうあるべきと考へた、きはめて意識的な選択である。

　昭和五十四年は、四月十五日の誕生日で保田は七十歳に達した。本書において年齢の記述を数へ年によることとは、すでに云つたところであるが、その年の四月十五日はたまたま第三日曜日、すなはち風日社の月次歌会に当り、歌会の終了後、参会者たちが赤飯で保田の古稀を祝つた。改まつた古稀祝賀会は、年も押しつまつた十二月十六日に岡崎のホテル・サンフラワーで催されるが、両親が揃つて九十歳の寿を保つたことからしても、保田の長命を周囲のたれもが疑はず、「保田先生は長生きしやはるで」と、観相を能くした五味康祐がつねづね口にするのを何人もが聞いてゐた。三島由紀夫の死に関連してその項でふれたことであるが、戊歳生れで同齢の影山正治が自死して保田を驚かせたのは五月で、翌月の葬儀には都合で東京まで日帰りする慌しさであつた。その後に保田は「慎而」の題の短い文を草して「かゝる人のかゝる行為に対しては、私はたゞ厳粛に慎む他ない」と悼んでゐるのは『不二』昭和五十四年七・八月合併号に所掲である。

「わが万葉集」の『日本及日本人』の連載が、九月発行の九・十月合併号（爽秋号）で五十回を以て了つた。執筆が八年の余にも亘つたといふのは、それだけ『万葉集』に対する思ひに、尽きない、切々な念があつた証としてよく、『万葉集』こそが、他のなによりも保田與重郎における創造力の混沌とした源をなしたといふ消息について考へさせるが、ただ長期間に及ぶうち、記述に少なからぬ重複を生じてゐることは、保田自身がよく承知してゐた。一本とするには修整を加へる必要のあることも弁へてゐたが、しかし手を着けやうにも、それがどうして容易でない旨を、保田は私に洩したことがある。

やがて去来の忌である。本年はそれに合せて、嵯峨天皇皇女、有智子内親王の墓所が落柿舎の西隣りに位置することから、昭憲皇太后が内親王を追想して、その詩才を讃へた「加茂川のはやせの波のうちこえしことばのしらべ世にひびきけり」の一首を保田の書を以てした歌碑を落柿舎の前庭の、墓所を拝する場所に建てた、その除幕式を催した。初代の賀茂の斎院でもあつた有智子内親王に保田がつとに着目してゐたことは、『日本の文学史』（前掲）の「都うつり」の章にも言及してゐるとほりで、それと近代の昭憲皇太后を結ぶのは、文学史の全体を見通す史眼といふものである。建碑が保田の発意によつたことは、云ふまでもない。

十月は、義仲寺の昭和再建に与つて力があつた大庭勝一が月末に死去すると、保田は東京での葬儀に参じた後、十二月二日に執り行つた大庭の義仲寺葬に誄を上るが、その間十一月十六日には、奈良で小林秀雄に会してゐる。その模様を郡司勝義が「小林秀雄　その周辺」（『別冊文藝春秋』平成五年新春特別号）のなかに伝へてゐるのでは、小林の『本居宣長』（新潮社、昭和五十二年十月）について、保田が「小林氏『本居宣長』感想」（『新潮』昭和五十三年一月号）とする書評をしるしたことに礼を云ひたいとして、熊野への旅からの帰途、十津川を抜けて奈良へ出て、猿沢池畔の料理屋「一宮」に保田と、もう一人、写真家の入江泰吉を招待したもので、保田が戦後に小林秀雄に見えるのは、このときがはじめてであつた。小林が書評の礼をのべ、さうして「君も顔色が、ずいぶんいいね」と云ふと、保田が「恵命我神散を愛用しているからだ」と応じたことから、ひとしきり薬談義となる。

熊野の山々の神秘が語られることはあつても、本居宣長をめぐつてその席で会話がなされる場面はなかつたやうである。「小林氏『本居宣長』感想」に云ふ。「『本居宣長』は未曾有の著作である。私にとつては、現代の誇りといふに止らず、日本の未来を考へる時、わが《ママ》私の生甲斐である。」一書を激賞してゐるといつていいほどの辞を呈してゐるのは、原稿の依頼を受けた、その趣旨によく沿ふものであるが、ただ自身がもし宣長について著すとなれば話は別で、そのときは「小林さんが拾ったところを全部捨てる。小林さんが捨てたところを全部拾いますわ」と、さう保田は云ひ切つたとは、濱川博の「保田さんの自負」（全集「月報」第二十六巻）に綴られてゐる挿話である。浅野晃をして「本居宣長の再来」と云はしめたことをおもひ起させる、あるいは大阪高等学校時代の保田について野田又夫がつねづね語つてゐたといふのと同じやうに、小島信夫が「保田については私はまぎれもない天才だと思っていた」と『原石鼎　二百二十年めの風雅』（河出書房新社、平成二年九月）に書いてゐるのを、そのまま肯はせるやうな痛快な話である。

少々傷みをります

財団法人落柿舎保存会並びに社団法人義仲寺史蹟保存会の理事長を兼ねてゐた大庭勝一の死去に伴ひ、落柿舎庵主の任に加へて、昭和五十五年一月から、保田はさらに両職を引き継ぐやうになつた。落柿舎と義仲寺に関はる事業で懸案となつてゐた大方は、大庭の下ですでに実施されるか、または進行中だつたから、新たに保田の手を煩はせなければならないことがらは格別なかつたが、さうしたなかで保田が憂ひとし、気懸りでならなかつたのは、旧臘の中頃に病状が重いと聞いた五味康祐の身であつた。もたらさる容態についての報に気を揉むうち、四月の一日に逝くと、直ちに東上して、その日の深更に五味家に到つて死者と対面する。情においてさうしなければ已まないものがあつたことは、それから少し日をおいて行はれた葬儀に保田が捧げた誄に悲痛なまでに顕である。

予て決定してゐた日取であるが、同月二十六日に佐藤春夫の十七回忌を知恩院で営んだのは、これまでもさうだつたのと同様、保田が取り持つたものである。五味康祐の死に始まつた四月は、このやうに推移してゐたところへ、さらに月末近くになつて大日本印刷株式会社の、社長を退いて会長の職に就いてゐた北島織衛が逝く。月内に行はれた密葬に保田が参じてゐるのは、経済界の人ながら、たんなる上辺だけの軽い付き合ひではなかつたからでなくてはならない。とかくするうちに、十一月二十五日の三島由紀夫の命日が巡つてくると、この年は十年祭に当つたが、保田は前年の第七回憂国忌の実行委員会委員長をつとめたのに続いて、祭主として祭文を奏上した。『京都新聞』の「現代のことば」の執筆が六月で終つた後、十月から同紙に「秋陽記」を四回に亘つて寄せたのは、次いで題を「冬日抄」と改める。季節を追ふかたちをとつた連載は、翌年に及んで「春氷記」そして「短夜抄」と書き継がれた。

昭和五十六年七月、母保栄の七回忌法要で保田が桜井に赴いたのは、十七日とする。寒中の二月に、桜井の市営墓地に建てた父母の墓の開眼の供養のために出掛けてゐるから、この年二度めの帰郷であつた。桜井の家の当主だつた末弟の保田仁一郎の「きしんどな人」（全集「月報」第三十二巻）によれば、保田は河井寛次郎門下の椋木英三作の辰砂の茶碗を持参して行つて、仁一郎夫人にそれを手渡すと、「あんた、このお茶碗で抹茶をたてや」と云つた。さうして夫人が「お兄さん、お茶碗頂くのもうれしいですけど、私、お兄さんに字を書いて頂きたいなあ」と答へたのに対し、保田が「もっと早う言うたらよかったのに、なんで言わなかったんや、今頃言うたって、もう遅いがな」と弁じたといふのは、遠くない日の自身の命終についての予兆とでも説かれるものか。

なんとも訝しい話である。果してもし予兆といつたものなら、一体しかし、それはどのやうにして、心霊のどんな回路をめぐつて現れるのか、その仕組みが解明されてゐるのかどうかを私は知らない。奥西保の「身余堂先生終焉記」(全集、別巻五)は、保田が身体の変調に気付いたときに始まつてゐる。すなはち保田がしるしてゐた日録の七月八日の項に「左肩痛。」とある由で、それを「病気の自覚症状として記録された最初」と奥西が述べてゐるのに誤りあるまいが、さうした異変が感じとられたにしても、大事につながるとはとても思へない段階で、何が保田に「今頃言うたって、もう遅いがな」と云はせたのか。問を私はくりかへすばかりである。

二月に一度めの帰郷をした後、四月は五味康祐の一周忌と、それから中谷孝雄と浅野晃の八十賀の宴のために、保田は二回東京へ往返してゐる。八十賀の会のことで云つておくと、四月の、これは十一日に日比谷の松本楼で開かれたものであるが、その日のうちに京に戻る保田は中座する。そのときに保田が握手を求めてきたことを浅野は「嗚呼・保田與重郎君――一代の天才批評家を悼む――」(『日本及日本人』昭和五十七年新春特別号、同年一月)のなかで思ひ返して、「これまでにないことだつた」と云ひ、さらに「さういへば」と語を継いで、回想を重ねる。「今年の年頭に、『山河蕩々』の四字を書いた書をもらつた。こんなことも始めてのことだつた。」かつて覚えのない両つのことがらに相通じるものがあるやうに浅野が見てゐるのは、それを右に云つたのと同種の予兆とする観点においてであるが、「山河蕩々」の書は、浅野晃ひとりでなく、同じときに前田隆一その他にも贈られてゐるのは、さうした観測の必ずしも外れてゐないことを私に考へさせる。

さて翌五月には、九日に奈良の新薬師寺の山門脇に十市皇女を祀る比賣《ひめ》神社鎮座祭に出向いた保田は、また落柿舎庵主として「芝蘭子を偲ぶ十周年の集ひ」を、工藤芝蘭子の肝煎で保津峡落合に建てられた「清瀧や波に散り込青松葉」の芭蕉句碑前で三十一日に催すなどした。さうして六月、中河与一とをだまき社一行の来訪を十日の日にうけたをりのことは、風日社中の牛屋幾子が「身余堂のお茶の間」（俳諧雑誌『杏花村』第10号、昭和五十九年九月）に書いてゐるやうに、十数人もの客の応接に当つてをり、同月二十六日に行はれた落柿舎の文庫の地鎮祭にも列した。少くとも七月になるまでは保田の様子に目立つた変化は認められなかつたが、ただ五月、六月の頃から、食事を摂る量が減つたことが、先程引いた奥西保の記録に読まれる。奥西の弟の幸に宛てた七月二十七日附の保田の葉書で「この夏は小生少々傷みをります」（奥西幸「先生の思ひ出」『風日』保田與重郎先生追悼号）と洩してゐるといふのからは、短いことばに、痛みに堪へる態が反つて生々しく伝はつてくるかのやうである。

眼ハ半バカスカニ開キ、
唇ハ半バカスカニ閉ヂテ

保田が後半生において得た知己の一人、胡蘭成が亡くなるのは、七月二十五日であつた。東京での葬儀に自身が参じるはずのところ、典子夫人と次男を代りに差し向けてゐるのは、道中がすでに大儀だつたのであらう。さういふなかを、新学社の「こころの文庫」の小学六年向けの「神武天皇」の稿五十枚余りを八月八日に了へた後、『京都新聞』の「短夜抄」の最終の第七回の筆を同月十六日の夜半にでもとつてゐると覚しいのは、保田はそれを「大文字の送り火は無事終つた」と書き出してゐるからであるが、不調のなほ続くまま、以降は文を草することもおそらく殆どなく日を過すほどに、身体の痛みはときに増してきて、喘息の発作のやうに劇しく咳き込むこともある。それでも保田は医師の診察を仰ぐことを肯んじずにゐるうち、九月の初めに激痛に襲はれたことで、同月八日にやうやく京都専売公社病院で胸部の写真撮影等をうける。その結果により、さらに精密な検査のため、十一日に京都大学結核胸部疾患研究所附属病院に入院すると、やがて小細胞肺癌の診断が下されるが、その間にも病勢は昂進した。

病状がその後どういふ経過を辿つたかは、奥西保による既記「身余堂先生終焉記」に詳細であるが、有効な治療の手立てを講じやうにも、進行の早い癌は瞬く間に全身にまはる勢で、容態が見る見る悪化していつた末、入院から一カ月としない十月四日の午前十一時四十五分に同病院で保田は絶命する。入院のことは大方には伏せられ、病室への出入りも、親族の他は、ごく一部に限られてゐたから、死去の報に愕くものが少くなかつた。翌五日は朝方より雨で、夕刻になつて強く降りまさるなかを通夜、六日に密葬を、平澤興を葬儀委員長として膳所の義仲寺で執り行ふ。行年七十二、保田與重郎そのひとのためといふより、日本のために、日本の文学のために、早い死は惜しみても余りあつたと、今さらのやうに私は慨するが、保田自身において恨みを遺して逝つたのではないと云へば、さういふ消息を死顔は語つてゐた。典子夫人がひとにも告げたことであるが、『日本に祈る』（前掲）の「自序」に「眼ハ半バカスカニ開キ、唇ハ半バカスカニ閉ヂテ、彼方トホクヲ思ヒテ、永遠ニ真向ヒ、ツブヤキ止ムマジ」と記す、よく知られたそのことばどほりの顔を棺に横たはつた保田與重郎がしてゐたのは、悲嘆にかき暗れるなかで、それでも私を一箇の感動に誘ふものであつた。

主要参考文献目録

保田與重郎の著作は『保田與重郎全集』全四十巻、別巻五（講談社、昭和六十年十一月〜平成元年九月）に収めるところで、本書のなかで言及する個別の作品、また座談会等を特に参考文献に掲げなかつた。必要に応じて初出を示し、単行本に関しては出版社、発行年月を記した場合があるが、それを含めて、すべて全集に拠つた。全集の、例へば第一巻に附録する月報は、（全集「月報」第一巻）のやうに註記したが、これについても参考文献の扱ひをしなかつたのは、『保田與重郎著作集』（第二巻、南北社、昭和四十三年九月）並びに『保田與重郎選集』（全六巻、講談社、昭和四十六年九月〜同四十七年二月）の各巻にそれぞれ附録する月報を併せて『私の保田與重郎』（新学社、平成二十二年三月）に収載してゐることから、そのやうにしたもので、一書を参考文献として挙げた。

I

成城小学校編『ダルトン案の主張と適用』（文化書房、大正十三年十二月）
『史学研究会論集』第一輯（大阪高等学校史学研究会、昭和五年十二月）
原田恭助追悼録『しのび草』（原田てい編、私家版、昭和九年八月）
『日本聖公会京都地方部歴史編纂資料』（日本聖公会京都地方部教務局総務部、昭和十二年三月）
『名作「雪国」に対する諸家の批評』（創元社、昭和十二年五月）

『コギト詩集』（山雅房、昭和十六年六月）
『桜井町史』（桜井町役場、昭和二十九年九月）
『回顧 創立六拾周年記念誌』（奈良県立畝傍高等学校、昭和三十一年十一月）
大内初夫、飯野松子、阿部王樹編『湖白庵諸九尼全集』（湖白庵諸九尼全集刊行会、昭和三十五年九月）
『日本浪曼派研究』Ⅰ（審美社、昭和四十一年十一月）
『日本浪曼派研究』Ⅱ（審美社、昭和四十二年七月）
『成城学園五十年』（成城学園、昭和四十二年十月）
『大高 それ青春の三春秋』（大阪高等学校同窓会、昭和四十二年十一月）
『日本浪曼派研究』Ⅲ（審美社、昭和四十三年六月）
「復刻版『文藝文化』別冊付録」（雄松堂書店、昭和四十六年六月）
『日本浪曼派とは何か』——復刻版「日本浪曼派」別冊（雄松堂書店、昭和四十六年十二月）
桜井小学校創立百年記念誌『桜井』（桜井小学校創立百年記念事業推進委員会、昭和四十八年十月）
『風日集』（風日社、昭和五十二年七月）
『詩祭』保田與重郎先生追悼特輯号（詩祭塾、昭和五十六年十二月）
『風日』保田與重郎先生追悼号（風日社、昭和五十六年十二月）
『不二』保田與重郎大人追悼号（大東塾・不二歌道会、昭和五十七年二月）
『浪曼派』保田與重郎追悼号（出雲書店、昭和五十七年二月）
大内初夫、尾形仂、桜井武次郎、白石悌三、中西啓、若木太一編『去来先生全集』（落柿舎保存会、昭和五十七年九月）
田中克己「『コギト』解説」（復刻版『コギト』別冊、臨川書店、昭和五十九年九月）

『身余堂書帖』（講談社、平成元年十月）
『保田與重郎アルバム』（新学社、平成元年十月）
『日本歌人』前川佐美雄追悼特集（日本歌人発行所、平成三年七月）
『旧制大阪高等学校史』（大阪高等学校同窓会、平成三年十月）
「保田與重郎書簡抄」（『イロニア』第一号～第十二号、新学社、平成五年七月～同八年四月）
熊木哲、杉浦静、須田喜代次、松本博「肥下恒夫宛保田與重郎書簡」（『大妻女子大学紀要―文系―』第26号、平成六年三月）
『続風日集』（風日社、平成七年二月）
『相安相忘――奥西保・高鳥賢司を偲ぶ』（新学社、平成十四年三月）
谷崎昭男「『祖国』解説」（復刻版『祖国』別冊、臨川書店、平成十四年十一月）
『風日志』（風日社、平成十九年九月）
『保田與重郎のくらし――京都・身余堂の四季』（新学社、平成十九年十二月）
新学社五十年史『魂の存続』（新学社、平成十九年十二月）
『私の保田與重郎』（新学社、平成二十二年三月）
田中道雄、田坂英俊、中森康之編『蝶夢全集』（和泉書院、平成二十五年五月）
『風日』保田典子主宰追悼号（風日社、平成二十七年三月）

Ⅱ

和辻哲郎『古寺巡礼』（岩波書店、大正八年五月）
生田長江『超近代派宣言』（至上社、大正十四年十二月）

濱田青陵『橋と塔』（岩波書店、大正十五年八月）
藤田元春『日本民家史』（刀江書院、昭和二年十月）
柳宗悦『工藝の道』（ぐろりあ・そさえて、昭和三年十二月）
折口信夫『古代研究』民俗学篇1、国文学篇（大岡山書店、昭和四年四月）民俗学篇2（同五年六月）
古谷綱武『川端康成』（作品社、昭和十一年十一月）
火野葦平『麦と兵隊』（改造社、昭和十三年九月）
斎藤茂吉『万葉秀歌』上・下（岩波書店、昭和十三年十一月）
蔵原伸二郎『詩集 東洋の満月』（生活社、昭和十四年三月）
蔵原伸二郎『風物記』（ぐろりあ・そさえて、昭和十五年九月）
増田晃『白鳥』（小山書店、昭和十六年三月）
影山正治『歌集 みたみわれ』（ぐろりあ・そさえて、昭和十六年四月）
影山正治『古事記要講』（ぐろりあ・そさえて、昭和十六年十二月）
板垣直子『現代の文藝評論』（第一書房、昭和十七年十一月）
高坂正顕、西谷啓治、高山岩男、鈴木成高『世界史的立場と日本』（中央公論社、昭和十八年三月）
知的協力会議『近代の超克』（創元社、昭和十八年七月）
北田紫水『俳僧蝶夢』（大蔵出版、昭和二十三年三月）
杉浦明平『暗い夜の記念に』（私家版、昭和二十五年十月）
昭和文学全集 第十六巻『亀井勝一郎、中村光夫、福田恆存集』（角川書店、昭和二十八年六月）
浅野晃『曠原』（勇払郡穂別村浅野晃歌集刊行会、昭和二十九年一月）
佐藤春夫『白雲去来』（筑摩書房、昭和三十一年二月）

佐藤春夫『小説 高村光太郎像』（現代社、昭和三十一年十月）
三浦義一『悲天』（七宝社、昭和三十三年十一月）
高見順『昭和文学盛衰史』第二巻（文藝春秋新社、昭和三十三年十一月）
橋川文三『日本浪曼派批判序説』（未来社、昭和三十五年二月）
河口正編 河口慧海『チベット旅行記』（『世界ノンフィクション全集』6、筑摩書房、昭和三十五年八月）
岡潔『春宵十話』（毎日新聞社、昭和三十八年二月）
三島由紀夫『私の遍歴時代』（講談社、昭和三十九年四月）
棟方志功『板極道』（中央公論社、昭和三十九年十月）
高木蒼梧『蝶夢と落柿舎』（落柿舎保存会、昭和三十九年十二月）
現代日本思想大系32『反近代の思想』（筑摩書房、昭和四十年二月）
影山正治『民族派の文学運動』（大東塾出版部、昭和四十年三月）
磯田光一『比較転向論序説 ロマン主義の精神形態』（勁草書房、昭和四十三年十二月）
影山正治『日本民族派の運動――民族派文学の系譜』（光風社書店、昭和四十四年五月）
中谷孝雄『同人』（講談社、昭和四十五年四月）
日沼倫太郎『我らが文明の騒音と沈黙』（新潮社、昭和四十五年九月）
北川静峰編『義仲寺と芭蕉』（豊書房、昭和四十六年三月）
伊藤佐喜雄『日本浪曼派』（潮出版社、昭和四十六年四月）
日本近代文学大系37『萩原朔太郎集』（角川書店、昭和四十六年五月）
『定本伊東静雄全集』（人文書院、昭和四十六年十二月）
高木蒼梧『義仲寺と蝶夢』（義仲寺史蹟保存会、昭和四十七年十一月）

橋川文三『柳田国男——その人間と思想——』（講談社、昭和五十二年一月）
浅茅原竹毘古『夜麻登志宇流波斯』（白地社、昭和五十五年二月）
棟方志功 保田與重郎『炫火頌』（講談社、昭和五十七年四月）
桶谷秀昭『保田與重郎』（新潮社、昭和五十八年十月）
阿部正路『保田與重郎——主としてその戦後論』（林道舎、昭和六十二年二月）
浅野晃述・檜山三郎編『随聞・日本浪曼派』（鳥影社、昭和六十二年六月）
『萩原朔太郎全集』第十三巻（筑摩書房、昭和六十二年十月）
浅野晃『浪曼派変転』（高文堂出版社、昭和六十三年十月）
小島信夫『原石鼎 二百二十年めの風雅』（河出書房新社、平成二年九月）
生田耕作『文人を偲ぶ』（奢灞都館、平成四年三月）
桶谷秀昭『昭和精神史』（文藝春秋、平成四年六月）
『中島栄次郎著作選』（中島栄次郎著作選刊行会、平成五年十一月）
若泉敬『他策ナカリシヲ信ゼムト欲ス』（文藝春秋、平成六年五月）
ロマノ・ヴルピッタ『不敗の条件 保田與重郎と世界の思潮』（中央公論社、平成七年二月）
中嶋康博編 田中克己詩作日記『夜光雲』（山の手紙社、平成七年七月）
福田和也『保田與重郎と昭和の御代』（文藝春秋、平成八年六月）
桶谷秀昭『浪曼的滑走——保田與重郎と近代日本』（新潮社、平成九年七月）
濱川博『文人追懐』（蝸牛社、平成十年九月）
吉見良三『空ニモ書カン——保田與重郎の生涯』（淡交社、平成十年十月）
『坂口安吾全集』16（筑摩書房、平成十二年四月）

桶谷秀昭『昭和精神史 戦後篇』（文藝春秋、平成十二年六月）
ロマノ・ヴルピッタ『ムッソリーニ——一イタリア人の物語』（中央公論新社、平成十二年十二月）
佐伯彰一『回想 私の出会った作家たち』（文藝春秋、平成十三年七月）
新保祐司『国のさゝやき』（構想社、平成十四年九月）
近藤洋太『保田與重郎の時代』（七月堂、平成十五年四月）
栢木喜一『うまし国日本 国の初めの地に立ちて』（春秋詩社、平成十五年五月）
寺田博編『時代を創った編集者101』（新書館、平成十五年八月）
川村二郎『イロニアの大和』（講談社、平成十五年十一月）
山室信一『キメラ 満洲国の肖像』（増補版、中央公論新社、平成十六年七月）
古木春哉『保田與重郎の維新文学 私のその述志案内』（白河書院、平成十七年一月）
斎藤美和編『編集者 斎藤十一』（冬花社、平成十八年十一月）
浜崎洋介『福田恆存 思想の〈かたち〉』（新曜社、平成二十三年十一月）
真鍋呉夫『天馬漂泊』（幻戯書房、平成二十四年二月）

Ⅲ

三木清「浪曼主義の擡頭」（『都新聞』昭和九年十一月八日〜十一日）
萩原朔太郎「詩壇時評」（『生理』第五号、昭和十年二月）
檀一雄「深夜妄語」（『日本浪曼派』昭和十年七月号）
萩原朔太郎「英雄と詩人を読みて」（『コギト』第五十六号、昭和十二年一月）
萩原朔太郎「日本の橋を読む」（『コギト』第五十八号、昭和十二年三月）

中島栄次郎「批評と現実の問題」（『文学界』昭和十五年八月号）
檀一雄「保田與重郎著『芭蕉』」（『読書人』昭和十九年三月号）
前田普羅「大和閑吟集」（『辛夷』昭和二十六年二月号）
棟方志功「深妙無情盡」（『プシケ』十六輯、昭和二十九年三月）
保田與重郎・清水文雄 対談「日本浪曼派とその周辺」（『バルカノン』第8輯、昭和三十三年八月）
江藤淳「神話の克服」（『文学界』昭和三十三年八月号）
中野清見「ある日本人」（『現代教養全集』第六巻、筑摩書房、昭和三十四年二月）
竹内好「近代の超克」（『近代日本思想史講座』7、筑摩書房、昭和三十四年十一月）
江藤淳「解説」（小林秀雄『Xへの手紙・私小説論』新潮社、昭和三十七年四月）
田中克己「コギトの思い出」（『果樹園』第一〇三号～一〇六号、昭和三十九年九月～十二月）
川村二郎「保田與重郎論」（『展望』昭和四十一年九月号）
饗庭孝男「小林秀雄と保田與重郎——近代のパラドックス——」（『文学界』昭和四十八年七月号）
伊馬春部「『鳥船』その軌跡」（『短歌』昭和四十八年十一月臨時増刊号）
沢井孝子郎「竹内好と大阪高等学校」（『近代風土』創刊号、昭和五十二年十二月）
中野清見「高校のころの竹内」（『思想の科学』第九十一号 竹内好研究、昭和五十三年五月）
小野寺啓治編「柳宗悦沖縄旅行年表」（『柳宗悦全集』月報7、筑摩書房、昭和五十六年五月）
竹内好「中国文学研究会結成のころ」「北京日記」（『竹内好全集』第十五巻、筑摩書房、昭和五十六年十月）
林富士馬「万燈の灯——保田與重郎を哭す——」（『新潮』昭和五十六年十二月号）
田中克己「保田與重郎君」（『近代風土』第十四号、昭和五十七年三月）
沢井孝子郎「大高時代の保田與重郎」（同右）

川村二郎「伴信友と保田與重郎」(『文学界』昭和五十七年六月号)
松本健一「言葉が人を殺すと謂うこと――保田與重郎と橋川文三――」(『新潮』昭和五十九年三月号)
ロマノ・ヴルピッタ「身余堂の感銘」(同右)
奥西保「保田與重郎先生の遺作」(『波』昭和五十九年九月号)
牛屋幾子「身余堂のお茶の間」(『杏花村』第10号、昭和五十九年九月)
米谷匡史「和辻哲郎と保田與重郎――二つの蝸牛の角」(『創文』329号、平成四年一月)
郡司勝義「小林秀雄 その周辺」(『別冊文藝春秋』平成五年新春特別号)
井上義夫「保田與重郎の現在」(『新潮』平成七年八月号)
片岡久「おもかげびと」(『イロニア』第十一号、平成八年一月)
保田典子「鳴瀧秋色」(『日本及日本人』平成八年爽秋号)
村井英雄「素顔の保田與重郎」(『日本及日本人』平成九年盛夏号)
井上善博「堀辰雄の〈日本回帰〉と保田與重郎――評論「更級日記」の影響をめぐって――」(『湘南文学』第三十八号、平成十六年三月)

あとがき

やうやくの思ひで業を畢へて、一ばんに向き合はなければならなかつたのは、他の何といふより、身余堂の同じ門下に列した諸氏をはじめ、本書をご覧に入れるべきはずの少からぬ方々がすでに在さぬといふ否応ない事実である。名をいちいち挙げることをしないが、稿を継いでゐる途中で、次々にもたらされる訃を聞くと、その度にわが筆の捗らないことが恨めしく、それを憾んでは、自身の不甲斐なさを責めた。幽明相隔てた各位の宥恕を請ふ、などと思ひ上つたもの云ひを私はするものではない。ただ生前にたまはつたご懇情と、寄せられたご厚意をしづかに顧み、それに対して何の酬ることができないまま今日に到つた始末を案ずるとき、私は瞑目して、一本を虔しんで霊前に供へたい心中である。

本書は、平成十七年三月までに原稿を整へ、翌十八年中には刊行の予定で執筆を始めたから、この間十年以上の歳月が過ぎた。われながら呆れるほどの体たらくである。故障なく予定どほりに運んでゐれば、右に洩したやうな悔悟の念に拘《とら》はれることもなく、書きをさめたことにほつとした思ひで、おそらく心足らふものを味はつてゐたであらう。そのやうにいかなかつたのは、何とも取返しがつかず、それが惹き起したことの重さに狼狽するやうな態で、ひと仕事を遂げた感慨にひたつてゐる遑もなく、面目ない心持を今さらのやうに覚えて、再び私は瞑目する。

どんな辞を連ねても、進行が大幅に遅延した、所詮これが云ひ訳にしかならないのは是非もないが、いづれ私の怠慢のしからしめた結果であるといふには、もう少し込み入つた経緯がある。一体それでなくとも私は遅筆であつた。これにもつてきて、一冊を書き下すといふのは、私のする初めての経験だつたことに加へて、稿を起した前後から俄かに身辺が多事になつた。それぞれ書きすすめるのが思ふに任せずに滞つた、その理由であるが、翻つてしかし、思ひも懸けなかつた時間を私に費させた事情の説明として、それだけではなるほど十分でないといへば、保田與重郎を語るのは、ただでさへ容易でないところ、評伝に作るのはじつに予想してゐなかつた労を伴つたと、筆を擱いてみて、その感を私は深くする。予定を大きく狂はせた理由の、あるいはそれが最大のものであつた。さうして、そのひとに親しく接してゐたといふ立場性を本稿においてどう現はすか、それは必ずしも明確に示されず、中途半端なものに終つてゐるといふのは、反省する一点であるが、いづれにしても、文をどのやうに綴つていくか、考へて、考へあぐねて立ち止り、立ち止りするうち、自づと事は遷延した。

そのひとの肖像をどの程度に描けたか。「つとめて文学のことばで保田與重郎についてしるしたい」と、さう「はしがき」に書いた。それがどれくらゐ遂げられたかと云ふと、心許なく、半ばほどはできたといふのさへ覚束ないが、少くとも私は恥しくない文をしるさうとつとめた。保田から訓へられた、それは自身にいつも云ひ聞かせてゐる心得で、難渋した本稿を中途で擲つことなく、ともかくも書き果せたのは、その一念だつたかも知れない。講談社版の全集の編集は、自体が私の保田與重郎論であるとは、かつて述べたことである。完全に近い論とすれば、それに及くものはないとする考へに、今も変らないものがあるが、その後『花のなごり——先師 保田與重郎』（新学社、平成九年九月）でささやかな保田與重郎論を試みたのは、二十年の以前となる。内容の上で、できるだけ重複を避けるやうにした点はそれとして、そのときと比べて、本書における考究が必ずしもより周到で、より細緻になつた訳ではないとしても、評伝の形式を通して、保田について新たに知られたいくつかを加へることができたのは、本書の取柄であるとぐらゐは吹聴しておくのを許されたい。

全集の刊行が始まる前、その準備に当つてゐたときである。桜井の保田家の蔵の中に、戦前に東京から送られてきてそのままになつてゐる木箱がいくつもあるといふ話で、機会を得て出掛けていつて、頑丈に打ちつけてある釘を抜いて開けてみると、すべて真新しい『コギト』がつまつてゐる。同じ号が何冊もあつたり、揃ひではない点、これを荷に作つた意図は判然としないながら、あるいは空襲に備へて手許にあつた雑誌を疎開させたものでもあらうかと、箱の前で考へたことであるが、夏のことで、をりから夕立があつたのを、当主の仁一郎夫人が「お兄さんがよろこんでゐやはる」と叫ばれた。はからずもこんな話を思ひ出したのは、これも「はしがき」に述べたが、本書が先師において嘉納されることを冀ふのに一心だからである。

ミネルヴァ書房の本書の編集担当者は、本稿が延引を重ねたことから、途中で交替を生じたことに恐縮するばかりである。田引勝二氏、次いで岩崎奈菜氏の後、入稿してからこの間は東寿浩氏で、我儘をお聴き入れ願ひ、深切なお世話を被つた。図版については、多くを株式会社新学社から提供をうけたことを謹記する。貴重な教示にあづかり、また書簡等の資料の閲覧を許された各氏については、文中に記載したとほりである。じつに大勢のお蔭で本書がなつたことをありがたいと観じるが、本書の執筆は熊倉功夫氏の薦めるところで、多年に亘る友誼を併せて謝意を表する。

平成二十九年十月去来祭の前夜に

著者誌す

保田與重郎略年譜

※年齢は数へ年によつた。

和暦	西暦	齢	関係事項	一般事項
明治四三	一九一〇	1	4・15奈良県磯城郡桜井町（現桜井市）に生れる。父槌三郎、母保栄の間の四男三女の長男で、保田家は植林を業とした。	
大正四	一九一五	6	4月桜井育成幼稚園に入園。	
六	一九一七	8	4月桜井尋常小学校に入学。	
一二	一九二三	14	4月奈良県立畝傍中学校に入学。首席合格により、入学式において答辞をなす。	9・1関東大震災。
昭和三	一九二八	19	4月大阪高等学校文科乙類に入学。	3・15三・一五事件。
四	一九二九	20	2月『校友会雑誌』に「世阿弥の藝術思想」を発表。この年『アララギ』に歌稿を投じ、5月から9月まで合せて七首が選に入る。	
五	一九三〇	21	1月大高短歌会を引き継ぐ炫火短歌会の機関誌『炫火』創刊。湯原冬美の筆名で田中克己とその編集に携るが、作歌とともに「上代藝術理念の完成」「室	

			生寺の弥勒菩薩像」など、『校友会雑誌』への論文の寄稿も少くなかつた。8月『思想』に「『好去好来の歌』に於ける言霊についての考察」掲載。	
六	一九三一	22	3月大阪高等学校卒業。4月東京帝国大学文学部美学美術史科に入学し、美学を専攻。	9・18満州事変始まる。
七	一九三二	23	3月大阪高等学校同窓の肥下恒夫、田中克己、中島栄次郎、松下武雄らと『コギト』創刊、評論「印象批評」と併せて初めての小説「やぽん・まるち」を発表。以降同誌に掲載の小説は、十年六月まで十五篇を数へる。7月朝鮮に旅行、慶州を主に滞在一カ月に及ぶ。	5・15五・一五事件。
八	一九三三	24	2月杉並区高円寺六ノ七三八原田猛方に居住。8月山陰地方から隠岐へ旅する。9月「青丘雑詠——朝鮮の旅の序」四十句、11月「当麻曼荼羅」を『コギト』に発表。	2・20小林多喜二検挙、虐殺される。
九	一九三四	25	2月「清らかな詩人」を『文学界』に発表。3月東京帝国大学を卒へる。4月藤原定、本庄陸男、亀井勝一郎らと『現実』創刊（同年八月終刊）。7月帰郷して徴兵検査を受け、第二国民兵役の丙種となる。11月「『日本浪曼派』広告」を『コギト』誌上に掲	

			げる。	
一〇	一九三五	26	3月神保光太郎、亀井勝一郎、中島栄次郎、中谷孝雄、緒方隆士と『日本浪曼派』創刊。6月萩原朔太郎、中河与一、岡本かの子らと日光に遊び、清水比庵を識る。8月「有羞の詩」を『コギト』、9月「他界の観念」を『作品』に発表。	
一一	一九三六	27	4月「誰ケ袖屏風」を『コギト』、「正岡子規について」を『新潮』、10月「日本の橋」を『文学界』に発表。11月『日本の橋』を芝書店、『英雄と詩人』を人文書院より刊行。また同月に創設の池谷信三郎賞を「日本の橋その他」の作品によつて受賞。	2・26二・二六事件。
一二	一九三七	28	2月「日本文藝の伝統を愛しむ」を『短歌研究』、「明治の精神——二人の世界人——」を『文藝』に発表。同月、萩原朔太郎、神保光太郎と上州に赴き、前橋から磯部の大手拓次の墓に詣《まう》でる。10月「蕪村の位置」を『俳句研究』に発表。	7・7盧溝橋事件。10・12国民精神総動員中央連盟創立。
一三	一九三八	29	1月『新日本』創刊、編集委員となる。5月佐藤春夫、同龍児と朝鮮各地から北京、熱河地方を四十余日に亘つて旅する。6月大阪府中河内郡大正村（現八尾市）の柏原典子と結婚、中野区野方町一ノ九一	4・1国家総動員法公布。8・27従軍作家派遣決定。

			九に新居を定める。8月『日本浪曼派』終刊。9月『戴冠詩人の御一人者』を東京堂より刊行。12月『蒙彊』を生活社より刊行、また『戴冠詩人の御一人者』により第二回北村透谷賞を受賞する。	
一四	一九三九	30	1月「文明開化の論理の終焉について」、8月「宮廷の詩心について」を『コギト』に発表。9月『改版日本の橋』を東京堂、10月『浪曼派的文藝批評』を人文書院、『後鳥羽院』を万里閣、『ヱルテルは何故死んだか』をぐろりあ・そさえてから相次いで刊行。	9・1第二次世界大戦勃発。
一五	一九四〇	31	1月柳宗悦、浜田庄司、棟方志功らの日本民藝協会の琉球観光団の一行に加はる。同月、「日本主義文化同盟」に加盟。2月家島に行す。10月『コギト』第百号に達す。11月『佐藤春夫』を弘文堂書房、12月『文学の立場』を古今書院から刊行。	7・7奢侈品等製造販売制限規則施行。10・12大政翼賛会発会式。
一六	一九四一	32	1月『四季』並びに『文藝世紀』同人となる。6月『民族的優越感』を道統社、9月『美の擁護』を実業之日本社、『民族と文藝』をぐろりあ・そさえてから刊行。10月上高地に遊ぶ。11月『ひむがし』を浅野晃、三浦義一、影山正治と創刊。同月、『環境	

			と批評』を協力出版社、12月『近代の終焉』を小学館より刊行。	12・8大東亜戦争開戦。
一七	一九四二	33	2月から「言霊私観」を『ひむがし』に連載（十九年四月まで二十二回）。3月『詩人の生理』を人文書院、4月『古典論』を大日本雄弁会講談社、『和泉式部私抄』を育英書院から刊行。5月淀橋区上落合二ノ八三四に転居。6月『万葉集の精神』を筑摩書房、7月『日本語録』を新潮社より刊行。9月「詩人に現れた世界史の時期」を『四季』萩原朔太郎追悼号に発表、『風景と歴史』を天理時報社より刊行。同月、伊那大河原に行す。10月皇大神宮に参拝、鳥見霊畤、松坂鈴の屋を訪れ、さらに四国に白峯陵、鹿持雅澄墓所を巡る。	4・18東京初空襲を受ける。 5・26日本文学報国会結成。
一八	一九四三	34	5月から「万葉集と日本精神」を『経済ニッポン』に連載（八月まで四回）。7月『皇臣伝』を大日本雄弁会講談社、9月『機織る少女』を万里閣、10月『芭蕉』を新潮社、11月『南山踏雲録』を小学館、12月『文明一新論』を第一公論社より刊行。	5・29アッツ島の日本守備隊玉砕。
一九	一九四四	35	1月「天杖記」前篇、2月同中篇、3月同後篇を『公論』に発表。4月『校註祝詞』を私家版で刊行	

			し、出征の学徒、知友に餞《はなむけ》するとともに、皇大神宮はじめ、全国の所縁ある神社に奉納する。5月紙量の統制により、日本出版会を離脱した上で、『コギト』を八頁の非売品のリーフレットとし、甲申五月版と称す。同月、『文藝世紀』同人を辞す。7月多賀大社勅使斎館に参籠《さんろう》、伏見桃山陵に詣でる。9月『コギト』甲申九月版、第百四十六号を以て自然終刊。同月、「鳥見のひかり」、11月続篇「事依佐志論」を『公論』に発表。同月の頃より体調に異常を来し、この前後から落合の自宅が常時私服憲兵の監視をうけるなか、12月下旬高熱を発して病臥する。	
二〇	一九四五	36	1月重態に陥り、死に瀕す。その後やや快方に向ふも、月末より2月なほ病牀にあつた。「鳥見のひかり」の第三部「神助ノ説」を『公論』に発表するのと前後して、3月応召、大阪の中部第二十二部隊に入隊。やがて北支派遣曙第一四五六部隊として石門に至り、同所軍病院に入院中に敗戦の日を迎へる間、5月に留守宅が空襲で焼亡。10月軍病院を退院し、保定に赴く。11月上安站に移り、同所に翌年2月まで留る。	3・10東京大空襲。

二一	一九四六	37	3月天津に集結。5月天津より帰国、桜井に還り、以後そのまま桜井町桜井（現桜井市東町）七八〇の自家にあつて農事に従ふ。	11・16当用漢字表、現代かなづかい告示。
二二	一九四七	38	7月京都に「みとし会」結成、式祝詞を講義し、併せて歌合を興行する。9月奥西保、高鳥賢司、栢木喜一らと十津川郷を訪ねる。玉置山に登り、新宮を経て、大阪に開催中の院展を観る。10月戦後初めて上京する。12月「みやらびあはれ」を『大和文学』に発表。	5・3日本国憲法施行。 12・30横光利一歿。
二三	一九四八	39	3月公職追放となる。8月前川佐美雄と同行、津山から人形仙を越え、大山を縦走、鳥取に出るまで山陰路の旅は二週間に及ぶ。	
二四	一九四九	40	8月知多半島に遊ぶ。9月栢木喜一、奥西保、玉井一郎、奥西幸、高鳥賢司と京都で『祖国』創刊、発行所を「まさき会祖国社」と称へる。創刊号より三回に亘つて「農村記」を同誌に連載。	1・26法隆寺金堂内の壁画、火災で焼失。 10・1中華人民共和国成立。
二五	一九五〇	41	1月から「祖国正論」を無署名で『祖国』に掲載、二十九年四月まで殆ど休むことなく筆を執る。4月福光に棟方志功を訪ねる。11月『日本に祈る』、12月『絶対平和論』をまさき会祖国社より刊行。	6・25朝鮮戦争勃発。 7・2金閣寺、放火により焼失。

二六	一九五一	42	6月から8月まで、胸部疾患のため大阪警察病院に入院加療。12月「遊雲抄」五十首を『祖国』に発表。	9・8サン・フランシスコ講和条約調印。
二七	一九五二	43	1月から「近畿御巡幸記」を無署名で『祖国』に連載、4月まで四回に亘る。	4・28連合国による日本占領終了。
二八	一九五三	44	3月「檜隈墓の猿石と益田の岩船」を『大和文華』に発表。7月「伊東静雄を哭す」を『祖国』に発表。8月長子を帯同し、棟方志功、高鳥賢司と十津川玉置山から瀞八丁、新宮、勝浦に行す。	
二九	一九五四	45	5月熊本における宮崎兄弟追悼祭に参列。同月、「回顧の契点と今日の課題」を『祖国』宮崎兄弟特輯号に、6月「額田王の念持仏」を『桃』創刊号に発表。	
三〇	一九五五	46	2月『祖国』終刊。7月『新論』創刊、「明治維新とアジアの革命」を同創刊号に発表。	
三一	一九五六	47	1月『新論』廃刊となる。	1・28緒方竹虎歿。
三二	一九五七	48	3月歌誌『風日』創刊、「飛鳥の濫觴」を同創刊号に発表。同月、奥西保、高鳥賢司ら株式会社新学社を設立、その会長となる。	
三三	一九五八	49	3月『天魚』創刊。5月『太平記と大楠公』を吉野精神普及会より刊行。12月河井寛次郎門下の上田恒	

三四	一九五九	50	次の設計になる京都市右京区太秦三尾町一ノ八〇の文徳天皇田邑陵に隣する新居に移る。7月東上中不調に陥り、日本医科大学付属病院に入院し、8月に胃潰瘍の手術をうける。	
三五	一九六〇	51	安保条約改定をめぐる議論の行方に危機感を催し、3月「述史新論」の著述を発意する。	5・20新安保条約、衆議院で強行採決。
三六	一九六一	52	2月「述史新論」の稿を起し、6月に了る。	
三七	一九六二	53	9月「京あない」、10月「奈良てびき」を『藝術新潮』に発表。同月、大兵主神社国技発祥地昭和顕彰祭が、幕内全力士の参列を以て挙行されるに当り、周旋をなす。	
三八	一九六三	54	1月『規範国語読本』監修打合せのため、佐藤春夫を訪問。6月「甲子吟行『御廟』の句について」を『俳句』に発表。	
三九	一九六四	55	4月『天魚』終刊。同月、佐藤春夫と大和路に行を共にす。10月『現代畸人伝』を新潮社より刊行。	5・6佐藤春夫歿。
四〇	一九六五	56	4月『大和長谷寺』を淡交新社より刊行。10月落柿舎庵主工藤芝蘭子と議《はか》つてかねてすすめてゐた義仲寺の再建がなり、落慶式に臨む。	2・7越南戦争始まる。 5・16中国文化大革命始まる。
四一	一九六六	57	5月木曾義仲の菩提寺、木曾谷の徳音寺に参る。6	

			月社団法人義仲寺史蹟保存会の発足に際し、理事となる。	
四二	一九六七	58	6月伊勢神宮の御木曳祭を拝する。同月、三男直日歿。10月延暦寺の法華大会を拝観する。	6・5中東戦争始まる。
四三	一九六八	59	1月「時雨のころ」を『ポリタイア』創刊号に発表。9月南北社版『保田與重郎著作集』全七巻の刊行が始まるも、版元の倒産により、第二巻のみで已む。10月岡潔、胡蘭成と、和歌浦から高野山、龍神温泉を巡る。12月『日本の美術史』を新潮社より刊行。	8・20ソ連軍などチェコに侵入。
四四	一九六九	60	1月中河与一との対談『日本の心』を日本ソノサービスセンター、12月『日本浪曼派の時代』を至文堂より刊行。	
四五	一九七〇	61	1月『落柿舎のしるべ』を落柿舎保存会、6月『日本の美とこころ』を読売新聞社より刊行。	11・25三島由紀夫自裁。
四六	一九七一	62	1月「天の時雨」を『新潮』三島由紀夫読本に発表。七月から『日本及日本人』に「わが万葉集」を連載。8月歌集『木丹木母集』を新潮社より刊行。9月講談社版『保田與重郎選集』全六巻の刊行が始まる（翌年二月完結）。	6・17沖縄返還協定調印。
四七	一九七二	63	5月『日本の文学史』を新潮社より刊行。6月「弥	4・16川端康成自殺。

			生の三日月」を『新潮』川端康成読本に発表。11月浅野晃、中谷孝雄、林房雄、檀一雄らと『浪曼』創刊。	
四八	一九七三	64	4月『山ノ辺の道』を新人物往来社より刊行。12月財団法人棟方板画館の発足とともに理事長に就任。	
四九	一九七四	65	2月父槌三郎歿。6月熊本湯ノ見岳の河上利治歌碑除幕式に赴く。	
五〇	一九七五	66	2月『浪曼』廃刊。6月『万葉集名歌選釈』を新学社、『カラー万葉の歌』を淡交社より刊行。7月母保栄歿。9月『方聞記』を新潮社より刊行。	
五一	一九七六	67	1月落柿舎第十三世庵主となる。9月「戦後文学観」を『文学界』に発表。	
五二	一九七七	68	3月「檀一雄君能古島文学碑銘」の稿なり、5月同碑除幕式に能古島を訪れる。7月風日社刊『風日集』に序文を寄せる。	
五三	一九七八	69	1月「小林氏『本居宣長』感想」を『新潮』に発表。6月『冰魂記』を白川書院より刊行。	8・12日中平和友好条約調印。
五四	一九七九	70	5月『天降言』を文藝春秋より刊行。9月『日本及日本人』の「わが万葉集」の五十回に及んだ連載を終る。12月義仲寺史蹟保存会、落柿舎保存会の理事	5・25影山正治自死。

			長となる。
五五	一九八〇	71	2月「京都のみなもと」を『文学界』に発表。11月東京九段会館に開催の憂国忌に祭主として「十年祭ノ祭文」を奏上する。
五六	一九八一	72	5月芭蕉翁芝蘭子翁記念の集ひを保津峡落合に催す。7月の頃より不調のところ、9・11に京都大学結核胸部疾患研究所附属病院に入院し、肺癌の治療をうけるも、10・4に同病院で急逝。翌5日通夜、6日密葬を、平澤興を葬儀委員長としてそれぞれ膳所の義仲寺に営み、本葬を同月18日桜井市の菩提寺、融通念仏宗来迎寺において執り行う。法名、身余院円融普周僉然大居士。墓所は、桜井の市営墓地内の本墓の他、義仲寺に分墓を建てる。
五七	一九八二		10月『わが万葉集』を新潮社より刊行。
五九	一九八四		10月『日本史新論』(『述史新論』)を新潮社より刊行。
六〇	一九八五		11月から『保田與重郎全集』四十巻、別巻五巻を講談社より刊行開始、平成元年(一九八九)九月完結。

作製に当って、『昭和文学全集』別巻(小学館、平成二年九月)に付す小田切進編「昭和文学大年表」を参考にした。

人名索引

あ　行

か　行

さ　行

事項索引

あ行

か行

さ行

た行

な行

《著者紹介》

谷崎昭男（たにざき・あきお）

1944年　東京都生まれ。

1966年　早稲田大学第一文学部史学科国史専修卒業。

1970年　東京教育大学大学院文学研究科日本史学専攻修士課程修了。

相模女子大学学芸学部教授，同大学学長を経て，

現　在　学校法人相模女子大学理事長。

講談社版『保田與重郎全集』の編集に従い，全巻の解題を担当。

また，臨川書店版『定本佐藤春夫全集』の編集委員をつとめる。

著　書　『花のなごり――先師 保田與重郎』新学社，1997年。

『義仲寺昭和再建史話』宗教法人義仲寺，2015年。

ミネルヴァ日本評伝選

保田《やすだ》與重郎《よじゅうろう》

――吾ガ民族ノ永遠ヲ信ズル故ニ――

2017年12月10日　初版第1刷発行　〈検印省略〉

定価はカバーに
表示しています

著　者　谷　崎　昭　男

発行者　杉　田　啓　三

印刷者　江　戸　孝　典

発行所　株式会社　ミネルヴァ書房

607-8494　京都市山科区日ノ岡堤谷町1

電話代表（075）581-5191

振替口座　01020-0-8076

共同印刷工業・新生製本

ISBN978-4-623-08223-0

Printed in Japan

刊行のことば

歴史を動かすものは人間であり、興趣に富んだ人間の動きを通じて、世の移り変わりを考えるのは、歴史に接する醍醐味である。

しかし過去の歴史学を顧みるとき、人間不在という批判さえ見られたように、歴史における人間のすがたが、必ずしも十分に描かれてきたとはいえない。二十一世紀を迎えた今、歴史の中の人物像を蘇生させようとの要請はいよいよ強く、またそのための条件もしだいに熟してきている。

この「ミネルヴァ日本評伝選」は、正確な史実に基づいて書かれるのはいうまでもないが、単に経歴の羅列にとどまらず、歴史を動かしてきたすぐれた個性をいきいきとよみがえらせたいと考える。そのためには、対象とした人物とじっくりと対話し、ときにはきびしく対決していくことも必要になるだろう。

今日の歴史学が直面している困難の一つに、研究の過度の細分化、瑣末化が挙げられる。それは緻密さを求めるが故に陥った弊害といえるが、その結果として、歴史の大きな見通しが失われ、歴史学を通しての社会への働きかけの途が閉ざされ、人々の歴史への関心を弱める危険性がある。今こそ歴史が何のためにあるのかという、基本的な課題に応える必要があろう。評伝という興味ある方法を通じて、解決の手がかりを見出せないだろうかというのも、この企画の一つのねらいである。

狭義の歴史学の研究者だけでなく、多くの分野ですぐれた業績をあげている著者たちを迎えて、従来見られなかった規模の大きな人物史の叢書として、「ミネルヴァ日本評伝選」の刊行を開始したい。

平成十五年（二〇〇三）九月

ミネルヴァ書房

ミネルヴァ日本評伝選

上代

*俾弥呼 古田武彦
日本武尊 西宮秀紀
*仁徳天皇 若井敏明
雄略天皇 吉村武彦
継体天皇 若井敏明
*蘇我氏四代 遠山美都男
推古天皇 義江明子
聖徳太子 仁藤敦史
斉明天皇 武田佐知子
*小野妹子・毛人・毛野 大橋信弥
*額田王 梶川信行
弘文天皇 遠山美都男
天武天皇 新川登亀男
持統天皇 丸山裕美子
阿倍比羅夫 熊田亮介
*藤原四子 木本好信
*柿本人麿 古橋信孝
*元明天皇・元正天皇 渡部育子
聖武天皇 本郷真紹
光明皇后 寺崎保広
*孝謙・称徳天皇 勝浦令子
藤原不比等 荒木敏夫
橘諸兄・奈良麻呂 遠山美都男
吉備真備 今津勝紀
*藤原仲麻呂 木本好信
道鏡 吉川真司
*藤原種継 木本好信
大伴家持 和田 萃
*行基 吉田靖雄

平安

*桓武天皇 井上満郎
嵯峨天皇 西別府元日
宇多天皇 古藤真平
醍醐天皇 石上英一
村上天皇 京樂真帆子
花山天皇 上島 享
*三条天皇 倉本一宏
藤原薬子 中野渡俊治
*藤原良房・基経 瀧浪貞子
菅原道真 竹居明男
*紀貫之 神田龍身
源高明 所 功
*安倍晴明 斎藤英喜
藤原実資 橋本義則
*藤原道長 朧谷 寿
*藤原伊周・隆家 倉本一宏
藤原定子 山本淳子
藤原彰子 朧谷 寿
清少納言 三田村雅子
紫式部 竹西寛子
和泉式部 ツベタナ・クリステワ
大江匡房 小峯和明
*阿弖流為 樋口知志
坂上田村麻呂 熊谷公男
*源満仲・頼光 元木泰雄
平将門 西山良平
藤原純友 寺内 浩
最澄 吉田一彦
円珍 岡野浩二
*空也 石井義長
奝然 上川通夫
*源信 小原 仁
慶滋保胤 吉原浩人
*後白河天皇 美川 圭
式子内親王 奥野陽子
建礼門院 生形貴重
*藤原秀衡 入間田宣夫
平時子・時忠 元木泰雄
平維盛 根井 浄
守覚法親王 阿部泰郎
藤原隆信・信実 山本陽子

鎌倉

源頼朝 川合 康
*源義経 近藤好和
源実朝 神田龍身
*九条兼実 加納重文
九条道家 上横手雅敬
北条時政 野口 実
熊谷直実 佐伯真一
*北条政子 関 幸彦
北条義時 岡田清一
曾我十郎・五郎 杉橋隆夫
北条時頼 山本隆志
北条時宗 近藤成一
安達泰盛 山陰加春夫
平頼綱 細川重男
竹崎季長 堀本一繁
西行 光田和伸
鴨長明 浅見和彦
藤原定家 赤瀬信吾
*京極為兼 今谷 明
*兼好 島内裕子
重源 横内裕人
*運慶 根立研介
快慶 井上一稔
法然 今堀太逸
栄西 中尾良信
慈円 大隅和雄
明恵 西山 厚
*親鸞 末木文美士
恵信尼・覚信尼 西口順子
覚如 今井雅晴
*道元 船岡 誠
叡尊 細川涼一
*忍性 松尾剛次
*日蓮 佐藤弘夫
一遍 蒲池勢至

夢窓疎石　原田正俊
*宗峰妙超　竹貫元勝

南北朝・室町

後醍醐天皇　上横手雅敬
*護良親王　新井孝重
*懐良親王　森　茂暁
*赤松氏五代　渡邊大門
*北畠親房　岡野友彦
楠正成　兵藤裕己
楠正行・正儀　生駒孝臣
*新田義貞　山本隆志
*光厳天皇　深津睦夫
足利尊氏　市沢　哲
*足利直義　亀田俊和
佐々木道誉　下坂　守
細川頼之　亀田俊和
円観・文観　田中貴子
足利義詮　早島大祐
足利義満　川嶋將生
*足利義持　吉田賢司
足利義教　横井　清
足利義政　木下昌規
*大内義弘　平瀬直樹
伏見宮貞成親王　松薗　斉
*山名宗全　山本隆志
細川勝元・政元　古野　貢
畠山義就　呉座勇一
足利成氏　阿部能久

世阿弥　西野春雄
雪舟等楊　河合正朝
宗祇　鶴崎裕雄
*満済　森　茂暁
一休宗純　原田正俊
蓮如　岡村喜史

戦国・織豊

北条早雲　家永遵嗣
北条氏政　黒田基樹
大内義隆　藤井　崇
斎藤氏三代　木下　聡
*毛利元就　岸田裕之
*毛利輝元　光成準治
小早川隆景・秀秋　光成準治
*今川義元　小和田哲男
六角氏四代　村井祐樹
*武田信玄　笹本正治
*武田勝頼　笹本正治
*真田氏三代　笹本正治
*三好長慶　天野忠幸
松永久秀　天野忠幸
*宇喜多直家・秀家　渡邊大門
*上杉謙信　矢田俊文
大友宗麟　鹿毛敏夫
島津義久・義弘　福島金治
*長宗我部元親・盛親　平井上総
浅井長政　長谷川裕子
吉田兼倶　西山　克

山科言継　松薗　斉
*雪村周継　赤澤英二
正親町天皇・後陽成天皇　神田裕理
足利義輝・義昭　山田康弘
織田信長　三鬼清一郎
織田長益　八尾嘉男
豊臣秀吉　藤井讓治
豊臣秀次　矢部健太郎
*北政所おね　田端泰子
*淀殿　福田千鶴
蜂須賀正勝・家政　三宅正浩
前田利家　東四柳史明
山内一豊・忠義　長屋隆幸
*黒田如水　小和田哲男
*蒲生氏郷　藤田達生
石田三成　堀越祐一
*細川ガラシャ　田端泰子
伊達政宗　伊藤喜良
*支倉常長　田中英道
千利休　熊倉功夫
*長谷川等伯　宮島新一
顕如　神田千里
教如　安藤　弥

江戸

*徳川家康　笠谷和比古
本多忠勝　柴　裕之
*徳川家光　野村　玄

徳川吉宗　横田冬彦
*後水尾天皇　久保貴子
後桜町天皇　所　京子
光格天皇　藤田　覚
崇伝　杣田善雄
*春日局　福田千鶴
宮本武蔵　渡邊大門
*池田光政　倉地克直
保科正之　八木清治
シャクシャイン　岩崎奈緒子
*田沼意次　藤田　覚
細川重賢　安高啓明
*二宮尊徳　小林惟司
末次平蔵　岡美穂子
*高田屋嘉兵衛　生田美智子
*林羅山　鈴木健一
吉野太夫　渡辺憲司
中江藤樹　辻本雅史
熊沢蕃山　川口　浩
*山崎闇斎　澤井啓一
山鹿素行　前田　勉
*北村季吟　島内景二
伊藤仁斎　澤井啓一
貝原益軒　辻本雅史
松尾芭蕉　楠元六男
*ケンペル　B・M・ボダルト＝ベイリー
新井白石　大川　真
荻生徂徠　柴田　純
*雨森芳洲　上田正昭
石田梅岩　高野秀晴

白隠慧鶴　芳澤勝弘
前野良沢　松田　清
平賀源内　石上　敏
本居宣長　田尻祐一郎
杉田玄白　吉田　忠
木村蒹葭堂　有坂道子
*大田南畝　沓掛良彦
菅江真澄　赤坂憲雄
*鶴屋南北　諏訪春雄
良寛　阿部龍一
*山東京伝　佐藤至子
*滝沢馬琴　高田　衛
平田篤胤　山下久夫
国友一貫斎　太田浩司
シーボルト　宮坂正英
本阿弥光悦　岡　佳子
小堀遠州　中村利則
狩野探幽・山雪　山下善也
尾形光琳・乾山　河野元昭
*二代目市川團十郎　田口章子
伊藤若冲　狩野博幸
鈴木春信　小林　忠
浦上玉堂　高橋博巳
*佐竹曙山　成瀬不二雄
葛飾北斎　岸　文和
酒井抱一　玉蟲敏子
孝明天皇　青山忠正
*和宮　辻ミチ子
徳川慶喜　大庭邦彦
島津斉彬　原口　泉

横井小楠　沖田行司
*古賀謹一郎　小野寺龍太
*永井尚志　高村直助
岩瀬忠震　小野寺龍太
*栗本鋤雲　小野寺龍太
大村益次郎　竹本知行
河井継之助　小川和也
*西郷隆盛　家近良樹
由利公正　角鹿尚計
*塚本明毅　塚本学
*月性　海原徹
*吉田松陰　海原徹
*高杉晋作　海原徹
久坂玄瑞　一坂太郎
*ペリー　遠藤泰生
ハリス　福岡万里子
オールコック　佐野真由子
アーネスト・サトウ　奈良岡聰智
緒方洪庵　米田該典

近代

*明治天皇　伊藤之雄
*大正天皇　F・R・ディキンソン
*昭憲皇太后・貞明皇后　小田部雄次
大久保利通　三谷太一郎
山県有朋　鳥海靖
木戸孝允　落合弘樹

井上馨　伊藤之雄
*松方正義　室山義正
北垣国道　小林丈広
板垣退助　小川原正道
長与専斎　笠原英彦
大隈重信　五百旗頭薫
伊藤博文　坂本一登
井上毅　大石眞
*井上勝　老川慶喜
*桂太郎　小林道彦
*渡邉洪基　瀧井一博
*乃木希典　佐々木英昭
星亨　小林道彦
林董　奈良岡聰智
*児玉源太郎　小林道彦
*高宗・閔妃　木村幹
山本権兵衛　室山義正
*金子堅太郎　松村正義
高橋是清　鈴木俊夫
小村寿太郎　簑原俊洋
*犬養毅　小林惟司
原敬　季武嘉也
*加藤高明　櫻井良樹
牧野伸顕　小宮一夫
田中義一　黒沢文貴
内田康哉　高橋勝浩
石井菊次郎　廣部泉
平沼騏一郎　堀田慎一郎
*鈴木貫太郎　小堀桂一郎
宇垣一成　北岡伸一
*宮崎滔天　榎本泰子

---

*浜口雄幸　川田稔
幣原喜重郎　西田敏宏
関一　玉井金五
水野広徳　片山慶隆
広田弘毅　井上寿一
安重根　上垣外憲一
*グルー　廣部泉
*永田鉄山　森靖夫
東條英機　牛村圭
今村均　前田雅之
蒋介石　劉岸偉
石原莞爾　山室信一
木戸幸一　波多野澄雄
近衛文麿　庄司潤一郎
*岩崎弥太郎　武田晴人
伊藤忠兵衛　末永國紀
五代友厚　田付茉莉子
大倉喜八郎　村上勝彦
*安田善次郎　由井常彦
渋沢栄一　武田晴人
中野武営　佐賀香織
益田孝　鈴木邦夫
山辺丈夫　宮本又郎
武藤山治　阿部武司・桑原哲也
池田成彬　松浦正孝
西原亀三　森川正則
小林一三　橋爪紳也
大倉恒吉　石川健次郎
大原孫三郎　猪木武徳
*河竹黙阿弥　今尾哲也
イザベラ・バード　加納孝代

---

*林忠正　木々康子
*森鷗外　小堀桂一郎
*二葉亭四迷　ヨコタ村上孝之
*夏目漱石　佐々木英昭
徳冨蘆花　半藤英明
巌谷小波　千葉信胤
樋口一葉　佐伯順子
*島崎藤村　十川信介
泉鏡花　東郷克美
上田敏　小林茂
*有島武郎　亀井俊介
永井荷風　川本三郎
北原白秋　平石典子
菊池寛　山本芳明
芥川龍之介　髙橋龍夫
*宮沢賢治　千葉一幹
高浜虚子　坪内稔典
与謝野晶子　佐伯順子
*種田山頭火　村上護
*斎藤茂吉　品田悦一
*高村光太郎　湯原かの子
石川啄木　先崎彰容
萩原朔太郎　エリス俊子
*原阿佐緒　秋山佐和子
*狩野芳崖・高橋由一　古田亮
川村清雄　落合則子
*小堀鞆音　小堀桂一郎
竹内栖鳳　北澤憲昭
黒田清輝　高階秀爾

中村不折　石川九楊
横山大観　高階秀爾
*橋本関雪　西原大輔
小出楢重　芳賀徹
土田麦僊　天野一夫
岸田劉生　北澤憲昭
濱田庄司　濱田琢司
*山田耕筰　後藤暢子
松旭斎天勝　川添裕
中山みき　鎌田東二
佐田介石　谷川穣
*ニコライ　中村健之介
*出口なお・王仁三郎　川村邦光
島地黙雷　阪本是丸
*新島襄　太田雄三
新島八重　佐伯順子
木下広次　冨岡勝
海老名弾正　西田毅
嘉納治五郎　クリストファー・スピルマン
柏木義円　片野真佐子
津田梅子　田中智子
*澤柳政太郎　新田義之
河口慧海　高山龍三
山室軍平　室田保夫
大谷光瑞　白須淨眞
*久米邦武　髙田誠二
フェノロサ　伊藤豊
井上哲次郎　井ノ口哲也
三宅雪嶺　長妻三佐雄
*岡倉天心　木下長宏

志賀重昂　中野目徹
徳富蘇峰　杉原志啓
*竹越与三郎　西田毅
内藤湖南・桑原隲蔵　礪波護
*廣池千九郎　橋本富太郎
岩村透　今橋映子
*西田幾多郎　大橋良介
*金沢庄三郎　石川遼子
柳田国男　鶴見太郎
厨川白村　張競
村岡典嗣　水野雄司
大川周明　山内昌之
西田直二郎　林淳
折口信夫　斎藤英喜
シュタイン　瀧井一博
*西周　清水多吉
*福澤諭吉　平山洋
成島柳北　山田俊治
福地桜痴　山田俊治
村山龍平　早房長治
島田三郎　武藤秀太郎
田口卯吉　鈴木栄樹
*陸羯南　松田宏一郎
黒岩涙香　奥武則
長谷川如是閑　織田健志
*吉野作造　田澤晴子
山川均　米原謙
*岩波茂雄　十重田裕一
*北一輝　岡本幸治
*穂積重遠　大村敦志

中野正剛　吉田則昭
*満川亀太郎　福家崇洋
エドモンド・モレル　林田治男
*北里柴三郎　福田眞人
高峰譲吉　木村昌人
田辺朔郎　秋元せき
*南方熊楠　飯倉照平
石原純　金子務
*辰野金吾　河上眞理・清水重敦
*七代目小川治兵衛　尼崎博正
本多静六　岡本貴久子
ブルーノ・タウト　北村昌史

現代

昭和天皇　御厨貴
高松宮宣仁親王　後藤致人
*李方子　小田部雄次
吉田茂　中西寛
マッカーサー　柴山太
鳩山一郎　楠綾子
*石橋湛山　増田弘
重光葵　武田知己
市川房枝　村井良太
*池田勇人　藤井信幸
高野実　篠田徹
和田博雄　庄司俊作
朴正熙　木村幹

田中角栄　新川敏光
宮沢喜一　村上友章
竹下登　真渕勝
*松永安左エ門　橘川武郎
鮎川義介　井口治夫
*出光佐三　橘川武郎
松下幸之助　米倉誠一郎
渋沢敬三　井上潤
*本田宗一郎　伊丹敬之
井深大　武田徹
*佐治敬三　小玉武
幸田家の人々　金井景子
*正宗白鳥　大嶋仁
*大佛次郎　福島行一
*川端康成　大久保喬樹
*薩摩治郎八　小林茂
坂口安吾　千葉一幹
太宰治　安藤宏
松本清張　杉原志啓
安部公房　鳥羽耕史
*三島由紀夫　島内景二
井上ひさし　成田龍一
R・H・ブライス　菅原克也
柳宗悦　熊倉功夫
バーナード・リーチ　鈴木禎宏
イサム・ノグチ　酒井忠康
熊谷守一　古川秀昭

川端龍子　岡部昌幸
藤田嗣治　林洋子
*井上有一　海上雅臣
*手塚治虫　竹内オサム
古賀政男　藍川由美
*吉田正　金子勇
*武満徹　船山隆
*八代目坂東三津五郎　田口章子
*力道山　岡村正史
*西田天香　宮田昌明
安倍能成　中根隆行
サンソム夫妻　平川祐弘・牧野陽子
*天野貞祐　貝塚茂樹
和辻哲郎　小坂国継
矢代幸雄　稲賀繁美
石田幹之助　岡本さえ
*平泉澄　若井敏明
*早川孝太郎　須藤功
安岡正篤　片山杜秀
青山二郎　田野勲
島田謹二　小林信行
田中美知太郎　川久保剛
前嶋信次　杉田英明
*唐木順三　澤村修治
亀井勝一郎　山本直人
知里真志保　北原治郎太
*保田與重郎　谷崎昭男
石母田正　磯前順一
*福田恆存　川久保剛

井筒俊彦　安藤礼二
佐々木惣一　伊藤孝夫
小泉信三　都倉武之
*瀧川幸辰　伊藤孝夫
矢内原忠雄　等松春夫
式場隆三郎　服部正
大宅壮一　有馬学
清水幾太郎　庄司武史
*フランク・ロイド・ライト　大久保美春
*中谷宇吉郎　杉山滋郎
今西錦司　山極寿一

*は既刊
二〇一七年十二月現在